Tu rostro mañana

1 Fiebre y lanza

Javier Marías

Tu rostro mañana

1 Fiebre y lanza

ALFAGUARA

© 2002, Javier Marías
© De esta edición:
2002, Santillana Ediciones Generales, S. L.
Torrelaguna, 60. 28043 Madrid
Teléfono 91 744 90 60
Telefax 91 744 92 24
www.alfaguara.com

• Aguilar, Altea, Taurus, Alfaguara S. A.
Beazley 3860. 1437 Buenos Aires. Argentina
• Aguilar, Altea, Taurus, Alfaguara S. A. de C. V.
Avda. Universidad, 767, Col. del Valle,
México, D.F. C. P. 03100. México
• Distribuidora y Editora Aguilar, Altea,
Taurus, Alfaguara, S. A.
Calle 80 n° 10-23
Santafé de Bogotá. Colombia

ISBN: 84-204-6553-4
Depósito legal: M. 39.958-2002
Impreso en España - Printed in Spain

Diseño:
Proyecto de Enric Satué

© Cubierta:
Proforma / Hans Geel
Ilustración:
Charles Burki, En el camino, 1937
© Erven Charles Burki, 1997

Índice

Para Carmen López M,
que ojalá me quiera
seguir oyendo

And for Sir Peter Russell,
to whom this book is indebted
for his long shadow,
and the author,
for his far-reaching friendship

I Fiebre

No debería uno contar nunca nada, ni dar datos ni aportar historias ni hacer que la gente recuerde a seres que jamás han existido ni pisado la tierra o cruzado el mundo, o que sí pasaron pero estaban ya medio a salvo en el tuerto e inseguro olvido. Contar es casi siempre un regalo, incluso cuando lleva e inyecta veneno el cuento, también es un vínculo y otorgar confianza, y rara es la confianza que antes o después no se traiciona, raro el vínculo que no se enreda o anuda, y así acaba apretando y hay que tirar de navaja o filo para cortarlo. ¿Cuántas de las mías permanecen intactas, de las muchas confianzas brindadas por quien tanto ha creído en su instinto y no siempre le hizo caso y ha sido ingenuo demasiado tiempo? (Ya menos, ya menos, pero la disminución de eso es muy lenta.) Siguen intactas las que deposité en dos amigos que aún las conservan, frente a las puestas en otros diez que las perdieron o desbarataron; la escasa que di a mi padre y la pudorosa que di a mi madre, muy parecidas si no fueron la misma, la de ella además no duró mucho, ya no puede defraudarla o sólo póstumamente, si hiciera yo un día algún mal descubrimiento, y dejara de ocultarse algo oculto; no perdura la de mi hermana, ni la de ninguna novia ni ninguna amante ni ninguna esposa pasada, presente o imaginaria (suele ser la hermana la primera esposa, la esposa niña), parece obligado que en esas relaciones se acabe utilizando lo que se sabe o se ha visto en contra del amado o cónyuge —o de quien resultó ser sólo momentáneo calor y carne—, de quien hizo revelaciones y admitió un testigo para sus flaquezas y pesadumbres y se prestó a confidencias, o simplemente rememoró sobre la almohada abstraído en voz alta sin reparar en los riesgos, ni en el ojo arbitrario que siempre nos mira ni en el oído selectivo y sesgado que nos escucha (muchas veces no es nada grave, una utilización sólo doméstica, defensiva y acorralada, para cargarse de razón en un apuro dialéctico cuando se discute largo, un uso argumentativo).

La vulneración de la confianza también es eso: no sólo ser indiscreto y ocasionar daño o perdición con ello, no sólo recurrir a esa arma ilícita cuando los vientos cambian y se le pone la proa al que contó y dejó ver —ese que se arrepiente ahora y niega y confunde y enturbia ahora, y quisiera borrar y calla—, sino sacar ventaja del conocimiento obtenido por debilidad o descuido o generosidad del otro, sin respetar ni tener en cuenta la vía por la que llegó a saberse lo que se esgrime o tergiversa ahora —o basta con haberlo enunciado para que ya lo desfigure al recogerlo el aire—: si fueron las confesiones de una noche enamorada o un desesperado día, de un atardecer de culpa o un despertar desolado, o de la embriagada locuacidad de un insomnio: una noche o un día en que quien hablaba hablaba como si no hubiera futuro más allá de esa noche o día y fuera su lengua suelta a morir con ellos, ignorando que siempre hay más por venir, siempre queda, un poco más, un minuto, la lanza, un segundo, la fiebre, y otro segundo, el sueño —la lanza, la fiebre, mi dolor y la palabra, el sueño—, y también el interminable tiempo que ni siquiera vacila ni aminora el paso tras nuestro acabamiento, y sigue añadiendo y hablando, murmurando e indagando y contando aunque ya no oigamos y hayamos callado. Callar, callar, es la gran aspiración que nadie cumple ni aun después de muerto, y yo el que menos, que he contado a menudo y además por escrito en informes, y aún más miro y escucho, aunque casi nunca pregunte ya nada a cambio. No, yo no debería contar ni oír nada, porque nunca estará en mi mano que no se repita y se afee en mi contra, para perderme, o aún peor, que no se repita y se afee en contra de quienes yo bien quiero, para condenarlos.

Y luego está la desconfianza, tampoco ella me ha faltado en modo alguno.

Es significativo cómo la ley lo advierte, y es muy raro que nos prevenga, que se moleste: cuando alguien es detenido, al menos en las películas, se le permite guardar silencio, porque 'cualquier cosa que diga podrá ser utilizada en contra suya', se le comunica en el acto. Hay en esa advertencia un ánimo extraño —o es indeciso y contradictorio— de no querer jugar sucio del todo. Es decir, se informa al reo de que las reglas van a ser sucias a partir de ahora, se le anuncia o recuerda que se va por él como sea y se aprovecharán sus posibles torpezas, inconsecuencias y errores —no es ya un sospechoso, sino un acusado cuya culpa va a intentar demostrarse, sus coartadas a destruirse, la imparcialidad ya no lo asiste, no entre hoy y el día en que comparezca a juicio—, todo esfuerzo irá encaminado a la consecución de pruebas para su condena, toda vigilancia y escucha e investigación y pesquisa a la captación de indicios que lo incriminen y refuercen la decisión tomada de detenerlo. Y sin embargo se le ofrece la oportunidad de callar, casi se lo urge a ello; en todo caso se le hace saber de ese derecho suyo que quizá ignoraba, y por lo tanto se le da a veces la idea: de no abrir la boca, de no negar siquiera lo que se le esté imputando, de no expo-

nerse al peligro de defenderse solo; callar se aparece
o es presentado como lo más prudente a todas luces
y lo que puede salvarnos aun si nos sabemos y somos culpables, la única manera de que ese juego
sucio anunciado quede sin efecto o apenas pueda
ponerse en práctica, o al menos no con la involuntaria e ingenua colaboración del reo: 'Tiene derecho a guardar silencio', lo llaman *la fórmula Miranda* en América y no sé siquiera si su equivalente
existe en nuestros países, a mí me la aplicaron una
vez allí, hace mucho o no tanto, pero el policía me
la recitó incompleta, imperfectamente, se le olvi-
dó decir 'ante un tribunal' al soltarme rápido la famosa frase, 'cualquier cosa que diga podrá ser utilizada en contra suya', hubo testigos de su omisión
y no fue válida la detención por eso. Y al mismo y
extraño espíritu responde ese otro derecho del pro-
cesado, a no declarar contra sí mismo, a no perju-
dicarse verbalmente con su relato o sus respuestas
o contradicciones o balbuceos. A no dañarse na-
rrativamente (ah, ese puede resultar un gran daño);
y a mentir por tanto.

El juego es en realidad tan sucio e interesado que no hay sistema judicial que pueda presumir de justo con premisas semejantes, y quizá no
haya justicia posible en ese caso, jamás, en ningún
sitio, la justicia una fantasmagoría y un concepto
falso. Porque lo que se dice al acusado viene a ser
esto: 'Si declaras algo que nos convenga o sea fa-
vorable a nuestros propósitos, te creeremos y te lo
tomaremos en cuenta, y contra ti lo volveremos. Si
por el contrario alegas algo en tu beneficio o defensa, algo para ti exculpatorio y para nosotros inconveniente, no te creeremos nada y serán pala-

bras al viento, puesto que el derecho a mentir te asiste y damos por descontado que a él se acoge todo el mundo, esto es, todos los criminales. Si se te escapa una afirmación que te inculpe, o caes en contradicción flagrante o confiesas abiertamente, esas palabras tendrán su peso y obrarán en tu contra: las habremos oído, las registraremos, tomaremos nota, las daremos por pronunciadas, quedará de ellas constancia, las incorporaremos al expediente, y serán tu cargo. Cualquier frase que ayude a exonerarte, en cambio, será ligera y será desechada, haremos oídos sordos y caso omiso, no contará, será aire, humo, vaho, y en tu favor no obrará nada. Si te declaras culpable, lo juzgaremos cierto y lo tomaremos en serio; si inocente, tan sólo a broma y a beneficio de inventario'. Se da así por supuesto que tanto el inocente como el culpable se proclamarán lo primero, luego si hablan no habrá distinción entre ellos, quedarán igualados o nivelados. Y es entonces cuando se añade: 'Puedes guardar silencio', aunque tampoco vaya a distinguirlos eso, al inocente del culpable. (Callar, callar, la gran aspiración que nadie cumple ni aun después de muerto, y sin embargo se nos aconseja y se nos insta a ello en los momentos más graves: 'Calla, calla y no digas nada, ni siquiera para salvarte. Guarda la lengua, escóndela, trágala aunque te ahogue, como si te la hubiera comido el gato. Calla, y entonces sálvate'.)

En el trato, en la vida sin sobresaltos, no se dan tales avisos y quizá no debiéramos olvidar nunca su ausencia o falta, o lo que es lo mismo, la siempre implícita y amenazante repetición recta o torcida de cuanto decimos y hablamos. La gente va y cuenta irremediablemente y lo cuenta todo pronto o más tarde, lo interesante y lo fútil, lo privado y lo público, lo íntimo y lo superfluo, lo que debería permanecer oculto y lo que ha de ser difundido, la pena y las alegrías y el resentimiento, los agravios y la adoración y los planes para la venganza, lo que nos enorgullece y lo que nos avergüenza, lo que parecía un secreto y lo que pedía serlo, lo consabido y lo inconfesable y lo horroroso y lo manifiesto, lo sustancial —el enamoramiento— y lo insignificante —el enamoramiento—. Sin pensárselo dos veces. La gente relata sin cesar y narra sin darse ni siquiera cuenta de lo que está haciendo, de los incontrolables mecanismos de insidia, equívoco y caos que pone en marcha y que pueden resultar funestos, habla sin parar de los otros y de sí misma, y también de los otros al hablar de sí misma y también de sí misma al hablar de los otros. Ese contar constante es percibido como una transacción a veces, aunque se disfrace con éxito de dádiva siempre (porque en toda ocasión tiene algo de eso), y sea más bien a menudo un soborno, o el saldo de alguna deuda, o una maldición que se lanza a un destinatario concreto o quizá al azar para que éste labre atolondradamente fortuna o desgracia, o la moneda que compra relaciones sociales y favores y confianza y hasta amistades, y por supuesto sexo. Y también un amor, cuando lo que cuenta el otro se nos hace imprescindible y pasa a ser nuestro aire. A algunos nos han pagado por eso, por contar y oír y ordenar y contar. Por retener y observar y seleccionar. Por sonsacar, aderezar, recordar. Por interpretar y traducir e instigar. Por tirar de la lengua y persuadir y tergiversar. (A mí me han pagado por contar lo que aún no era ni había sido, lo futuro y probable o tan sólo posible —la hipótesis—, es decir, por intuir e imaginar e inventar; y por convencer de ello.)

Luego la mayoría olvida cómo o a través de quién llegó a enterarse de lo que sabe, y hay personas que incluso creen haberlo alumbrado ellas, lo que sea, un relato, una idea, una opinión, un chisme, una anécdota, una falacia, un chiste, un juego de palabras, una máxima, un título, una historia, un aforismo, un lema, un discurso, una cita o un texto entero, de los que se apropian ufanamente, convencidas de ser sus progenitores, o acaso sí saben que están robando pero lo alejan de su pensamiento y así se lo esconden. Ocurre cada vez más en nuestro tiempo, como si hubiera en él prisa por que pasara todo al dominio público y ya no hubiera autorías, o, dicho con no tanto prosaísmo, por convertir todo en sólo rumor y refrán y leyenda que corran de boca en boca y de pluma en pluma y de pantalla en pantalla, todo incontrolado sin fijeza ni origen ni sujeción ni dueño, todo espoleado y desbocado y sin freno.

Yo trato en cambio de recordar muy bien siempre mis fuentes, quizá por mi deformación profesional pasada que también es presente porque no me abandona (había de adiestrar la memoria a distinguir lo cierto de lo figurado, lo acaecido de lo supuesto, lo dicho de lo entendido); y según cuáles sean procuro no hacer uso de mi información y mi conocimiento, o hasta me lo prohíbo, ahora que ya no me dedico a eso más que ocasionalmente, cuando es más fuerte que mi querer y no puedo evitarlo o cuando me lo piden amigos que no me pagan o no con dinero, sólo con su gratitud y una vaga sensación de endeudamiento. Mal pago éste, pues a veces sucede, y quizá no es tan raro, que intentan transferirme esa sensación para que sea yo quien la sufra, y si no me presto al trueque de los papeles y no la hago en efecto mía y no me comporto como si les debiera la vida, acaban por considerarme un cerdo desagradecido y por rehuirme: hay mucha gente que se arrepiente de haber solicitado favores, y de haber explicado en qué consistían, y de haberse explicado, por tanto, demasiado a sí misma.

Hace cierto tiempo una amiga no me pidió nada, sino que me obligó a escucharla, y, con menos aspaviento que sincero susto, me hizo partícipe de su recién inaugurado adulterio, siendo yo más amigo de su marido que de ella, o más antiguo. Flaco servicio el suyo, pasé meses atormentado por mi saber —que ella me ampliaba y renovaba teatral y egoístamente, cada vez más presa de narcisismo—, con la certidumbre de que ante mi amigo yo debía guardar silencio: no ya por juzgarme sin derecho a enterarlo de lo que acaso él —cómo saberlo— habría preferido seguir ignorando; no ya por no querer asumir la responsabilidad de desencadenar acciones o decisiones ajenas con mis palabras, sino también por ser muy consciente del modo en que me había llegado aquel incómodo relato. Yo no puedo disponer libremente de lo que no he averiguado por casualidad ni por mis medios, me decía, ni en el cumplimiento de un encargo o ruego. Si hubiera sorprendido a la mujer de mi amigo embarcando en un vuelo rumbo a Buenos Aires con el amante, acaso podría plantearme revelar de manera neutra esa visión involuntaria mía, ese dato interpretable pero nunca incontrovertible (para empezar, sin constancia de la relación con el hombre, le habría tocado a mi amigo y no a mí ocuparse de la sospecha), si bien me habría sentido probablemente un delator y un intruso y no creo que me hubiera atrevido en ningún caso. Pero la posibilidad habría cabido, eso me decía. Teniendo conocimiento, en cambio, de lo que sabía por ella, me estaba del todo vedado volverlo en su contra o divulgarlo sin su consentimiento, ni aun en la creencia de obrar así en favor del amigo, y esa creencia me tentaba mucho en los momentos de mayor desasosiego, por ejemplo cuando estaba con ambos o cenábamos los cuatro juntos (mi mujer el cuarto comensal, no el amante) y ella cruzaba conmigo una mirada de entendimiento y temor complacido (y yo contenía el aliento), o él se refería despreocupadamente a algún conocido caso del conocido amante de alguien cuyo cónyuge sin embargo ignoraba el caso. (Y yo contenía el aliento.) Y así permanecí callado durante bastantes meses, oyendo y casi asistiendo a lo que me interesaba poco y me

desagradaba mucho, y todo seguramente, pensaba
en mis instantes más nublados, para ser denunciado
un día, cuando se descubra lo desagradable o por
fin se cuente o aun se restriegue y exhiba, como con-
nivente o cómplice, o consabedor si se quiere, por
aquella a quien guardo el secreto y cuya autoridad
exclusiva sobre la materia he reconocido y respetado siempre, sin decirle nada a nadie. Su autoridad y
su autoría, ambas cosas, aunque en esa materia suya anden involucradas otras dos personas al menos, una sabiéndolo y la otra sin la menor idea, o
quizá mi amigo no esté aún involucrado a pesar de
todo y sólo pasaría a estarlo si yo le contara. Puede que sea yo en cambio el que ya está involucrado por mi saber, y por haber oído e interpretado
—pensaba—, así me lo sugieren mi larga experiencia y mi larga lista de responsabilidades, de las que
compruebo a diario, cada día que pasa y me las difumina y aleja y hace que me parezcan a ratos tan
sólo leídas o vistas en la pantalla o fantaseadas, que
no es tan fácil desprenderse, ni tan siquiera olvidarse. O que no es posible en modo alguno.

   No, yo no debería contar nunca nada, ni oír
tampoco nunca nada.

Lo hice durante algún tiempo, escuchar y fijarme e interpretar y contar, lo hice como trabajo remunerado ese tiempo pero venía haciéndolo desde siempre y aún sigo, pasiva e involuntariamente, sin esfuerzo y sin recompensa, ya es seguro que no puedo evitarlo o que es mi manera de estar en el mundo, me acompañará hasta la muerte, descansaré de ello entonces. Más de una vez se me dijo que era un don que tenía y así me lo mostró Peter Wheeler, que fue quien me alertó al explicármelo y describírmelo, las cosas no acaban de existir hasta que se las nombra, eso todo el mundo lo sabe o lo intuye. Ese don yo lo veo en cambio como maldición a veces, y eso que ahora suelo ceñirme a las tres primeras actividades, que son calladas e interiores y de la conciencia y no tienen por qué afectar a nadie más que a uno mismo, y sólo cuento cuando no hay más remedio o se me pide insistentemente. Porque en mi época profesional de Londres, o digamos retribuida, aprendí que lo que tan sólo ocurre no nos afecta apenas o no más que lo que no ocurre, sino su relato (también el de lo que no ocurre), que es indefectiblemente impreciso, traicionero, aproximativo y en el fondo nulo, y sin embargo casi lo único que cuenta, lo decisivo, lo que nos trastorna el ánimo y nos desvía y envenena los pasos, y seguramente hace girar la perezosa y débil rueda del mundo.

No es gratuito, no es un capricho que en el espionaje, o en las conspiraciones, o en lo delictivo, el saber de cuantos participan en una misión o en una maquinación o en un golpe —en lo clandestino, en lo solapado—, sea difuso, parcial, fragmentario, oblicuo, que cada uno esté al tanto de su cometido pero no del conjunto ni del propósito último. Hemos visto en las películas eso, cómo el partisano que prevé no salir vivo de la siguiente emboscada, o del atentado que prepara, le dice a su novia en la despedida: 'Es mejor que no sepas nada, y así, cuando te interroguen, dirás la verdad al decir que no sabes, la verdad es fácil y tiene más fuerza y es más creíble, la verdad persuade'. (Y es cierto que la mentira exige capacidad de fabulación y de improvisación, e inventiva, y memoria férrea, y arquitecturas complejas, la practican todos pero son pocos los facultados.) O cómo el cerebro que planeó el gran robo, el que lo concibe y dirige, alecciona a su peón o a un esbirro: 'Si sólo conoces tu parte, aunque te cacen o falles la cosa seguirá adelante'. (Y es verdad que uno puede permitirse siempre que algún eslabón se suelte o se produzca algún fallo, el definitivo fracaso no se alcanza rápido ni es tan sencillo, toda empresa o acción se resiste y da coletazos antes de cesar y venirse abajo.) O cómo el jefe de los Servicios Secretos susurra al agente de quien sospecha y ya no se fía: 'Es tu ignorancia lo que más va a protegerte, no preguntes más, no preguntes, será tu salvación y tu salvoconducto'. (Y la mejor manera de evitar traiciones es que nada se preste a ellas, o que consistan en filfa, su contenido sin valor ni peso, cáscara, chascos para el que las paga.) O cómo el que encarga un crimen, o el que ame-

naza con uno, o el que se destapa miserias expo-
niéndose a un chantaje, o el que compra a escondidas —el cuello del abrigo alzado y la cara siempre
en sombras, nunca enciendas un pitillo—, le ad-
vierten al asesino a sueldo o al amenazado o al chan-
tajista posible o a la conmutable mujer ya olvidada
en el deseo y que aun así nos da vergüenza: 'Ya lo
sabes, a partir de ahora no me has visto nunca, no sabes quién soy, no me conoces, yo no he hablado
contigo ni te he dicho nada, para ti no tengo rostro ni voz ni aliento ni nombre, ni siquiera nuca o
espalda. No han tenido lugar esta conversación ni
este encuentro, lo que ocurre aquí ante tus ojos no
ha sucedido, no está pasando, ni estas palabras las has
oído porque no las he pronunciado. Y aunque las
oigas ahora, yo no las digo'.

(Callar, y borrar, suprimir, cancelar, y haber callado ya antes: es la gran aspiración imposible del mundo y por eso se quedan tan cortos los
sucedáneos, y resulta pueril retirar lo dicho y retrac-
tarse tan vacuo; y por eso es tan irritante —porque
es lo único que puede inyectar la duda y ser eficaz
a veces, inverosímilmente— la negación a ultran-
za, negar que se dijera lo formulado y oído y negar
que se hiciera lo cometido y sufrido, es desesperante que se pueda cumplir sin fisuras y a rajatabla
lo que anuncian esas palabras de antes, posibles en
boca de tantos y tan distintos, del inductor y del
amenazante, de quien presiente el chantaje y del que
paga sus placeres o logros furtivamente, y también
en boca de un amor o un amigo, y entonces nos alcanza con ellas la desesperación de ser negados.)

Todas esas frases que hemos visto pronunciar en el cine las he dicho yo o me las han soltado

o se las he oído a otros a lo largo de mi existencia, esto es, en la vida, que guarda mucha más relación con las películas y la literatura de lo que se reconoce normalmente y se cree. No es que lo uno imite a lo otro o lo otro a lo uno, como se afirma, sino que nuestras infinitas figuraciones pertenecen también a la vida y contribuyen a ensancharla y a complicarla, y a hacerla más turbia y a la vez más aceptable, aunque no más explicable (o sí, de muy tarde en tarde). Es muy delgada la línea que separa los hechos de las figuraciones, y aun los deseos de sus cumplimientos, y lo ficticio de lo acaecido, porque en realidad las figuraciones ya son hechos, y los deseos su cumplimiento, y lo ficticio acaece, aunque nada de esto sea así para el sentido común ni para las leyes, que por ejemplo establecen una abismal diferencia entre la intención y el delito, o entre su comisión y su tentativa. Pero la conciencia no tiene presentes las leyes, ni el sentido común le interesa ni atañe, sólo a cada conciencia su sentido propio, y esa línea tan delgada se difumina a menudo según mi experiencia, y ya no separa nada cuando desaparece, así que he aprendido a temer cuanto pasa por el pensamiento e incluso lo que el pensamiento aún ignora, porque he visto casi siempre que todo estaba ya ahí, en algún sitio, antes de llegar a él, o de atravesarlo. He aprendido a temer, por tanto, no sólo lo que se concibe, la idea, sino lo que la antecede o le es previo. Y así yo soy mi propio dolor y mi fiebre.

Mi don o mi maldición no es nada del otro mundo, lo cual quiere decir también que no es nada sobrenatural, preternatural, antinatural ni contra natura, ni tampoco tiene que ver con facultades extraordinarias ni con la adivinación siquiera, aunque algo parecido a esto último acabó por esperar mi transitorio jefe, o el hombre que me contrató durante un periodo que se hizo largo, más o menos el de mi separación de Luisa, cuando me volví a Inglaterra por no seguir cerca de mi mujer mientras ella se me alejaba. La gente se comporta de manera idiota con notable frecuencia, con su tendencia a creer en la repetición de lo que la complace: si algo bueno se da una vez, entonces debe acontecer de nuevo, o debe propiciarse al menos. Y bastó con que en una oportunidad yo acertara al interpretar una relación que para el señor Tupra era de consecuencia (momentánea), para que Mr Tupra —como de hecho lo llamaba siempre hasta que me instó a que pasara a Bertram y más tarde a Bertie, bien poco me apetecía— quisiera alquilar mis servicios, primero de vez en cuando y en seguida a tiempo completo, con funciones teóricas tan vagas como variadas, entre ellas la de enlace o intérprete ocasional en sus incursiones españolas e hispanoamericanas. Pero en realidad, más bien —en la práctica—, le interesé y me tomó como intérprete de vidas, según su expresión solemne y sus desmesuradas expectativas. Sería mejor dejarlo en traductor o intérprete de las personas: de sus conductas y reacciones, de sus inclinaciones y caracteres y sus capacidades de aguante; de su maleabilidad y su sumisión, de sus voluntades desmayadas o firmes, sus inconstancias, sus límites, sus inocencias, su falta de escrúpulos y su resistencia; de sus posibles grados de lealtad o vileza y sus calculables precios y sus venenos y sus tentaciones; y también de sus deducibles historias, no pasadas sino venideras, las que aún no habían ocurrido y podían por tanto impedirse. O bien podían fraguarse.

Lo había conocido en casa del profesor Peter Wheeler, de Oxford, un hispanista y lusitanista eminente ya jubilado, el hombre que más sabe en la tierra sobre el Príncipe Henrique el Navegante y uno de los que más sobre Cervantes, hoy Sir Peter Wheeler y primer ganador del Premio Nebrija de Salamanca, destinado a las mayores lumbreras de su especialidad o campo y —algo sorprendente en el mundo universitario, tacaño o depauperado según los casos— dotado con una cantidad de dinero no desdeñable, lo cual hizo que los exprimidos ojos de sus avarientos o menesterosos colegas internacionales se posaran en él por penúltima vez con envidia. Yo iba desde Londres a verlo de tanto en tanto (una hora de tren a la ida, otra a la vuelta), tras haberlo conocido y tratado un poco muchos años antes, cuando —todavía soltero; y ahora estaba separado, solo siempre en Inglaterra— había ocupado el puesto de Lector de Español en la Universidad oxoniense durante dos cursos. Wheeler y yo nos habíamos caído bien desde el principio, quizá como deferencia a quien nos presentó en su día, el profesor Toby Rylands, de Literatura Inglesa, gran amigo suyo desde la juventud y con quien compartía no pocos rasgos, además de la edad y la condición, por tanto, de jubilado a regañadientes. Así como a Rylands lo frecuenté bastante, a Wheeler no lo vi hasta el final de aquella estancia mía, pues por entonces él enseñaba como emérito en Texas durante nuestros periodos lectivos, y en vacaciones yo solía regresar a Madrid o viajar, no coincidíamos. Pero a la muerte de Rylands, ya después de mi marcha, Wheeler y yo prolongamos esa deferencia que, por serlo hacia un recuerdo o fantasma indefenso a partir de entonces, supongo que habrá de durar indefinidamente: nos escribíamos o llamábamos de tarde en tarde y, si yo iba a Londres unos días, procuraba hacerme algún hueco para visitarlo, solo o con Luisa. (Wheeler también como relevo o sucesor de Rylands, o como su herencia: es escandaloso cómo suplimos a las figuras perdidas de nuestra vida, cómo nos esforzamos por cubrir las vacantes, cómo nunca nos resignamos a que se reduzca el elenco sin el cual nos soportamos mal y apenas nos sostenemos, y cómo a la vez nos prestamos todos a ocupar vicariamente los lugares vacíos que se nos van asignando, porque comprendemos y participamos de ese mecanismo o movimiento sustitutorio universal continuo, que al ser de todos es el nuestro, y así aceptamos ser remedos, y vivir cada vez más rodeados de ellos.)

A mí él me divertía y enseñaba mucho con su malicia inteligente y por tanto nunca abusiva, y con su asombrosa perspicacia suave, tan poco ostentosa que a menudo había que presuponerla o descifrarla en observaciones e interrogaciones suyas en apariencia inocuas, retóricas o intrascendentes, o bien casi jeroglíficas si estaba ya uno alertado: había que escucharlo 'entre vocablos', como a veces hay que leerlo entre líneas en sus escritos, si bien esa manera indirecta predominante no le impedía tampoco, si se aburría de sobreentendidos o de pronto los juzgaba un lastre, ser tan franco y aun despiadado —con terceros o con la vida o consigo, con sus interlocutores no solía— como nunca he visto a ningún otro o si acaso sólo a Rylands; y quizá a mí mismo, pero en la estela y como pupilo de ambos. Y yo a él —no me atrevía a pensar otra cosa— probablemente lo distraía, y aun lo halagaba con mi buena predisposición y mi fácil contento y mi risa celebratoria que jamás se ha hecho rogar ante las personas que estimo o admiro, y Wheeler me merece ambos afectos. (Yo para él como relevo o sucesor de nadie, o de alguien por mí no conocido y tal vez de su pasado antiguo, un reemplazo el mío largo tiempo aplazado o quién sabía si ya descartado, el de alguna figura remota a cuyo eco o mera sombra o reflejo él ya hubiera renunciado.)

Así que durante mi tiempo en Londres, al servicio de la BBC Radio hasta que me sacó de allí Mr Tupra, me acercaba a verlo a su casa de Oxford junto al río Cherwell como la de Rylands, de quien había sido también vecino, por mi propia iniciativa o en alguna ocasión por la suya, cuando por el motivo que fuese quería testigos de sus intervenciones o disimuladas escenificaciones, o tenía invitados a los que deseaba ofrecer un mínimo de variedad —por ejemplo un latino ya ajeno ahora al ámbito universitario tan visto— o sobre los cuales iba a apetecerle comentar luego conmigo, otro día a solas. Tuve esta impresión dos o tres veces: era como si Wheeler, bien cumplidos los ochenta años, se preparase conversaciones que podrían entretenerlo o estimularlo en el futuro cercano, o para él aún previsible. Y si preveía que iba a divertirlo hablar más adelante de Tupra conmigo, o contarme indiscreciones de él, sus vicios y penumbras y comicidades, era conveniente que yo hubiera conocido antes a Tupra, o por lo menos pudiera ponerle voz y cara y que me hubiera formado una idea, por superficial que fuese, para él confirmármela o desmentírmela más tarde, o incluso discutírmela con innecesario empeño, sólo así tendría nuestra charla gracia. Él exigía sus contrapuntos, cuando peroraba.

Me pregunto si el enigmático y desmenuzado tiempo de la vejez consistirá en eso, en andar —quienes en él desembocan, y le pertenecen— tan paradójicamente sobrados de ese tiempo menguante como para dedicar no poco a la confección o composición de escogidos momentos; o, como si dijéramos, para conducir sus numerosos tiempos vacíos o muertos hacia unas cuantas escenas prefiguradas y deliberados diálogos, su parte ya memorizada antes: como si el tiempo de los ancianos —a la vez corto y pausado, reducido y abundante, el tiempo del anciano astuto— se cuidaran éstos de planearlo y encauzarlo y dirigirlo lo más posible, y no lo aceptaran ya más —suficiente, basta: no más dolor ni más fiebre; ni palabra ni lanza ni siquiera sueño— como consecuencia del azar y lo inesperado y ajeno, sino que trataran de convertirlo en obra de su maquinación y su dramaturgia y el cálculo. O, lo que viene a ser lo mismo, como si se cuidaran de anticiparlo y configurarlo y elaborar

su contenido al máximo; y así quisieran dictarlo, el
único modo seguro de aprovechar de veras el que
todavía les resta, que parece marchar muy lento
pero tan sólo se les va escurriendo como nieve sobre los hombros, resbaladiza y mansa. Y la nieve
siempre para.

Tuve sin duda esa sensación en lo referente a Tupra, de que Wheeler quería que lo conociera o lo viera, porque podía haberse limitado a convocarme por teléfono y decirme: 'Van a venir algunos amigos y conocidos a una cena fría, de aquí a dos sábados; vente tú también, estás muy solo ahí en Londres'. Él no sabía si yo estaba poco o muy solo o en exceso acompañado, pero solía atribuir a los demás su propia situación, sus carencias y aun sus dejaciones, un ardid, si se adelantaba era difícil que nadie se las señalara a él o las volviera en su contra, habría parecido falta de originalidad por parte del interlocutor, e infantilismo. Pero aunque más o menos dijo eso, se quedó remoloneando un segundo al teléfono cuando yo ya había accedido de grado y había tomado nota de la fecha y hora, y añadió con vacilación fingida (pero sin disimular que la fingía): 'Bueno, ya verás, vendrá este individuo, Bertram Tupra, un antiguo discípulo de Toby'. (*Fellow* fue la palabra empleada, menos despectiva quizá que 'individuo': hablábamos en inglés o español indistintamente, o a veces cada uno en su lengua.) Y antes de que yo pudiera hacerme eco alguno del inverosímil nombre, él se anticipó a deletrear el apellido y a conceder: 'Sí, ya sé, suena a nombre inventado y bien pudiera serlo, más probable que lo falso fuera Bertram y no Tupra, semejante apellido tiene que ser auténtico, ruso o checo de origen, no sé, o finlandés acaso, o tal vez eso sea sólo porque suena un poco como "tundra", ¿no?... En cualquier caso, resulta manifiesto que no es inglés sino demasiado francamente extranjero y quién sabe si armenio o turco, así que el hombre debió de juzgar prudente compensarlo con un primer nombre digno de nuestros teatros, ya sabes, Cyril, Basil, Reginald, Eustace, Bertram, están en todas las comedias rancias. Quizá se lo cambió por eso, no habría podido circular por aquí sin levantar suspicacias llamándose, qué sé yo, Vladimir Tupra, o Vaslav Tupra, o Pirkka Tupra, imagínate qué desgracia hasta hace pocos años, no habría hecho carrera más que en el ballet o en el circo, supongo, desde luego imposible en lo suyo...' Wheeler rió brevemente con escarnio, como si por un instante se le hubiera representado Tupra, cuya imagen él conocía, disfrazado con prietas calzas y picudo o rajado escote, brincando por un escenario con robustísimos muslos y pantorrillas venosas a punto de reventarle; o con malla y encogida capita fosforescente de trapecista. Y aún hizo una pausa antes de arrancar de nuevo, como si esperara una apoyatura mía o dudara si explicar o no qué era 'lo suyo'. No dije nada y entonces él permaneció en la duda, noté que no atendía del todo a lo que fue añadiendo, me pareció que hacía tiempo hasta decidirse e improvisaba: 'Me pregunto si no se inspiraría en ese librero legendario cerca de Covent Garden, Bertram Rota, conoces la tienda, creo que su nombre completo era Cyril Bertram Rota, hasta ahora no había caído en la cuenta de lo excéntrico de su apellido, para tener un local en Long Acre o por ahí, seguramente español de origen, ¿no? ¿Conoces a algún Rota en España, aparte del venal tribunal eclesiástico? Claro que Bertram sí podría ser su verdadero nombre, me refiero a Tupra, y que fuera a su padre, si fue éste quien inmigró desde la tundra o la estepa, a quien se le ocurriera britanizar al hijo en su nacimiento para paliar el efecto bárbaro, casi acusatorio de Tupra, en España tendría que haber renunciado, ¿no?, habría sido objeto de bromas crueles con la palabra "estupro". Pero estas cosas tontas funcionan, mira el caso de Rota, no había caído hasta ahora, tras tantos años de minar mi fortuna comprándole por catálogo sus costosos libros; he de preguntarle a su hijo Anthony, creo que todavía vive...' Wheeler se detuvo otra vez, según hablaba iba sopesando, quería y no quería contarme o anunciarme o consultarme algo. 'Y además', continuó en seguida, 'Bertram le permitirá, a Tupra, ser llamado Bertie en confianza, lo cual lo hará sentirse salido directamente de una obra de Wodehouse cuando esté entre amigos o con su novia, ella también vendrá, por cierto, una nueva novia que tiene y que ha insistido en presentarnos, a buen seguro lo enorgullecerá más su físico que su muy esperable sabiduría...' Hizo una última pausa, pero yo no estaba comunicativo o no tenía qué intercalar, así que recurrió a una digresión más para concluir con garbo, me resultó más intrigante que las anteriores: 'Desde luego él habla inglés como un nativo, sur de Londres semieducado, diría. Y bien pensado, quizá él sea más inglés que yo, al fin y al cabo nací en Nueva Zelanda y no vine aquí hasta los dieciséis años, y con el apellido también cambiado, claro que por motivos distintos, nada que ver con la eufonía patriótica ni con las estepas. Pero bueno, todo esto ya lo sabes y no viene a cuento, te estoy entreteniendo demasiado rato. Cuento contigo, así pues, para ese sábado'. Y se despidió con su mejor tono de afecto, que hacía imperceptible su nunca descartable guasa: 'Aguardaré tu llegada con la mayor impaciencia. Estás muy solo ahí en Londres. No te me rajes'. Esta última frase me la dijo en mi lengua.

Así era y es Sir Peter Wheeler, ese falso anciano, quiero decir que tras su venerable y amansado aspecto se esconden con frecuencia maquinaciones enérgicas, casi acrobáticas, y tras sus abstraídas divagaciones una mente observadora, analítica, anticipadora, interpretativa; y que sin cesar juzga. Por espacio de varios minutos interminables había dirigido mi atención hacia aquel Bertram Tupra, en quien me vería obligado a fijarme durante la cena fría, ese había sido sin duda el principal propósito, que en él me fijara. Pero a la postre no había explicado por qué, ni en realidad había soltado una sola palabra descriptiva ni informativa acerca del individuo en cuestión o *fellow*, sólo que había sido discípulo de Toby Rylands y que tenía una nueva novia, el resto disquisiciones y conjeturas ociosas sobre su absurdo nombre. Ni siquiera se había decidido, tras sus vacilaciones no expresas, a especificar qué era 'lo suyo', aquello en lo que nunca habría prosperado de haberse llamado Pavel o Mikka o Jukka. Y al final incluso me había desviado el interés posible, aludiendo por vez primera ante mí a sus raíces neozelandesas, a su nada temprana incorporación a Inglaterra y a su apellido cambiado o apócrifo, pero impidiéndome, al mismo tiempo, preguntarle nada al respecto, al añadir en seguida 'Pero todo esto ya lo sabes y no viene a cuen-

to', cuando lo cierto era que todo eso yo lo había
ignorado hasta aquel instante.

'Otro paralelismo más con Toby, enton-
ces', pensé tras haber colgado, 'de quien se rumoreaba que era sudafricano de origen, como se rumo-
reaban tantas otras leyendas; una razón más para
que se hicieran amigos cuando eran jóvenes, británicos forasteros o de ciudadanía tan sólo, ingleses
postizos ambos.' Rylands nunca me había aclarado
ninguno de aquellos rumores ni yo lo había sondea-
do apenas respecto a ellos, le gustaba poco reme-
morar su pasado en voz alta, eso se decía y así fue
conmigo; y no me pareció respetuoso indagar por
mi cuenta después de su muerte, era como contra-
venir sus deseos cuando él ya no podía mantener-
los ni revocarlos ('Extraño no seguir deseando los
deseos', cité de memoria para mis adentros, 'extraño tener que desprenderse aun del propio nombre'). Dudé si marcar el número de Wheeler inmediatamente, para que me ampliara aquellos datos
nuevos acerca del suyo, de su pasado, y me expli-
cara por qué demonios había discurseado sobre Tupra tanto rato, hasta llegar a impacientarme. Porque
justo antes de su llamada yo había estado probando con el número de Madrid que aún estaba a mi
nombre pero no era ya más el mío sino el de Luisa
y los niños, y comunicaba con tanta insistencia que
quería volver a intentarlo cuanto antes, aunque sólo
fuera para calibrar la duración del no lograrlo. Por
eso no llamé a Wheeler en el acto, nada más colgarle, tenía prisa por seguir marcando aquel número mío perdido o del que había de desprender-
me, y al que antes yo contestaba cuando estaba en
casa, con frecuencia. Ahora no lo contestaba nunca

porque ya no estaba en casa ni podía regresar a dormir en ella, y estaba en otro país, y aunque no muy solo como me creía Wheeler, a veces sí un poco, o acaso es que toleraba mal no estar siempre acompañado y no estar siempre aturdido y entonces me pesaba el tiempo o yo obstaculizaba su paso, quizá por eso no me fue difícil escuchar a Wheeler con atención primero, en su casa, y aceptar luego la proposición de Tupra, que si algo me brindaba era compañía incesante, aunque en ocasiones sólo auditiva y visiva, y también raciones de aturdimiento.

Ese teléfono de Luisa en Madrid seguía comunicando, no había avería según me dijeron en Averías, y ambos nos negábamos a llevar portátiles, un instrumento de acecho. Tal vez estaba enganchada a Internet, le había encarecido que contratara una segunda línea para no bloquear el teléfono pero no acababa de hacerlo aunque yo le hubiera ofrecido costeársela, sólo usaba la red de tarde en tarde, era cierto, luego resultaba improbable que fuera eso, tanto tiempo comunicando en noche de jueves, era uno de los días en principio acordados para que yo hablara con el niño y la niña antes de que se acostaran, se estaba haciendo demasiado tarde, una hora más en España, allí las diez pasadas y aquí las nueve pasadas, habrían cenado los tres con la televisión puesta o con algún vídeo, no era fácil que el niño y la niña coincidieran en sus preferencias, demasiada edad los separaba, por suerte el niño era paciente y protector con ella y a menudo cedía, yo empezaba a temer por él, era protector hasta con su madre y no sabía si hasta conmigo mismo, ahora que me veía lejos y desterrado, huérfano según su criterio o su entendimiento, sufren mucho en la

vida quienes hacen de escudo, y los vigilantes, con
su oído y su ojo siempre despiertos. Se habrían acostado ya aunque aún tendrían la luz encendida durante unos minutos, los que les concedíamos Luisa y yo de propina o prórroga para que también
leyeran algo —un tebeo, unas líneas, un cuento—
mientras los cazaba el sueño, es desdichado conocer las costumbres exactas de una casa de la que de
pronto se falta y a la que no se vuelve más que de visita y con aviso previo y como un pariente cercano
y de tarde en tarde, uno queda fijado en la tela de
araña del escenario y el ritmo que construyó y lo
albergaban y que parecían imposibles sin su con-
tribución y sin su existencia, largo prisionero de lo
presenciado y llevado a cabo tantas veces, y es incapaz de imaginar que se vayan produciendo cambios,
aunque tenga conciencia de que no los impide nada
y bien puede haberlos y aun procurárselos, y aprenda a sospecharlos abstractamente, cuáles podrían ser
esos cambios que se darán en su ausencia y a sus espaldas, uno deja de asistir, ya no es partícipe ni siquiera testigo, y es como si hubiera sido expulsa-
do del tiempo que avanza, convertido para uno ese
tiempo en pintura helada o en memoria helada,
desde la adversa distancia.

Y cree uno estúpidamente que se le guar-
darán raras ausencias, no en lo esencial pero sí en
lo simbólico, como si no fuera infinitamente más
fácil arrasar con los símbolos que con los hechos pasados y acaecidos, y éstos se suprimen o borran sin
excesivo esfuerzo, basta con estar resuelto y sujetar
las remembranzas. No cree uno que Luisa no vaya
a tener un nuevo amor o un amante dentro de poco
tiempo, no cree uno que no lo esté ya esperando sin

saber que lo espera, o incluso buscándolo con el cuello erguido y la mirada alerta sin saber que busca, ni que no le haga ilusión pasiva la aparición previsible de quien aún carece de rostro y nombre y por tanto los encierra todos, los posibles y los imposibles, los soportables y los nauseabundos. Y sin embargo sí cree uno incongruentemente que a ese amor nuevo o amante no lo llevará Luisa con los niños a casa, ni a nuestra cama que ya es sólo suya, y que lo verá casi a escondidas como si el respeto hacia mi recuerdo aún reciente se lo impusiera o se lo implorara —un susurro, una fiebre, un rasguño—, como si ella fuera una viuda y yo fuera un muerto merecedor de duelo al que no se puede sustituir tan pronto, todavía no, amor mío, espera, espera, no es aún tu hora y no me la arruines, dame tiempo y dáselo a él, a este muerto, su tiempo que ya no avanza, dáselo para difuminarse, deja que se convierta en fantasma antes de ocupar tú su sitio y ahuyentar su carne, déjalo convertirse en nada y aguarda a que no quede olor en las sábanas ni en mi cuerpo, deja que lo que fue no haya sido. Cree uno que Luisa no admitirá así como así a ese hombre a nuestras costumbres y a nuestro retrato, que no permitirá que sea él de repente quien la ayude a preparar la cena —deja, ya haré yo las tortillas— y quien se siente junto a ella y los niños a ver un vídeo —nadie en contra de Tom y Jerry—, ni que sea él quien se asome de puntillas luego —estás rendida, ya voy yo, no te muevas— a apagar las luces de los dos cuartos, tras comprobar que mis niños se han dormido con un Tintín en las manos que se deslizó sin sobresalto hasta el suelo o con un muñeco sobre la almohada al que asfixiará el diminuto abrazo de los sueños simples.

Pero uno debe hacerse a la idea de que no hay ningún duelo ni tal respeto por nuestro recuerdo ni por lo que decidimos ahora erigir en símbolos tardíamente, entre otras razones porque Luisa no es viuda ni nos hemos muerto ni yo me he muerto, sino que no estuvimos lo bastante atentos y nada nos es debido, y sobre todo porque el tiempo de ella que envuelve y arrebata a los niños es ya muy otro que el nuestro, el suyo avanza sin incorporarnos y yo no sé bien qué hacer con el mío, que avanza igualmente sin incorporarme o al que aún no he sabido subirme, quizá ya nunca me ponga al día y siga sólo siempre la estela de ese tiempo mío. Pronto habrá un individuo a su lado encargándose de las tortillas y haciendo méritos cotidianos ante ella y ante los niños, disimulará su fastidio durante meses por no disponer para él solo de ella y a cualquier hora, se hará el paciente y el comprensivo y el solidario, y con medias palabras y preguntas solícitas y sonrisas de lástima retrospectiva cavará mi tumba aún más hondo, en la que ya estoy sepultado. Eso es lo previsible, pero quién sabe... Tal vez sea un sujeto desenfadado y risueño que la saque de juerga todas las noches y no quiera ni oír hablar de los niños ni pisar nuestra casa más allá de la entrada, ya vestido de farra y tamborileando en el quicio con mucho apremio; que la obligue a alejarse de ellos y a descuidarlos y la exponga a riesgos y la arrastre a excesos alegres semejantes a los que yo me permito aquí, no pocas veces... O también puede ser un tipo despótico y envenenado, que la sojuzgue y la aísle y le deslice poco a poco sus exigencias y sus prohibiciones, disfrazadas de enamoramiento y flaqueza y celos y de lisonja y ruegos, un hombre torcido que acaso una noche de lluvia y encierro cierre sus manos grandes sobre su cuello mientras los niños —mis niños— miran desde una esquina aplastándose contra la pared como si quisieran que cediera ésta y desapareciera, y con ella la mala visión, y el impedido llanto que ansía brotar pero no alcanza, el mal sueño, y el ruido prolongado y raro que su madre hace al morirse. Pero no, esto no ha de ocurrir, esto no ocurre, no tendré esa suerte y no tendré esa desgracia (suerte en el imaginario y en la realidad desgracia)... Quién sabe quién nos sustituye, sólo sabemos que se nos sustituye siempre, en todas las ocasiones y en todas las circunstancias y en cualquier desempeño, en el amor, la amistad, en el empleo y en la influencia, en la dominación, y en el odio que también acaba por cansarse de nosotros; en las casas en que habitamos y en las ciudades que nos consienten, en los teléfonos que nos persuaden o nos escuchan pacientes con la risa al oído o con un murmullo de asentimiento, en el juego y en el negocio, en las tiendas y en los despachos, en el paisaje infantil que creíamos sólo nuestro y en las agotadas calles de tanto ver marchitarse, en los restaurantes y en los paseos y en nuestras butacas y en nuestras sábanas, hasta que no queda olor en ellas ni ningún vestigio y se rasgan para hacer tiras o paños, y en nuestros besos se nos sustituye y se cierran al besar los ojos, en los recuerdos y en los pensamientos y en las ensoñaciones y en todas partes, sólo soy como nieve sobre los hombros, resbaladiza y mansa, y la nieve siempre para...

Miro por la ventana de mi apartamento amueblado ingenuamente por alguna mujer inglesa a la que nunca he visto, mientras cuelgo y descuelgo y marco y de nuevo cuelgo, miro la noche perezosa de Londres a través de la Square o plaza que se va despoblando de los seres activos y de los decididos pasos para que la vayan tomando durante un rato —un interregno— los inactivos con su paso errático que los conduce ahora hasta las papeleras y cubos en los que hunden sus cenicientos brazos rebuscando tesoros invisibles para nosotros o el fortuito salario de su jornada sobrevivida, cuando aún no es noche cerrada pero desde luego tampoco es día, o cuando todavía es hoy para los que regresan a casa o se visten de farra para abandonarla, pero ya es ayer para quienes van y vienen sin orientarse nunca. Alzo la vista para buscar y seguir mirando el mundo orientado y vivo al que me figuro que aún pertenezco, que se va guareciendo de la ceniza crepuscular del aire en sus interiores iluminados, para alejarme y no asimilarme al desorientado mundo de esos fantasmas que se sumergen hasta confundirse con los desperdicios; alzo la vista por encima del tráfico que ya se apacigua y de los mendigos sombra y de los rezagados —cinco o seis pisadas a la carrera y el salto al autobús de dos pisos sin puertas que casi arranca, los tacones de las mujeres rascan, corren serio peligro—; miro por encima y a través de los árboles y de la estatua hasta el otro extremo, donde están el elegante hotel y las oficinas enormes y las habitadas casas que albergan familias o no siempre familias, no siempre lo que yo era y a veces sí lo que soy ahora —'Seré más el que soy: seré más yo ahora', me digo; *I'll be more myself*, cito para mis adentros: al estar y ser yo solo—; veo en ocasiones a quienes son mis iguales en un aspecto, personas que no viven con nadie y reciben a lo sumo visitas, y puede que se quede alguna a pasar una noche con ellas, como también sucede en mi apartamento, si es que en mí se repara desde algún observatorio.

Hay un hombre que vive enfrente, más allá de los árboles cuyas copas coronan el centro de esta plaza y exactamente a mi altura, un tercer piso, las casas inglesas no tienen persianas o raramente, si acaso visillos o contraventanas que no suelen cerrarse hasta que el sueño inicia sus cacerías atolondradas, y a este hombre lo veo bailando frecuentemente, alguna vez acompañado pero casi siempre él a solas con gran entusiasmo, recorriendo en sus danzas o más bien bailoteos el alargado salón entero, ocupa cuatro ventanales. No es un profesional que ensaye, en modo alguno, eso es seguro: suele estar vestido de calle, incluso a veces con corbata y todo, como si acabara de entrar por la puerta tras la jornada y su impaciencia le consintiera sólo desprenderse de la chaqueta y arremangarse (pero la norma es que vista jerseys elegantes o polos de manga larga o nikis de manga corta), y sus pasos de baile son espontáneos, improvisados, no carentes de armonía y gracia pero yo diría que sin mucha medida ni compás ni estudio, los que cada vez le inspira la música que yo no oigo y que acaso oiga él exclusivamente, con los prismáticos de las carreras me ha parecido ver —eso creo: me los llevo a los ojos de cuando en cuando, también en casa— que se ajusta a los oídos algún auricular o artilugio, sin duda algo inalámbrico o no podría brincar y moverse tan libremente. Eso explicaría que algunas noches dé comienzo a sus sesiones cuando ya es muy tarde, sobre todo para Inglaterra, donde ningún vecindario le toleraría música a gran volumen pasadas las once, ni siquiera una hora antes, no sé cómo hará para amortiguar el ruido de sus pies danzantes. Quizá busca llamar al sueño cuando empieza tan tarde: cansarse, enajenarse, aturdirse, distraer los afanes de la conciencia. Es un individuo de unos treinta y cinco años, delgado, de facciones huesudas —mandíbula y nariz y frente— pero constitución atlética, espaldas bastante anchas, vientre plano y agilidad notable, parece todo natural y no producto de ningún gimnasio. Luce un bigote poblado pero cuidado, como de boxeador pionero pero sin ondulaciones decimonónicas, recto, y se peina hacia atrás con raya en medio, como si llevara coleta pero no se la he visto, cualquier día se la deja. Es extraño verlo moverse a diferentes ritmos sin escuchar yo nunca la música que lo conduce, me entretengo en adivinarla, en ponérsela mentalmente para —cómo decir— evitarle el ridículo de bailar en silencio, ante mí en silencio, la visión resulta incomprensible, incongruente, casi demente si uno no suple con su memoria musical —o incluso saca el disco intuido y lo pone, si lo tiene a mano— lo que domina o guía al individuo y jamás se oye, a veces pienso 'Puede que esté bailando al son del "Hucklebuck" de Chubby Checker a juzgar por el desenfreno del torso, o algo de Elvis Presley, "Burning Love" por ejemplo, con ese cabeceo velocísimo y como de pelele y esos pasos tan cortos, o esto ha de ser menos antiguo, Lynyrd Skynyrd acaso, esa canción famosa no sé qué de Alabama, eleva mucho los muslos como la actriz Nicole Kidman cuando la bailó en una película, inesperadamente; y ahora tal vez sea un calypso, reconozco en sus caderas un vaivén absurdamente antillano o vete a saber, y además ha cogido maracas, más vale que aparte la vista o que le haga sonar de inmediato en mi tocadiscos "I Learn a Merengue, Mama" o "Barrel of Rum", qué loco este tipo, qué feliz se lo ve, qué desentendido de cuanto nos gasta y consume, entregado a sus bailes que no son para nadie, se sorprendería si supiera que yo lo observo a ratos cuando estoy a la espera u ocioso, y puede que no sea el único desde mi edificio, resulta divertido e incluso da alegría mirarlo, y también tiene misterio, no logro figurarme quién es ni a qué se dedica, se sustrae —y no es eso frecuente— a mis facultades interpretativas o deductivas, que aciertan o yerran pero en todo caso nunca se inhiben, sino que se ponen al instante en marcha para componer un retrato improvisado y mínimo, un estereotipo, un fogonazo, una suposición plausible, un esbozo o retazo de vida por imaginarios y elementales o arbitrarios que sean, es mi mente detectivesca y alerta, mi mente imbécil que me criticaba y reprochaba Clare Bayes en este mismo país hace ya muchos años, antes de que conociera a Luisa, y que hube de sofocar con Luisa para no irritarla y no darle miedo, el miedo supersticioso que más daño hace, y aun así sirvió de poco, nada sirve contra lo que ya se sabe y más se teme (quizá porque se lo atrae con fatalismo entonces, y se lo procura porque si no es un chasco), y uno suele saber cómo acaban las cosas, cómo evolucionan y qué nos aguarda, hacia dónde se encaminan y cuál ha de ser su término; todo está ahí a la vista, en realidad todo es visible desde muy pronto en las relaciones como en los relatos honrados, basta con atreverse a mirarlo, un solo instante encierra el germen de muchos años venideros y casi de nuestra historia entera —un solo instante cargado o grave—, y si queremos la vemos y la recorremos ya, a grandes rasgos, no son tantas las variaciones posibles, los indicios rara vez engañan si sabemos discernir los significativos, si se está —pero es tan difícil y catastrófico— dispuesto a ello; uno ve un día un gesto inconfundible, asiste a una reacción inequívoca, oye un tono de voz que dice mucho y más anuncia aunque también oiga uno la lengua morderse —demasiado tarde—; siente en la nuca el carácter o la propensión de una mirada cuando ésta se sabe invisible y resguardada y a salvo, tantas son involuntarias; nota la melosidad o la impaciencia, percibe las intenciones ocultas que no están ocultas jamás del todo, o las inconscientes antes de que se vuelvan conciencia en quien deberá abrigarlas, a veces prevé uno a alguien antes de que ese alguien se prevea a sí mismo ni se conozca ni se intuya siquiera, y adivina la traición aún no fraguada y el desdén aún no sentido; y el empacho que uno causa, el cansancio que provoca o la aversión que ya inspira, o bien lo contrario que no es mejor siempre: la incondicionalidad que se nos tiene, la demasiada expectativa, la entrega, el afán de agradar del otro y de sernos vital para suplantarnos luego y ser así quien nosotros somos; y el ansia de posesión, la ilusión que uno crea, la determinación de alguien de estar o permanecer a su lado, o de conquistarlo, y la lealtad irracional, desvariada; nota cuándo hay entusiasmo y cuándo es sólo lisonja y cuándo es mezcla (porque nada es puro), sabe quién no es trigo limpio y quién ambicioso y quién no tiene escrúpulos y quién pasará por encima de su cadáver después de aplastarlo y quién es un alma cándida, y sabe qué será de estas últimas cuando se las encuentra, el destino que les espera si no se enmiendan y vician y también si lo hacen: sabe si serán víctimas suyas. Ve quién abandonará a quién algún día cuando le presentan a un matrimonio o pareja, y lo ve en el acto, nada más saludarlos, o a los postres ya lo entiende. También percibe cuándo algo se tuerce y se echa a perder, o da un gran vuelco y las tornas cambian, cuándo se fastidia todo, en qué momento uno deja de querer como antes o dejan de quererlo a uno, quién se acostará con nosotros, quién no, y cuándo un amigo descubre su propia envidia, o más bien decide rendirse a ella y dejar que ahora sola lo conduzca y guíe; cuándo empieza a rezumar o se carga de resentimiento; sabemos qué es lo que exaspera o revienta en nosotros y qué nos condena, qué convino decir y no dijimos o qué callar y no callamos, qué hace que de pronto un día se nos mire con otros ojos —turbios o malos ojos: es ya inquina—; cuándo decepcionamos o cuándo irrita que aún no lo hagamos y no ofrezcamos el pretexto ansiado, para ser despedidos; qué detalle no se soporta y señala la hora de que nos volvamos insoportables ya para siempre; y también sabemos quién va a amarnos, hasta la muerte y más allá y a nuestro pesar a veces, más allá de la muerte suya o de la mía o de ambas... contra nuestra voluntad a veces... Pero nadie quiere ver nada y así nadie ve casi nunca lo que está delante, lo que nos aguarda o depararemos tarde o temprano, nadie deja de entablar conversación o amistad con quien sólo nos traerá arrepentimiento y discordia y veneno y lamentaciones, o con aquel a quien nosotros traeremos eso, por mucho que lo vislumbremos en el primer instante, o por manifiesto que se nos haga. Intentamos que las cosas sean distintas de lo que son y de como aparecen, nos empeñamos insensatamente en que nos guste quien nos gusta poco desde el principio, y en poder fiarnos de quien nos inspira desconfianza aguda, es como si a menudo fuéramos en contra de nuestro conocimiento, porque así lo sentimos muchas veces, como conocimiento más que como intuición o impresión o corazonada, nada tiene que ver todo esto con las premoniciones, no hay nada sobrenatural ni misterioso en ello, lo misterioso es que no atendamos. Y la explicación ha de ser simple, de algo tan compartido por tantos: es sólo que sabemos, y lo detestamos; que no toleramos ver; que odiamos el conocimiento, y la certidumbre, y el convencimiento; y nadie quiere convertirse en su propio dolor y su fiebre...'

En algunas ocasiones, ya he dicho —sólo en un par por entonces, que yo hubiera visto—, ese hombre al que no interpreto o no reduzco, sobre el que no consigo formarme idea clara ni vaga, bailó acompañado en contra de su costumbre, y fue con dos mujeres distintas, una blanca y otra negra o mulata (no lo supe bien, las luces bajas); pero también entonces pareció más atento a sí mismo y a su disfrute que a sus parejas, aunque a buen seguro lo complacía contar con ellas para variar el cuadro y poder cruzárselas y agarrarse o rozarse a lo largo del salón bien despejado, toda una zona o franja longitudinal sin muebles, es decir sin obstáculos, como si la tuviera libre a propósito para facilitarse los correteos. La blanca llevaba pantalo-

nes, fue una lástima; la negra, en cambio, falda que
volaba y subía, y a veces no bajaba del todo luego,
se quedaba enganchada en las medias unos instantes (bueno, medias enteras o como se llamen, que
llegan a la cintura) hasta que un nuevo quiebro o
una manotada distraída de ella zafaban la tela y la
devolvían a las leyes de la gravedad censoras. Me
gustó verle los muslos y fugazmente las nalgas, por
eso me abstuve de usar los prismáticos, en principio espiar no es mi estilo, al menos no con intenciones y ahí las habría habido. La mujer blanca se
fue tras la sesión danzante, la vi salir por el portal
de la casa del hombre y montarse en su bicicleta
(quizá los pantalones por eso, aunque tampoco hay
que buscarles causa); la negra o mulata se quedó a
dormir, eso creo; pararon tras bastante fiesta, y se
apagaron las luces luego, y no la vi marcharse durante largo rato, era ya tarde y aún se había hecho
más tarde cuando decidí acostarme para olvidarme de ella. Aquí en casa también se ha quedado alguna mujer, de vez en cuando, sobre todo en los
iniciales meses de asentamiento y reconocimiento
y tanteo: una ha vuelto, otra quiso volver y yo no
estuve de acuerdo, la tercera ni se lo planteó, se des-
entendió ya del lance antes de que concluyera —sí,
habían sido tres hasta aquel momento—, nada sé
de ella o sabía entonces desde que desayunó en mi
cocina, menos azorada que maquinal y rauda, como
si estar allí tan de mañana no fuera con ella, una
coincidencia de alojamiento, estaba prometida al
hijo de un tipo importante con el que la chiflaba
anunciar su inminente boda y la espantaba casarse
con tanta inminencia, y que tal vez andaba llamán-
dola ya desde la noche anterior o desde muy tem-

prano, marcando y colgando y descolgando y marcando, aquel novio nervioso sin recibir respuesta o las del contestador y el buzón tan sólo, eso es inaguantable, llamar y llamar en vano, yo ya no aguantaba seguir probando con Luisa, qué haría, acaso habría descolgado porque tenía visita, quizá iba a quedarse alguien esa noche con ella, y la única forma de asegurarse de que mi lejana voz no interrumpiría o descentraría nada —se habría dado cuenta de que era jueves de pronto, decidida sobre la marcha la dilación de la visita: la lanza, la fiebre, mi dolor, el sueño, lo sustancial o insignificante— era acostar a los niños un poco antes de lo acostumbrado y dejar la noche entera el teléfono fuera de sitio, siempre se podría pretextar mañana un descuido.

Pero sólo el hombre adulador y aplicado se queda, al menos en esta fase, sólo el que hace méritos para instalarse y ocupar el hueco en la cama caliente sin aspirar a introducir ningún cambio, pues el esquema de su predecesor le parece de perlas y sólo ansía ser éste, aun si no lo sabe; el festivo y risueño se va o ni siquiera entra, nada quiere saber de compartir almohada más allá de las horas despiertas y activas; y el despótico y posesivo disimula mucho al principio, lleva buen cuidado de no parecer intruso, siempre espera a ser alentado y aunque lo sea declina las invitaciones primeras ('No te quiero complicar, sería para ti molestia, y quizá no estés segura de querer verme mañana sin habértelo preguntado antes'), se muestra deferente, respetuoso y aun precavido, procura que no le asome el menor rasgo invasor o expansivo, y no se entretiene o demora en el territorio ajeno hasta una fase tardía, precisamente porque planea adueñárselo entero y no se arriesga a levantar sospecha. Ese no se queda a dormir ni aunque se lo imploren, no al comienzo: ese se viste de arriba abajo otra vez pese a la hora y el desmadejamiento y el frío, y vence toda pereza —la de ponerse los calcetines de nuevo— y difiere toda avidez y todo apremio —no le importa que se condensen, la avidez y el apremio—; coge el coche o avisa a un taxi y se marcha de madrugada sin hacer ruido, también para empezar a ser añorado rápido, nada más cerrar la puerta a su espalda y abrir la del ascensor y dejar a la mujer desarreglada y ya tibia que regrese a su cama deshecha no acogedora, a sus sábanas arrugadas y al olor que aún no se ha ido. Si es ese el hombre, ese sujeto torcido que más adelante no la dejará respirar a sol ni a sombra y la aislará totalmente, y que a mí ni siquiera tendrá que hundirme ni cavarme más hondo porque mi recuerdo lo habrá suprimido con el primer terror y la primera súplica y la primera orden; si es ese su visita esta noche, entonces tal vez Luisa vuelva a colgar el teléfono cuando él ya se haya ido, tan trajeado como llegó y hasta con los guantes puestos, y quizá cuelgue al oír resonar en el portal y en la calle sus pasos ahora ruidosos y seguros y firmes, por el avance tan sostenido y firme que lo conduce a ella. Así que puede que deba insistir todavía, o intentarlo de nuevo más tarde, cuando decida por fin acostarme para olvidarme de ella, casi las once en Madrid y qué hago yo aquí tan lejos sin poder volver a dormir a casa, qué hago en otro país comportándome como un novio nervioso, o peor, como un enamorado insignificante, o peor, como un cortejador pobre diablo que se niega a enterarse de lo que ya sabe, que será rechazado siempre. Ya no es tiempo de esto, ya no es mi tiempo o mi tiempo ha pasado, tengo dos hijos desde hace mucho y a quien llamo es a su madre, hace lo suficiente para que mi pensamiento ya nunca se olvide de ellos y sean para mí niños eternos, por qué mi tiempo se ha volcado o por qué se ha quedado en suspenso, qué sentido tiene que me ponga nervioso con el pretexto de temer por el futuro posible que aguarda a los tres según quién me sustituya, que yo sepa todavía no hay nadie en camino o en esa vía, aunque si lo hubiera Luisa no tendría por qué contármelo, y menos aún sus encuentros ocasionales que de momento no llevan a inauguración ninguna, a quién ve o con quién sale y no digamos con quién se acuesta y a quién despide a la puerta de casa con una bata echada sobre el cuerpo acalorado y desnudo hasta hacía un instante, a quién dice adiós con un beso de acopio hasta la vez siguiente, o quizá es mortecino al término de una larga jornada, ya sin rastro de maquillaje y muy despeinada, con el pelo aniñado por los trajines de noche y día y con el cansancio visible en las ahondadas ojeras y en la piel tan mate, cuando ni el momentáneo contento del lance habido puede embellecer un rostro que sólo pide y tolera reposo y sueño, más sueño, y cesar por fin con los pensamientos. Tampoco yo le he contado de las tres mujeres que aquí han pernoctado, ni siquiera de una, de cuál, y para qué iba a hacerlo, ni siquiera de la que ha vuelto.

Los mendigos se han retirado tras apurar sus botines —son sólo un interregno de ceniza y sombra— y la plaza está casi vacía, la cruza alguien de vez en cuando, nadie es el último en ningún sitio, alguien cruza más tarde siempre. Hay luces en el hotel elegante y en unas cuantas viviendas, pero en mi campo visual no aparece ninguna figura, en este instante. El insondable bailarín de enfrente ha parado y ha apagado las suyas, empezó a hora tardía para aguantar ya mucho trote. Así que aquí me quedo yo solo como un novio o un enamorado, sustancial e insignificante, aquí me quedo despierto.

'¿Sí?'

Descolgué el teléfono sin que sonara apenas, lo tenía tan a mano. Me salió contestar en español, llevaba un buen rato cavilando en mi lengua.

'Deza.' Así me llamaba Luisa algunas veces, por el apellido, cuando quería hacerse perdonar o sacarme algo, también cuando se ponía de muy mal humor, por causa mía. 'Hola, habrás estado llamando, lo siento, mi hermana me ha tenido una hora al teléfono haciéndole de psiquiatra, está fatal con su marido y ahora me considera experta. Imagínate. Los niños ya están dormidos, lo lamento de veras, los acosté a su hora, la verdad es que no me he acordado de que era jueves hasta ahora mismo, al colgarle, ya sabes lo que sucede cuando uno ve claro lo que no ve el otro, se lo repite diez veces y se va exasperando, y también mi hermana, que en realidad quiere oír lo que se dice a sí misma y no lo que yo pueda entender, o aconsejarle. ¿Cómo estás?'

Sonaba muy fatigada y medianamente ausente, como si dirigirse a mí le fuera un último y añadido esfuerzo nocturno con el que no había contado, y como si todavía estuviera en la conversación con su hermana y no conmigo, si es que esa conversación había existido. Siempre es lo mismo, a diario y con cualquier persona, constantemente, en cualquier intercambio de palabras triviales o graves, uno puede creer o no creer lo que se le cuenta, no hay más opciones, demasiado pocas y demasiado simples, y así uno cree casi todo lo que se le dice, o si no lo cree se calla las más de las veces, porque si no todo se hace trabajoso y se enreda, y se avanza a trompicones y nada fluye. De modo que cuanto se emite queda como verdadero en principio, lo cierto como lo falso, a no ser que esto último resulte notorio, notoriamente falso. No era este el caso con Luisa ahora, lo que decía podía ser lo ocurrido o bien encubrir algo —otra conversación telefónica, una cena fuera al amparo de una canguro habladora, una demorada visita y su despedida, no era asunto mío, y qué más daba—, yo tenía que darlo por bueno, en realidad no debía ni preguntarme al respecto. Y además sí hay otra opción, todo está lleno de medias verdades, y todos nos inspiramos en la verdad para urdir o improvisar las mentiras, luego hay siempre en éstas algo de cierto, una base, el arranque, la fuente. Yo suelo saber, aunque no me atañan y no haya comprobación posible (y a menudo me traen sin cuidado, no me importan). Las detecto sin pruebas, pero por lo general me callo, a menos que se me esté pagando por señalarlas, como en mi época profesional de Londres.

‘Bien’, dije, y hasta esa palabra única era falsa. No tenía ganas de hablar apenas. Ni siquiera de preguntar por los niños, no habría novedades seguramente. Con todo, ella me hizo un resumen rápido, como para compensarme de no haber oído sus voces aquella noche: quizá por ese motivo me había llamado Deza, para hacerse perdonar su olvido que yo no le reprochaba, al fin y al cabo esos minutos con el niño y la niña al teléfono eran siempre rutinarios e idiotas, las mismas preguntas mías y parecidas respuestas de ellos, que no me preguntaban nada salvo cuándo iba a venir y qué cosas iba a traerles, luego un par de frases cariñosas y un par de bromas, todo envarado, la pena venía después en silencio, por lo menos la mía, era llevadera.

'Estoy completamente rendida', dijo Luisa para concluir. 'Ya no puedo más de teléfono, me voy a acostar en seguida.'

'Buenas noches. Veré de llamar el domingo. Descansa.'

Colgué o colgamos, yo también me sentí agotado y a la mañana siguiente me aguardaba buena tarea en la BBC Radio, aún trabajaba allí, ignoraba que por poco más tiempo. Mientras me desnudaba para acostarme me acordé de una tontería que le había preguntado una vez a Luisa mientras se desnudaba para acostarse hacía mil años, al poco de nacer el niño, cuando aún no me había acostumbrado a su existencia del todo, o a su omnipresencia. Le había preguntado a Luisa si creía que el niño viviría siempre con nosotros, mientras fuera niño o muy joven. Y ella había respondido con sorpresa y con leve impaciencia: 'Claro, qué bobadas son esas, ¿con quién si no?' E inmediatamente había añadido: 'Si no nos pasa nada'. '¿Qué quieres decir?', le había preguntado yo un poco ido o desconcertado, como solía estarlo en aquel tiempo. Estaba casi desnuda. Y su contestación había sido: 'Nada malo, quiero decir'. Ahora el niño era todavía niño y no vivía con nosotros sino con ella tan sólo, y con nuestra niña nueva a la que también habría tocado vivir siempre así, con nosotros. Tenía que habernos pasado algo malo, entonces, o quizá no a los dos, sino a mí. O bien a ella.

Tupra resultó ser en primera instancia o en una fiesta un hombre cordial, risueño, abiertamente simpático para ser insular, con una vanidad blanda e ingenua que no sólo no molestaba, sino que hacía que se lo mirara con ligera ironía y con instintivo y leve afecto también. Era inequívocamente inglés pese al apellido tan raro, mucho más Bertram que Tupra: sus gestos, su entonación, sus alternativos agudos y graves en una misma parrafada, su balanceo suave sobre los talones con las manos juntas a la espalda cuando estaba de pie, su inicial timidez impostada, allí se adopta a menudo como mero signo de educación, o como preliminar declaración de renuncia a todo avasallamiento verbal —muy inicial fue la suya, quiero decir que la timidez no le duró más allá de las presentaciones—; y, con todo, algo de sus orígenes extranjeros remotos o rastreables pervivía en él —quizá eran paternos sin más—, tal vez aprendido sin deliberación y con naturalidad en su casa y no borrado del todo por el barrio y la escuela, ni siquiera por la Universidad de Oxford en la que había estudiado, que aporta tantos amaneramientos y modismos del habla y tantas actitudes excluyentes y distintivas —parecen casi contraseñas o cifras—, no poca soberbia y hasta algunos tics faciales en los casos de mayor y más denodada asimilación al lugar —o es más bien a una vieja leyenda—. Ese algo tenía que ver con cierta dureza de carácter o cierta permanente tensión, o acaso era una vehemencia postergada, subterránea, cautiva, impaciente siempre por quedar sin testigos —o con los de confianza tan sólo— para emerger y manifestarse. No sé cómo decir, no me habría extrañado que Tupra, cuando estuviera a solas u ocioso, bailara como loco por su habitación, con pareja o sin ella pero probablemente con mujer a mano, saltaba a la vista que le gustaban con desmesura (y cuando eso se da en Inglaterra se hace muy patente, por contraste con la simulación dominante), no sólo la que estuviera con él sino casi cualquiera y aunque fuese de edad ya madura, era como si tuviera la capacidad para verlas en su anterioridad, cuando eran sólo jóvenes o quién sabía si niñas, para adivinarlas retrospectivamente y lograr, con aquel ojo suyo que sondeaba el pasado, que el pasado se hiciera otra vez presente durante el tiempo en que él se avenía a escrutarlo y lo rescataba, y que las mujeres en proceso de encogerse o de marchitamiento o de sustraerse recuperaran ante él salacidad y vigor (o no era más que fulgor: el alocado chisporroteo efímero, más aún que la llama, de un fósforo tras ser rascado). Lo más notable era que no sólo conseguía que así sucediera a sus ojos, sino también a los de los demás, como si su visión se hiciera contagiosa cuando la relataba, o, de otra manera, como si nos persuadiera y nos enseñara a ver lo que él sí veía al instante y nosotros no habríamos percibido nunca sin su concurso y sus descripciones y su índice que lo señalaba.

Esto lo observé ya en la cena fría de Sir Peter Wheeler y claro está que después, con más conocimiento de causa. Después me di cuenta, de hecho, de que su perspicacia para las biografías ya medio escritas y los trayectos medio recorridos alcanzaba a todo el mundo en general, mujeres y hombres, aunque las primeras lo estimularan y conmovieran mucho más. En la fiesta de Wheeler se presentó acompañado de la que había anunciado a éste como su nueva novia, una mujer diez o doce años más joven que él y que parecía ver en Tupra y en la situación cualquier cosa menos novedad: prodigaba sonrisas a los de apariencia más rica y los rozaba sin visible querer, y se esforzaba por atender a las conversaciones como si estuviera interpretando un consabido papel y consultando mentalmente el reloj (y lo miró un par de veces sin aparente cooperación mental). Era alta y hasta más de la cuenta sobre sus bien amaestrados tacones, con piernas fuertes y sólidas como de norteamericana y una belleza algo caballuna en el rostro, agraciados rasgos pero amenazante mandíbula y dentadura compacta de piezas en exceso rectangulares, tanto que al reír se le doblaba el labio superior hacia arriba hasta casi desaparecer —si no reía estaba mejor—. Olía bien con aroma propio, una de esas mujeres cuyo ácido y grato olor original —muy sexuado, olor corporal— prevalece sobre los agregados, sería sin duda eso lo que a su novio excitara más (exhibidos muslos aparte).

Tupra andaría por los cincuenta años y era más bajo que ella, como la mayoría de los varones de la reunión; su aspecto era de diplomático muy viajado y aun escopetado improvisadamente a menudo de aquí para allá, o de alto funcionario menos bregado en las oficinas que fuera de ellas, es decir, no tan importante nominalmente cuanto indispensable en la práctica, más acostumbrado a sofocar incendios mayúsculos y taponar grandes boquetes, a remediar desaguisados prebélicos y calmar o engañar insurrectos que a organizar estrategias desde un despacho. Parecía un tipo bien sujeto a la tierra, en modo alguno extraviado por las alturas ni alelado por el ceremonial: se dedicara a lo que se dedicara ('lo suyo'), transitaba seguramente mucho más por las calles que sobre moquetas, aunque tal vez fueran ya sólo escogidas calles, elegantes y acomodadas. Su cráneo abultado lo amortiguaba un pelo bastante más oscuro, voluminoso y rizado de lo que suele encontrarse en el reino (excepto en Gales), y probablemente se tintaba las sienes, donde los rizos se le convertían en poco menos que caracolillos, delatando así su inoportuno pero aplazado encanecimiento. Tenía ojos azules o grises según la luz y pestañas largas y demasiado tupidas para no ser envidiadas por casi cualquier mujer y receladas por casi cualquier varón. Su mirada pálida resultaba sin embargo burlona aun sin la intención de serlo —luego expresiva también en los momentos de inexpresividad—, y bastante acogedora o debería decir apreciativa, ojos a los que nunca es indiferente lo que tienen delante y que hacen sentirse dignas de curiosidad a las personas sobre quienes se posan, como si su disposición tan activa diera desde el primer instante la impresión de ir a desentrañar lo que hubiese en el ser u objeto o paisaje o escena avistado por ellos. Es un tipo de mirada que apenas si sobrevive en nuestras sociedades, se la reprueba y se la está desterrando. Desde luego en Inglaterra no abunda, donde la tradición ya antigua manda que sean veladas u opacas o ausentes; pero tampoco en España, donde sí se daba y ahora nadie ve nada ni a nadie ni tiene el menor interés en ello, y donde una especie de tacañería visual lleva a comportarse a la gente como si no existieran los otros, o sólo en tanto que bultos u obstáculos que deben ser sorteados o en tanto que meras apoyaturas para sostenerse o trepar por ellas, y si aplastándolas aún mejor, y donde parece que fijarse desinteresadamente en el prójimo sea concederle una inmerecida importancia que además menoscaba la de quien se fija en él.

Y sin embargo quien todavía mira como Bertram Tupra, pensé, quien enfoca con nitidez y a la altura adecuada, que es la del hombre; quien atrapa o captura o más bien absorbe la imagen que está ante él, tiene mucho ganado, sobre todo para saber y cuanto el saber permite: persuadir e influir, para hacerse imprescindible y ser añorado cuando se aparta o se marcha o tan sólo lo amaga, para disuadir y para convencer y apropiarse, para inocular y para conquistar. Algo tenía Tupra en común con Toby Rylands, de quien había sido discípulo, aquella cálida y envolvente atención; y algo tenía en común asimismo con Wheeler, sólo que la mirada de Wheeler era acechante, emboscada, y sus ojos parecían estar opinando hasta cuando se los veía rememorativos o distraídos o soñolientos, pensando por sí solos sin intervención de la mente, juzgando sin necesidad de formular ningún juicio, ni siquiera para sus adentros. Tupra en cambio no intimidaba al principio, no producía esta impresión y por lo tanto no instaba a ponerse en guardia, más bien invitaba a bajar el escudo y quitarse el yelmo, para mejor dejarse captar por él. Algo había común entre ellos, y él como nexo me hizo advertir más semejanzas entre los dos ancianos, el amigo muerto y el amigo vivo: vínculos de carácter; o no era eso, sino vínculos de capacidad. O acaso en los tres era un don.

Pensé que Tupra resultaría irresistible para las mujeres (lo pensé muchas veces, lo vi), de cualquier clase, profesión, experiencia, grado de engreimiento o edad, aunque ya rondara la cincuentena y no fuera propiamente guapo sino sólo atractivo en conjunto y con algún rasgo quizá repelente para la objetividad: no tanto la nariz algo basta y como partida por un antiguo golpe o por varios más; no tanto la piel inquietantemente lustrosa y tersa para sus años y de un bonito y acervezado color (toda arruga ahuyentada, y sin recurso artificial); no tanto las cejas como tiznones y con tendencia a juntarse (sin duda se despejaría de vez en cuando con pinzas el espacio entre las dos); sino más bien la boca demasiado carnosa y mullida, o tan carente de consistencia como sobrada de extensión, labios un poco africanos o más bien hindúes o eran eslavos, que al besar cederían y se desparramarían como plastilina manoseada y blanda o daría esa sensación, con un tacto como de ventosa y de siempre renovada e inextinguible humedad. Y aun así, me dije, aun así él prendería a quien quisiera prender, porque nada dura menos que la objetividad, y entonces casi nada repele, una vez que se ha perdido o uno se ha deshecho por ventura de ella, para poder vivir. Y no faltaría a quien gustase y encendiese esa boca, eso además. Rara vez, siendo ya adulto o incluso joven y más vacilante, he sentido ante un hombre el convencimiento de que contra él nada habría que hacer en según qué terrenos; y de que si ese individuo o *fellow* ponía sus ojos en la mujer que estuviera a mi lado, no habría posibilidad alguna de retenerla ahí. Pero yo no llevaba ninguna mujer a mi lado, ni en la cena fría de Wheeler ni durante la mayor parte del tiempo en que me tuvo contratado Tupra como colaborador. Menos mal que Luisa no está conmigo, pensé; no está por aquí y nada debo temer (lo pensé muchas veces, lo vi). Este hombre la divertiría y halagaría y la comprendería, la sacaría de juerga todas las noches y la expondría a los más convenientes y fructíferos riesgos, se mostraría solícito y solidario y se tragaría su historia entera de cabo a rabo, y también la aislaría y le deslizaría muy pronto sus exigencias y sus prohibiciones, todo ello a la vez o en muy breve lapso, y no tendría que cavar ni una pulgada más hondo para enviarme al fondo del fondo de los infiernos, ni tomar el menor impulso para despedirme al limbo, a mí y al recuerdo de mí, y a la ocasional e improbable nostalgia de mí.

Ese convencimiento hacía aún más extraña a mis ojos la actitud de su nueva novia hacia él, pues más bien semejaba alguien que hubiera efectuado el recorrido completo a su lado ya tiempo atrás: tan completo que incluso hubiera llegado a estirarlo más de la cuenta y a abusar del trayecto común, y por lo tanto a aburrirse también un poco de Tupra, a quien más se habría dicho que toleraba con envejecido afecto y ánimo conciliador —y tal vez algo adulador— que perseguía con entusiasmo por el gran salón, o con la pegajosidad del amante de reciente estreno que aún no da crédito a su for-

tuna (este hombre me quiere, esta mujer me quiere,
qué bendición) y la confunde con la predestina-
ción u otras zarandajas enaltecedoras. No es que no
se la viera pendiente de Tupra, pero más por ser
él su acompañante y quien la había arrastrado o
guiado hasta la casa de Wheeler con aquella gente mitad universitaria y mitad diplomática o finan-
ciera o política o empresarial, o quizá literaria o de
profesión liberal (uno no distingue tanto a los en-
galanados en país ajeno y de arcaica etiqueta, aunque haya vivido en él; y había un embriagado y gi-
gantesco noble, Lord Rymer, viejo conocido mío de
Oxford y director o *warden* ya jubilado de un *college*, All Souls), que por querencia o sumisión o
deseo o amorosidad, o por la habitual impaciencia
ante las novedades que todavía esconden el término
inevitable de su condición, el cual en el fondo se
prefiere siempre acelerar (cansa mucho lo nuevo, pues
requiere adiestramiento y está sin cauce). Peter me
la había presentado como Beryl a secas. 'Mr Deza,
un viejo amigo español', había dicho en inglés cuando llegaron y yo ya estaba allí, dándoles natural
preeminencia al mencionar mi nombre primero, la
dama obligaba a ello y tal vez algo más; y a continuación: 'Mr Tupra, cuya amistad se remonta en
el tiempo aún más lejos. Ella es Beryl'. Nada más.

Si Wheeler quería que me fijara en Tupra
y le dedicara más atención que a nadie durante la
velada, había cometido un error de cálculo al con-
vidar a otro español, un tal De la Garza, no me quedó claro al principio si agregado cultural o de prensa o de naturaleza aún más vaga y parasitaria en la
Embajada de nuestro país, aunque algunas de sus
expresiones me impidieron descartar que tan sólo

fuera encargado de relaciones impúdicas, sumiller de licores, sobornador in péctore o chambelán. Un tipo atildado, fatuo y lenguaraz que, como suele ser norma entre mis compatriotas cuando coinciden con extranjeros en cualquier ocasión y lugar, sea en España como anfitriones o fuera como agasajados, estén en mayoría absoluta o en minoría individual, en realidad no soportaba alternar con guiris ni verse en la circunstancia latosa de deber dispensarles una curiosidad cortés, y que por consiguiente, en cuanto divisó a un paisano, ya apenas si se despegó de mí y prescindió totalmente de hacer ningún caso a ningún nativo (al fin y al cabo nosotros éramos los guiris allí), con excepción de las dos o tres o quizá cuatro mujeres sexualmente apreciables entre la quincena de comensales (fríos, luego a ratos sentados pero sin sitio fijo y a ratos de aquí para allá o quietos de pie), pero más para remirárselas con ojos en exceso diáfanos, hacer sobre ellas comentarios zafios, señalármelas con su ingobernable barbilla y hasta soltarme algún sonrojante e improcedente codazo alusivo, que para acercárseles y entablar conocimiento o conversación, es decir, para tirarles los tejos más allá de lo visual, eso no debía de resultarle nada fácil de hacer en inglés. Noté en seguida su contento y su alivio cuando nos presentaron: con un español a mano, se ahorraba la tensión y fatiga del uso oneroso del idioma local, que él creía hablar, pero su acento indecente convertía las más vulgares palabras en ásperos vocablos irreconocibles para todos salvo para mí, sin que eso fuera privilegio sino tormento, pues mi familiaridad con su inconmovible fonética me llevaba a descifrar sandeces y petulancias tan sólo, sin yo querer;

podía dar generosa espita a sus críticas y maledicencias sin que le entendieran los criticados presentes, si bien se olvidaba a veces del perfecto dominio del castellano de Sir Peter Wheeler, y cuando se acordaba y veía a éste a distancia de oído, recurría a jergas obscenas o patibularias, quiero decir aún más que cuando no; se sentía autorizado a sacarme temas nacionales absurdos con no siempre justificada naturalidad, pues apenas sé nada de toros ni de los adefesios de la prensa rosa ni de los integrantes de la familia real, aunque nada tenga tampoco en contra de los primeros ni casi de los terceros; y también, conmigo, podía soltar tacos y ser soez, y eso sí que es difícil en otro idioma (con soltura y veracidad) y además se echa indeciblemente de menos si se está acostumbrado a ello, he tenido ocasión de comprobarlo a menudo en el extranjero, donde he visto a ministros, aristócratas, embajadores, potentados y catedráticos, y hasta a sus respectivas y muy ataviadas mujeres e hijas y aun madres y suegras de variables crianza, nociones y edad, aprovechar mi momentánea presencia para desahogarse con juramentos y blasfemias diabólicas en nuestra lengua (o en catalán). Yo era una bendición y una ganga para De la Garza, así que me buscaba y seguía por toda la habitación y el jardín, pese al fresco nocturno, para alternar groserías con pedanterías y resarcirse bien en español.

Lo tuve como una sombra la velada entera, y aunque yo estuviera charlando con otras personas, forzosamente en inglés, él se aparecía cada pocos minutos (en cuanto alguien le daba esquinazo, estomagado por sus barbarismos e idiotismos fonéticos) y se inmiscuía, primero con su afrentosa dicción en esa lengua, para pasar en seguida a la nuestra, visto el forcejeo que suponía para mis interlocutores intentar comprenderlo, y con la pretensión inicial y aparente de que yo le sirviera de intérprete simultáneo ('Anda, tradúcele a esta tía petarda el chiste que he hecho, se ve que no me quiere entender'), pero con la más verdadera y firme de ahuyentármelos a todos para monopolizar mi atención y mi conversación. Procuraba no prestarle lo uno ni darle lo otro y continuaba a lo mío sin escucharle apenas o sólo cuando elevaba demasiado la voz, de modo que me iban llegando fragmentos equívocos o frases sueltas que él intercalaba a la más mínima pausa o sin siquiera esperar a ellas, ignorando yo sin embargo el contexto a que pertenecían las más de las veces, ya que el agregado De la Garza, en realidad, se me agregaba en todo momento y en ninguno dejaba de perorarme, tanto si le contestaba u oía como si no.

Esto empezó a ocurrir tras nuestro primer asalto, que me cogió desprevenido, del que escapé ya alarmado y maltrecho y durante el que me interrogó sobre mis cometidos y atribuciones en la BBC Radio y pasó a proponerme al instante seis o siete proyectos de emisiones radiofónicas que oscilaban entre lo imperial y lo necio, coincidiendo ambas cosas más de una vez, supuestamente beneficiosos para su Embajada y nuestro país y sin duda alguna para él y su promoción, pues me comunicó que era experto en la pobre Generación del 27 (pobre por explotada y sobada), en el pobre Siglo de Oro (pobre de tan manoseado y mentado), y en los nada pobres escritores fascistas de la preguerra, la postguerra y la intermedia guerra, que en todo caso eran los mismos (sufrieron pocas bajas durante la contienda, mala suerte), y a los que él no dedicó desde luego ese epíteto, le parecían gente honorable y desinteresada aquella pandilla de delatores y chulos mayúsculos.

—Extraordinarios estilistas la mayoría, quién puede ser hoy tan mezquino para acordarse de su ideología ante versos y prosas así. Hay que separar de una vez la literatura de la política, tío. —Y remachó—: De una puta vez. —Tenía esa mezcla de cursilería y zafiedad, ñoñería y ordinariez, edulcoración y brutalidad, que se da tanto entre mis compatriotas, una verdadera plaga y una grave amenaza (sigue ganando adeptos, con los escritores al frente), los extranjeros acabarán tomándola por rasgo predominante del carácter nacional. Me había tuteado desde que me vio, por principio: era de los que el usted lo reservan ya sólo para subalternos y menestrales.

Estuve a punto de arrojarle un guante al atirantado y untado pelo (se le habría sostenido bien, casi adherido), pero no tenía ninguno a mano, sólo una servilleta y no es lo mismo pese al general abaratamiento de nuestra época, de modo que me limité a contestarle, con más displicencia que sequedad para rebajar la carga:

—Hay prosas y poesías cuyo estilo es en sí mismo fascista, aunque hablen del sol y la luna y las firmen izquierdistas por autoproclamación, nuestra prensa y nuestras librerías están llenas de ellas. Pasa lo mismo que con los espíritus, o con el carácter: los hay en sí mismos fascistas, aunque los alberguen cuerpos con tendencia a levantar el puño y a sudar la gota gorda en manifestaciones y marchas con filas de fotógrafos abriendo paso e inmortalizándolos como es natural. Sólo falta que ahora se reivindiquen el espíritu y el estilo de quienes además de serlo se proclamaban fascistas, y tan ufanamente, por si no se les notaba bastante con la pluma en la mano, en cada página que dieron a imprenta y en cada denuncia entregada en comisaría. Ya han dejado suficiente estela sin necesidad de eso, entre los autores actuales, aunque la mayoría la silencien y se busquen antecesores con menos mancha, el pobre Quevedo en primera línea, y algunos no sean quizá conscientes de su herencia más cercana, en la sangre la llevan y además les hierve.

—Joder, tío, ¿cómo puedes decir eso? —De la Garza me protestó más por desconcierto que por desacuerdo, a esto no le había dado tiempo—. ¿Cómo puedes saber eso, que un estilo es fascista en sí mismo? O un espíritu. No me vengas con faroles.

Estuve tentado de responderle, imitando su habla: 'Si eso no lo sabes distinguir a los cuatro párrafos de un texto, o a la media hora de conocer a alguien, es que no tienes ni puta idea de literatura ni de las personas'. Pero me quedé pensando un poco, pensando superficialmente. Sí, en realidad no era fácil explicar el cómo, ni siquiera en qué consistían ese espíritu y ese estilo con tan variadas caras, pero yo sabía reconocerlos pronto, o eso creía entonces, o acaso fue un farol en efecto. Lo había sido desde luego hablar —pero sólo para mis adentros— de cuatro párrafos y de media hora, debería haber dicho o pensado 'a las pocas horas', y aun así habría sido una chulería de pensamiento. Son tal vez días y semanas o meses y años, a veces uno ve claro algo en esa media hora primera para sentirlo difuminado y perderlo de vista luego y ya no volver a captarlo hasta al cabo de un decenio o de media vida, o es que ya no vuelve nunca. A veces no conviene dejar transcurrir el tiempo, y que nos enrede el que concedemos y nos confunda el que nos conceden. No conviene que nos deslumbre, que es lo que el tiempo intenta siempre, y mientras tanto se va pasando. Tampoco resultaba ya fácil definir qué era fascista, se está convirtiendo en un calificativo anticuado y a menudo impropio o por fuerza impreciso, aunque yo suelo emplearlo en un sentido coloquial y probablemente analógico, y en ese sentido y con ese uso sé bien lo que significa y sé que no me equivoco. Pero había recurrido a él ante De la Garza más que nada para fastidiarlo y por poner en su sitio a los escritores fascistas pésimos que él tanto admiraba, el tipo no me había gustado desde el primer instante, he visto a muchos así desde la infancia y no se extinguen, sólo se maquillan y adaptan: son clasistas y engreídos y muy simpáticos, son risueños y hasta formalmente cariñosos, son ambiciosos y semifalsos (sí, no son falsos del todo), procuran parecer exquisitos y a la vez fingirse campechanos y aun barriobajeros (mala la imitación, no dan el pego, su íntima aversión hacia lo que imitan los desenmascara rápido), de ahí que prodiguen los tacos creyendo que eso los hace llanos y que les gana confianzas remisas, de ahí que combinen su acartonado refinamiento con modales algo castrenses y léxico carcelario, la mili les venía de perlas para completar el cuadro, y el efecto que a la postre producen es de gañanes perfumados. No me pareció un espíritu fascista, el de De la Garza, ni siquiera por analogía. Era un espíritu adulador tan sólo, de los que no soportan caer mal a nadie, ni a quienes ellos detestan, aspiran a ser queridos hasta por quienes dañan. No era de los que clavan la daga por iniciativa propia, sólo si deben hacer muchos méritos o congraciarse o reciben un encargo, y entonces sí carecen de escrúpulos, al ser muy diestros con su conciencia.

Pero aplacé estos pensamientos para más tarde, y tan sólo ladeé la cabeza y alcé las cejas en respuesta, como concediendo o diciendo: 'Tú verás, qué quieres que yo te diga' y dejando caer el asunto, sobre el que él no insistió, y aprovechó mi inhibición, en cambio, para comunicarme que también sabía un huevo —a título de aficionado, puntualizó, ya no como experto— de literatura fantástica universal, incluida la medieval (eso dijo, dijo 'un huevo' e 'incluida la medieval'). Por su tono fue manifiesto que le parecía chic lo fantástico. Pensé que llegaría algún día a Ministro de Cultura, o por lo menos a Secretario de Estado del ramo según la expresión de antaño, aunque nunca he sabido del todo lo que significaba 'ramo' en esa acepción burocrática y no floral.

Aquellos segundos de tirantez político-literaria no fueron impedimento, ya he dicho, para que el agregado se me adhiriera o me rondara con poca pausa después de concluido nuestro inicial encuentro y pese a apartarme sin disimulo de él varias veces y ponerme a departir con otros en el inglés más oscuro, afectado y para él disuasorio de que fui capaz. Y así, por ejemplo, el escaso rato en que hablé a solas con Tupra estuvo viciado por sus incongruentes entrometimientos ocasionales en español. No fue sino hasta bastante tarde, los dos tomando café de pie junto a los sofás que en aquel momento ocupaban Wheeler y la novia Beryl y la rebosante viuda del Deán de York y dos o tres más, el trasiego y el intercambio de posiciones son constantes en estas cenas nómadas informales frías.

La verdad era que Wheeler no había hecho nada por reunirnos, a Tupra y a mí, y yo había llegado a pensar que su perorata telefónica sobre el individuo o *fellow* o más bien sobre su apellido y su nombre había sido algo casual y sin segundas intenciones, por mucho que me costara imaginar a Peter ciñéndose en ningún aspecto a las aburridas y planas intenciones primeras, no digamos a la absoluta ausencia de ellas. Había estado equitativamente atento a casi todos sus convidados, asistido por la señora Berry (más compuesta que de costumbre), el ama de llaves que había heredado de Toby Rylands a la muerte de éste hacía ya años, y por tres camareros contratados para la velada junto con las viandas y cuyo turno acababa a las doce en punto, según me había comentado con leve preocupación (confiaba en que para entonces no le remolonearan muchos invitados por allí). Él y yo no habíamos coincidido apenas, a sabiendas ambos de que al día siguiente dispondríamos de nuestro tiempo: yo me quedaría a dormir esa noche en su casa, como hacía a veces, para así pasar con él la mañana y compartir el almuerzo dominical. A distancia no lo había visto muy pendiente de nadie en particular, como buen anfitrión, ni tampoco propiciar acercamientos concretos, no al menos en lo que respectaba a mí, pues no podía creer que me hubiera echado encima a De la Garza a propósito, quien me había amargado el alma y en-

torpecido cualquier diálogo con sus tentativas de
cháchara y sus apostillas nunca relacionadas con
lo que se estuviera tratando; y aunque entendía la
lengua inglesa mejor que la hablaba, las muchas copas con que fue distrayendo sus soliloquios involuntarios —quería participar, no estaba conforme
con ser su único oyente— deterioraron velozmen-
te sus facultades intelectivas (es un decir) y envile-
cieron la índole de sus observaciones.

   Mientras hablé brevemente con Beryl, por
ejemplo, aún bastante al principio (sus frases muy
desganadas y de compromiso, no debí de parecerle acomodado), merodeó a nuestro alrededor sin
descanso y soltó inconveniencias acerca de ella que
por suerte nadie entendió más que yo ('Joder joder,
¿has visto qué patas más largas esta tía? Para lanzarse como en un tobogán por ellas. ¿Cómo lo ves,
cómo lo ves? ¿Crees que se la podríamos levantar
al zíngaro ese con el que ha venido? No le hace ni
puto caso, pero el tipo no le quita ojo y lo mismo
es de los que te raja, por muy británico que sea').
Y cuando sostuve una soporífera conversación sobre terrorismo con un historiador irlandés llamado Fahy, su mujer y un alcalde laborista de no sé
qué desdichada población del Oxfordshire, el agregado, al oír salir con nitidez de mis labios algunos
topónimos vascos, trató de meter baza folklórica
('Oye, diles que San Sebastián es una ciudad que la
hicimos los madrileños, cojones, que íbamos a ve-
ranear allí y se la empaquetamos a los del lugar con
lazo y todo, si no de qué iba a ser tan bonita; díselo,
anda, que mucha Universidad estos fulanos, pero
luego no saben una mierda.' Para entonces ya había
mezclado jerez con whisky con tres clases de vino).

Y aún más que la novia Beryl le gustó la derramada viuda del Deán de York, pues mientras charlé unos minutos con ella, De la Garza me repetía: 'Joder joder, esta tía está pistonuda, joder qué sabrosa', aparentemente sin habla para desglosar el conjunto, analizar en detalle, añadir matices ni añadir nada más (ahora ya había sumado el oporto). Su excitación era tan pueril como el término 'pistonuda', más propia de alguien que poco ha ligado en la vida que de un rijoso natural y ducho. Pensé que a De la Garza le quedaban por conocer muchas noches en las que sucumbiría a mujeres que su avidez y el alcohol le harían juzgar deseables, para llevarse a la mañana siguiente las manos a la cabeza al descubrir que se había metido en la cama con descomedidas parientes de Oliver Hardy o con casquivanas émulas de Bela Lugosi. No era el caso de la Deana viuda, con su rostro ruboroso y plácido y su expandido tórax realzado por un collar enorme de lo que me parecieron jacintos de Ceilán o zircones imitando gajos de naranja en la forma, pero podía haber sido la madre (aunque madre joven) de su malhablado admirador bisoño.

Tupra, con su café en la mano, me había preguntado cuál era mi campo, siguiendo al pie de la letra la norma oxoniense según la cual es descontado que en esa ciudad todo el mundo tiene un campo específico de enseñanza o investigación, o aun tan sólo de jactancia.

—Nunca he sido muy constante en mis intereses profesionales —le contesté—, y en la Universidad sólo he estado de manera intermitente, casi por casualidad. Hace ya muchos años enseñé aquí durante un par de cursos, literatura española con-

temporánea y traducción, de esa época conozco
a Sir Peter, aunque lo traté poco entonces y mucho más al profesor Toby Rylands, con quien tengo
entendido que estudió usted. —Podía haberme detenido ahí, era suficiente como primera respuesta,
e incluso le había dado pie a continuar sin esfuerzo
la charla al mencionar a Toby, a quien bien podía
haber empezado a evocar, yo lo habría secundado
con gran placer. Pero Tupra dejó transcurrir un segundo o dos, nada, sin volver a hablar, probablemente lo habría hecho al tercero o al cuarto o al
quinto (uno, dos, tres y cuatro; y cinco), pero no
estaba seguro, era de esos raros hombres que saben
aguantar el silencio, que pueden callar, callar, pero
no para poner nervioso al interlocutor, sino para
darle confianza y hacerle ver que se está dispuesto
a oír más, si uno quiere decir más. Con esa actitud
receptiva y sus ojos corteses o afectuosamente burlones invitaba a contar. Fue eso, o quizá también que
quise ganarme con mis explicaciones superfluas un
mayor derecho a preguntarle después a él cuál era
su campo, es decir, qué era 'lo suyo' según la expresión de Wheeler, ya era hora de que me enterase,
y era extraño que la noción de 'derecho' me hubiera cruzado la mente en relación con algo tan inocuo y normal, todo el mundo pregunta a los otros
qué hacen en la vida, casi en primer lugar. O acaso
es que con Tupra se sentía uno exigido aunque él
no abriera la boca, como si fuera siempre nuestro
tácito acreedor. Así que añadí—: Luego estuve en
los Estados Unidos, pero apenas si proseguí con la
docencia al volver a mi país, me he dedicado a actividades diversas, permanecí algún tiempo en una
revista muy influyente, he traducido, he montado

un par de negocios, tuve también una diminuta edi-
torial propia, luego me cansé y la vendí.

—Con provecho, espero —me interrumpió sonriendo.

—Con gran e inmerecido provecho, a decir
verdad. —Y sonreí a mi vez—. Ahora estoy trabajando para la BBC Radio en Londres, la programación en español, ya sabe, o bueno, también en
inglés, claro está, cuando abordan temas de España
o hispanoamericanos. Un poco aburrido y monótono, los asuntos nuestros que interesan en Inglaterra no son muchos ni muy variados, terrorismo
y turismo, una mortal combinación. —Mi lengua
me había pedido decir 'aburrido y monótono, es
siempre sota, caballo y rey', pero no estaba seguro
de cuál era el equivalente de esa locución en inglés, ni siquiera de que lo hubiera, 'King, Queen,
Knave' era otra cosa, y durante un instante comprendí a De la Garza con su añoranza de la propia
lengua y su resistencia a la ajena, a veces nos sobre-
viene y nos fatigan éstas, aunque estemos acostumbrados a ellas y no nos causen dificultad, y a veces
la añoranza es de las lenguas ajenas que conocemos y ya no podemos casi nunca usar. Sota, caballo y rey. Fue literalmente un instante, porque me
irritó oírle de pronto una de sus absurdas y extem-
poráneas frases dirigidas a mí, perteneciente a saber a qué argumento arbitrario que sólo seguía él:

—Las mujeres son todas putas, y las más
guapas las españolas —llegó hasta mis oídos. Para
entonces ya lo había inundado el oporto sin duda,
pues lo había visto hacer dos o tres brindis muy
seguidos con Lord Rymer (copita y adentro, copita y adentro) durante unos minutos en que éste lo

reclamó como compañero de toña y lo entretuvo para mi respiro. Lord Rymer, lo recordé en el acto, era conocido desde antiguo en Oxford por un malévolo apodo, *the Flask*, que, con inexactitud semántica pero por proximidad fonética así como de intención, yo me inclinaría a traducir sin más complicaciones como la Frasca.

—Entiendo —dijo Tupra con simpatía tras el sobresalto. Por fortuna sólo conocía unas pocas palabras de castellano, según supe más tarde, si bien figuraban entre ellas, como habría sido de temer y supe asimismo más tarde, 'mujeres', 'putas', 'españolas' y 'guapas', el bruto de De la Garza no había tenido ni la decencia de mostrarse oscuro en su vocabulario en aquella intervención—. En estos momentos cualquier otro trabajo le resultaría más atractivo, ¿no es así? Aunque objetivamente la BBC no esté mal, desde luego, se lo repetirá usted a menudo. Pero si a uno le gusta la diversidad y además está saturado antes de tiempo, qué diablos le importa la objetividad, ¿no es cierto? —La voz de Tupra era grave por lo regular y levemente afligida (aquí mi lengua me habría pedido una palabra del idioma que estaba hablando, *'ailing'* tal vez), y tenía como una tonalidad de cuerda, quiero decir que parecía surgir del paso de un arco sobre unas cuerdas o deberse o responder a eso, si una viola de gamba o un violonchelo pudieran emitir sentido (pero quizá he dicho mal y era más bien aflictiva y *'ailing'* ya no valdría: no era suyo, sino de quien la oía, el sentimiento suave, casi grato, debilitador de aflicción)—. Dígame, Mr Deza, ¿cuántas lenguas habla o entiende usted? Ha sido traductor, me ha dicho. Quiero decir aparte de las evidentes, su inglés es magnífico, de no haber sabido su nacionalidad nunca habría pensado que fuera español. Canadiense, quizá.

—Gracias, lo tomo por un cumplido.

—Oh, debe hacerlo, era la intención, créame. Y a todos los efectos, además. El acento canadiense culto es el más parecido al nuestro, sobre todo el de la Columbia Británica, como se puede inferir del nombre. Dígame qué lenguas maneja.

—Tupra no se dejaba distraer por los vaivenes de las conversaciones que las hacen erráticas e indefinidas hasta que el cansancio o la hora les ponen término, volvía siempre donde quería estar.

Se había bebido su café de un trago (boca grande, boca grande) y había depositado acto seguido, con verdadera urgencia, el platillo con la tacita vacía sobre la mesa baja que servía a los sofás, como si lo impacientara o quemara lo ya utilizado y sin más función. Al inclinarse para dejarlos había echado una ojeada rápida a su novia Beryl, cuya estrechísima falda cubría apenas sus piernas que no estaban cruzadas (de ahí posiblemente el vistazo), luego desde una altura inferior a la nuestra tal vez se le viera, cómo decir, el piquito de las bragas si las llevaba, reparé en De la Garza sentado en un *pouf* al nivel adecuado, improbable que fuera casualidad tan sólo. Beryl conversaba y reía con un joven muy gordo y apoltronado que me habían presentado como 'juez Hood' y del que nada sabía excepto que presumiblemente era juez pese a su gordura y su juventud, y seguía sin prestar mucha atención a Tupra, como si fuera un marido gastado que ya nunca representa la diversión ni la fiesta y sólo es parte de la casa, no tanto como un mueble pero acaso sí como un retrato, que aunque se suelen pasar por alto poseen mirada siempre, y asisten a nuestros quehaceres. Tupra intercambió también una con Wheeler, que encendía insistentemente un cigarro ya más que encendido (aquello era una fogata) sin hablar con nadie mientras se aplicaba a ello con una cerilla de fuste muy largo, la eclesial viuda de York parecía soñolienta y menos henchida a su lado, no debía de trasnochar casi nunca o el vino la disminuía. No percibí gesto o señal entre Wheeler y Tupra, pero los ojos de aquél se permitieron un instante de elevación y fijeza, a través de las llamaradas y el humo, que me pareció de sobreentendimiento y recomendación, como si con la forzada ausencia de pestañeo le aconsejara: 'Está bien, pero no te demores más', y el mensaje se refiriera a mí. De la misma forma que Peter me había singularizado a Tupra, algo le había contado a él sobre mí, ignoraba qué y para qué. Pero lo cierto era que Tupra había dicho 'y si además uno está saturado antes de tiempo', y yo no le había mencionado el tiempo que llevaba en la BBC y en Inglaterra de vuelta —cómo era posible que estuviera de vuelta, mi estancia pertenecía al pasado remoto que no se recrea, o ya le había pertenecido y de ahí no se regresa—, tenía que saberlo por Wheeler, eran sólo tres meses. Sí, hacía sólo tres meses yo estaba aún en Madrid y tenía normal acceso a mi casa o a nuestra casa, pues todavía vivía y dormía en ella aunque el alejamiento de Luisa hubiera ya comenzado y avanzado con espantosa velocidad, un avance perturbador y desconcertante y diario —o iba aquello por horas—, es increíble la rapidez con que lo que es y ha perseverado deja de ser de golpe y se anula, una vez que se atraviesa la última raya alumbrada y se inicia el proceso del ensombrecimiento y la difuminación. Se pierde la confianza con quien compartió con uno años de narración continua, esa persona ya no le cuenta ni le pregunta ni le responde apenas y uno mismo no se atreve a preguntar ni a contar, poco a poco se va callando y llega un día en que ya no habla nada, procura no ser notado o hacerse inmaterial en la casa común desde que se sabe o se acuerda que pronto dejará de serlo y también quién habrá de irse, tiene la sensación de estar allí de prestado hasta que encuentre otro sitio donde refugiarse, como un huésped impertinente que ve y oye lo que no le toca, salidas y entradas sin su anterior comentario ni su posterior relato, conversaciones telefónicas que le son enigmáticas y no descifra, y que no son distintas posiblemente de las que poco antes ni siquiera escuchaba ni registraba, ni desde luego las retenía como las retiene ahora todas, porque entonces no estaba alerta ni se preguntaba por ellas ni creía que le concernieran ni fabulaba con su amenaza. Sabe de sobra que las de ahora no le conciernen y sin embargo se sobresalta cada vez que oye marcar un número o sonar el timbre. Pero calla y atiende con temor y calla, y alcanza el momento en que su única correa de transmisión o asidero son los niños, a los que cuenta a menudo cosas sólo para que las oiga ella desde el otro cuarto o le acaben llegando y para hacer algún mérito que ya no será percibido nunca como tal mérito igual que las emociones están descartadas, y además no hay niño en el mundo que sea fiable como emisario. Y el día que por fin se larga siente un poco de alivio además de la pena o la desesperación —o es vergüenza—, pero ese poco alivio mezclado ni siquiera le dura, desaparece en seguida al darse cuenta de que el suyo en verdad no existe comparado con el que siente el otro, quien se queda y no se mueve y respira hondo al ver cómo uno se aleja y pierde. Todo es ridículo y subjetivo hasta extremos insoportables, porque todo encierra su contrario: las mismas personas en el mismo sitio se aman y no se aguantan, lo que era afianzada costumbre se vuelve paulatinamente o de pronto —tanto da, eso es lo de menos— inaceptable e improcedente, quien inauguró una casa encuentra prohibida la entrada en ella, el tacto, el roce tan descontado que casi no era conciencia se convierte en osadía u ofensa y es como si hubiera que pedir permiso para tocarse uno mismo, lo que gustaba y hacía gracia se detesta y estomaga y se maldice y revienta, las palabras ayer ansiadas envenenarían el aire y provocarían hoy náuseas, no quieren oírse bajo ningún concepto, y las dichas un millar de veces se intenta que ya no cuenten (borrar, suprimir, cancelar, y haber callado ya antes, esa es la aspiración del mundo); y también es a la inversa: aquel de quien se hizo escarnio es ahora tomado en serio, y quien repugnaba es llamado: 'Ven, ven', se dice, 'estaba tan equivocada antes'. 'Ocupa este lugar a mi lado, no había sabido verte.' Por eso hay que pedir el aplazamiento siempre: 'Mátame mañana, déjame vivir esta noche', cité para mis adentros. Mañana puedes quererme viva, aunque sea media hora, y no estaré para complacerte y tu querer no será nada. Nada es o nada es nada, las mismas cosas y los mismos hechos y los mismos seres son ellos y también su reverso, hoy y ayer, mañana, luego, y antiguamente. Y en medio no hay más que tiempo que se afana por deslumbrarnos, lo único que se propone y busca y así no somos de fiar las personas que por él aún transitamos, tontas e insustanciales e inacabadas todas, tonto yo, yo insustancial, yo inacabado, tampoco de mí debe nadie fiarse... Claro que estaba saturado mucho antes de tiempo, lo estaba ya al empezar y no me interesó jamás aquel empleo de la BBC Radio, había sido tan sólo la mejor y más razonable manera de dejar de ser impertinente y fantasmagórico y tan callado, de salir de allí y así perderme.

—A traducir sólo me he atrevido del inglés, y no lo hice durante mucho tiempo. Hablo y entiendo sin dificultades el francés y el italiano, pero no los domino como para acometer en mi lengua textos suyos literarios. Tengo suficiente comprensión del catalán, pero no se me ocurriría tratar de hablarlo.

—¿Catalán? —Era como si Tupra lo hubiera oído por primera vez.

—Sí, es lo que se habla en Cataluña, tanto o más, bastante más hoy en día que el español, que el castellano, como lo llamamos a menudo en la Península. Cataluña, Barcelona, la Costa Brava, ya sabe. —Pero como Tupra no reaccionara en seguida (quizá estaba haciendo memoria), añadí orientativamente—: ¿Dalí? ¿Miró? Pintores.

—Dile la Caballé, soprano —intervino De la Garza casi desde mi cogote—, seguro que a este zángano le va la ópera. —Entendía sin duda mejor que hablaba, y lo atraían como un imán los nombres españoles cuando los captaba. Se había levantado del *pouf* y volvía a atosigarme (Beryl había cruzado ahora las piernas, no es por nada). Supuse

que habría querido llamar a Tupra de nuevo 'zíngaro' (por los rizos, imaginaba, y los caracolillos)
y que por efecto de los abusivos brindis le había
salido otra palabra con *z* y esdrújula.

—¿Gaudí? Arquitecto —propuse yo, no me
daba la gana de hacerle caso, habría sido como admitirlo al diálogo.

—No, sí, claro, George Orwell y todo eso
—dijo Tupra entonces, situándose por fin—. Disculpe, me estaba acordando... Tengo muy olvida-
das mis lecturas sobre la Guerra Civil de ustedes,
son lecturas de juventud, ya sabe, se lee sobre esa
guerra romántica a los diecinueve o veinte años,
quizá por los muchachos idealistas británicos que
fueron a morir en ella voluntariamente, algunos eran
poetas, uno se siente identificado con facilidad a
esas edades. En fin, no sé ahora, hablo de mi época,
aunque yo diría que sigue siendo lo mismo, para
los jóvenes inquietos, claro: todavía leen a Emily
Brontë y a Salinger, *Diez días que conmovieron el
mundo* y sobre la Guerra Civil de ustedes, esas cosas no han cambiado tanto. Recuerdo que la historia de Nin me impresionó siempre mucho, qué
acusación tan demente, la que se le hizo de espionaje. Y la farsa de los brigadistas alemanes haciéndose
pasar por nazis que iban a liberarlo, eso demuestra
que hasta lo más descabellado e inverosímil tiene su
tiempo para ser creído. A veces dura días tan sólo,
ese tiempo, pero a veces dura ya siempre. La verdad
es que todo tiende a ser creído, en primera instancia. Es muy raro, pero así sucede.

—¿Nin, el dirigente trotskista? —le pregunté sorprendido. No me casaba que Tupra desco-
nociera a Dalí y Miró, a la Caballé y a Gaudí (o eso

había deducido de su silencio), y estuviera tan familiarizado en cambio con Andrés Nin el calumniado, más que yo a buen seguro. Quizá no sabía de arte ni le iba la ópera, pero su campo era la política, o la historia.

—Quién si no. Aunque con Trotsky acabó rompiendo.

—Bueno, hubo un músico Nin, y luego está esa escritora malísima —apunté yo, pero me detuve. Lecturas de juventud, había dicho. Algo para mí tan real y aún tan cercano era en otro país no muy distante como *Cumbres borrascosas* desde hacía años: es decir, como ficción, y además ficción romántica, que leían los universitarios más hoscos o airados para sentirse en sus ensoñaciones perdedores y puros y tal vez heroicos. Seguramente es el destino de todo horror y de toda guerra, pensé, acabar embellecidos y abstractos por la repetición del relato y alimentar fantasías juveniles o adultas al cabo del tiempo, más rápidamente si la guerra es extranjera, quizá la nuestra ya sea para muchos de fuera tan literaria y remota como la Revolución Francesa y las campañas napoleónicas, o quién sabe si como el sitio de Numancia y aun el de Troya. Y sin embargo mi padre había estado a punto de morir en ella con el uniforme de la República en nuestra ciudad asediada, y había sufrido a su término simulacro de proceso y prisión franquistas, y a un tío mío lo habían matado en Madrid a los diecisiete años y a sangre fría los del otro bando —el bando partido en tantos, lleno así de calumnias y purgas—, los milicianos sin control ni uniforme que daban el paseo a cualquiera, lo habían matado por nada a la edad en que casi sólo se fantasea y no hay más que ensueños, y su hermana mayor, mi madre, había buscado su cadáver por esa misma ciudad sitiada sin encontrarlo, sólo la burocrática y minúscula foto de ese cadáver, yo la he visto y yo ahora la guardo. Quizá también en mi país todo aquello se iba haciendo ficticio y no me había dado cuenta, todo es cada vez más veloz, menos duradero, y se da de baja y se archiva más pronto, y nuestro pasado se hace cada vez más denso y amontonado y nutrido porque se decreta —y aun llega a creerse— que el ayer es ya caduco y el anteayer sólo historia, e inmemorial lo de hace un año. (Lo de hace tres meses también, acaso.) Pensé que era el momento de averiguar por fin qué era 'lo suyo', había contraído suficientes méritos, si es que los necesitaba. No lo creía con mi pensamiento, pero tenía la sensación de que así era—. Dígame, Mr Tupra, ¿cuál es su campo, si es que puedo preguntarlo? No resultará ser historia de mi país, supongo. —Me percaté de que aún estaba solicitando venia para hacer la pregunta más barata e impune de nuestras sociedades.

—Oh no, desde luego, puede apostar sin miedo —contestó riendo con ganas, en verdad cordialmente, sus dientes eran pequeños pero muy luminosos, le bailaban sus pestañas largas. La suya era una cara que se le iba haciendo más simpática a uno tras cada minuto de acostumbrarse a ella, con él la objetividad no duraría nada, y el recelo se disipaba. Uno percibía en seguida la generosidad del interés mostrado, como si en cada momento le importara sólo quien tuviera delante y a nuestra espalda se apagaran las luces del mundo y éste se convirtiera en un mero fondo de cuadro al servicio de nuestro realce. Sabía fijar a su vez la atención de sus interlocutores, la mención de Andrés Nin había bastado en mi caso para intrigarme, no ya respecto a sus saberes, sino que me habían venido deseos de abalanzarme sobre el *Homenaje a Cataluña* de Orwell o el compendio de Hugh Thomas y refrescar la historia del calumniado, de la que apenas recordaba nada. Y también notaba uno en Tupra aquella extraña tensión o vehemencia aplazada, pero la tomaba al principio por un efecto de su actitud alerta. Iba bien vestido sin exagerar ninguna nota, telas y colores discretos (de extraordinaria calidad siempre el paño, finas corbatas y el alfiler jamás ausente), su vanidad delatada sólo —o era un resto de mal gusto pretérito— por sus sempiternos chalecos bajo la chaqueta, tampoco le faltó esa prenda en la cena fría de Wheeler—. No, mis actividades han sido asimismo diversas, como las suyas, pero negociar ha sido siempre mi habilidad mejor, en diferentes campos y circunstancias. Incluso rindiendo a mi país servicio, uno debe procurar eso si puede, ¿no?, aunque sea lateral el servicio y se vaya antes que nada tras el beneficio propio.

Se había salido por la tangente, todo aquello era muy vago, ni siquiera había dicho qué había estudiado en Oxford, si bien Toby Rylands, maestro suyo, había sido catedrático de Literatura Inglesa. Eso no significaba nada, sin embargo. En esa Universidad poco importa lo que se aprenda, lo que cuenta es haber asistido a ella y haberse sometido a su método y a su espíritu, y ninguna enseñanza, por excéntrica u ornamental que sea, impide luego a sus doctores o licenciados dedicarse a lo que prefieran, a lo más opuesto: puede uno pasar-

se años analizando a Cervantes y acabar en las finanzas, o rastreando a los antiguos persas para convertir eso a la postre en el extravagante preámbulo
a una carrera política o diplomática, seguramente
era esta última la de Tupra, pensé de nuevo, y ahora
ya no sólo por mi intuición ni por su aspecto, sino
por aquel verbo, 'negociar', y aquella expresión,
'rindiendo a mi país servicio'. Tuvo suerte —es un
decir— de que en inglés no exista un vocablo equivalente al de 'patria' en mi lengua, tan inequívoco
(o sólo los hay muy rebuscados, retóricos): el que
había empleado, *'country'*, hace sus veces según el
contexto, pero tiene menos emotividad y pompa
y debe traducirse por 'país' casi siempre. De otro
modo se me habría ocurrido acaso —esto es, si hubiera dicho en castellano 'patria', algo imposible; y
aun así cruzó de la ocurrencia su sombra, sin llegar
a perfilarse— que su espíritu podía ser fascista en
el sentido analógico, pese a la aparente solidaridad
o simpatía con que se había referido al sino de Nin
el ex-secretario de Trotsky, pues en ese sentido coloquial o analógico la palabra es compatible con todas las ideologías, nada tiene que ver con ellas o
no por fuerza, por eso se ha hecho hoy tan impre-
cisa, yo he conocido a adalides oficiales de la antigua izquierda, la que pareció indiscutible, con un
espíritu intrínsecamente fascista (y con un estilo,
si escribían). En la idea expresada de rendir servicio
había visto un asomo de coquetería y otro asomo de
jactancia. La coquetería de quien disfruta apare-
ciéndose como misterioso, la jactancia de quien
se ve o se concibe a sí mismo concediendo favores
siempre, aunque sean a la patria. Un tercer británico forastero, tal vez, un tercer inglés postizo, pen-

sé, como Toby según los rumores y como Peter de manera confesa desde hacía unas semanas, aún no había tenido oportunidad de preguntarle al respecto. Postizo al menos por el apellido, aquel raro Tupra en efecto, quizá no por nacimiento en su caso, los recién llegados y los de sospechoso nombre son los más patriotas en todas partes, los más dispuestos a prestar servicios, nobles o viles, limpios o sucios, sienten agradecimiento y se ofrecen, o es su forma de creerse imprescindibles para el país que un día condescendió con ellos y todavía ahora los consiente, nada más que los consiente aun si cambiaron de nombre, como el pobre anatolio Hohanness que pasó a ser Joe Arness en América, o el riquísimo austriaco Battenberg que se convirtió en Mountbatten para su existencia inglesa. Extraño que Tupra hubiera conservado el suyo, quizá le parecía un exceso o demasiado riesgo, y 'extraño tener que desprenderse aun del propio nombre'.

—Óyeme tú, Deza —oí la voz de De la Garza de nuevo a mi lado, no le cansaban sus rondas—, si sigues dándole bola al gitano este, todas las tías se nos van a ir de rositas. Al paso que vamos, a la Patalarga nos la acaba levantando ese gordo, mira cómo se la camela el fanegas. Como una fiera.

Ni siquiera Wheeler le habría entendido esta vez una palabra, con todo su impecable español libresco. Era cierto que el joven juez Hood cuchicheaba al oído de Beryl y le arrancaba ahora carcajadas como recompensas, el labio superior de la negligente novia llevaba un rato desaparecido; en el sofá se rozaban irremisiblemente, el juez muy ensanchado y flotante. No le contesté al agregado, no todavía, como si no existiera, parecía haber olvidado con quién había venido la Patalarga. Pero en cambio Tupra aludió a él ahora, lo habría estado observando de refilón, como yo, o lo adivinaba pese a no conocer nuestra lengua y aún menos su jerga, siempre un poco artificial o voluntarista su jerga, sonaba a impostación, a remedo. Se le estaba ablandando y arrugando el pelo, nadie salió nunca incólume en Oxford de unos brindis con la Frasca.

—Será mejor que haga caso a su compatriota o amigo —me dijo Tupra en tono de paternalista guasa—, se está poniendo nervioso con las mujeres y su inglés no lo ayuda en la empresa. Debería usted echarle una mano. No creo que logre nada con Mrs Wadman, la Deana viuda —empleó un término legal o irónico, 'dowager', para decir aquí 'viuda'—, antes le dediqué unos cumplidos que no sólo la han embellecido para toda la velada, sino que la han hecho sentirse, cómo diría, inaccesible, no creo que esta noche se considere digna de ningún vivo, ¿no la ve, tan por encima de las pasiones terrenas, tan hermosa en su septiembre, tan plácida hacia el otoño ignorado? Más le valdría probar con Beryl, aunque está muy distraída y nos tendremos que marchar ya pronto, hemos de conducir hasta Londres. O con Harriet Buckley, es Doctora en Medicina y creo que se ha divorciado hace unos días, su nuevo estado podría alentarla en sus investigaciones.

No sólo hubo humor en estos comentarios, respiraban algo de satisfacción ingenua, un poco de literatura; y en los ojos pálidos no hubo sólo su natural o indeliberada expresión burlona, se les había agudizado la diversión, era de las intencionadas. Fue entonces cuando me di cuenta de que sabía de su poder para persuadir a las mujeres y hacerlas sentirse diosas —tal vez menores— o despojos. O más bien pensé, en aquel momento, que él creía saber o que todo era pura broma, porque aún no había comprobado en cuán alto grado lo tenía. A la Deana viuda la había embellecido él con sus cumplidos, nada menos, y debía de estar muy seguro de la devoción o incondicionalidad de Beryl para hablar así de ella, como de una vieja compinche o antigua llama, por utilizar una expresión inglesa, en teoría libre para caer en debilidades de penúltimas copas o de risa última.

—No sabía que la viuda del Deán de York se llamara Mrs Wadman —acerté a decir solamente.

Tupra sonrió mucho de nuevo, se le moderaban los extensos labios cuando lo hacía, no se le veían tan húmedos.

—Bueno, ese debería ser el nombre, siendo viuda y siendo de York, yo creo. —Echó un vistazo a su alrededor entonces, como si la mención de su pronta marcha le hubiera metido prisas. Miró el reloj, lo llevaba en la derecha—. Le ruego que me disculpe ahora, lo dejo con su compatriota. Debo hablar con el juez Hood antes de irme. Ha sido un placer, Mr Deza, se lo aseguro.

—Mr Tupra: lo mismo digo —respondí.

En prueba de su inglesidad, no me estrechó la mano para despedirse, lo normal es que en Inglaterra ese contacto se produzca nada más que una vez entre personas formales, sólo al ser presentadas y ya nunca más luego, aunque pasen meses o años hasta el siguiente encuentro entre dos individuos. Jamás lograba acordarme, se me quedó vacía la mano un segundo.

—Y una cosa, Mr Deza —añadió balanceándose sobre los talones tras haberse apartado tan sólo un paso—: espero que no me tome por entrometido, pero si de verdad está harto de la BBC y quiere cambiar de aires, podríamos hablar de ello y ver de arreglarlo. Con sus buenos conocimientos útiles... Hable con Peter, pregúntele qué opina, consulte con él, si le parece. Él sabe dónde encontrarme siempre. Buenas noches.

Desvió un instante la mirada hacia Wheeler al mencionarlo, y lo mismo hice yo imitativamente. Fumaba su puro con avaricia e intentaba contener a la viuda Wadman con un disimulado pero firme codo contra sus costillas, el sopor la iba ladeando y acabaría vencida de un momento a otro, con la cabeza apoyada sobre el hombro de su anfitrión —o aún más incómodo, mullido pecho contra mullido pecho—, si alguien no la zarandeaba: estaba lista para sus justos sueños, el collar podría desabrochársele, perderse los gajos escote abajo. Volví a ver correspondencia en los ojos de Peter, quiero decir hacia los de Tupra, como si lo reconviniera un poco, muy poco, con la falta de énfasis con que se alude a una imprudencia consumada que al final no ha sido grave: 'Has exagerado, pero bueno. No has hecho caso', ese me pareció el mensaje, si es que lo hubo. Después Tupra bordeó el sofá hasta colocarse detrás, se inclinó y apoyó los antebrazos en el respaldo para decirle algo rápido —una sola frase— al joven juez Hood al oído, o fue más bien casi a la nuca, no era confidencial, supuse. Él y Beryl dejaron de reír, se volvieron para escucharle, ella miró el reloj maquinalmente de nuevo, como quien esperaba sólo a ser rescatada o tal vez relevada, descruzó sus piernas largas tan descubiertas. 'Estos tres saldrán juntos, se irán a la vez', me dije, 'Tupra llevará al gordo hasta Londres. O Beryl, si es quien conduce'.

—Como que me llamo Rafael de la Garza que esta noche no se me escapa viva alguna de estas guarras. No he venido hasta aquí para irme de vacío, no te jode. Hoy yo mojo, por encima de mi cadáver.

De la Garza no perdonaba un segundo, apenas me había separado de Tupra y ya volvía a la carga. Me acordé de un proverbio incomprensible, como casi todos ellos.

—Aunque la garza vuela muy alta, el halcón la mata. —Lo solté sin pensármelo, según me vino.

—¿Qué qué? ¿Qué coño has dicho?

—Nada.

De la Garza sí se fue de vacío, no te jode, o al menos no salió acompañado más que por el alcalde aciago de alguna localidad del Oxfordshire y la que presumí su esposa, y no parecían proclives a las mescolanzas (en la mujer ni había reparado hasta entonces, poco contrarrestaría las desdichas del lugar que gobernaban) ni sobre todo en edad de ellas, el agregado se desprevino y le tocó acercarlos en su coche hasta donde fuera, Eynsham, Bruern, Bloxham, Wroxton, o quizá al sitio de peor fama desde la era isabelina, Hog's Norton, lo ignoro. Estaba en condiciones pésimas para conducir (y el volante a la derecha), pero debía de importarle una higa que lo multaran y era de esos sujetos ufanos a los que ni pasa por la cabeza que ellos puedan estrellarse. Sí pasó por la de Wheeler y éste manifestó su preocupación, se preguntó si no debía alojar a los tres aquella noche. Yo lo disuadí de la mera idea pese a la aprensión visible del laborista y su laboresa, que hablaron de pedir un taxi hasta Ewelme o Rycote o Ascot, no lo sé. No era mucho recorrido, dije, y era joven De la Garza, con reflejos de fábula a no dudarlo, un leopardo. Lo último a que estaba dispuesto era a encontrarme de nuevo en el desayuno con el aficionado o experto en literatura fantástica chic universal medieval, el Señor de las Guarras, y me importaba a lo sumo dos higas que se estrellara.

Y también salieron juntos los tres que había previsto, fueron de los primeros en irse. Por suerte para Sir Peter Wheeler, el único que se estancó hasta pasadas las doce fue Lord Rymer *the Flask*, no porque estuviera muy animado o sin sueño, sino por su incapacidad absoluta para mover un pie ni otro. Pero eso no representaba tanto problema, al vivir en Oxford aquel Recipiente. La señora Berry llamó a un taxi y entre ella y yo hicimos ahuecar a la pesada y alcohólica Frasca el sillón en que se había clavado a mitad de velada, y con empellones discretos (imposible tarea en volandas) lo sacamos hasta la puerta bajo la supervisión y guía del bastón de Peter; la colaboración del taxista para hacerlo encajar en el interior del vehículo en modo alguno fue rechazada, el hombre se las vería negras más tarde para desatascarlo él solo en destino. Los camareros de alquiler no pudieron largarse sin antes recoger las principales sobras en sus platos y fuentes, y después yo ayudé a la señora Berry con las tazas y copas y ceniceros finales, quedó todo bastante despejado, Wheeler odiaba ver por la mañana los vestigios de la noche, es algo que casi nadie soporta, yo tampoco. Cuando se retiró el ama de llaves Peter se sentó al pie de las escaleras con lentitud y cuidado, sujetándose al pomo de la barandilla hasta bien tocar tierra (no me atreví a ofrecerle una mano), y sacó de su petaca otro cigarro.

—¿Va a fumarse otro puro ahora? —le pregunté extrañado, sabiendo que eso le llevaría un rato.

Había creído que la súbita elección de tan impropio asiento para un octogenario largo obedecía a un momentáneo cansancio o bien que era una forma habitual de hacer pausa y breve acopio de fuerzas antes de subir hasta el primer piso, donde tenía el dormitorio, tal vez se paraba allí siempre e iniciaba luego el ascenso. Su movilidad era buena, pero no parecía aconsejable a su edad el trato tan continuado, diario, con aquellos escalones de madera —trece hasta la primera planta, veinticinco hasta la segunda—, escasos de fondo y un poco altos. Había dejado el bastón atravesado sobre su regazo como la carabina o la lanza de un soldado en su descanso, lo miré mientras se preparaba el habano, sentado en el tercer escalón, los limpísimos zapatos en el primero, la parte central con moqueta, o acaso era una larga alfombra bien ceñida o fijada, grapada invisiblemente. Su postura era de joven, también su pelo sin pérdidas aunque ya muy blanco, ondulado suavemente como si fuera de repostería, bien peinado con su marcada raya a la izquierda que ayudaba a adivinar al más que remoto niño, debía de haber estado allí aquella raya, invariable, desde la primera infancia, sería anterior sin duda al apellido Wheeler. Se había acicalado para su cena fría y no era de los que acaban en semidescomposición las fiestas, al estilo de Lord Rymer o la viuda Wadman o un poco también De la Garza (la corbata al final floja y torcida, la camisa rebelándosele en la cintura): todo seguía en su sitio intacto, hasta el agua con que se habría peinado horas antes parecía no habérsele secado aún del todo (que usara fijador lo descartaba). Y allí sentado con aparente despreocupación podía todavía vérselo, era fácil figurárselo como un galán de los años treinta o quizá cuarenta, que en Europa fueron más austeros por fuerza, no tanto cinematográfico cuanto de la vida misma, o a lo sumo de un anuncio o cartel de la época, no había irrealidad en su figura. Debía de haber quedado satisfecho de su ágape y tal vez deseaba comentarlo un poco aunque para ello dispusiéramos de la mañana siguiente, no darlo aún por clausurado, probablemente se sentía más vivaz —o era sólo acompañado— que la mayoría de las demás noches que se le terminaban pronto. Aunque fuese yo quien estuviese muy solo allí en Londres, y no él aquí en Oxford.

—Bah, sólo la mitad o menos. No me he cansado gran cosa. Y no es tanto dispendio —dijo—. ¿Qué? ¿Qué tal lo has pasado? ¿Eh?

Lo preguntó con un mínimo dejo de condescendencia y orgullo, estaba claro que pensaba haberme favorecido mucho con su convocatoria y su idea, permitiéndome salir de mi supuesto aislamiento, ver y conocer a gente. Así que aproveché su venial arrogancia para formularle antes de nada el único reproche que se merecía:

—Muy bien, Peter, se lo agradezco. Pero lo habría pasado mucho mejor si no hubiera usted invitado a ese mamarracho de la Embajada, cómo se le ha ocurrido. ¿Quién diablos era? ¿Dónde ha pescado a ese mal merluzo? Con futuro político, eso sí, tiene futuro político y hasta diplomático. Si van por ahí los tiros y aspira usted a sacarle subvenciones para simposios o publicaciones o algo, entonces no digo nada, aunque sea injusto que me haya tocado a mí hacerle de intérprete, casi de alcahueta y niñera. En España será ministro algún día, o embajador en Washington por lo menos, es la clase de pretenciosa bestia con un perfume de cordialidad aparente que la derecha de mi país multiplica y cría y la izquierda reproduce e imita cuando gobierna, como si la asaltara un contagio. Lo de la izquierda es sólo un decir, ya sabe, como en todas partes hoy. De la Garza es inversión segura, eso se lo reconozco, y a corto plazo, hará carrera con cualquier partido. Lo único es que no se fue muy contento. Menos mal, algo es algo, a mí me ha echado a perder media fiesta. —Ese fue mi desahogo.

Wheeler encendió su puro con otra de sus cerillas largas, sin tanto ahínco como antes. Alzó entonces la vista y la fijó bien en mí con leve conmiseración cariñosa, me había quedado de pie, de frente a la escalera, a poca distancia, apoyado en el quicio de la puerta corredera que desde el salón principal daba paso a su despacho y que él solía mantener descorrida (siempre dos atriles visibles en aquel estudio, en uno el diccionario de su lengua abierto, una lupa, en el otro un atlas, el Blaeu a veces o el magnífico Stieler también abiertos, y otra lupa), yo cruzado de brazos y con el pie derecho cruzado asimismo por encima del izquierdo, de aquél sólo la punta en vertical sobre el suelo. Así como los ojos de su colega y amigo y semejante Rylands habían poseído una cualidad más bien líquida y habían sido muy llamativos por sus colores distintos —un ojo era color de aceite, el otro de ceniza pálida, uno era cruel y de águila o gato, había rectitud en el otro y era de perro o caballo—, los de Wheeler tenían un aspecto mineral y eran demasiado idénticos en dibujo y tamaño, como dos canicas casi violetas pero jaspeadas y muy translúcidas, o incluso casi malvas pero veteadas y nada opacas, o hasta casi granates como esta piedra, o eran amatistas o morganitas, o calcedonias cuando más azulosos, variaban según la iluminación que les diera, según el día y según la noche, según la estación y las nubes y la mañana y la tarde y según el humor de quien los dirigía, o eran granos de granada cuando se le achicaban, aquella fruta del primer otoño en mi infancia. Habrían sido muy brillantes, y temibles cuando coléricos o punitivos, ahora conservaban ascuas y fugaz enfado dentro de su general apaciguamiento, solían mirar con una calma y una paciencia que no eran connaturales sino aprendidas, trabajadas por la voluntad a lo largo de mucho tiempo; pero no habían atenuado su malicia ni su ironía ni el sarcasmo abarcador, terráqueo, de que se los veía capaces en cualquier instante de su aquiescencia; ni tampoco la asentada penetración de quien se había pasado la vida observando con ellos, y comparando, y reconociendo lo ya visto en lo nuevo, y vinculando, asociando, y rastreando en la memoria visual y así previendo lo aún por ver o no ocurrido, y aventurando juicios. Y cuando se aparecían piadosos —y en modo alguno era infrecuente—, una especie de constatación maltrecha o acatamiento abatido rebajaba su espontánea piedad en seguida un poco, como si en el fondo de sus pupilas habitara el convencimiento de que al fin y al cabo y en alguna medida, por infinitesimal que fuera, todos nos traíamos nuestras propias desgracias, o nos las forjábamos, o nos prestábamos a padecerlas, o consentíamos tal vez en ellas. 'La infelicidad se inventa', cito a veces con el pensamiento.

—La izquierda ha sido siempre sólo un decir, en todas partes, esa a la que os referís todavía los españoles y los italianos y los franceses, y los hispanoamericanos, como si existiera o hubiera existido nunca fuera de lo imaginario y lo especulativo.

Ya tendríais que haberlo visto en los años treinta, si no antes. Una mera figuración colectiva. Disfraces, retórica, uniformes más austeros y más engañosos por ello, facetas o modalidades más solemnes de lo mismo, siempre odioso y siempre injusto, e invulnerable, lo mismo. Prefiero que a los hijos de puta se les note que lo son desde el principio en la cara, al menos uno sabe a qué atenerse y no hay que convencer a nadie, es mucho esfuerzo añadido. Todos aplastan, parece mentira que no se sepa *ab ovo*, poco importa que varíe la causa, la causa pública, o los motivos propagandísticos. Los farsantes y los ingenuos trascendentales los llaman motivos históricos o ideológicos, yo no los llamaría así nunca, es muy ridículo. Parece mentira que se crea aún que hay salvedades, porque no hay ninguna, no a la larga, jamás las ha habido. Búscalas, piensa. La izquierda como salvedad, qué tontería. Cuánto desperdicio. —Lanzó una gran bocanada de humo a modo de punto y aparte y como para pasar a otro asunto, y así lo hizo—: En cuanto a Rafita, según lo llama su pobre padre, no creo que ya debas quejarte más ni guardarle rencor alguno, sería encarnizamiento tras haberlo enviado hace un rato a una muerte segura en la carretera (tal vez ya se haya producido) —e hizo ademán de ir a mirar el reloj, no llegó ni a descubrírselo bajo la manga—, condenando además de paso, posiblemente, al alcalde Pennick y a su sometida esposa, tampoco será irreparable su pérdida para nadie, supongo, en lo público ni en lo privado. Es hijo de un viejo amigo, aunque bastante más joven que yo, no menos de diez años. Estuvo durante la Guerra en Londres, ayudó en malos momentos. Más adelante entró en el cuerpo diplomático e hizo por conseguir la Embajada, sin éxito. Quiero decir la de aquí, se ha pasado media vida peregrinando por África y parte de Oceanía, hasta que lo jubilaron. Me ha pedido que distraiga a Rafita de vez en cuando, que lo oriente un poco y le eche una mano si le hace falta. Ya sabes, cosas de los padres, que no acaban de ver nunca a sus hijos crecidos ni como a las malas personas en que se convierten a veces, si es que no lo eran desde la cuna visiblemente y ellos todavía no han querido enterarse. —'Ni como a los capullos', pensé sin interrumpir a Peter—. Puedes suponer que no soy el más indicado hoy en día para entretener, guiar ni auxiliar a nadie, pero si doy una cena... La verdad, creí que no vendría. Por lo que sé, está muy acompañado en Londres. Lamento que te haya tocado cargar con él más de la cuenta, la colaboración de Lord Rymer ha sido exigua, entiendo, confiaba más en las afinidades de ambos. Y desde luego a Rafita lo imaginaba más autosuficiente en inglés, lleva aquí casi dos años y habría jurado que además lo aprendió de niño, el de su padre es muy bueno, aunque con acento, pero nada que ver, ni por asomo la atrocidad de su vástago. Claro que Pablo, el padre, no bebe apenas, y este Rafita es como una petaca pero con más cabida, qué bruto, una botella rellenable. El padre es una persona estupenda, el muchacho le ha salido imbécil. Pasa, ¿no?, tantas o tan pocas veces como a la inversa. Y sin embargo el idiota llegará más lejos. —'Le ha salido un completo capullo', pensé de nuevo sin decirlo, 'y llegará a ministro.' Wheeler despidió más humo, ahora con dos o tres aros y por lo tanto con pausa, como si ese asunto tampoco le interesara mucho y las explicaciones dadas hubieran sido más que suficiente para zanjarlo y abandonarlo. Yo saqué mis cigarrillos, él me agitó a distancia, ofreciéndomela, la caja grande de sus lujosas cerillas, yo le mostré mi mechero indicándole que tenía ya fuego, encendí el pitillo. La manera en que me hizo a continuación su pregunta me llevó a pensar que le urgía hacérmela por algún motivo o que le escocía desde hacía ya un rato en la lengua, no era mero pasatiempo ni pertenecía al vaivén casual de una charla, a los comentarios posteriores que se propician o imponen siempre al acabar una cena o una fiesta, cuando todos se han ido o es uno el que se ha marchado con alguien. Tupra y el juez gordo y Beryl estarían hablando tal vez de nosotros, ya cerca de Londres, o de los Fahy y la viuda Wadman. De la Garza y el alcalde de Thame o Bicester o de donde fuera estarían quizá elucidando a las guarras esquivas para violencia de la alcaldesa, si aún no habían perecido todos en una curva y si el primero lograba hacerse entender en inglés dos palabras juntas (siempre podía recurrir a la mímica y soltar de paso el volante, y así más *chances*). Y hasta la señora Berry estaría haciendo repaso consigo misma en su cama sin conseguir dormirse, también ella había recibido invitados y había sido anfitriona ancilarmente, tampoco querría que concluyera del todo su noche larga—. Dime, ¿qué te ha parecido Beryl? ¿Qué efecto te ha causado? ¿Qué impresión te ha hecho?

—¿Beryl? —respondí algo descentrado, no había imaginado que me fuera a preguntar por ella, más bien por su anunciado amigo Bertram, si es que era en verdad amigo—. Bueno, apenas hemos hablado, parece hacer caso muy pasajero a casi todo el mundo, no se la veía disfrutar gran cosa, como si estuviera por compromiso. Pero muy buenas piernas, lo sabe y lo explota. De cara le sobran dentadura y quijada, aun así resulta bastante guapa. Su olor es su mayor atractivo y su mejor baza: un olor infrecuente, agradable, muy sexuado.

Wheeler me lanzó una mirada que era mezcla de reconvención y zumba, divertidos sus ojos en todo caso. Blandió su bastón un poco, sin llegar a alzarlo, le bastó con agarrarlo del mango. A veces me trataba como a un alumno, nunca lo había sido, en cierto sentido lo era. Era un discípulo, un aprendiz de su visión y su estilo, como también de los de Toby en su día. Pero con Wheeler bromeaba más. O no, y es sólo que lo que cede y no vuelve más que en rememoraciones se atenúa mucho y parece menos, había bromeado con ambos, como con Cromer-Blake, otro colega de mi época en Oxford, más de mi edad y de inteligencia sobresaliente, y sin embargo no había llegado muy lejos, muerto de sida cuatro meses después del fin de mi estancia y mi marcha, sin que nadie de la congregación oxoniense dijera entonces (ni apenas luego, gente para lo trivial chismosa, discreta para lo grave) que su mal era ese. Yo lo vi enfermo y recuperado y más enfermo, sin jamás preguntarle el origen. Y también había bromeado siempre mucho con Luisa, quizá sea mi principal y decepcionante manera de manifestar el afecto. Los problemas surgen cuando hay más que afecto, eso creo.

—Oh vamos, te lo tengo advertido, estás muy solo ahí en Londres. Francamente, no me refería a eso. Francamente: nunca me habría atrevido ni a preguntarme si los humores animales de Beryl te habían o no estimulado, sabrás disculpar mi falta de curiosidad sobre esa clase de avatares tuyos. Quería decir respecto de Tupra, qué impresión te ha causado con relación a él, en su actual relación con él. Es lo que me interesa saber, no si te han excitado sus —se paró un instante— segregaciones. Yo no sé por quién me has tomado.

Y tras decir esto alargó un brazo y señaló con el índice hacia algún impreciso lugar del salón, indicándome sin duda que le acercara algo. Como yo necesitaba un cenicero para la ceniza de mi cigarrillo, no lo dudé, fui por él y le alcancé otro para la de su puro, que había crecido peligrosamente. Lo aceptó y lo depositó sobre el escalón, a su lado, pero aún no hizo el ya aconsejable uso y además negó con la cabeza y siguió señalando en la misma vaga dirección con el dedo, ahora vibrante. Tenía apretados los labios, como si se le hubieran pegado de pronto y le costara abrirlos. El semblante no le había cambiado, sin embargo.

—¿Un oporto? ¿Le apetece un último oporto, Peter? —probé, habían quedado por allí las varias frascas con sus cadenillas y medallas. Volvió a negar, como si la palabra en cuestión se le evadiera, un tropiezo, un bloqueo, quizá la edad tan bien llevada (la edad burlada) se venga en tonterías así, de vez en cuando—. ¿Un bombón? ¿Una trufa? —No se habían retirado las respectivas bandejas de la sala. Negó de nuevo, mantenía el índice extendido, agitándolo de arriba abajo—. ¿Quiere que le traiga un *foulard*? ¿Tiene frío? —No, no era eso, negó, su elegante corbata le cerraba bien el cuello—. ¿Un cojín? —Por fin asintió con desahogo y entonces unió el dedo corazón al índice y levantó ambos, eran dos cojines lo que me pedía.

—Cojín, demonios, no sé qué me pasa, a veces se me quedan atascadas las palabras más necias, y entonces no me sale tampoco ninguna otra hasta que suelto la que se me resiste, una especie de momentánea afasia.

—¿Ha consultado al médico?

—No, no, no es cosa fisiológica, eso lo tengo muy claro. Es sólo un instante, como si la voluntad se me retirase. Es como un anuncio, o una presciencia... —No continuó—. Dámelos, por favor, los agradecerán mis riñones.

Los cogí de un sofá, se los di, se los colocó detrás a esa altura, le pregunté si no prefería que nos sentáramos en el salón, hizo con la mano en la que sostenía el cigarro un ademán negativo (se le cayó entonces sobre la moqueta la ceniza larga), como dando a entender que no valía la pena, que no me entretendría mucho tiempo (con el canto de la mano hizo rodar la ceniza aún compacta hasta el cenicero, que puso al pie del escalón manchado, sin que se le desmenuzara), volví a mi sitio, pero tiré de una escalerilla de cinco o seis peldaños que había en el estudio para alcanzar libros en alto, la puse bajo el dintel y me senté encima de ella, quiero decir que seguí a la misma distancia.

Wheeler había dicho en inglés las últimas frases, hablábamos más en esta lengua porque era la del país y la que oíamos y utilizábamos con los demás todo el día, pero la alternábamos con el español cuando estábamos solos, y pasábamos de una a otra según la necesidad, la comodidad o el capricho, bastaba con deslizar dos palabras de uno u otro idioma para que a veces nos trasladáramos automáticamente durante un rato al así introducido, su castellano era excelente, con acento pero no muy fuerte, fluido y bastante rápido —aunque naturalmente más lento que el velocísimo mío, plagado de sinalefas salvajes encadenadas que él evitaba—, demasiado preciso en el vocabulario, demasiado cuidadoso quizá para ser de un nativo. Había empleado la palabra 'prescience', culta pero no tan infrecuente en inglés como lo es en español 'presciencia', entre nosotros nadie la dice y casi nadie la escribe y muy pocos la saben, nos inclinamos más por 'premonición' y 'presentimiento' y aun 'corazonada', todas tienen más que ver con las sensaciones, un pálpito —también eso existe, coloquialmente—, más con las emociones que con el saber, la certeza, ninguna implica el *conocimiento* de las cosas futuras, que es lo que de hecho significan 'prescience' y también 'presciencia', el *conocimiento* de lo que aún no existe y no ha sucedido (nada que ver, por tanto, con las profecías ni los augurios ni las adivinaciones ni los vaticinios, menos aún con lo que los sacamuelas de hoy llaman 'videncia', todo ello incompatible con la mera noción de 'ciencia'). 'Es como un anuncio, o una presciencia de esa voluntad retirada', pensé que iba a haber dicho Wheeler, de haber terminado. O tal vez habría sido aún más claro en su pensamiento, que sí habría concluido entero: 'Es como un anuncio, o una presciencia de lo que es estar muerto'. Me acordé de algo que le había oído una vez a Rylands hablando de Cromer-Blake, cuando andábamos muy preocupados ambos por su enfermedad tan callada. '¿A quién pertenece la voluntad de un enfermo?', había dicho

junto al mismo río que ahora podía escucharse cerca
en la oscuridad durante los silencios, el Cherwell,
al tratar de explicarnos algunas actitudes de nuestro amigo infectado. '¿Al enfermo? ¿A la enfermedad,
a los médicos, a los medicamentos, a la perturba-
ción, al dolor, al miedo? ¿A los años, a los tiempos
pasados? ¿Al que ya no somos... que se la llevó consigo?' ('Extraño no seguir queriendo', parafraseé para
mis adentros, 'y no querer querer, aún más extraño.
O no', me corregí al instante, 'quizá eso no es muy
extraño'.) Pero Wheeler no estaba enfermo, sólo tenía años, y casi todos sus tiempos ya eran pasados,
y había tenido la oportunidad muy larga de no ser
ya el que había sido, o ninguno de los posibles varios que hubiera ido siendo. (Hasta se había desprendido muy pronto del nombre.) No había dicho
'prefiguración' siquiera, a eso estaba acostumbrado, a las representaciones anticipadas de todas las
cosas y de las escenas y diálogos en que intervenía,
seguramente había prefigurado y aun planeado la
conversación que teníamos, los dos sentados en
nuestros respectivos peldaños después de la fiesta,
cuando todos se habían ido y la señora Berry se
revolvía en sus sábanas sin conciliar el sueño insó-
litamente en el piso de arriba, haciendo memoria
de sus cometidos y preparativos cumplidos, quizá
atormentada por algún fallo que sólo ella habría
notado. Probablemente esa charla discurría según
el criterio y el diseño de Wheeler, sin duda él la
dirigía, pero eso a mí no me importaba en principio, me intrigaba y me divertía, y nunca le regateé
esos placeres. Lo que Peter había dicho era 'presciencia', un latinajo llegado sin apenas cambios hasta nuestras lenguas desde el original *praescientia*, una

palabra desusada, rara, y un concepto nada fácil de comprender por tanto.

—¿Como un anuncio de qué, Peter? ¿Una presciencia de qué? No terminó su frase.

Ni él ni yo éramos de los que se dejan distraer o embaucar y pierden de vista su objetivo o lo que les interesa. No éramos de los que sueltan la presa. Yo lo sabía de él y él de mí, todavía ignoraba hasta qué punto él sabía, me enteré mejor a la mañana siguiente. Quizá por eso rió un poco, por reconocerme en mi empeño, y esta vez el humo se le escapó entre los dientes, sin marcar punto y aparte.

—No preguntes lo que ya sabes, Jacobo, no es ese tu estilo —me contestó aún sonriente. Tampoco era de los que se dejan sitiar ni atrapar fácilmente, sino de los que contestan sólo lo que se proponían comunicar o confesar ya de antemano. Era de los que me llamaban Jacobo; otros, como Luisa, me llamaban Jaime, es el mismo nombre y ninguno de los dos era el mío exactamente (quizá también por conciencia de eso mi propia mujer me decía por el apellido a veces). Era yo mismo quien se presentaba con uno o con otro o con el más verdadero, según las personas y los ambientes y la conveniencia, según en qué país estuviera y en qué lengua fuera a hablarse. A Wheeler le gustaba la forma más pretenciosa acaso, o la más artificialmente histórica, conocía bien la antigua tradición española de traducir de ese modo el James de los reyes británicos Estuardos.

—¿Desde cuándo le ocurre? No le había pasado antes conmigo, que yo recuerde.

—Oh, habrá empezado hace seis meses, o algo más. Pero es muy infrecuente, me sucede sólo de tarde en tarde, otra cosa sería grotesca. Y ya lo has visto, es sólo un momento, nada tiene de particular que no lo hayas presenciado antes, lo raro y la mala suerte sería lo contrario. Pero deja, no pierdas tiempo con eso, todavía no me has dicho qué te ha parecido Beryl más allá de sus muslos y de sus fauces: respecto a Tupra, qué impresión te han hecho juntos. —Él no soltaba su presa, obligaba a contestar lo que quería ver contestado. Tampoco me resistí nunca a esas insistencias suyas.

Vi que se le estaban bajando los calcetines o más bien medias de sport un poco, quizá era por la postura juvenil sobre la escalera, las piernas más flexionadas que en un sillón o en una silla, las rodillas más altas. Se los vi arrugados, flojos repentinamente, contrastando ahora con sus impolutos zapatos acharolados de suelas demasiado intactas (una invitación a los resbalones, no había estado ahí muy atenta la señora Berry), si las medias proseguían su curso le dejarían las canillas al descubierto. Y si eso ocurría tal vez tendría que señalárselo, a él no le gustaría ese inadvertido hecho, tan coqueto y primoroso como era siempre, aunque yo fuese su solo testigo y el único en poder advertirlo.

—Bueno, pues ya que está interesado: no daría ni seis peniques por esa pareja, poco prometedor el asunto para su amigo Tupra. Lo último que esa mujer parece es la nueva novia de nadie. Más bien todo lo contrario, es como si estuviera con él por holgazanería o rutina o porque no tuviera nada mejor ni tampoco peor en perspectiva, una actitud muy extraña la suya, tratándose de una relación reciente. Me han dado justamente una sensación de veteranía y pereza, como si fueran viejas llamas el uno del otro —'old flames', dije, mejor traducirlo como 'antiguas pasiones' en castellano—, que mantienen buen trato pero se saben de memoria y se saturan mutuamente muy pronto, aunque se toleren y se conserven una pizca de añoranza recíproca, que en realidad se tienen en tanto que representantes de sus respectivos tiempos pasados. Era como si Tupra, no sé, hubiera recurrido a ella para no presentarse solo en la cena, esa clase de convenios, usted sabe. Lo cual resultaría en principio raro en alguien de su apariencia y su estilo, no se diría un hombre con dificultades para encontrar compañía, y bien lucida. Y si el favor se lo hubiera hecho él a ella, sacándola de paseo, la cosa tampoco casa, ya le he dicho que Beryl estaba aburrida, como si hubiera venido casi obligada, o en cumplimiento de un acuerdo, no sé, sí, poco menos que a rastras. Ni siquiera le preocupaba causar buena impresión a las amistades de él, si es que son sus amistades. En las primeras fases uno quiere ser aprobado hasta por el gato del otro, y por el canario, y por su callista, verse afianzado hasta por el lechero. Se hace un esfuerzo continuo por caer en gracia al entero círculo del amado nuevo, aunque sea repugnante su mundo. Y en ella no se veía el menor empeño. Ni tentativa siquiera.

Wheeler escudriñó la brasa de su cigarro acercándosela mucho al ojo, más brillaba su metal que la brasa; la espabiló soplándola, poco le tiraba ya el puro o así lo fingía; y, sin mirarme de frente, aparentando una indiferencia que sin duda no sentía, me instó a seguir. Pero aunque me guardase los ojos yo vi sus cejas muy blancas y lisas fruncirse de complacencia, y en la voz le noté una excitación contenida y zozobra, las del que pone a otro a prueba y va previendo durante el transcurso que éste puede salir airoso (pero todavía aguarda con los dedos cruzados, sin atreverse a cantar victoria).

—De veras —dijo, sin llegar a ser interrogativo—. Como viejas llamas, ¿eh? Y ella vino hasta aquí *velis nolis*, tú crees. —Le gustaban de veras los latinajos—. Anda, sigue contándome qué más has visto.

—No sé decirle mucho más, Peter, no he hablado gran cosa con ninguno de los dos, y ha sido por separado con cada uno, con ella tres palabras de trámite y con él unos minutos, no los he visto juntos. ¿Por qué me pregunta tanto? Yo tengo algunas preguntas a mi vez que hacerle sobre ese individuo, todavía no me ha explicado por qué me habló de él tanto rato el otro día al teléfono. ¿Sabe que me ha ofrecido trabajo si me canso de la BBC? Ni siquiera sé a qué se dedica. Me ha sugerido que lo hablara con usted, no es por nada. Que se lo consultara. Usted sabrá. Usted dirá cuando le parezca, Peter. Es un hombre simpático, a primera vista. Y con capacidad de —dudé: no era seducción, no era intimidación, no era proselitismo, aunque también pudiera ponerlas todas en funcionamiento— dominio, ¿no? ¿Qué es lo suyo, cuál es su campo?

—De Tupra hablaremos mañana en el desayuno. Y posiblemente de lo del trabajo. —Wheeler no llegó a ser autoritario, pero aquel era un tono que mal admitía objeción o protesta—. Cuéntame más de Beryl ahora, de ella con Tupra. Adelante, vamos. —E insistió en la idea en que debía centrarme—: Viejas llamas, vaya... —'*Old flames, well well...*' Seguíamos en el inglés y me apuntaba la senda, como si me estuviera alentando ('caliente caliente') en medio de una adivinanza—. Representantes de sus tiempos pasados, dices. De sus respectivos tiempos.

Ahora estaba completamente seguro de que Wheeler me estaba sometiendo a una prueba, pero no tenía idea del porqué ni de en qué consistía, tampoco de si querría yo superarla, fuera cual fuese. Ante esa sensación de examen uno desea instintivamente aprobarlo, por el desafío, y más aún si el que nos sondea y juzga es alguien a quien admiramos. Pero me provocaba recelo estar a ciegas. Aquello tenía que ver con Tupra, y con Beryl, era evidente, y probablemente con el ofrecimiento informal o hipotético de trabajo que aquél me había hecho al despedirse, lo había tomado por amabilidad más que nada, o por ganas postreras de darse importancia, aunque no le cuadraban a Tupra esas vanaglorias, no parecía necesitarlas, más propias de un De la Garza. En boca del agregado Rafita habrían sido sin duda palabras vacuas, qué gran melón, un fantasmón, un vaina. Y no me explicaba mucho los entresijos y meandros de Wheeler, salvo si eran para su divertimiento y mi intriga, a mí podía hablarme con confianza. Entendí que iba a hacerlo a la mañana siguiente durante el desayuno, cada cosa a su elegido o adjudicado tiempo, él decidía sobre el tiempo de su vejez, desmenuzado y menguante, aunque cuál no lo es, esto último. De modo que lo complací, me dejé arrastrar, pese a que en verdad no podía añadir mucho más: inventé un poco, elaboré y adorné lo expuesto, me espacié, acaso inventé demasiado. Advertí que los calcetines o medias de sport de Wheeler (inicialmente le habrían llegado hasta debajo de la rodilla, como los que yo uso) se le habían escurrido algo más, desde mi posición ya veía asomarle una estrecha franja de piel tostada, su color y su tez tenían más de australes que de ingleses, ahora que lo pensaba. Había agarrado su bastón con los dos puños por encima, como si fuera definitivamente una lanza, había apoyado en el cenicero el puro poco humeante, de no haber sido por su expresión de agrado habría dicho que estaba en ascuas, ascuas de categoría menor, eso es cierto, que nunca lo habrían abrasado mucho.

—Sí, bueno, no sé, me ha parecido que andaba cada uno demasiado a su aire, para haberse estrenado recientemente. No me habría llamado la atención si hubieran sido un matrimonio fogueado, de esos con la emoción tan raída que en el fondo ya están caducados, excepto cuando los cónyuges se quedan a solas sin nada con que entretenerse, y aun así. Bien, a usted no le dio tiempo a vivir nada parecido, con su matrimonio tan breve y lejano, pero lo habrá observado: hay un momento lamentable o de duelo tácito en casi todos ellos, en que basta con que haya una tercera persona presente, sea quien sea y aunque sea un taxista con la espalda vuelta, para que a la mujer o al marido no le haga ya el otro el menor caso. La fiesta ya no está nunca en ellos, la de él en ella o la de ella en él o la de ninguno en ninguno, depende de quién se desinterese antes o de que sea simultáneo el hartazgo, casi siempre acaba por envolver y afectar a ambos si es que siguen juntos, y entonces no padece demasiado ninguno o sólo por efecto de su decepción y su desistimiento, pero durante los periodos descompensados eso entristece al uno e irrita al otro indeciblemente. El entriste-

cido no sabe qué hacer ni cómo comportarse, prueba lo uno y lo otro y sus respectivos contrarios, se
devana los sesos para interesar de nuevo o hacerse
perdonar aunque ignore cuál es su falta, y nada sirve porque ya está condenado, no sirve ser encantador ni antipático, suave ni arisco, complaciente
ni crítico, amoroso ni beligerante, atento ni romo,
adulador ni intimidatorio, comprensivo ni impermeable, todo es perplejidad y tiempo perdido. Y el
irritado se da cuenta a veces de su parcialidad e injusticia, pero no puede evitarlas, se siente irascible
y todo lo del otro lo saca de quicio, y es la prueba
máxima, en la vida personal y diaria, de que nada
es nunca objetivo y todo puede ser tergiversado y
distorsionado, de que ningún mérito ni valor lo son
en sí mismos sin un reconocimiento ajeno que las
más de las veces es puramente arbitrario, de que
los hechos y las actitudes dependen siempre de la
intención que se les atribuya y la interpretación que
quiera dárseles, y sin esa interpretación no son nada,
no existen, son neutros o pueden sin más ser negados. Las mayores evidencias son negadas, lo que
acaba de ocurrir y dos han visto puede ser negado
al instante por uno de ellos, se niega lo que uno ha
dicho u oído ahora mismo, no ayer ni hace tiempo, tan sólo un minuto antes. Es como si nada contara, nada se acumulara ni tuviera peso y a la vez
fuera hundiendo, todo indiferente, sin cómputo,
sin memoria, aire, pero aire sucio, y para ambos
resulta desesperante, de manera distinta para cada
uno y con más intensidad para el entristecido. Hasta que todo se rompe. O bien no, y entonces se es-
tira, y se asimila interiormente, y en lo exterior se
calma y languidece, o se guarda también y se pudre

sin hacer ruido y oculto, como lo que se entierra. Y aunque todo esté caduco, los dos permanecen juntos, como me ha parecido que seguían juntos Tupra y Beryl, más o menos.

Desde luego Wheeler no quería perderlos de vista, y yo había regresado por fin a ellos tras mi digresión tan larga, que aún pensaba continuar sin embargo. Pero en vez de aprovechar mi retorno pareció olvidarse momentáneamente de la pareja e interesarse por mi perorata, pese a que corría así el riesgo de que yo me apartara del objetivo de nuevo. Fue la curiosidad, seguramente, porque no pudo evitar preguntarme:

—¿Fue eso lo que te pasó con Luisa? ¿Sólo que vosotros no estirasteis, ni seguisteis juntos? —Me miró un segundo con aquella compasión suya que corregía o rebajaba pronto. No es que la perdiera ni la desestimara ni la retirara, en modo alguno, tan sólo la matizaba tras el brote primero, que era muy sincero y espontáneo. Pero nunca podía durarle en ese estadio de inocencia, o de elementalidad, habría sido tal vez su palabra, de haber sido él quien se describiera.

—No, no dejé, o no dejamos que eso llegara. Fue otra cosa, quizá más simple, sin duda más rápida. Menos pegajosa. Quizá más limpia.

—Algún día tienes que hablarme un poco más de eso. Si tú quieres, claro, y si sabes hacerlo, a veces resulta imposible explicar lo más decisivo, lo que más nos ha afectado, y guardar silencio es lo único que nos salva en lo malo, porque las explicaciones suenan casi siempre algo tontas respecto al daño que uno hace o le han hecho. No suelen estar a la altura del mal padecido o causado, y no se aguantan, ¿verdad? Yo no lo entiendo, lo vuestro, aunque entiendo que yo no entienda. Los dos me gustabais mucho. Bueno, es absurdo que lo diga en pasado: los dos me gustáis mucho. Supongo que es debido a que como matrimonio parecéis ser pasado, por el momento. Porque nunca se sabe, ¿no?, con los vínculos, da lo mismo de qué clase. Vínculos. —Se paró un instante, como sopesando esa palabra, o rememorando alguno concreto suyo—. Lo que he querido decir es que me gustabais juntos, y a uno suelen parecerle mejor las personas por separado, cada una por su cuenta, sin adherencias conyugales ni familiares. Aunque ahora que lo pienso, no sé si a Luisa la he visto sin ti, si la he visto nunca sola, ¿tú te acuerdas? Tengo idea de que sí, pero no acabo de estar seguro.

—Creo que no, Peter, creo que no la ha visto sin mi compañía. Sí han hablado por teléfono, desde luego. —Debí de sonar reacio a esta derivación última y para mí inesperada. Pero no se me escapó que si Wheeler y Luisa no se habían visto sin mí (tampoco tenía la certeza absoluta, me rondaba algún recuerdo inasible y vago), lo que él había venido a afirmar era que me prefería con ella que solo, como me había conocido. La inferencia no me ofendió: no me cabía duda de que ella me mejoraba, me hacía más alegre y ligero, no tan cavilador, mucho menos peligroso, mucho menos enturbiado. 'My dear, my dear', pensé, y lo pensé en inglés porque era la lengua que estaba hablando y además hay cosas que avergüenzan menos en una que no es la propia, incluso si sólo son para el pensamiento. 'Si se me diera el olvido', pensé ahora ya en español. 'Si me lo dieras tú, tu olvido.'

Pero antes de volver a los Tupra —o a Tupra y Beryl, mejor dicho—, Peter añadió todavía algo de su cosecha al rodeo, él lo habría llamado sin duda *excursus*:

—No sé si te das cuenta —dijo mientras reavivaba la brasa de su cigarro con una nueva cerilla, luego lo dijo envuelto en una humareda ferroviaria— de que todo eso que has descrito en lo conyugal, en lo privado, se da también en casi cualquier otro ámbito, en lo laboral, en lo público, en lo político. La negación de todo, de quién eres y de quién has sido, de lo que haces y lo que has hecho, de lo que pretendes y pretendiste, de tus motivos y tus intenciones, de tus profesiones de fe, tus ideas, tus mayores lealtades, tus causas... Todo puede ser deformado, torcido, anulado, borrado, si uno ha sido ya sentenciado sabiéndolo o sin saberlo, y si uno ni siquiera lo sabe entonces está inerme, perdido. Es lo que sucede en las persecuciones, en las purgas, en las peores intrigas, en las conspiraciones, tú no sabes lo espantoso que es eso cuando quien decide negarte tiene poder e influjo, o cuando son muchos puestos de acuerdo, o puede no hacer falta siquiera el acuerdo, basta con una insidia que prenda y contagie, es como un incendio, y convenza a otros, es una epidemia. Tú no sabes lo peligrosa que es la gente persuasiva, nunca te enfrentes a quienes lo sean a menos que estés dispuesto a volverte más ruin que ellos y creas que tu imaginación, no, tu capacidad de fabulación es superior a la suya, y que tu brote de cólera se esparcirá más rápido y en la dirección correcta. Has de tener presente que la mayoría de la gente es tonta. Tonta y frívola y crédula, no sabes hasta qué punto, una permanente hoja en blanco sin la menor huella ni resistencia, por mucho que te parezca saberlo no puedes saberlo bien, hasta qué punto, tú no has vivido guerras, espero que no te toquen. El persuasor cuenta con ello, cuenta incluso más de la cuenta y sin embargo no se equivoca nunca, cuenta hasta la exageración y hasta el último extremo y eso le confiere una audacia casi sin límites. Pero si es bueno, nunca yerra. —Se calló un momento, dejó que se aplacara el humo que parecía salirle ahora de su pelo pastelero blanco, entonces me miró muy fijo, con una mezcla de curiosidad y confirmación, como si me viera por primera vez y al mismo tiempo me reconociera (quizá como sujeto de la última frase que había dicho), o me comparara con alguien o consigo mismo, o me bendijera acaso—. Pero tú también tienes eso, tú eres persuasivo. Es mejor no enfrentarse contigo. —Volvía a tirar bien el puro, observó con satisfacción su enrojecida brasa y aún la sopló por gusto, por verla más ruborizarse—. Hoy no se emplea mucho, ¿verdad?, la expresión 'caer en desgracia'. Caer en desgracia. Es interesante, es extraño que esté un poco en desuso, cuando lo que designa, y mejor que ninguna otra, sucede sin tregua, incesantemente y en todas partes y quizá más que nunca, aunque con mayor disimulo o con menos ruido que en el pasado, y a menudo supone la destrucción del que cae, que es ya literalmente un caído, cómo decir, es ya una baja, una no-persona, un árbol talado. Yo lo he visto mucho, es más, he participado en ello unas cuantas veces, quiero decir que he contribuido a que más de uno cayera en desgracia, y aun en odiosa desgracia de la que jamás se sale. Y hasta lo he propiciado yo, eso. Y determinado. O bien he ayudado a que se cumpliera la desgracia que otros dictaron. A que se llevara a cabo.

—¿Aquí, en la Universidad?

—No. Bueno, sí, pero no sólo. También en frentes en los que esa caída era más grave, y traía más consecuencias que no ser invitado a cenas —dijo 'high tables', las 'cenas alzadas' o de gala en los *colleges*, había yo sufrido en su día bastantes— o convertirse en objeto de murmuraciones y críticas o padecer un vacío social o académico o verse desprestigiado profesionalmente. Pero de esto hablaremos asimismo mañana, tal vez, un poco, lo justo. O tal vez no, no lo hablemos, no sé, se verá. Se verá mañana.

No sé cómo lo miré, sé que no le gustó mi mirada. Pero no tanto por lo que expresara —quizá sorpresa, curiosidad, leve incredulidad, leve recelo, no creo que en ningún caso reprobación o censura, hacia él me era imposible tener esos sentimientos intuitivamente— cuanto por el mero hecho de que la hubiera. Era como si le hiciera dudar de su anterior confirmación o comparación o reconocimiento, cuando ya era tarde o no tocaba.

—¿Usted ha esparcido brotes de cólera? —Esa fue la pregunta que acompañó a mi mirada.

Apoyó la punta del bastón en el suelo, se agarró a la barandilla, el puro y el mango en la misma mano, iba a levantarse pero no lo hizo. Se quedó así, con los dos brazos en alto, como si estuviera colgado de ambos apoyos o en un gesto reminiscente del que sirve para proclamar la inocencia o anunciar que se va desarmado: 'A mí que me registren'. O 'Yo no he sido'.

—Eres demasiado listo, Jacobo, para que ni por asomo piense que has podido entender esa expresión en otro sentido que en el debidamente metafórico. Claro que los he esparcido. —Y tras la enrevesada pulla jamesiana y la subsiguiente afirmación desafiante vino rápido el rebajamiento de ésta, o su merma, o un amago de explicación nebulosa y parcial, como si Wheeler tampoco quisiera que mi visión de él se enturbiara o se estropeara por un malentendido o por una metáfora antipática. No sé cómo pudo ocurrírsele que fuera a tomarlo por un desalmado—. De eso hace mucho tiempo —dijo—. Nunca te olvides de que yo nací en 1913. Antes, figúrate, de que empezara la Gran Guerra. No parece posible, ¿verdad?, que siga todavía vivo. A mí mismo no me lo parece, algunas tardes. En una vida como la mía da tiempo a demasiadas cosas. Bueno, no da tiempo a nada y a la vez sí da: a demasiadas cosas. Mi memoria está tan llena que a veces no lo soporto. Quisiera perderla más, quisiera vaciarla un poco. O no, eso no es cierto, prefiero que aún no me falle. Lo que quisiera es que no se me hubiera llenado tanto. De joven, ya sabes, uno tiene prisa y teme no vivir lo suficiente, no disfrutar de experiencias lo bastante variadas y ricas, uno se impacienta y acelera los acontecimientos, si puede, y se carga de ellos, hace acopio, la urgencia del joven por sumar cicatrices y forjarse un pasado, esa urgencia es bien extraña. Nadie debe-

ría tener ese miedo, los viejos deberíamos enseñár-
selo a la gente, aunque no sé cómo, hoy no los escucha nadie. Porque al final de cualquier vida más o
menos larga, por monótona que haya sido, y anodi-
na, y gris, y sin vuelcos, habrá siempre demasiados
recuerdos y demasiadas contradicciones, demasiadas renuncias y omisiones y cambios, mucha marcha atrás, mucho arriar banderas, y también demasiadas deslealtades, eso es seguro. Y no es fácil ordenar
todo eso, ni siquiera para contárselo a uno mismo.
Demasiada acumulación. Demasiado material bru-
moso y amontonado y a la vez muy disperso, demasiado para un relato, aun para uno solamente pensado. Y no hablemos de las infinitas cosas que caen
bajo el punto ciego del ojo, cada vida está llena de
episodios literalmente invisibles, uno ignora lo que
pasó porque simplemente no lo vio, no hubo posibilidad de verlo, buena parte de lo que nos afecta y
nos determina está tapado, cómo decir, no se ofreció a la visión, se sustrajo, no hubo ángulo. La vida
no es contable, y resulta extraordinario que los hombres lleven todos los siglos de que tenemos conocimiento dedicados a ello, empeñados en contar
lo que no se puede, sea en forma de mito, de poema
épico, de crónica, anales, actas, leyenda o cantar
de gesta, romances de ciego o corridos, de evange-
lio, santoral, historia, biografía, novela o elogio fú-
nebre, de película, de confesiones, memorias, de reportaje, da lo mismo. Es una empresa condenada,
fallida, y que quizá nos haga menos favor que daño. A veces pienso que más valdría abandonar la
costumbre y dejar que las cosas sólo pasen. Y luego ya se estén quietas. —Se detuvo, como si se diera
cuenta de que se alejaba ya mucho de su conversa-

ción proyectada. Pero no habría perdido de vista a Tupra y a Beryl, eso sin duda, él podía permitirse excursos de excursos de excursos y regresar al cabo donde quería. Volvió a ser desafiante y a amortiguar el desafío en seguida—: Claro que los he esparcido, brotes de cólera, y de malaria, y peste. Te recuerdo que aquí tuvimos una guerra larga contra Alemania hace muchos menos años de los que yo he cumplido, ya era un adulto entonces. Y que antes también pasé por la vuestra. También era un adulto entonces, echa cuentas.

Las eché mentalmente en un instante. Wheeler celebraba su cumpleaños el 24 de octubre, y así aún no había alcanzado los veintitrés de edad en julio del 36, al estallar la Guerra, y en abril del 39, a su término, tenía veinticinco años. También esto era una revelación, jamás me había contado nada. 'Antes también pasé por la vuestra', había dicho, luego había tomado parte, había combatido o tal vez espiado o hecho propaganda tan sólo, o quizá había sido corresponsal, o enfermero de la Cruz Roja, había conducido ambulancias. No podía dar crédito. No al hecho, sino a no haberlo sabido hasta aquella noche, tras muchos años de conocernos.

—Nunca me había dicho que estuviera en la Guerra de España, Peter, cómo es posible. —'The Spanish War', dije, obedeciendo en exceso a la lengua en que hablaba, pues así se la llama coloquialmente en inglés casi siempre—. Nunca me lo había mencionado. —En verdad no daba crédito—. Cómo se explica. Ni me lo había dado a entender siquiera.

—No. Creo que no lo he hecho —me confirmó Wheeler con seriedad, como si tampoco ahora tuviera la menor intención de añadir nada más. Y a continuación resplandeció su rostro con una sonrisa de indisimulado deleite que lo hizo aparecer más juvenil todavía, le encantaba intrigarme para dejarme luego ignorante, supongo que lo hacía con todo el mundo si la ocasión se le presentaba, en eso era también como Toby Rylands, quien a menudo sugería hechos deplorables de su pasado, actividades semiclandestinas remotas, frecuentaciones inesperadas o en principio impropias de un catedrático, sin abordar del todo ningún relato. Insinuaba y callaba, encendía la imaginación pero no la atizaba ni alimentaba, y si empezaba con alguna historia parecía que fuera su memoria tan sólo, y no su voluntad —su memoria en voz alta, articulada—, la que lo llevara a ello, y entonces reaccionaba y se frenaba en seguida, y así no llegaba nunca a contar nada completo de sus posibles días inclementes o aventureros, sólo permitía vislumbres. Pertenecían a la misma escuela y a la misma época ya pretérita, él y Wheeler, no era de extrañar su amistad tan larga, cuánto debía de echarlo de menos, el vivo al muerto, inmensamente—. Pero tampoco te lo he ocultado —añadió Wheeler con su gran sonrisa, al tiempo que espachurraba por fin el puro verticalmente contra el cenicero, con fuerza y de un solo golpe, como si fuera un bicho indeseable. Había acabado por fumárselo íntegramente—. Si alguna vez me hubieras preguntado al respecto... —Y, aún más divertido, se hizo a sí mismo el regalo de dedicarme un reproche—: Nunca has mostrado el menor interés por saberlo. Ninguna curiosidad has tenido, por mis andanzas peninsulares.

Cuando lo veía jugar solía seguirle el juego, del mismo modo que procuraba prolongarle la complacencia si lo veía complacido. Así que le dije lo que él quería que le dijera, pese a saber ya su respuesta o precisamente para que pudiera dármela:

—Pues le pregunto ahora, Peter, y con vehemencia. Le aseguro que nada en el mundo podrá jamás interesarme tanto. Venga, cuénteme sin demora esas desconocidas andanzas suyas de la Guerra Peninsular Segunda.

—No exageres, por desgracia no tuvimos tanta participación como en la Primera. —No hace falta decir que había captado la broma, así conocen en Inglaterra lo que para nosotros es la Guerra de la Independencia, contra la ocupación napoleónica: *The Peninsular War*, ellos han escrito un montón de libros sobre esa campaña, a diferencia de nosotros, la consideran suya. Es significativo cómo varían los nombres según el punto de vista, empezando por el de las contiendas. La que se conoce en todas partes como Primera Guerra Mundial o Guerra del 14 o incluso Gran Guerra, es oficialmente para los italianos *La Guerra del Quindici-Diciotto*, porque no fue hasta 1915 cuando ellos entraron en liza—. Ahora es demasiado tarde —Wheeler no se apartó de su chinchosidad prevista—, y mañana no nos dará tiempo, tenemos asuntos que despachar, varias causas. Deberías haber aprovechado otras ocasiones pasadas, ¿ves? Las cosas hay que pensarlas a tiempo, o anticiparlas. —Seguía sonriendo. Tomó impulso y se levantó, apoyándose a la vez en el bastón y en el pasamano. En verdad estaba fuerte para su edad, se alzó sin casi trabajo ni pena, y al hacerlo así, con celeridad, los calcetines o medias de sport le sucumbieron por fin del todo, vi cómo le resbalaban ambos sincrónicamente hasta los tobillos. Ya los dos de pie (también yo me levanté de mi escalera de mano, no iba a permanecer sentado, una educación ya pretérita también, la mía), se reclinó sobre la barandilla y blandió el bastón con la mano izquierda, la punta hacia arriba, como si fuera un látigo más que una lanza, me recordó a un domador de pronto—. Pero antes de despedirnos —añadió—, una cosa respecto a Tupra y Beryl: entiendo por tus comentarios, deduzco —cada palabra la pronunciaba ahora lentamente, tal vez las estaba eligiendo con gran cuidado, o más probablemente las disfrutaba, todas y cada una, con burlón cinismo—, que por lo visto no llegué a decirte que Tupra no venía finalmente con su nueva novia como me anunció en principio, sino con su ex-mujer, Beryl. Beryl es su ex-mujer más reciente, no lo sabías, ¿verdad? No llegué a comunicarte el cambio, ¿verdad? Bueno, es obvio.

Ahora sonreí yo también o incluso reí seguramente, encendí otro cigarrillo, más humo, acompaña y acoge el humo, debo reconocer que la desfachatez en alto grado me hace a veces bastante gracia. Claro que depende de en quién la vea, en las cosas menores hay que saber ser injusto.

—Vamos, Peter, sabe perfectamente que no me lo dijo, y a santo de qué iba a comunicarme semejante cambio, que en modo alguno era de mi incumbencia, ahora empiezo a pensar que sí lo era, por algún motivo que conocerá usted pero yo ignoro. Usted mencionó por teléfono a su nueva novia, de manera muy casual, eso fue todo. Dígame qué se trae entre manos, me parece que aquí hay poco casual, ¿no es cierto? ¿Algún juego, alguna prueba, un acertijo, una apuesta? —Y entonces caí en la cuenta de un detalle mínimo: por eso Wheeler, siempre tan formal en las presentaciones, se había permitido omitir el apellido de Beryl al hacer las nuestras. No resultaba del todo impropio si era el mismo que el de su acompañante y así podía sobreentenderse. 'Mr Tupra, cuya amistad se remonta en el tiempo aún más lejos. Ella es Beryl', había dicho, y era posible entender 'Beryl Tupra' si ese era todavía su nombre, si no lo había sustituido al casarse con otro, por ejemplo. De haberse tratado de la nueva novia, Peter se habría encargado de averiguarlo completo para presentarla debidamente. No era nada imitativo de las innovaciones ñoñas, de hecho lo había oído despotricar contra la actual costumbre, propia de adolescentes pero implantada entre muchos adultos bobos, de privar de sus apellidos en sociedad a las personas, en primera instancia, el equivalente del generalizado tuteo en mi lengua.

Pero por supuesto no contestó a mi pregunta. Era ya tarde, él tenía su calendario hecho, o había dispuesto su horario para aquel fin de semana, iba a lo que quería cuando quería.

—Es interesante, es notable que sin saberlo hayas detectado la índole de la relación entre ellos, y sin haberlos visto juntos más que a distancia —dijo, y se llevó el bastón al hombro, ahora como el fusil de un soldado en un desfile o de guardia, el mango como culata, fue un gesto meditativo—. Tupra tiene serias dudas en estos momentos, según me ha contado. Se separaron por fin hace un año, tras algún que otro estrépito y largo languidecimiento, luego solicitaron el divorcio de mutuo acuerdo, hará unos seis meses. Ahora están a punto de obtenerlo ya en firme, técnicamente no son todavía ex-cónyuges, me parece. Y como ocurre a menudo ante las inminencias, uno de ellos, Beryl, ha propuesto volver, paralizar todo el proceso e intentarlo de nuevo. Pese a la nueva novia (tampoco será crucial, Tupra les da el relevo demasiado rápido últimamente, a sus novias), a él le han entrado dudas. Va teniendo su edad, se ha casado ya dos veces y Beryl le importó mucho, lo bastante para añorar esa importancia, quiero decir dársela, aun cuando ya no la tenga, creo yo, realmente. Por un lado le tienta el regreso, pero no se fía. Sabe que ella no está rutilante en ningún aspecto, ni sentimental ni económico, pese a que no saldrá malparada de este divorcio, él apenas ha puesto pegas a sus peticiones. Pero Beryl está acostumbrada a mayor holgura, o digamos a los imprevistos, a las gratas sorpresas frecuentes en la profesión de Tupra, a los extras, y en especie. Y desde luego a no estar sola. Él teme, él sospecha que quiera volver más que nada por eso, por aprensión e impaciencia, no por verdadera añoranza, ni por obstinado afecto, ni por haber recapacitado (dejemos al amor tranquilo), sino porque no ha mejorado su situación en este año, probablemente en contra de lo que preveía. Ni siquiera se ha rehecho, como se dice, parece, y tampoco es ya tan muchacha y así ya no sabe esperar, ni confiar, le ha entrado prisa y se le ha olvidado, sabes que las mujeres dejan de ser jóvenes en cuanto creen no serlo, no es tanto la edad cuanto su creencia lo que de veras las envejece al principio, son ellas mismas quienes se dan de baja. Así que Tupra la pone a prueba estos días, le ha entreabierto la puerta, no la rechaza, la trae, la lleva, la mide, vuelven a salir de vez en cuando. Quiere ver. Pero Tupra teme que Beryl esté fingiendo. Ganando tan sólo tiempo y un respaldo pasajero a la espera del sustituto bueno que todavía no ha aparecido: el que se encapriche o la quiera y además a ella le valga.

La profesión de Tupra. No se me escapó, una vez más. Pero lo dejé de lado y no pude evitar ser áspero. Todo aquello no casaba con alguien como el señor Tupra, es decir, con alguien como el individuo que creía haber entrevisto. Todo era posible, no obstante. Es bien sabido que los que más pueden elegir, mal eligen casi siempre.

—Debe de estar muy colado —dije—, debe de estar más que tuerto si tan sólo lo teme. Salta a la vista que ella está más atenta a cualquier otro futuro posible que a ningún presente junto a ese hombre. Claro que no soy quién para asegurar nada, pero no sé, era como si de vez en cuando ella se acordara del papel reconquistador que según usted le ha anunciado al marido, y entonces se esmerara un rato, o más bien se aplicara rutinariamente a agradarle y hasta a halagarlo, supongo. Pero ni siquiera parece capaz de hacer que le dure el recordatorio, o ese impulso, será demasiado artificial, sólo inventado, no debe de existir ni en espectro, y en fin, ya sabe, lo más arduo de las ficciones no es crearlas sino que duren, porque tienden a caerse solas. Un esfuerzo sobrehumano, sostenerlas en el aire. —Me detuve, quizá me había aventurado en exceso, busqué un apoyo sólido, prosaico—. Mire, hasta De la Garza lo notó, que ella no le hacía ni puto caso, así de claro lo vio y lo expresó, no se anduvo con matices. Y no creo que se equivocara, se fijó bien en Beryl porque le pareció pistonuda, eso dijo. Téngalo en cuenta. O quizá fue de la Deana viuda de quien lo dijo, pero da lo mismo: no le quitó apenas ojo, sobre todo de cintura para abajo y muslo adentro.

Pasé al castellano en lo que era obligado: 'que no le hacía ni puto caso', 'pistonuda'. Imposible una traducción verídica. O no, para todo la hay, es cuestión de trabajarla, pero no iba a ponerme entonces. La reaparición de mi lengua hizo a Wheeler trasladarse a ella momentáneamente.

—¿Pistonuda? ¿Pistonuda, has dicho? —Me lo preguntó con algo de desconcierto y también de fastidio, no le gustaba descubrirse lagunas, en sus conocimientos—. No conozco ese término. Aunque lo entiendo sin dificultades, creo. ¿Qué es, como 'cojonuda'?

—Bueno. Sí. Bueno. Pero no le quepa duda, Peter. Yo no sé explicárselo ahora, pero seguro que lo entiende, perfectamente.

Wheeler se rascó el pelo a la altura de una patilla. No es que las llevara largas ni diseñadas, en modo alguno, dentro de su presunción era elegante; pero tampoco carecía de ellas, más faltaría, no era de esos tipos obscenos que no se enmarcan el rostro, caras gordas aun sin grasa. Mala gente, en mi experiencia (con una gran excepción, en mi experiencia, a todo las hay, eso es incómodo y desconcertante, uno no sabe a qué atenerse), casi tanto como la que gasta perilla, sotabarba, mosca. (Las barbas de chivo son otra cosa.)

—Tendrá que ver con pistones, hmm —musitó, de pronto muy pensativo—. Aunque no veo la asociación, a no ser que sea como esa expresión, 'de traca', esa sí la conozco, la aprendí hace unos meses. ¿Tú lo dices, de traca? ¿O es muy vulgar?

—Juvenil, más bien.

—Con todo: debería visitar más España. He ido tan rara vez en los últimos veinte años que dentro de nada seré incapaz de leer un periódico con provecho, la lengua coloquial cambia sin pausa. No te quites mérito, de todas formas. Puede que Rafita no sea tan imbécil como hemos supuesto, me alegraría por su buen padre. Pero su percepción nada tiene que ver con la tuya, eso tenlo por cierto, no te engañes.

De repente lo vi cansado. Unos minutos antes sonreía con vivacidad, jovial, ahora se me apareció agotado, absorto. Y entonces yo también noté mi cansancio. Para un hombre de su edad tenía que haber sido brutal, una jornada tan llena y larga, con los preparativos, la atención, los camareros, la fiesta, con humos e ingeniosidades y copas y mucha charla. Tal vez los calcetines por fin rendidos habían establecido el límite, o habían sido la causa.

—Peter —le dije, acaso por superstición, desde luego sin prudencia—, no sé si se ha dado cuenta de que se le han bajado los calcetines. —Y me atreví a señalar con un tímido dedo hacia sus tobillos.

Se recompuso al instante, ahuyentó la fatiga con tres pestañeos y tuvo presencia de ánimo para no bajar la vista y comprobarlo. Tal vez ya se lo había notado, lo sabía, no le importaba. La mirada se le había ensombrecido, o era mate ahora, sus ojos dos cabezas de fósforos recién sopladas. Sonrió de nuevo, pero débilmente, o con paternal lástima. Y regresó al inglés, siempre le costaría menos, como a mí mi lengua.

—En otro momento te habría agradecido la advertencia infinitamente, Jacobo. Pero no es grave ahora. Verás, voy a meterme en la cama en seguida, y antes pienso quitármelos, eso dalo por descontado. Habría que acostarse ya, para estar frescos mañana, tenemos mucho pendiente. Gracias por el aviso, de todas formas. Y buenas noches. —Dio media vuelta y se dispuso a subir los peldaños que lo separaban del primer piso, allí tenía su dormitorio, la habitación de huéspedes que yo ocuparía y había ocupado otras veces se encontraba en el segundo y penúltimo. Al dar esa media vuelta, Wheeler pegó sin querer un puntapié al cenicero, que había quedado allí con su cigarro cadáver. Rodó, no se rompió, amortiguados los tumbos por la parte alfombrada sobre la que nevó ceniza, yo me apresuré a recogerlo cuando aún bailaba. Wheeler oyó e identificó el ruido sin por ello volverse. Aún de espaldas me dijo con indiferencia—: No te molestes en limpiar nada. Mrs Berry pondrá orden mañana. La suciedad no la perdona. Buenas noches. —E inició el ascenso ayudándose del bastón y de la barandilla, otra vez vencido por el agotamiento, como si le hubieran lanzado súbitamente una ola enorme que lo hubiera empapado y zarandeado, su figura de golpe desarticulada, levemente encogida pese a su gran tamaño, como si tiritara, vacilantes los pasos, cada escalón le costaba, parecían pesarle sus bonitos zapatos nuevos acharolados, el bastón era sólo báculo ahora. Escuché, se me hizo muy audible el sosegado o paciente o lánguido rumor del río. Parecía hablar con serenidad, o con desgana, casi desmayadamente, un hilo. Un hilo de continuidad, el río Cherwell, también entre el muerto y el vivo con sus semejanzas, entre Rylands muerto y Wheeler vivo.

—Perdone que lo retenga un segundo más, Peter. Quería preguntarle...

—Dime —dijo Wheeler parándose, pero todavía sin volverse.

—No creo que consiga dormirme en seguida. Sin duda tendrá en algún lado el *Homenaje a Cataluña* de Orwell y la historia de la Guerra Civil de Thomas, supongo. Quisiera echarles un vistazo, consultar una cosa antes de acostarme, si no tiene inconveniente. Si me los presta, si están por ahí más o menos a mano.

Ahora sí se dio la media vuelta, de nuevo. Alzó el bastón y con él señaló por encima de mi cabeza, moviéndolo ligeramente a la izquierda, esto es, a mi derecha, como un puntero. Se le habían aflojado los músculos, su tez como corteza de árbol o tierra húmeda, de repente tan batida.

—Casi todo lo de la Guerra de España está ahí, en el estudio, a tu espalda. Estantería oeste. —Y me regañó susceptible—: 'Supongo', dices. Supongo. Cómo no voy a tener esos libros. Recuerda que soy hispanista. Y aunque haya escrito sobre siglos de mayor interés y *momentum*, el XX no deja de ser el mío, ¿cierto?, el que yo he vivido. Y también el tuyo, no te creas. Pese a que mucho te quede por vivir del siguiente.

—Gracias, disculpe, Peter, los buscaré ahora, con su permiso. Que descanse. Buenas noches.

Volvió a darme la espalda, le faltaban ya pocos peldaños. Él sabía que yo no apartaría la vista de su figura hasta que la viera en lo alto, sana y salva, temía a sus suelas tan lisas. Y sin duda por eso, porque lo sabía, ni siquiera torció el cuello cuando me habló todavía una última vez aquella noche, sino que me siguió ofreciendo la nuca como oscuro origen de sus palabras. Era igual que la de Rylands, ondulada y blanca, como un capitel labrado, deslavado por el tiempo. De espaldas se parecían aún más, los dos amigos, eran aún más afines. De espaldas eran el mismo.

—Si piensas buscarme en el índice onomástico, a ver si aparezco y así averiguas qué hice en la Guerra de España, mejor no pierdas ni un minuto de sueño por eso. No creo que ni figure esa clase de índice en Orwell. Pero sobre todo ten en cuenta que en España yo no me llamé Wheeler.

No le veía la cara, pero estaba seguro de que había recuperado la sonrisa vivaz mientras decía eso. Dudé si contestar o no. Lo hice:

—Ah. Pues dígame cómo tuvo a bien llamarse, entonces.

Lo noté tentado de volver a volverse, pero cada giro le era un poco laborioso, al menos aquella noche, a aquellas horas tardías.

—Eso es mucho querer saber, Jacobo. Al menos por esta noche. Otro día, ya veremos. Pero ya te digo, no malgastes tu tiempo, nunca me encontrarías en esos índices de nombres. No en los de esa época.

—Descuide, Peter, le haré caso —dije—. Pero la verdad, no era eso lo que pensaba mirar, se lo juro, ni se me había ocurrido. Lo que quiero consultar es otra cosa. —Callé. Se quedó quieto. Se quedó callado. Siguió quieto. Siguió callado. Así que añadí en seguida, por ver de no desairarlo—: Me ha dado sin embargo una gran idea.

Wheeler acabó de subir el tramo de escalera en silencio. Respiré con alivio cuando lo vi ya arriba. Entonces se echó de nuevo el bastón al hombro, de nuevo lo convirtió en su lanza, y murmuró sin mirarme, halagado, mientras giraba a la izquierda para desaparecer de mi vista:

—Qué tontería. Una gran idea.

Hablan los libros en mitad de la noche como habla el río, con sosiego o desgana, o la desgana la pone uno con su propia fatiga y su propio sonambulismo y sus sueños, aunque esté o se crea muy despierto. Uno colabora poco, o eso cree, tiene la sensación de irse enterando sin apenas esfuerzo y sin hacer mucho caso, las palabras se van deslizando suave o desmayadamente, sin el obstáculo de la alerta lectora, de la vehemencia, se absorben pasivamente o como un regalo, y parecen algo que no computa ni cuesta ni trae provecho, también su rumor es tranquilo o paciente o lánguido, también son un hilo de continuidad entre vivos y muertos, cuando el autor leído es ya un difunto o bien no, pero interpreta o relata hechos pasados que no palpitan y sin embargo pueden modificarse o negarse, entenderse como vilezas o hazañas, y esa es su manera de seguir viviendo y de seguir turbando, sin darnos jamás descanso. Y es en mitad de la noche cuando más se asemeja uno mismo a esos hechos y a esos tiempos, que ya no pueden oponer resistencia a lo que se diga de ellos o a la narración o al análisis o a la especulación de que son objeto, igual que los indefensos muertos, aún más indefensos que cuando fueron vivos y durante mucho más tiempo, la posteridad es infinitamente más larga que los escasos y malvados días de cualquier hombre.

Tampoco entonces, cuando aún en el mundo, pudieron muchos deshacer los equívocos o refutar las calumnias, a menudo no les dio tiempo, o ni siquiera se enteraron de ellas para poder intentarlo, porque fueron siempre a sus espaldas. 'Todo tiene su tiempo para ser creído, hasta lo más inverosímil y descabellado', había dicho Tupra sin dar a su frase la menor importancia. 'A veces dura días tan sólo, ese tiempo, pero a veces dura ya siempre.'

A Andrés Nin no le dio en absoluto tiempo a desmentir las difamaciones ni a verlas rebatidas por otros más tarde, según cuenta Hugh Thomas en su compendio, ahí fue fácil dar con las referencias, ahí sí hay índice onomástico, no así en Orwell en efecto, asombroso que Wheeler recordara tal detalle, o quizá fue deducción nada más por ser el *Homenaje a Cataluña* un libro de 1938, publicado en plena guerra, nadie se preocupaba por entonces de los nombres tan sólo. Antes de nada, por si acaso, con todo, busqué el apellido Wheeler en Thomas, nada más sencillo para Peter que haberme mentido al respecto y así asegurarse de que no lo encontrara, si le creía y no me molestaba ni siquiera en mirarlo. Pero era verdad, no figuraba, ni tampoco Rylands, lo comprobé por comprobar, no me costaba. Qué maldito apellido habría utilizado en España Wheeler, ahora había conseguido que la curiosidad me azuzara. Tal vez alguna andanza suya estaba consignada en aquel libro o en Orwell, o en cualquiera de los muchos que sobre la Guerra Civil tenía en la estantería oeste de su despacho, según vi (y demasiado me entretuve con ellos), y, de ser ese el caso, yo no podía enterarme siendo pública la andanza, me pareció irritante. Lo que no era público era el nombre, o el alias, mucha gente los usó durante la Guerra. Yo recordaba quién era Nin, pero no sus vicisitudes finales, a las que había aludido Tupra sin duda. Había sido secretario de Trotsky en Rusia, donde había vivido la mayoría de los años veinte, hasta 1930; de esa lengua, la rusa, había traducido al catalán no poco, y también algo al castellano, desde *Las lecciones de Octubre* y *La revolución permanente*, de su temporal protector y jefe, hasta la *Ana Karenin* de Tolstoy y *Una cacera dramàtica* de Chejov y *El Volga desemboca al mar Caspi* de Boris Pilniak, así como algún Dostoyevski. Ya iniciada la Guerra fue secretario político del llamado POUM o Partido Obrero de Unificación Marxista, siempre visto por Moscú con malos ojos. Esto sí lo recordaba, y también la cacería más trágica que dramática que padecieron sus miembros por parte de los stalinistas en la primavera del 37, sobre todo en Cataluña, donde mayor implantación tenía ese partido. Fue lo que hizo salir a Orwell rápidamente de España para no ser encarcelado y quizá ejecutado, pues había estado muy próximo al POUM si es que no había pertenecido a él —iba leyendo de aquí y de allí, salteando, pasando de un volumen a otro (amontoné unos cuantos sobre la impoluta mesa de Peter), buscando sobre todo lo de los brigadistas alemanes que tanto había impresionado a Tupra—, y en todo caso había combatido con la Vigesimonovena División, formada por milicianos poumistas, en el frente de Aragón, donde había sido herido. Como ha ocurrido con tantas personas, movimientos, organizaciones y hasta pueblos, este partido es más célebre y más recordado por la brutal disolución y persecución de que fue objeto que por su constitución o sus hechos, hay finales que marcan. En junio del 37, como relatan Orwell con gran detalle y de primerísima mano, Thomas y otros más lejana y resumidamente, el POUM fue ilegalizado por el Gobierno de la República a instancias de los comunistas, no tanto españoles —pero también— cuanto rusos, y según parece por decisión o insistencia personal de Orlov, jefe en España de la NKVD, el Servicio Secreto o Seguridad soviéticos. Para justificar la medida y la detención de sus principales dirigentes (no sólo Nin, también Julián Gorkin, Juan Andrade, el militar José Rovira y otros) y de sus militantes, simpatizantes y milicianos, por muy lealmente que aún lucharan en el frente estos últimos, se fabricaron pruebas falsas y más bien grotescas, desde una carta supuestamente firmada por Nin nada menos que a Franco hasta el incriminatorio contenido de una maleta (variados documentos secretos con el sello del comité militar del POUM, en los que éste se delataba como partido quintacolumnista, traidor y espía al servicio de Franco, Mussolini y Hitler, pagado por la mismísima Gestapo) hallada oportunamente por la policía republicana en una librería de Gerona, donde poco antes la había dejado en custodia un individuo bien vestido. El librero, un tal Roca, era un falangista recientemente desenmascarado por los comunistas catalanes, al igual que el probable escribiente de la carta falsa, un tal Castilla, descubierto a su vez en Madrid junto con otros conspiradores. Ambos fueron convertidos en *agents provocateurs* y obligados a colaborar en la farsa, para dar chapucera verosimilitud al nexo entre el POUM y los fascistas. Es posible que así salvaran la vida.

Nada de esto me interesaba mucho, pero todos, con mayor o menor atención y conocimiento, simpatía o antipatía hacia los depurados, lo
referían: Orwell, Thomas, Salas Larrazábal, Riesen-
feld, Payne, Alcofar Nassaes, Tinker, Benet, Pres-
ton, Jackson, Tello-Trapp, Koestler, Jellinek, Lucas
Phillips, Howson, Walsh, la mesa de Wheeler ya
abarrotada por sus muchos libros abiertos, me faltaban dedos para sostener cada página y los cigarrillos, por fortuna la mayoría de los volúmenes llevaba índice onomástico, a Nin se lo llamaba Andreu o
Andrés según los casos. Nin fue detenido en Barcelona el 16 de junio y desapareció en seguida (luego más bien fue secuestrado), y como era el dirigente más conocido, tanto en España como sobre todo
en el extranjero, su ignorado paradero se convirtió en un breve escándalo y en un largo, quizá eterno misterio que dura hasta nuestros días, en los
que no habrá mucha gente, supongo, preocupada
por resolverlo, aunque ya llegará el novelista idiota y deshonesto (si no ha llegado ya y no estoy al
tanto) que decida y pretenda desvelarlo: según las
bibliografías ha habido ya una película medio inglesa y medio española sobre aquellos meses y aquellos hechos, no la he visto pero al parecer, por suerte, no es idiota, a diferencia de tantas españoladas
blandas, falaces, vagamente rurales o provinciales y
muy sensibleras sobre nuestra Guerra, que son aplau-
didas sin falta por las buenas conciencias de mi país,
las profesionalmente compasivas y por vocación
demagógicas, sacan réditos de ello.
    Sin duda a causa de este misterio, los histo-
riadores o memorialistas o relatores empezaban a di-
ferir en este punto. Aún coincidían todos en el es-

tupefaciente hecho de que ni siquiera el Gobierno, con los teóricos responsables del orden a la cabeza —el Director General de Seguridad Ortega, el Ministro de la Gobernación Zugazagoitia, el Primer Ministro Negrín, menos todavía el Presidente Azaña—, tenía la menor idea de qué se había hecho de Nin. Y cuando se les preguntaba y negaban conocer su destino, nadie los creía, tan lógica como irónicamente, pese a que eran en efecto incapaces de contestar, según Benet, 'por ignorar los manejos de Orlov y sus muchachos de la NKVD', que habrían actuado por su propia cuenta. Aparecieron pintadas con la interrogación '¿Dónde está Nin?', que a menudo obtuvieron la respuesta de los stalinistas 'En Burgos o en Berlín', dando a entender con ella que el dirigente revolucionario se había fugado y pasado al enemigo, es decir, a sus verdaderos amigos Franco o Hitler. Las acusaciones eran tan increíbles y burdas (los miembros del POUM fueron calificados de 'trotsko-fascistas', siguiéndose en esto al pie de la letra los dicterios de Moscú) que, para apoyarlas y adecentarlas, la prensa socialista y republicana se vio en la necesidad de secundar a la comunista: *Treball*, *El Socialista*, *Adelante*, *La Voz*, ninguno se quedó atrás en la difamación.

No recuerdo qué historiadores de alguna obra colectiva sostenían que Nin había sido trasladado de inmediato a Madrid para su interrogatorio, y que poco después 'fue secuestrado cuando estaba retenido en el Hotel de Alcalá de Henares', pese a contar con vigilancia policial, por 'un grupo de gentes armadas uniformadas que se lo llevó bajo amenazas'. Según ellos, en el supuesto forcejeo entre los agentes que lo custodiaban y los misteriosos asaltantes uniformados (no especificaban uniformados de qué), 'cayó al suelo una cartera con documentación a nombre de un alemán y escritos diversos en esa lengua, junto con insignias nazis y billetes españoles del lado franquista'. Pero el asunto de los brigadistas a que se había referido Tupra quedaba algo más claro en Thomas y en Benet (sin duda era la monumental *Spanish Civil War* del primero —no sé por qué diablos la llamo 'compendio', abarca más de mil páginas— lo que Tupra habría leído en su juventud). De acuerdo con Thomas, Nin fue trasladado en coche desde Barcelona 'a la propia prisión de Orlov' en Alcalá de Henares, cuna de Cervantes muy cercana a Madrid pero 'casi una colonia rusa' por entonces, para ser interrogado personalmente por el más oblicuo representante de Stalin en la Península con los habituales métodos soviéticos para los 'traidores a la causa'. Al parecer la resistencia de Nin a la tortura fue asombrosa, esto es, espantosa habida cuenta de que Howson mencionaba un informe no especificado —ojalá poco fiable— según el cual a Nin lo habrían desollado vivo. Lo cierto es que éste se negó a firmar ningún documento admitiendo su culpabilidad o la de sus compañeros, y tampoco reveló los nombres que se le pedían, de los trotskistas menos notorios o del todo desconocidos. Orlov perdió los estribos ante su terquedad y andaba fuera de sí, en vista de lo cual sus camaradas Bielov y Carlos Contreras, que lo acompañaban en la infructuosa faena (este último un alias, el del italiano Vittorio Vidali, como también lo eran Orlov de Alexander Nikolski y Gorkin de Julián Gómez, quién no lo tenía, según se ve), temerosos los tres de la probable furia que su ineficacia persuasora despertaría en Yezhov, su superior en Moscú y jefe supremo de la NKVD, sugirieron escenificar 'un ataque nazi para liberar a Nin' y deshacerse de este pintoresco modo del secuestrado engorroso y a buen seguro demasiado quebrantado y maltrecho para ya devolverlo a ninguna luz, ni a ninguna penumbra siquiera, ni quizá tampoco a una tiniebla. 'Así que una noche oscura', relataba Thomas como si fuera el rumor del río y el hilo, 'probablemente el 22 o el 23 de junio, diez miembros alemanes de las Brigadas Internacionales asaltaron la casa de Alcalá en que se hallaba retenido Nin. Hablaron ostentosamente en alemán durante el fingido ataque, y dejaron tras de sí algunos billetes alemanes de ferrocarril. Nin fue sacado de allí y asesinado, tal vez en El Pardo, el parque real al norte de Madrid.' Benet decía por su parte —aún más fluvial, o más mezclado con el río, o un hilo más denso de continuidad, acaso porque me hablaba en mi lengua— que Orlov había encerrado a Nin 'en el sótano de un cuartel de Alcalá de Henares para interrogarlo personalmente'. (Es de suponer que en aquel sótano, casa, cuartel, hotel o prisión —era curioso cómo los historiadores no se ponían de acuerdo sobre el carácter del lugar— se hablaría durante las sesiones en ruso, que sin duda el interrogado conocía mejor —Tolstoy, Chejov, Dostoyevski— que su interrogador el español.) Nin 'llegó a exasperarlo de tal manera que Orlov decidió liquidarlo por miedo a las represalias de su superior en Moscú, Yezhov. No se le ocurrió otra cosa que imaginar un *rescate* llevado a cabo por un comando alemán de las Brigadas, supuestamente nazi, que lo liquidó en un arrabal de Madrid y probablemente lo enterró en un jardincillo interior del palacio de El Pardo'. Y añadía Benet, no pudiendo dejar de ver la grave ironía y refiriéndose al hecho de que ese palacio se convirtiera en la residencia oficial de Franco durante sus treinta y seis años de dictadura: '(Considere el lector el destino de unos huesos conmovidos bajo las pisadas de aquel otro decidido antistalinista, cuando por allí paseara en sus ratos de ocio.)' Y apostillaba: 'Como sujetos a una maldición —el silencio de Nin— los muchachos de Orlov irían apareciendo en semanas sucesivas por las cunetas de Madrid, con un tiro en la nuca o un cargador en la barriga'. Quizá fue ese el caso de Bielov, pero no el de Vidali o Contreras (o en los Estados Unidos Sormenti), que fue líder de los comunistas de Trieste largo tiempo, ni el del propio Orlov, quien, no más tarde que en el 38, y cuando recibió la orden de salir de España y regresar a Moscú, no quiso engañarse sobre el destino que allí lo aguardaba y partió de incógnito en un barco para reaparecer más adelante en el Canadá y luego llevar durante muchos años una existencia secreta como ciudadano respetable de los Estados Unidos, donde acabó por publicar un libro en 1953, *The Secret History of Stalin's Crimes* (por supuesto sin implicarse apenas en ellos), y por echar alguna que otra mano al FBI en casos difíciles de 'espionaje', como el de los hermanos Soble y el de Marc Zbrowsky: cuántas cosas innecesarias se aprenden en las noches imprevistas de estudio. Esto, dicho sea de paso, llevaba a algún exégeta más bien simplista, rabioso y frívolo —no recuerdo quién, se me seguían amontonando los tomos, fui por unos bombones y trufas, me serví una copa, tenía manga por hombro la estante-

ría oeste de Wheeler y su mesa ya hecha un asco—
a concluir que el Mayor Orlov había sido desde el
principio un topo de los americanos y que la mayoría de los individuos que mandó ejecutar en España como 'quintacolumnistas' fueron en realidad puros y leales rojos, víctimas de Roosevelt y no de
Stalin. No cabe duda de que el maniqueo acertaba
en lo que respecta a Nin, si no en lo de 'leal' enteramente (si había que serlo a Stalin desde luego no
lo era), sí en lo de 'puro' y 'rojo'. Y aunque no fue
ángel ni santo ni siquiera inofensivo (quién pudo
serlo en aquella guerra), su asesinato y el de sus camaradas (algún historiador cifraba en centenares
y algún otro en millares los miembros del POUM y
anarquistas de la CNT enviados a la fosa por Orlov y sus acólitos españoles y rusos), así como la difamación difundida y creída por demasiados y que
ni siquiera cesó tras su supresión física y el aplasta-
miento de su partido, constituyeron, según casi todas las voces que escuché en las páginas de aquella
noche silenciosa junto al río Cherwell, la mayor
y más dañina vileza cometida por un bando contra
gente de su propio bando durante la Guerra.

'La verdad es que todo tiende a ser creído,
en primera instancia. Es muy raro, pero así sucede',
recordé que también había dicho Tupra, recordé sus
palabras mientras seguía leyendo de aquí y de allá:
como remate de las descabelladas calumnias, se pu-
blicó en Barcelona en 1938 un libro firmado por
un tal Max Rieger (un seguro pseudónimo, quizá de
Wenceslao Roces, cuyo nombre yo conocía por haber sido el traductor de la *Fenomenología del Espíritu* de Hegel más adelante), supuestamente vertido
al castellano desde el francés por Lucienne y Artu-

ro Perucho (este último director del órgano de los comunistas catalanes, *Treball*), y con un 'Prefacio' del famoso escritor más o menos católico y más o menos comunista José Bergamín —ay, esas mezclas—, que, bajo el título de *Espionaje en España*, recopilaba todas las patrañas, falsedades y acusaciones lanzadas contra Nin y el POUM, dándolas por buenas y aun por mejores, sancionándolas, insistiendo en ellas, aderezándolas, documentándolas con fabricadas pruebas, ampliándolas, aumentándolas y exagerándolas. Me acordé de que alguna vez había oído hablar a mi padre de ese prólogo de Bergamín, que justificaba la persecución y las matanzas de la gente del POUM y negaba a sus dirigentes el derecho a cualquier defensa (aquello venía a toro muy pasado: ya se les había negado de hecho a unos cuantos, torturados y encarcelados o ajusticiados sin juicio), como de una gran indecencia, una más de las muchas en que incurrieron no pocos intelectuales y escritores españoles de uno y otro bando durante la Guerra, y aún más a su término los del victorioso. Leí a algún glosador deshonesto e incompetente —quizá era Tello-Trapp pero pudo ser otro, había empezado a tomar notas en papeles sueltos y con bastante desorden, el estudio del pobre Peter ya camino de la leonera— que trataba de salvar a Bergamín por haberlo conocido en persona ('personaje fascinante y seductor', 'quijotesco de pro, amante de la verdad') y porque mucho le gustaban su poesía 'honda, pura y romántica' y 'su voz de candil' —engullí un bombón y una trufa y bebí dos tragos para reponerme, me pregunté cómo podía soltarse semejante cursilería y seguir luego escribiendo—, pero en verdad el prefacio en cuestión, que me apareció profusamente citado en algún lugar, no dejaba ningún margen para la salvación de su autor: el POUM era 'un pequeño partido que traicionaba', pero ni siquiera había resultado ser 'tal partido, sino una organización de espionaje y colaboración con el enemigo; es decir, no una organización en connivencia con el enemigo, sino el enemigo mismo, una parte de la organización fascista internacional en España... La guerra española dio al trotskismo internacional al servicio de Franco su verdadera figura visible de caballo de Troya...' El glosador trapacero no podía sino lamentar y condenar ese prólogo, pero 'no sabemos', decía, si su responsable 'lo escribió cautivo del Partido Comunista, o de buena fe', cuando lo más probable o lo casi evidente es que lo escribiera con total libertad y con pésima fe, como no dejaba de apuntar el casi siempre ponderado y objetivo Thomas: 'Es imposible que creyera lo que escribió'. El texto de aquel 'amante de la verdad' hacía buena pareja con el cartel o viñeta que, según Orwell y otros, circuló ampliamente por Madrid y Barcelona en la primavera del 37, y en el que se representaba al POUM quitándose una careta con la hoz y el martillo para dejar al descubierto un rostro atravesado por una svástica. No se había excedido mi padre al hablar de indecencia.

Fue entonces cuando reparé en que Wheeler también guardaba en sus muy nutridas estanterías, en seis grandes tomos encuadernados, la colección de fascículos que, bajo el título de *Doble Diario de la Guerra Civil 1936-1939*, había sacado el periódico *Abc* de 1978 a 1980, esto es, de tres a cinco años después de la muerte de Franco. Antes habría sido imposible una iniciativa así, consistente en la reproducción facsimilar, en dos colores, de páginas enteras, columnas, editoriales, noticias, entrevistas, anuncios, ecos de sociedad, artículos, opiniones, crónicas, de los dos *Abc* existentes durante la Guerra, el de Madrid, republicano, y el de Sevilla, franquista, de acuerdo con los respectivos poderes en que habían quedado una y otra ciudad al comienzo de la contienda. Lo publicado por la edición madrileña aparecía en tinta roja, y en gris azulada lo de la sevillana, de modo que era fácil seguir la visión o versión de los mismos hechos —la verdad es que no parecían los mismos nunca— según la prensa de los dos bandos. Me tentó buscar lo correspondiente a aquella primavera del 37, aunque los sucesos relativos al POUM hubieran tenido lugar principalmente en Barcelona. Ya algo cansado y apresurado, no encontré mucho en una primera ojeada. Pero una de esas pocas noticias me hizo dejar momentáneamente de lado los grandes tomos —un libro siempre lleva a otro y a otro y todos hablan, la curiosidad es insana, no tanto por lo que comúnmente se cree cuanto por el agotamiento a que aboca— e interrogarme insensatamente por Ian Fleming, el creador del Agente 007, el autor de las novelas de James Bond. La nota en cuestión pertenecía al *Abc* madrileño del 18 de junio de 1937 y para el diario era secundaria sin duda, pues ocupaba tan sólo media columna. Su titular decía: 'Detención de varias personalidades del POUM'. La leí muy rápido, y a continuación tiré desconsideradamente varios de los libros al suelo y me despejé la mesa lo justo para poderle poner encima una vieja máquina de escribir electrónica que vi metida en su funda y arrumbada en un rincón, y transcribirme con ella la noticia entera. No quería pensar que Wheeler o la señora Berry se despertaran y descendieran y descubrieran el caos en que había sumido su despacho tan ordenado y limpio, y además en un lapso de tiempo algo breve para explicar tanto siniestro: decenas de volúmenes fuera de sus estantes, abiertos de par en par y esparcidos por tierra y hasta invadiendo irrespetuosamente los dos atriles decorativos de Wheeler con su diccionario y su atlas y sus sendas lupas; las bandejas de bombones y trufas por allí de cualquier manera, con las consiguientes e inevitables briznas y manchas de chocolate en no pocas hojas, según vi consternado; vaso y botella de whisky y un bote de cocacola que me había traído de la nevera para mezclar ambas bebidas, y un recipiente con cubitos de hielo medio deshechos, una o dos gotas o tres derramadas y seguros cercos sobre la madera, no se me había ocurrido coger posavasos; mi cenicero y el de Peter llenos y quién sabía si alguna fea y amarillenta huella de nicotina en lugar clamante, quién si quemazones por mí inadvertidas en páginas clave; mis cigarrillos y mi mechero y cerillas y un cartucho de mi pluma acabado por allí danzando o medio escondidos, acaso un borrón de tinta caído mientras colocaba el repuesto; ahora una máquina desenfundada y papeles y folios garabateados o tecleados, en inglés o en español según las citas. Me las vería negras para volver todo a su sitio, dejarlo tal como estaba antes de aquellos devastadores estudios míos nocturnos improvisados.

‘Barcelona 17, 4 tarde’, indicaba la primera y más breve parte de la noticia. ‘La Policía ha rea-

lizado algunas detenciones de elementos destacados del POUM, entre los que se encuentran Jorge
Arques, David Pérez, Andrade y Ortiz. Nin, que fue
detenido ayer, ha sido trasladado a Valencia.' La fir-
maba *'Febus'*, otro alias obviamente. La segunda
parte añadía: 'Barcelona 17, 12 noche. Durante el
día de hoy, la Policía ha seguido realizando detenciones de elementos destacados del POUM. Como
ya se sabe, el dirigente de más prestigio de este partido, Andrés Nin, fue detenido hace unos días, y
desde la Delegación del Estado en Cataluña se le
trasladó a Valencia y desde esta población ha salido para Madrid. Se realizaron después unas catorce detenciones, entre ellas, la del director del diario *La Batalla*, órgano del POUM, y de algunos
redactores de este periódico. Los talleres, Redacción
y Administración del mencionado diario fueron in-
cautados por las autoridades. Debido a las declaraciones prestadas por los detenidos, se procedió a
nuevas investigaciones, que dieron por resultado la
detención de cincuenta personas más. Todos ellos
han sido trasladados a la Delegación del Estado en
Cataluña. *Figuran entre los detenidos varias mujeres,
de singular belleza, de nacionalidad extranjera.* Este
servicio lo están llevando a cabo agentes de las brigadas criminal y social ayudados por guardias de
Asalto y Seguridad. Se han incautado de todos los
locales que esta organización tenía en Barcelona y
estudiado minuciosamente la documentación encontrada en los archivos por veinticinco agentes
especializados en esta labor. En una torre de San
Gervasio, que fue propiedad del Beltrán y Musitu,
donde el POUM tenía instalado un cuartel, se está
realizando un minucioso registro, y se han encon-

trado varios millares de equipos completos para soldados, del último modelo'. Volvía a firmar *'Febus'*.

El subrayado no era de ese redactor pseudónimo ni tampoco es mío, sino de Wheeler, de quien
había encontrado no pocos en sus muchos libros
ya hojeados y aun saqueados, así como anotaciones
marginales no muy extensas o es más, por lo general cifradas o abreviadas y así mal comprensibles
para mí o para cualquiera que pudiera verlas. En
esta ocasión, a la derecha de la media columna re-
producida en tinta roja, había escrito verticalmente (apenas le quedaba espacio), a pluma como de
costumbre y con su inconfundible letra que yo
bien conocía: 'Cf *From Russia with Love*', es decir,
'Conferre *Desde Rusia con amor*', latinajos hasta en
los márgenes, por mucho que la abreviatura *'Cf'* sea
una manera frecuente en inglés de remitir en un
texto a otra obra, el equivalente de nuestros *'Vide'*
o 'Véase'. ¿*Desde Rusia con amor*, la segunda aventura o entrega de James Bond si mal no recordaba,
a lo sumo la tercera o cuarta? Y me pregunté en el
acto si se referiría a la película, que desde luego yo
había visto en su día (aún con el gran Sean Connery, de eso estaba seguro), o a la novela del malo-
grado Ian Fleming en que se basaba. La curiosidad
gratuita o inmotivada (que es la que aqueja a los
eruditos) nos convierte en peleles, nos zarandea y
arroja de un lado a otro, disminuye nuestra voluntad y lo peor es que nos escinde y dispersa, nos hace
querer cuatro ojos y dos cabezas o más bien varias
existencias, con cuatro ojos y dos cabezas todas ellas.
Aun así logré mantenerme atento un rato más a
aquel *Doble Diario*, pero no traía gran cosa sobre
los avatares de Nin y el POUM, los cuales, por otra

parte —me daba cuenta—, no me interesaban demasiado en sí mismos, o al menos no me habían interesado antes de abrir aquellos volúmenes, Orwell y Thomas en un principio. (Todo culpa de Tupra, él me había enredado, lo hizo desde el primer instante.)

En el mismo *Abc* republicano del día siguiente, 19 de junio de 1937, vi una página entera sobre el Pleno del Comité del Partido Comunista que había empezado a celebrarse en Valencia. En la primera sesión había intervenido con un 'informe' Dolores Ibárruri, sin duda más conocida entonces y ahora y en el futuro por su correspondiente alias, Pasionaria, la cual, 'siempre adicta a Stalin' y quizá en 'un estallido de histeria', como había murmurado Benet poco antes, dedicó cuatro furibundas y despiadadas palabras a los depurados de aquellos días: 'En el acto del Monumental Cinema', dijo, 'levantamos la bandera del Frente Popular. Los enemigos de esta unión son ciertas izquierdas y los trotskistas. Jamás serán excesivas las medidas que se tomen para liquidarlos'. Me dieron ganas de subrayar yo esta última frase, tan invitadora a las liquidaciones que en efecto se siguieron, pero me abstuve, al fin y al cabo eran tomos de Peter y no era previsible que yo volviera a consultarlos nunca más en la vida, tras aquella noche de rara vigilia impremeditada.

Vi que el *Abc* franquista de Sevilla se hacía por su parte casi inaudible eco de las purgas catalanas en una sucinta y desapasionada nota del 25 de junio, cuya indiferencia mal casaba con las acusaciones que situaban al POUM y a sus dirigentes al servicio de Franco, Mussolini, Hitler, su Gestapo y hasta la Guardia Mora: 'El Gobierno Rojo', era su titular, 'a raíz de la pérdida de Bilbao, fusiló a varios dirigentes del POUM. La situación en Cataluña'. La noticia decía: 'Salamanca 24. Noticias de procedencia francesa aseguran que a raíz de la pérdida de Bilbao el Gobierno de Valencia ha tomado la ofensiva contra el POUM y otros partidos poco afines, para evitar sucediera lo contrario'. (Frase casi ininteligible, por cierto, la derecha más bruta siempre que la izquierda.) 'Según estos informes, Andrés Nin, Gorkin y un tercer dirigente cuyo nombre se desconoce, han sido llevados a Valencia y ejecutados. Todos los dirigentes trotskistas han sido detenidos por orden del cónsul de los Soviets, Ossenko, que ha recibido orden de su Gobierno de realizar en Cataluña una represión semejante a la última realizada en Rusia contra Tukachewsky y sus amigos.'

Obviamente los datos eran del todo inexactos y no sólo en lo relativo a Nin, ya que más de un mes más tarde, el 29 de julio de 1937, el *Abc* republicano de Madrid, siempre con la firma de *Febus*, reproducía sin comentarios la nota hecha pública por el Ministerio de Justicia 'sobre los encartados por delitos de Alta Traición'. 'Han sido entregados al Tribunal de Espionaje y Alta Traición' (que de hecho acababa de crearse el 22 de junio al efecto, como lo prueba que el sumario número 1 de ese Juzgado Especial fuera el instruido contra el POUM) 'los atestados correspondientes' a once acusados, diez del Partido Obrero de Unificación Marxista y uno de Falange Española, mencionándose entre los primeros a Juan Andrade y 'Julián Gómez Gorkin'. Dichos atestados los formaba 'abundante documentación encontrada en el local del POUM: claves, códigos telegráficos, documentos referentes a tráfico de armas, contrabando de dinero y objetos de valía, diversos periódicos de diversas capitales, principalmente de Barcelona; comunicaciones de elementos extranjeros alusivas a entrevistas habidas dentro y fuera del territorio leal, y participación de elementos extranjeros en los antecedentes de espionaje y movimiento subversivo de mayo último'. El escrito terminaba con una elocuente advertencia a posibles intercesores: 'Son, pues, inútiles, cuantas gestiones se intenten que no se reduzcan a la estricta y leal aplicación de las leyes'. Lo de los 'diversos periódicos de diversas capitales' me pareció lo más indefendible y traicionero de todo; y que encima fueran 'principalmente de Barcelona', hallándose el local del POUM registrado en esa ciudad precisamente, una agravante clamorosa y sin duda condenatoria. Los diez encausados eran varones y tenían nombres españoles, luego las varias mujeres de nacionalidad extranjera y de singular belleza parecían haber salido con bien y escurrido el bulto, como correspondía a sus características.

En cuanto al 'cónsul de los Soviets, Ossenko', según la tinta gris azulada —en realidad Antonov-Ovseenko—, si las detenciones habían sido efectivamente ordenadas por él cumpliendo a su vez órdenes de su Gobierno ruso, debió de ser *in extremis* y la obediencia no le sirvió de gran cosa, ya que en junio —es de esperar que muy a finales, para que le diera por lo menos tiempo a cursarlas y a saber a Nin ajusticiado— fue requerido en Moscú para su nombramiento como Comisario de Justicia del Pueblo y su inmediata incorporación allí al

nuevo cargo: 'broma típica de Stalin', musitaba ahora Thomas en una nota a pie de página, pues el viejo
camarada Antonov-Ovseenko nunca llegó a su puesto y desapareció para siempre sin dejar rastro, no
se sabe si en un campo de concentración lento y
lejano o despachado con prontitud al subsuelo en
cuanto pisó suelo patrio. Sin duda su compatriota
de Madrid, Orlov, tenía bien aprendida la mortal
lección de aquel cónsul —veterano del asalto al Palacio de Invierno de San Petersburgo y antiguo amigo personal de Lenin— cuando a su vez fue llamado, algo más tarde, desde Rusia con amor.

Aquella anotación de Wheeler seguía llamándome a mí, por su parte: 'Cf *From Russia with Love*'. ¿Qué diablos tendría que ver esa novela o película de espías ya fríos con Nin, o con el POUM, o con sus hermosas mujeres foráneas? Y aunque el *Doble Diario* no cesaba de atraer mi atención por otros mil motivos y no pensaba abandonar aún mis leídas por tarde que se me estuviera haciendo —todo despertaba mi curiosidad gratuita, desde titulares incomprensibles como uno del 18 de julio de 1937 que decía *verbatim*: 'El torero Sidney Franklin, natural de Brooklyn, pone de manifiesto los embustes de Franco', hasta algunos artículos, con los que me fui topando, escritos por mi padre cuando era muy joven en el *Abc* madrileño y por tanto reproducidos ahora en tinta roja, bien firmados con su propio nombre, Juan Deza, bien con el pseudónimo que había empleado a veces durante la contienda—, de repente me acordé de una cosa que me hizo dejar los grandes tomos a un lado y levantarme indeciso. En una pequeña habitación contigua a la de invitados que yo había ocupado otras veces y tendría ya preparada para aquella noche, había visto novelas policiacas o de misterio, a las que Wheeler, como toda persona especulativa y más o menos filosófica, era calladamente aficionado (no tanto como secretamente, pero tampoco iba a guardar esa parte de su biblioteca enorme en sus salones o en el estudio, a la vista de cualquier colega fisgón y maledicente que lo visitara). En alguna ocasión me había preguntado, incluso, si no las escribiría con pseudónimo él mismo, como tantos otros *dons* de Oxford y Cambridge que en principio no quieren ver mezcladas esas actividades plebeyas con sus verdaderos nombres de lumbreras o eruditos o sabios, pero que casi siempre acaban por desenmascararse solos, sobre todo si el elogio y las ventas acompañan a esas novelas, obras menores o de diversión para ellos a las que nunca dan importancia, pero mucho más remunerativas que las que consideran valiosas y serias y sin embargo casi nadie lee. Era el caso de muchos: el Catedrático de Poesía en Oxford Cecil Day-Lewis había sido Nicholas Blake para los adictos a los enigmas, el anglicista J I M Stewart, también de Oxford, había sido Michael Innes, y hasta uno de mis antiguos colegas, el irlandés Aidan Kavanagh, experto en el Siglo de Oro y jefe de la SubFacultad de Español a la que yo estuve adscrito, había publicado desenvueltas novelas de horror y éxito bajo el alias exagerado de Goliath Cherubim, nadie pudo llamarse jamás de ese modo.

En alguna noche de insomnio pasada en la casa había curioseado un poco en esa habitación pequeña, recordaba haber visto obras de autores policiacos clásicos, Ellery Queen y Agatha Christie, Van Dine y Van Gulik, Woolrich, Highsmith y Dexter, y por supuesto Conan Doyle, Simenon y Chesterton, conocía los nombres a través de mi padre —mucho más especulativo que yo—, no directamente sus creaciones (Sherlock Holmes y Mai-

gret aparte, que son cultura general básica). Tal vez
hubiera suerte —la curiosidad acuciante, cuando
nos prende— y estuviera junto a ellos Fleming, aunque no fuera propiamente un autor policiaco, imagino que todos los anteriores lo habrían desdeña-
do con un rictus, también hay plebeyos para los
plebeyos siempre, y parias para los parias, también
siempre (misterios de la voracidad, supongo). Me
mantuve indeciso durante unos segundos. Si subía
ahora los dos pisos corría más riesgo de despertar a
Wheeler o a la señora Berry, pero habría de subirlos en todo caso más tarde para acostarme (aunque
entonces no bajarlos y subirlos de nuevo), y el ruido de la vieja máquina que había usado con alegría
había ya representado un considerable riesgo, caí
· en la cuenta. Dudé si poner algo de orden, antes, en
el desbarajuste del estudio; pero pensaba seguir todavía un rato mirando aquel *Doble Diario* que contenía noticias estrafalarias y textos desconocidos
de mi padre joven, muy joven, escritos cuando no
sospechaba que los de la tinta roja perderían la
Guerra ni que a él lo denunciaría tras la derrota su
mejor amigo con la complicidad de otro individuo
que ni siquiera lo conocía —quizá alquilado para
la faena, quizá dispuesto a echar con gusto una firma y así hacer méritos ante los vencedores franquistas—, ni que se irían por ello al traste sus principales vocaciones o aspiraciones, la docente y la
especulativa. Así que abandoné el trastero en que
había convertido el despacho sin intentar ponerle
aún remedio y ascendí lenta y precavidamente la
escalera, como un intruso o un espía o un *burglar*
(no hay palabra específica para eso en mi lengua,
para el tipo de ladrón que se cuela en las casas), me

agarré a la barandilla como había hecho Peter, mi equilibrio no era perfecto, a lo tonto iba bien servido, quiero decir que con las copas solitarias últimas me había deslizado irreflexivamente hacia un principio de emulación de la Frasca.

Pese a mis precauciones fui encendiendo luces, peor habría sido tropezar y rodar muchos más escalones abajo que el cenicero, por falta de visión al dar mis beodos y silenciosos pasos. Una buena colección tenía Wheeler, de policiacas, más nutrida de lo que recordaba, era muy aficionado sin duda, también había representación de Stout, Gardner y Dickson, de MacDonald (Philip) y Macdonald (Ross), de Iles y Tey y Buchan y Ambler, los dos últimos eran más del subgénero espías o así me sonaba —todos esos nombres los conocía asimismo a través de mi padre—, luego había esperanzas de encontrar allí a Fleming y se cumplieron en cuanto comprendí que el orden era alfabético y enfoqué mejor: no tardé en divisar entonces los lomos de la colección completa con las famosas misiones del Comandante Bond, incluso una biografía de su creador había. Cogí *From Russia with Love*, tenía pinta de ser primera edición como el resto de los volúmenes, con sus gastadas sobrecubiertas todos, y al buscar la página para comprobarlo vi que el ejemplar estaba dedicado a mano por el autor a Wheeler, luego se habían conocido, las palabras de puño y letra de Fleming no permitían inferir más lejos, es decir, que hubieran llegado a amigos: *'To Peter Wheeler who may know better. Salud! from Ian Fleming 1957'*, el año de publicación del libro. *'Who may know better'*, con ser tan breve, era frase muy ambigua —en parte lo era por eso—, que podía traducirse y aun entenderse de varias maneras: 'Que puede saber más', 'Que tal vez esté mejor enterado', 'Que acaso está más al tanto', incluso 'Que quizá sea más sabio' (en algo concreto, habría que sobreentender en este caso). Pero además cabía toda una gama de interpretaciones menos literales, según el sentido que con frecuencia tiene la expresión *'to know better'* o *'to know better than...'*, y en todas esas versiones posibles habría habido algo de advertencia o reproche, no sé cómo decir, 'Para Peter Wheeler, que haría mejor en no...' o 'que puede guardarse de...' lo que fuese a que se refiriera; o 'Que más le valdría'; o 'Que sabrá lo que hace'; o incluso 'Que él sabrá' o 'Que allá él', un matiz o insinuación de esa clase. Miré las demás novelas, desde *Casino Royale*, de 1953, hasta *Octopussy and The Living Daylights*, de 1966, títulos ya póstumos. Las cinco más antiguas llevaban dedicatoria escrita, la de *From Russia with Love* era de hecho la última, y las publicadas después carecían de ella, y ninguna de las cuatro anteriores era más expresiva, al contrario, todas más anodinas o lacónicas directamente, *'To Peter Wheeler from Ian Fleming'*, *'This is Peter Wheeler's copy from the Author'* y así. Quizá Wheeler y Fleming habían dejado de tratarse hacia 1958. Luego éste —leí en la solapa de su biografía— había muerto, en 1964, con cincuenta y seis años y en plena eclosión de su éxito o más bien del de las películas de Bond con Connery, verdadero impulso del de sus novelas. En cuanto a la palabra en español, *'Salud!'*, supuse que habría venido dictada tan sólo por la condición de hispanista del destinatario, sin mayor misterio. Aquella relación o amistad entre la eminencia oxoniense y el inventor de 007 no me casaba en principio, pero casi todo había dejado de casar últimamente. Y al fin y al cabo Wheeler no había sido tan eminente en los años cincuenta —no digamos en los treinta, durante la Guerra de España— como había llegado a ser más tarde (el título de Sir se le había otorgado ya después de que nos conociéramos él y yo, por ejemplo, aún era 'Professor Wheeler' tan sólo cuando me lo había presentado Rylands).

De pie me cansaba, estaba incómodo y me tambaleaba no poco, así que decidí bajarme el ejemplar de *From Russia with Love* para registrarlo en el estudio con calma —me lo bajé sujetándolo como si fuera un tesoro—, y fue entonces, al descender, y según iba apagando las luces que había encendido para subir sin traspiés, cuando descubrí una gruesa gota de sangre en lo alto del primer tramo de la escalera. No era una gotita, eso quiero decir: estaba sobre la madera, no sobre la parte alfombrada, era circular, de unos cuatro o cinco centímetros de diámetro o bien de entre pulgada y media y dos, más que una gota era una mancha (por suerte no llegaba a charco) que escapó a mi comprensión al verla y quizá también luego. Lo primero que pensé, cuando por fin pensé con actividad pensadora (antes no había habido ni eso), fue que me pertenecía, que acaso la había dejado caer sin darme cuenta, al subir; que me había dado algún golpe o me había arañado o raspado con algo sin ni siquiera enterarme —a quién no le ha sucedido eso—, absorto como había estado en mis merodeos librescos y además muy poco sobrio. Miré hacia atrás, hacia arriba, los peldaños del siguiente tramo que iluminé de nuevo, también miré los de abajo, no había más gotas y eso era raro, cuando uno gotea sangre deja casi siempre varias, lo que se llama un reguero o un rastro, a no ser que se percate de ello al caer la primera e inmediatamente se tape la herida —el boquete, pero eso no hay quien lo tape— para no seguir manchando. Y en ese caso uno se preocupa de limpiar más tarde la que vio en el suelo, tras detener la hemorragia, eso antes que nada. Me palpé, me miré, me toqué las manos, los brazos, los codos —me había quitado la chaqueta y remangado la camisa durante mis afanados estudios—, no vi nada, tampoco en los dedos, que sangran increíblemente al más mínimo pinchazo o rasguño o corte, aunque sea el de una hoja, me pasé por la nariz el pulgar y el índice, también la nariz sangra a veces sin motivo aparente, me acordé de un amigo al que le sangró con motivo, le había dado de más a la cocaína durante algunos años y traficaba un poco, cantidades pequeñas, y tras cruzar con éxito y un modesto cargamento una aduana italiana (perfumada con colonia la coca, para despistar a los perros, esto es, perfumado el envoltorio), antes de salir del recinto empezó a descenderle una lenta gota de sangre por una de sus fosas nasales, tan lenta que ni se dio cuenta: nada tiene eso de particular en ningún sitio, menos en una aduana, el detalle bastó para que un carabinero con ojo crítico le echara el alto y se iniciara un registro en regla con todos los perros asesorando, la gota le costó una temporada larga en una cárcel de Palermo, hasta que logró rescatarlo de allí la diplomacia española, esa trena era un hervidero, un avispero, le trajo disgustos y cicatrices pero también le sirvió para hacer contactos y alianzas notables y prolongar la mala vida indefinidamente y supongo que para aumentarla, la última noticia que había tenido fue que empezaba a llevar una adinerada y respetable existencia como empresario de la construcción en Nueva York y Miami, tras haberse estrenado en el negocio en La Habana con rehabilitaciones de hoteles, jamás había tenido nada que ver con ese ramo. Es asombroso cómo una sola gota de sangre que ni siquiera cae —sólo asoma— puede delatar y cambiarle la vida a alguien, por culpa del sitio en que fue a asomar, sólo por eso, el azar poco distingue.

Me miré la camisa, el pantalón de arriba abajo, aterra pensar desde cuántos puntos puede sangrarse, desde cualquiera y todos, probablemente, esta piel nuestra no resiste nada, no sirve, todo la hiere, hasta una uña la abre, un cuchillo la raja y la desgarra una lanza (también destroza la carne). Incluso me llevé el dorso de la mano a los labios y le solté saliva, por ver si eran las encías o más atrás y más abajo y la sangre era escupida por una tos olvidada o a la que no hubiera hecho caso, me acaricié el cuello y la cara, al afeitarme me corto a veces y se me podía haber abierto de nuevo un tajo que yo mal creyera cicatrizado. Pero ni rastro en mi cuerpo, parecía sin fisuras, cerrado, no era mía la gota, luego tal vez era de Peter, él había girado a la izquierda al ir a acostarse, miré hacia allí pero tampoco en el breve trecho que separaba la escalera de la puerta de su dormitorio vi más manchas, podía ser de cualquier invitado entonces, que hubiera subido al primer piso durante la cena fría, en busca de un segundo cuarto de baño cuando el de la planta baja hubiera estado ocupado, o en busca de una rápida alcoba, y acompañado. También podía ser de la se-

ñora Berry, pensé, aquella figura tan opaca y táci-
ta, llevaba años vislumbrándola en su discreción,
de tarde en tarde, casi un fantasma, primero al servicio de Toby Rylands, luego al de Wheeler que la
había contratado o tomado a su cargo, nunca me había preguntado por ella, se la daba por descontada
y fiable, desde que la conocía había atendido satis-
factoriamente a la intendencia y las necesidades de
los dos profesores solos y ya jubilados, primero del
uno y después del otro, pero nada podía yo saber
de las suyas, ni de sus problemas, ni de su salud, sus
angustias, su posible familia, sus orígenes o su pasado, su probable y pretérito señor Berry, era la primera vez que pensaba en eso, en un señor Berry del
que habría enviudado o quizá se habría divorciado
y con el que quién sabía si mantendría algún trato,
hay personas que asumimos que estuvieron siempre destinadas a sus funciones, que nacieron para lo
que hacen o las vemos ya haciendo, cuando nunca
nadie nació para nada, ni hay destino que valga
ni nada está asegurado, ni siquiera para los naci-
dos príncipes o más ricos que todo pueden perderlo,
ni para los más pobres o esclavos que pueden ganar-
lo, aunque esto último rara vez suceda y casi nunca sin rapiña o sin latrocinio o sin fraude, sin ardi-
des o sin traiciones o engaño, sin conspiración, sin
derrocamiento o sin usurpación o sin sangre.

Pensé en todo caso que debía limpiar aquella, la mancha en lo alto del primer tramo, es curioso —una condenación— cómo se siente uno responsable de lo que encuentra o descubre, aunque
nada tenga que ver con ello, cómo sentimos que debemos ocuparnos o poner remedio a lo que en un
momento existe para nosotros tan sólo y de lo cual

nos creemos los únicos enterados, aunque no nos concierna ni hayamos tenido parte: un accidente, una situación penosa, una injusticia, un abuso, un recién nacido abandonado, desde luego un cadáver hallado o lo que podría llegar a serlo, un malherido, a aquel amigo que traficaba un poco —compañero de colegio, Comendador se llamaba o se llama si no ha cambiado de nombre en América o donde quiera que haya ido, fueron años y años justo delante de mí cuando pasaban lista, si le tocaba responder la lección o se la cargaba yo sabía que yo era el siguiente, fue las barbas de mi vecino durante toda la infancia— le había ocurrido una cosa así y había huido y a la vez no había huido: había ido a recoger un paquete a la casa del camello que solía aprovisionarlo y también hacerle algún ocasional encargo, como el que lo envió a la postre al talego palermitano; llamó al timbre varias veces sin éxito, era extraño porque había avisado, por fin le abrieron pero el hombre no estaba, había debido salir de improviso, medio le entendió eso a su novia en la puerta, la que el camello tenía entonces, tanto éste como Comendador cambiaban de chica cada pocas semanas, no fueran ellas a olerse algo, y a veces se las intercambiaban, cómo decir, para amortizarlas. La joven parecía muy ida, balbuceaba, a duras penas reconoció a mi amigo ('Ah sí, te veo, en el Joy te veo', dijo) y se tambaleó hacia el cuarto en que su pareja de escasos días había dejado el paquete listo para que ella se lo entregara ignorando su contenido, pero a los dos segundos y antes de alcanzar el cuarto, sin haber mediado más que inconexas frases entre Comendador y ella ('¿Qué te ocurre, qué has tomado?', le preguntaba él, 'Ahora te

miro', contestaba ella), aquél la vio trastabillar y salir como despedida por el pasillo, dar dos o tres
pasos a la carrera y descontrolados por efecto del
tropezón, y chocar de frente contra una pared, un
buen golpe ('Sonó muy seco, como leña partida'),
y cayó a plomo la chica sin conocimiento. Él le vio
en seguida una pequeña brecha, la joven estaba apenas vestida con una camiseta larga que le llegaba
hasta medio muslo y que seguramente se había puesto tan sólo ante la insistencia del timbre y una vaga
conciencia de su encomienda, debajo nada, según observó Comendador al instante tras la caída,
la muerte, el desmayo. Vio también entonces una
mancha de sangre en el suelo, quizá semejante a la
que yo tenía ante mis ojos ahora, pero más fresca,
de hecho parecía provenir de la chica, de entre sus
piernas, tal vez menstruaba y no se había dado
cuenta en su estado ensoñado, ausente, narcotiza-
do acaso, o tal vez se había herido con algo pun-
tiagudo o cortante al caer, algo en el suelo, una asti-
lla, era improbable. Pero lo más preocupante no era
eso ni tampoco la brecha, sino su aire tan enajena-
do o ido seguido de su pérdida de conocimiento,
que se había producido a la vez que el golpe pero a
buen seguro no era a él debida o no solamente, sino
a lo que quisiera que aquella chica se hubiera estado metiendo poco antes o quién sabía desde hacía
cuántas horas, lo mismo había empalmado toda una
mañana de excesos con la preceptiva noche de farra previa. Comendador se agachó, la incorporó con
tiento, estaba inerte, la hizo sentarse con la espalda
apoyada contra la pared, sobre la madera, intentó
que las nalgas le quedaran cubiertas, los faldones
de la camiseta moteados de rojo, trató de reanimar-

la, le habló, le palmeó las mejillas, le sacudió los
hombros, le vio los ojos entrecerrados o más bien
entreabiertos y sin embargo escarchados, velados,
sin foco ni visión ni vida, le pareció una muerta y
entonces la creyó muerta efectivamente, sin remisión y para siempre muerta ante sus propios ojos y
para su solo conocimiento. No probó más. Se dio
cuenta de que la puerta de la calle había quedado
abierta, oyó pasos por la escalera y una vez que se
hubieron perdido retrocedió hasta la entrada para
cerrarla, regresó al pasillo, vio desde allí el paquete
pequeño por el que había venido, estaba sobre la
mesilla de noche del dormitorio adyacente, hacia el
que se dirigía la joven en su sonambulismo antes
de tropezar y estrellarse de cabeza contra una pared. La cama de esa alcoba estaba deshecha, también en las sábanas una mancha de sangre, no
grande, quizá le había empezado la menstruación
mientras dormitaba o ya agonizaba sin saber que
era eso, no se había percatado del flujo o le habían
faltado voluntad o fuerzas para encauzarlo, ignoro
si es palabra adecuada. Comendador imaginó posibilidades, pero sin detenimiento, muy rápidas, te-
ñidas de pánico, mejor llevarse el paquete de todas
formas, si por un mal azar se presentaban enferme-
ros o policías antes de que volviera el camello, para
éste sería una gran putada si lo veían. No lo pensó
más, cruzó por encima de las piernas de la chica
sentada y sucia, entró en la alcoba, echó mano al
género y se lo metió en un bolsillo, cruzó de vuelta
y continuó hasta la puerta de salida sin mirar atrás.
La abrió, comprobó que no hubiera nadie, la cerró
a su espalda con delicadeza y en cuatro saltos y tres
zancadas bajó los pisos y se encontró en la calle.

Huyó entonces y también no huyó entonces, porque fue justo entonces, cuando tuvo claro
que ya no había modo de regresar a la casa ni de
entrar en ella aunque lo quisiera, ni de ayudar a
la joven si estaba viva, entonces fue cuando corrió
como loco hasta una cabina y trató de localizar al
camello en su móvil, para advertirle de lo ocurrido
y compartir su conocimiento. Contestó un buzón, dejó un recado muy breve y confuso, pensó
que el hombre podía estar en su tienda, o que al
menos allí encontraría a sus empleados que Comendador conocía y que harían algo, el camello
regentaba una tienda de ropa italiana cara, de
marca, una franquicia o como se llamen, y estaba
cada vez más volcado en ella, todos tienden hacia
la respetabilidad en cuanto ven un resquicio y los
dejan o pueden, quienes quebrantan las leyes y quienes aspiran a subvertir el orden, los delincuentes
como los revolucionarios, éstos a menudo tan sólo
de puertas adentro, la tendencia la disimulan cuando viven de sus representaciones, Comendador y yo
hemos conocido a unos cuantos. Comendador no
se sabía el teléfono de aquella tienda pero ésta no estaba lejos, así que echó a correr y correr y corrió
por las calles como nunca lo había hecho desde la
infancia, o desde la Universidad acaso, durante las
manifestaciones del final del franquismo ante sus
siempre más lentos y abrigados guardias. Y según
corría iba rememorando lo que aún era pasado tan
inmediato que le costaba creer que ya no fuera
presente y que no pudiera enmendarlo, y pensando: 'No he hecho nada, no lo he intentado, ni siquiera enterarme ni cerciorarme, no le he tomado
el pulso ni le he hecho ningún boca a boca ni le

he dado un masaje cardiaco, nunca he hecho nada
de eso ni sé cómo hacerlo más allá de lo visto inútilmente en diez mil películas, pero probar, qué
menos, quién sabe si la hubiera salvado y ahora ya
es tarde, cada minuto que pasa es más tarde y más
nos condena, a mí y a esa chica pero sobre todo a
ella, tal vez aún no ha muerto y en cambio morirá
mientras yo estoy corriendo, o mientras llego y hablo con los empleados de la tienda fina y les cuento lo sucedido, o mientras ellos buscan a Cuesta o
a Navascués, su socio, que seguramente tendrá llave del piso y podría abrirles, abrirnos si es que yo
decido volverme hasta allí con ellos, mejor no,
llevo el género encima, pero mientras tanto puede que esa cría imprudente muera por culpa del
tiempo que estoy perdiendo o más bien ya he perdido, el que debería haber empleado en intentar lo
que fuera a la desesperada o en llamar a una ambulancia, podía haberle humedecido las sienes, la nuca,
la cara, haberle dado a oler cognac, o alcohol, o colonia, haberle por lo menos limpiado la sangre, soy
tan egoísta y miserable y cobarde como sabía que
era, pero saberlo no es lo mismo que contemplar-
lo, y ver que tiene sus consecuencias'. Entró en la
tienda como un caballo al galope y allí estaban todos, el camello Cuesta y Navascués su socio y los
empleados, el primero tenía apagado su móvil, atendía a unas clientes que se sobresaltaron, no había
oído nada, Comendador lo urgió, le contó atrope-
lladamente, Cuesta se lo llevó a su despacho de la
trastienda, lo calmó, cogió el teléfono fijo, marcó
su propio número con premura pero sin excesiva
alarma y a los pocos segundos Comendador lo oyó
hablar con su novia en la casa de la que él había hui-

do escopetado, sin volver la vista. 'Qué te ha pasado', le oyó decirle, 'me dice Comendador que te has dado un golpe y te has desmayado. Ah ya. Es que como no reaccionabas, no sabía qué pensar el hombre. ¿Pero no las llevas siempre encima? Deberías vigilar más eso, está visto que no te puedes saltar ni una. ¿Seguro que estás bien, no quieres que vaya? ¿Estás segura? Bueno. Date alcohol en la herida, ponte una tirita, del chichón no te libras, pero mejor que te la desinfectes, no lo dejes, ¿eh? Bueno. Bueno. Sí, sí, parece que le has dado un buen susto, ha venido corriendo, aquí lo tengo sin resuello. Sí, me dice que llegaste a dárselo antes del patatús, ya, normal que no te acuerdes. Vale, se lo diré. Te veo más tarde. Anda, un beso.' Cuesta le explicó por encima, la chica tenía diabetes, aquello le sucedía a veces si se pasaba con la bebida una noche y se olvidaba de la medicación para tentar más la suerte, las dos cosas solían ir juntas e incurría en ellas más de la cuenta, era una insensata, una cría. Ya se había recuperado, ya estaba mejor, se había tomado su pastilla, aunque a buenas horas, y la brecha no era nada, una abolladura y un poquito de sangre. Que lo sentía mucho, la cría, haberle dado a Comendador ese susto, que para él un beso, que la perdonara por haberle hecho pasar tan mal rato, que gracias por haberse preocupado tanto por ella, que era un cielo, Comendador era un cielo.

Me acordé de este episodio mientras iba al cuarto de baño de la planta baja, cogía un paquete de algodón y un bote de alcohol y subía de nuevo hasta lo alto del primer tramo de la escalera para limpiar aquella mancha poco explicable que no era responsabilidad mía, por suerte estaba en la madera y no en la alfombra. Comendador no le había hablado a Cuesta, al hacerle su veloz y agitado relato en la tienda, de las manchas de sangre que sin duda eran de su novia, la del suelo y la de las sábanas y las motas en la camiseta, y al parecer ella tampoco se las había mencionado al teléfono, luego no tenía sentido —o incluso hubiera sido indiscreto, sin tacto— que él le preguntara al respecto. Tal vez la chica se avergonzaba y prefería hacer como si no las hubiera habido y por tanto nadie las pudiera haber visto: quizá —sin decirlo— le pedía perdón por eso. Y así Comendador nunca supo con certidumbre de dónde venían ni a qué se habían debido, se dio a sí mismo por buena la explicación de una menstruación sin aviso o bien no atajada a tiempo por comprensible descuido, y al cabo de unos días empezó a dudar, incluso, de haberlas visto, aquellas manchas, a veces nos sucede eso con lo que se niega o se calla, con lo que se guarda y sepulta, va difuminándose sin remedio y llegamos a descreer que en verdad existiera o se diera, tendemos a desconfiar increíblemente de nuestras percepciones cuando ya son pasado y no se ven confirmadas ni ratificadas desde fuera por nadie, renegamos de nuestra memoria a veces y acabamos por contarnos inexactas versiones de lo que presenciamos, no nos fiamos como testigos ni de nosotros mismos, sometemos todo a traducciones, las hacemos de nuestros nítidos actos y no siempre son fieles, para que así los actos empiecen a ser borrosos, y al final nos entregamos y damos a la interpretación perpetua, hasta de lo que nos consta y sabemos a ciencia cierta, y así lo hacemos flotar inestable, impreciso, y nada está nunca fijado ni es definitivo nunca y todo nos baila hasta el fin de los días, quizá es que no soportamos las certezas apenas, ni siquiera las que nos convienen y reconfortan, no digamos las que nos desagradan o nos cuestionan o duelen, nadie quiere convertirse en eso, en su propio dolor y su lanza y su fiebre. 'Tal vez me asusté al ver la herida en la frente de la chica, el golpe sonó fatal y fue muy aparatoso, y verle brotar un poco de sangre quizá me hizo tomar por lo mismo, quién sabe, una mancha oscura de la madera, por ejemplo, no había mucha luz en aquel pasillo', me había dicho Comendador al contarme el episodio, ya unos días más tarde. '¿Y la de la cama, y las gotas?', le decía yo. 'No lo sé, podían ser cualquier otra cosa, tal vez eran de vino, o de cognac incluso, a lo mejor había bebido por el pasillo y en la cama a morro y se le había derramado todo y no se había dado ni cuenta en su malestar, ida como estaba o sintiéndose a morir como debió sentirse antes de hacer el esfuerzo de levantarse para venir a abrirme.' '¿Quieres decir que estás convencido de haber visto esa sangre en varios lugares y a la vez crees posible no haberla visto o que ni siquiera la hubiera, que sólo fuera una figuración tuya, o tu propio temor a verla?' 'Sí, supongo que sí, supongo que eso es posible', contestaba Comendador perplejo.

Yo estaba ahora ya limpiando la mancha en casa de Wheeler con algodón empapado, la sangre no era muy fresca pero tampoco estaba del todo seca o reseca, y la madera bien barnizada, encerada, pulida, permitía irla quitando o sacando, aunque no sin hacer fuerza e insistir una y otra vez y gastar alcohol y algodones como no había supuesto, los iba dejando a un lado, en el cenicero de Peter

—los ya ensangrentados—, y a la vez iba con cuidado para no dañar la tarima ni sustituir una señal por otra, con el alcohol no se sabe. Lo que más cuesta limpiar de esas manchas o hasta de gotas minúsculas es su cerco, su círculo, la circunferencia, no sé por qué eso se aferra al suelo muchísimo más que el resto, o a la loza del lavabo o del baño, allí donde las gotas o las manchas caigan, y además eso ocurre en seguida, incluso cuando la sangre es bien fresca, nada más ser vertida, habrá una ley física sin duda alguna, pero yo la desconozco. 'Tal vez', pensé, 'tal vez es una forma de agarrarse al presente, una resistencia a desaparecer que también oponen los objetos y lo inanimado, no las personas tan sólo, tal vez es la tentativa de dejar su huella de las cosas todas, de hacer más difícil su negación o su difuminación o su olvido, es su manera de decir "Yo he sido", o "Soy aún, luego es seguro que he sido", y de impedir que los demás digamos "No, esto no ha sido, nunca lo hubo, no cruzó el mundo ni pisó la tierra, no existió y nunca ha ocurrido". Y ahora, mientras sigo limpiando y empieza a ceder y a desdibujarse ese terco cerco de sangre, me pregunto si una vez que lo haya borrado del todo y ya no quede ni rastro comenzaré a dudar de haberlo visto, como Comendador en su día sus manchas, y de haber estado aquí de rodillas como una antigua fregona española, sólo que sin aquella almohadilla de espuma que se colocaban debajo para no hincar los huesos en el duro suelo, ya tenían bastante las pobres con enseñarnos los muslos de espaldas, quiero decir a los niños, o a los varones. Y cuando ya no haya ni el menor vestigio, entonces quizá empiece a no estar seguro de que esta mancha no fuera una figuración mía, causada por el desvelo y las muchas lecturas y las demasiadas copas y las voces contrarias y el desganado y lánguido rumor del río. Y por la sinuosa conversación con Wheeler.' Y durante unos segundos me vinieron ganas —o era superstición tan sólo— de no suprimirla para siempre y del todo, de dejar un resto que yo pudiera volver a ver a la mañana siguiente que ya se había iniciado según los relojes, un fragmento de circunferencia, una mínima curva que me recordara 'Soy aún, luego es cierto que he sido: tú me ves y tú me has visto'. Pero concluí mi faena y la madera quedó impoluta, nadie sabría ya de la sangre si yo callaba y no preguntaba nada a Wheeler ni a la señora Berry. Y bajé de nuevo ese tramo de la escalera y no arrojé a la basura de la cocina los algodones rojos o marrones y usados, sino que fui al cuarto de baño para devolver a su sitio el paquete y el bote y allí levanté la tapa del retrete y vacié en su interior el cenicero, para tirar de la cadena al instante —aún se conserva la frase, aunque ya no haya cadenas ni se tire de ellas— y así acabar con los testimonios últimos materiales.

'Qué suerte tienes siempre, cabrón', le había dicho a Comendador. 'Dejas tirada a una pobre chica que se ha partido la crisma y además se está desangrando, la abandonas creyéndola muerta o sin querer ni enterarte, y resulta que es ella la que te pide disculpas por el susto que te llevaste y te da las gracias por haberte largado sin ayudarla. Si eso me pasa a mí y hago lo mismo, si eso me sucede a mí y tengo tu comportamiento, seguro que mi chica se me habría muerto y encima resultaría luego que podría haberse salvado de no perder yo tanto tiempo. Y lo llevaría siempre sobre mi conciencia.' Comendador me había mirado entonces con una mezcla de superioridad y resignada envidia, conocía bien esa mirada suya desde la infancia y después la he visto en mucha otra gente a lo largo de mi vida, aunque no fuese a mí referida: es la de quien no quisiera ser como es —más seguramente por motivos estéticos, o digamos narrativos más que morales— y a la vez sabe que tiene las de ganar y las de salir bien parado siendo como es exactamente, y no como sus envidiados. 'Pero es que tú no habrías hecho lo mismo, Jaime, no habrías tenido mi comportamiento', me respondió. 'Tú te habrías quedado hasta hacerla revivir como fuera, y de no conseguirlo habrías llamado a un médico o a una ambulancia en seguida, aun con el género encima y quién sabe qué más en la casa o en el cuerpo de la chica metido. Aun con todo el riesgo. Y si se te hubiera muerto, habría sido porque le tocaba morirse de todas todas, no por tu huida o tu negligencia. Yo tengo esa suerte, ya lo sabes, la del cobarde, es mucho mayor que la del valiente o intrépido siempre, digan lo que digan los cuentos del mundo entero y las leyendas. En realidad nada ha pasado, y no sólo no me guarda rencor la chica, sino que tampoco Cuesta. Ni siquiera desconfía ni se siente decepcionado, eso habría sido un poco grave ahora mismo. Pero eso no quita para que yo haya comprobado cuál es mi carácter. No es que no lo supiera, ojo, pero ahora lo he experimentado, lo he sufrido en mi propia carne, como se dice, y así como ni la chica ni Cuesta se acordarán de este episodio muy pronto, si es que todavía se acuerdan, a mí jamás va a olvidárseme, porque lo que para mí ocurrió durante bastantes minutos fue que una cría se había muerto ante mis ojos y yo había salido por piernas con mi cargamento a buen recaudo y sin hacer nada por ella.' 'Bueno, fuiste a avisar, corriste, al menos procuraste que otros se hicieran cargo', le dije. Comendador no era de los que se engañaban, o no mucho (quizá se engañe más ahora, que se ha hecho respetable en Nueva York o Miami o donde haya ido). 'Sí, podía haber sido aún peor, todo cabe, pero tú y yo sabemos que lo que hice no es nada, no era eso lo que me tocaba. Así que aunque la chica esté bien y nada malo le haya pasado por culpa mía ni por mi egoísmo, también yo lo llevaré sobre mi conciencia de todos modos.' Y luego añadió con una media sonrisa, como desmintiéndose (su media sonrisa del colegio ante los compañeros o los profesores, la que acababa librándolo de la mayor amenaza o castigo, la que sembraba una duda y desmentía siempre, tanto lo que había afirmado un momento antes como lo que juraba mientras retiraba un labio y nos la descubría): 'Menos mal que mi conciencia tiene muchísimo aguante'. Era verdad que tenía suerte, fuese o no la del cobarde. Ni siquiera podía considerarse mala, a la postre, la de la lenta gota que le bailó en la nariz frente a un carabinero muy deductivo en Palermo. Había pasado una temporada entre rejas especialmente cortantes, pero a raíz de aquellos filos se había dejado de menudencias y de riesgos a ras de suelo y ahora era un empresario forrado, lo último que había sabido, apenas recibía noticias suyas y así lo prefería de hecho, prefería que se hubieran enfriado y espaciado nuestros contactos, o quizá habían terminado: hay hermanos y primos, hay amigos de infancia y hay antiguos amores con los que uno no sabe qué hacer de adultos. Quizá yo sea uno de esos, para algún otro, o para alguna vieja llama. De lo que no estaba nada convencido era de que en el lugar de Comendador mi comportamiento hubiera sido otro que el suyo. No podía comprobarlo, en todo caso, al no haberlo sufrido en mi propia carne, como se dice. Quién sabía. Nadie sabe hasta que le toca verlo, y aun entonces. El mismo individuo puede reaccionar de maneras distintas u opuestas según el día y el miedo y el ánimo, según lo que esté en situación de perder o la importancia que dé a su retrato o historia en cada etapa de su vida, según vaya a contar o a callar su comportamiento luego, sea noble o mezquino, sea vil o elevado, cualquiera que sea. O según espere que se le compute más tarde, que se relate, que lo cuenten otros si él muere y no puede. Nadie sabe de la próxima vez, aunque haya habido una previa, ninguna anterior nos obliga a nada, ni nos condena al filo de las repeticiones, y quien fue ayer generoso y valiente puede resultar traicionero y huidizo mañana, quien fue cobarde y delator hace siglos puede ser hoy leal y entero, y acaso el futuro nos condiciona y obliga más que el pasado, lo por conocer que lo conocido, lo no probado que lo descontado, lo por venir que lo acontecido, lo posible que lo que ya se ha dado. Y a la vez, sin embargo. Tampoco nada de lo que hubo se borra jamás del todo, ni siquiera la mancha de sangre frotada y limpiada y su cerco, un analista habría encontrado sin duda algún vestigio microscópico sobre la madera al cabo del tiempo, y en el fondo de nuestra memoria —ese fondo rara vez visitado— hay un analista que espera con su lupa o su

microscopio (y por eso el olvido es tuerto siempre).
O aún peor, a veces está ese analista en la memoria
de otros a la que no accedemos ('¿Lo recordará, estará al tanto?', nos preguntamos aprensivamente.
'¿Lo tendrá presente o se le habrá olvidado? ¿Se acor-
dará de mí o me verá como alguien desconocido
y nuevo? ¿Estará enterado? ¿Se lo diría su padre, se
lo contaría su madre, me reconocerá, se lo habrán
transmitido? ¿O desconocerá quién soy, lo que soy,
y lo ignorará todo? '(Calla, calla y no digas nada,
ni siquiera para salvarte. Calla, y entonces sálvate.)'
Lo sabré por cómo me mire, pero quizá no lo sepa
por eso mismo, porque quiera engañarme con su
mirada'). Hay mucho que me pertenece o no, en mi
memoria, sin ir más lejos. Quién sabía, quién sabe, nadie sabe. Y seguro que tampoco Nin tenía idea
de que iba a resistir hasta la sepultura, cuando lo
torturaron sus vecinos políticos en la lengua que él
había aprendido y a la que bien había servido. Ahí,
ahí mismo, al lado de mi ciudad, Madrid, en la que
ya no vivo. Allí en un sótano o en un cuartel o una
cárcel, en un hotel o una casa de Alcalá de Henares.
Allí en la colonia rusa, donde nació Cervantes.

Y allí estaba Nin en la novela de Fleming, bastante al principio, no tardé en encontrarlo, Wheeler había marcado el párrafo como había hecho con otros en el *Doble Diario* y en los demás libros, un lector minucioso y atento a la vez que impulsivo, escribía en los márgenes interjecciones burlescas, o notas despreciativas hacia el autor (no pasaba un razonamiento falso, ni la mentira, ni la ignorancia, ni la tontería: *'Silly'*, o *'Foolish'*, dictaminaba parco y contundente a veces), o también entusiastas según los casos, y llamadas meramente rememorativas, y signos de admiración o de interrogación cuando no daba crédito a algo o lo juzgaba ininteligible, y en ocasiones garabateaba 'Malo' (el trapacero e incompetente, Tello-Trapp o el que fuese, se había llevado unos cuantos) y señalaba con una flecha lo condenado por su maquinadora cabeza y sus exigentes ojos minerales, o 'Excelente' cuando una frase le parecía acertada o lo conmovía, *'Quite moving'*, había leído una vez, creo que en el *Homenaje* de Orwell. *'Quite right'*, ponía con aprobación también a veces, lo había visto en Benet, y *'Quite true'* a menudo en Thomas, a quien debía de conocer en persona al haber éste enseñado muy cerca de Oxford, en la Universidad de Reading, lugar célebre por su vieja cárcel y por la balada que allí escribió el recluso C.3.3., no un alias precisamente.

El párrafo estaba hacia el final del capítulo séptimo, titulado 'The Wizard of Ice', es decir, 'El mago de hielo', en un juego de palabras intraducible con el famoso de Oz. 'Por supuesto Rosa Klebb', leí en inglés en ese párrafo, 'poseía una fuerte voluntad de supervivencia, o no se habría convertido en una de las mujeres más poderosas del Estado, y sin duda en la más temida. Su ascensión, recordó Kronsteen, se había iniciado con la Guerra Civil Española. En aquella época, como agente doble dentro del POUM —esto es, trabajando para el OGPU de Moscú así como para la Inteligencia Comunista en España—, había sido la mano derecha, y se decía que una especie de amante, de su jefe, el famoso Andreas Nin. Había trabajado con él entre 1935 y 1937. Luego él fue asesinado por órdenes de Moscú, y se rumoreaba que lo había asesinado ella. Tanto si esto era cierto como si no, a partir de entonces Rosa Klebb había ascendido, con lentitud pero en línea muy recta, por la escalera del poder, sobreviviendo a reveses, sobreviviendo a guerras, sobreviviendo (porque no forjaba lealtades ni se unía a ninguna facción) a todas las purgas, hasta que en 1953, con la muerte de Beria, aquellas manos manchadas de sangre se agarraron al peldaño (ya a tan pocos de la mismísima cúspide) que constituía el Jefe del Departamento de Operaciones de SMERSH.'

Ya puestos, lo tecleé. El OGPU me había aparecido en otros libros, y era lo mismo que la NKVD, o, de hecho, que la KGB más adelante, es decir, el Servicio Secreto soviético. Beria era, claro está, el celebérrimo Lavrenti Beria, Comisario de Asuntos Internos o jefe de la policía secreta durante muchos años y hasta la muerte de Stalin, su más astuto y despiadado instrumento en la organización de conspiraciones, depuraciones, purgas, ajustes de cuentas, reclutamiento forzoso, represión, chantaje, campañas de terror y difamación, interrogatorios, tortura y desde luego espionaje. En cuanto a SMERSH, iniciales que no conocía, explicaba Fleming en una nota previa, por él firmada, que: '... contracción de Smiert Spionam —Muerte a los Espías—, existe, y a día de hoy sigue siendo el departamento más secreto del Gobierno soviético. A principios de 1956, cuando fue escrito este libro, la fuerza de SMERSH, tanto en el interior como en el extranjero, era de unos cuarenta mil efectivos, y el General Grubozaboyschikov su jefe. Mi descripción de su apariencia es correcta. A día de hoy el cuartel general de SMERSH está donde, en el capítulo cuarto, yo lo he situado: en el número 13 de Sretenka Ulitsa, en Moscú...' Fui un momento a ese capítulo cuarto, que, bajo el título 'The Moguls of Death' —digamos 'Los Autócratas de la Muerte'—, comenzaba con los mismos o parecidos datos: 'SMERSH es la organización oficial del Gobierno soviético para el asesinato. Opera tanto en el interior como en el extranjero y, en 1955, daba empleo a un total de cuarenta mil hombres y mujeres. SMERSH es una contracción de Smiert Spionam, que significa "Muerte a los Espías". Es un nombre utilizado tan sólo por su personal y entre los funcionarios soviéticos. A ningún particular en su sano juicio se le ocurriría permitir que esa palabra atravesara sus labios...' Cuando los transeúntes pasaban por delante del número 13 de la ancha y mohína calle en cuestión, proseguía el narrador, bajaban la vista hasta el suelo con un escalofrío en la nuca o, si se acordaban a tiempo y podían hacerlo sin llamar mucho la atención, se cruzaban de acera antes de llegar a la ominosa altura del desgarbado y feo edificio. En fin, quién sabía, tampoco se me ocurrió dónde ir a mirar si SMERSH había existido de veras o si todo —con la nota previa a la cabeza— era una argucia de novelista para apuntalar o afianzar una falsa veracidad.

Volví a Rosa Klebb y al capítulo séptimo. La verdad es que nunca hasta entonces había leído una sola línea de Ian Fleming, pero sí había visto, como casi todo el mundo, las primeras películas de la serie Bond. Creía recordar a aquel personaje en su versión cinematográfica, una mujer madura, de pelo corto y lacio de color zanahoria, sin el menor atractivo ni escrúpulo, y que al final se enfrentaba a Connery de un modo inolvidable para el niño que era cuando debí de ver en Madrid *Desde Rusia con amor* (hube de colarme sin duda en algún cine permisivo: la censura franquista fue tan idiota siempre que aquellas cintas sólo eran aptas para mayores de dieciocho años): de la puntera de su zapato (o quizá de ambas) hacía surgir, mediante un mecanismo, una o dos tremendas navajas horizontales impregnadas de un raudo y fatal veneno, un mero rasguño de aquellos filos bastaba para que el arañado la palmara al instante y sin remisión, así que la mujer se liaba a patadas filosas con Bond o Connery y él la mantenía a distancia con una silla, como hacen los domadores de circo con sus decrépitos leones y tigres aburridos de puerilidades. En la película, también recordaba eso, el papel de la cruelísima Klebb lo había encarnado excepcionalmente la famosa cantante y actriz de teatro austriaca (raras sus apariciones en la pantalla) Lotte Lenya, máxima y más genuina intérprete de las canciones y óperas de Bertolt Brecht y Kurt Weill (*La ópera de tres peniques* la más conocida), y de hecho, si no me fallaba la memoria, mujer y viuda de este último, que había seguido componiendo para ella hasta su final, bastante anterior, desde luego, a aquella adaptación de Ian Fleming. El cual, dicho sea de paso, y a juzgar por las escasas páginas que leí en el estudio de Wheeler, me pareció mejor escritor, más hábil y perspicaz, de lo que la altiva Historia de la Literatura se ha avenido a concederle hasta ahora. La descripción que venía a continuación de Rosa Klebb, sin ir más lejos, contenía hallazgos curiosos y bien estimables, copié algunos párrafos: '... gran parte de su éxito se debía a la peculiar índole de su siguiente instinto más importante, el sexual. Porque Rosa Klebb pertenecía sin duda a la más infrecuente de todas las tipologías sexuales. Era neutra... Las historias de hombres y, sí, de mujeres, eran demasiado circunstanciadas para dudar de ellas. Podía disfrutar del acto físicamente, pero el instrumento no tenía ninguna importancia. Para ella el sexo no era más que un prurito. Y esta neutralidad psicológica y fisiológica suya la aliviaba al instante de tantas de las emociones y sentimientos y deseos humanos. La neutralidad sexual constituía la esencia de la frialdad de un individuo. Nacer con ello era algo magnífico y portentoso. El instinto gregario también estaba muerto en ella... Y por supuesto, en lo relativo al temperamento, era una flemática: imperturbable, tolerante con el dolor, haragana. Su vicio dominante sería la pereza. Por las mañanas le costaría arrancarse de su tibia y emporcada cama.

Sus hábitos privados serían desaseados, incluso sucios. No resultaría agradable, pensó Kronsteen, asomarse al lado íntimo de su vida, cuando se relajara, ya sin el uniforme... Rosa Klebb tendría cuarenta y muchos años, supuso, guiándose por las fechas de la Guerra Española... El diablo sabe, pensó Kronsteen, cómo serán sus pechos, pero la uniformada protuberancia que reposaba sobre el tablero parecía un saco terrero llenado de cualquier forma...' ('Saco de harina, saco de carne', pensé, 'en ellos se clavan la bayoneta y la lanza'.) 'Las *tricoteuses* de la Revolución Francesa debieron de tener rostros como el suyo... Y sus caras transmitirían la misma impresión, concluyó Kronsteen, de frialdad y crueldad y fuerza de aquella —sí, tuvo que concederse la palabra emotiva— *aterradora* mujer de SMERSH'.

También parecía Fleming muy bien documentado (SMERSH aparte; habría de preguntarle al respecto a Wheeler, él seguramente sabría si esa organización había sido real o era un invento), la mención del POUM y de Andrés Nin ya era un indicio, por mucho que a éste lo llamara 'Andreas'. Según aquella fabulación, lo habría tal vez matado una mujer de nacionalidad extranjera —quién sabía si 'de singular belleza' en su juventud de España— que además habría sido su colaboradora y su amante, para mayores traición y amargura. Wheeler, en todo caso, había asociado la referencia en el *Doble Diario* a las 'varias mujeres' detenidas en Barcelona en junio del 37 con el personaje desastrado, siniestro y neutro de *Desde Rusia con amor* (nunca la habrían detenido a ella), cuyo párrafo del capítulo séptimo había marcado con dos rayas verticales, y en el margen había escrito '*Well well, so many*

traitors indeed', esto es, 'Vaya vaya, en verdad tantos traidores'. Sí, tantos había habido, en mi país y
en aquella época y en otras más tarde y por supuesto en todas las anteriores hasta las inmemoriales,
desde el inicio del tiempo mismo y en todas partes.
¿Cómo era posible que se hubieran dado y se dieran
tantas traiciones, o tantas con éxito, es decir, que
no llegaran a ser sospechadas ni detectadas antes
de su cumplimiento? ¿Qué extraña proclividad tenemos hacia la confianza? O quizá no sea a eso, sino
a no querer ver ni enterarnos, o hacia el optimismo
o hacia el consentido engaño, o es una soberbia la
que nos lleva a creer que a nosotros no va a pasar-
nos lo que a nuestros iguales sí pasa y les ha sucedido siempre, o que vamos a ser respetados por quienes ya —y ante nuestros ojos— fueron desleales con
otros, como si fuéramos distintos de éstos, y la que
nos induce a pensar sin motivo que estaremos a salvo de los reveses sufridos por nuestros antepasados
y aun de las decepciones que alcanzan a nuestros
contemporáneos: a los que no son 'yo', supongo,
a cuantos no lo son ni lo serán ni lo han sido. Vivimos, supongo, con la esperanza inconfesa de que
alguna vez se rompan las reglas y el curso y la costumbre y la historia, y de que eso se dé en nosotros,
en nuestra experiencia, de que sea a nosotros —es
decir, a mí solo— a quienes toque verlo. Aspira-
mos siempre, supongo, a ser unos elegidos, y es improbable que de otro modo estuviéramos muy dispuestos a recorrer el trayecto entero de una vida
entera, que corta o larga nos va rindiendo. Allí mismo, en el *Doble Diario* que volví a coger, había
unos cuantos artículos de mi padre, de cuando aún
confiaba pese a estar en guerra: uno del 2 de julio

de 1937, con motivo del tercer centenario de la publicación del *Discurso del método* de Descartes, en 1637 en Leyden; otro del 27 de mayo, deplorando los demenciales cambios en los nombres de calles y plazas (y hasta de ciudades) que se estaban llevando a cabo tanto en 'la zona dominada por la facción' como en 'la leal' (sus términos) y en Madrid concretamente: 'Y es de todo punto lamentable', decía, 'que imitemos en esto a los rebeldes, porque no hay que imitarlos en nada'. O bien: 'Al Prado, al Paseo de Recoletos y a la Castellana se les ha cambiado su triple nombre por el de Avenida de la Unión Proletaria. Esta unión, por desgracia, empieza por no existir, y nos parece mucho más interesante procurarla que escribirla en las esquinas... En cierto sentido parece que los nuevos rotuladores quieren completar la obra de los bombardeos facciosos, en la tarea de dejar desfigurada a nuestra capital'. Y también había alguno más estrictamente político, bien firmado con su pseudónimo de aquellos tiempos, bien con su nombre, Juan Deza, se me hacía fantasmal ver mi apellido en aquellas antiguas páginas reproducidas con su tinta roja. Allí estaban los juveniles textos, que sin duda constituyeron parte de los muchos cargos de que se vio acusado —la mayoría inventados, imaginarios, falsos— al poco de terminar y perderse la guerra, cuando lo traicionó y delató a las vencedoras autoridades facciosas su mejor amigo de entonces, un tal Del Real con el que había compartido aulas y conversaciones, intereses y cafés y amistades y tertulias y cines y seguramente algunas juergas a lo largo de años, todos los de la carrera que estudiaron ambos e imagino que también los de la propia Guerra y el asedio a Madrid con los bombardeos facciosos desfiguradores y los cañonazos rebeldes que venían desde las afueras y cerros, los llamados obuses que hacían su parábola y caían sobre la Telefónica o en la plaza de al lado cuando fallaba la puntería, llamada por eso 'plaza del gua' con inverosímil humor fatídico, casi tres años de la vida de ambos, de todos, siendo sitiados y corriendo por las calles y plazas de cambiantes nombres con las manos sobre los sombreros y gorras y boinas y las faldas al vuelo y las medias rotas o simplemente sin medias, buscando las aceras no enfiladas por los cañones para caminar o correr por ellas hasta alcanzar una boca de metro o algún refugio.

Los dos amigos habían compartido incluso, junto con un tercer compañero que murió luego joven, la publicación de un librito de 1934 que recogió los que la Sociedad Geográfica juzgó tres mejores diarios de viaje entre los redactados por todos los alumnos que tomaron parte en el entonces nombrado Crucero Universitario por el Mediterráneo que, organizado por la madrileña Facultad de Filosofía y Letras de la República, llevó a estudiantes y profesores juntos hasta Túnez y Egipto, Palestina y Turquía, Grecia e Italia y Malta, Creta, Rodas, Mallorca, a lo largo de cuarenta y cinco entusiastas y optimistas días del verano de 1933, en uno de los cuales los pasajeros se vieron honrados con la visita del gran Valle-Inclán, quien no sé dónde ni por qué motivo subió a bordo para departir. El barco de la Compañía Trasmediterránea que los condujo se había llamado *Ciudad de Cádiz*, y a todas sus travesías les puso fin el submarino italiano *Ferrari*, orgullo de Mussolini, que lo torpedeó y hundió en aguas del Mar Egeo el 15 de agosto de 1937, ya en plena guerra, cuando el mercante republicano regresaba de Odessa con alimentos y material bélico según había oído decir a mi padre, o quizá fue el 14 del mismo mes, saliendo de los Dardanelos, según había leído casualmente en Thomas un rato antes en la interminable noche.

Este compañero de publicación, de viaje, de Universidad y hasta de Instituto antes (tan prolongado, por tanto, como lo fuimos Comendador y yo), se encargó de promover y dirigir la caza de quien aún no era padre de nadie. Llevó a cabo una campaña de difamación, buscó 'testigos de cargo' que sustentaran éstos en un proceso (o en su simulacro, otra cosa no había en las fechas triunfales) y se procuró una firma de mayor valor y autoridad que la propia para estampar en la denuncia formal que un día de mayo del 39 fue presentada en comisaría. Esa firma fue la de un profesor de aquella misma Facultad, Santa Olalla su nombre, de fanatismo reconocido y con quien mi padre no había tenido clases ni tan siquiera contacto, pese a que por lo visto el docente tampoco se había privado de figurar en la nada fanática expedición del Crucero del 33. Tantísimos años más tarde, cuando yo fui estudiante en las mismas aulas (pero ya por entonces y todavía entonces eternamente franquistas), seguía predicando en ellas aquel Santa Olalla en su calidad de muy veterano catedrático ahora —debió de ganar su título raudamente y con facilidad—, y su realidad y su fama en mi época eran de fascista cabal, tanto en sentido analógico como ideológico como político como temperamental, es decir, *sensu stricto*. Tengo entendido que también alcanzó la cáte-

dra en alguna Universidad del norte (La Coruña,
Oviedo, Santander, Santiago, no lo sé) el delator
principal, Del Real, premiado probablemente por
sus inmediatos y espontáneos servicios a la temprana e hiperactiva policía franquista del 39. Pero
al parecer este otro delator docente aún se permitió presumir de 'semiizquierdista' ante sus revolto-
sos alumnos de los años setenta —nada en ello, en
el fondo, de excepcional—, y algunos incautos e ignorantes jóvenes septentrionales de aquella década
díscola lo encontraban 'encantador'. Así va el mundo ('Habla, delata, denuncia. Cállalo luego, y entonces sálvate'). Lo último que mi padre supo más
o menos personalmente de él fue en el propio mayo del 39, mes y medio después de terminada la
Guerra, en plena represión y supresión y concien-
zuda purga de los derrotados y al poco de su detención y encarcelamiento el día de San Isidro,
patrón de Madrid, cuando algún conocido común
—o quizá fue mi madre que fue a visitarlo y que
aún no era mi madre ni su mujer— llegó a contarle que Del Real se pavoneaba de su gran hazaña
por la ciudad con estas o parecidas palabras: 'Voy
a conseguir que a Deza le caigan treinta años de
cárcel, si es que no algo peor'. Ese 'algo peor' era
fácil que le cayera en aquellas fechas a cualquier detenido con motivo o sin él, hubiera pruebas en su
contra o no: si no las había se fabricaban, y aun eso
no solía hacer falta, para su condena bastaba en
principio la mera denuncia, la de un portero, un vecino, un envidioso, un cura, un resentido, un rival,
un delator profesional o uno meritorio, un cortejador rechazado, una despechada novia, un compañero, un amigo, se daban por buenas todas, más valía

pasarse que quedarse cortos a la hora de completar la 'atrición' iniciada en el 36, la palabra era de Thomas. Y ese 'algo peor' tenía el nombre de paredón.

Tuvo suerte Juan Deza dentro de todo, en comparación con tantos otros, y hasta la blanca tapia no logró mandarlo su delator. Durante la Guerra mi padre había sido soldado del Ejército Popular, o de la República, como prefería llamarlo él (había cumplido veintidós años cuando estalló, era unos meses menor que Wheeler), pero, destinado a tareas administrativas en la retaguardia de Madrid, estuvo primero en una compañía de Intendencia, luego fue nombrado traductor del Ejército de Tierra, más adelante prestó servicio como colaborador o ayudante de don Julián Besteiro hasta la capitulación, y así nunca hubo de entrar en combate. Y puesto que le constaba no haberse visto obligado a disparar un solo tiro de su fusil, también tenía la certeza absoluta de no haber matado a nadie, de lo cual, decía, se alegraba infinitamente. Escribió sus artículos del *Abc* y de alguna otra publicación, emitió programas de radio durante una temporada del 37 en que fue enviado a Valencia, y por encargo del Estado Mayor tradujo un voluminoso libro inglés de cuyo autor no se acordaba pero sí del título, *Spy and Counter-Spy (A History of Modern Espionage)*, y que seguramente jamás vio la luz que él le dio en español con destino al Ministerio de la Guerra. Pero las acusaciones de sus denunciadores incluían 'delitos' mucho más graves y —si bien fantásticos— concebidos con la peor intención, de falsedad difícil de desenmascarar: entre varios otros, el de haber sido colaborador del diario moscovita *Pravda*, el de haber servido de enlace, intérprete y guía en España del 'bandido Deán de Canterbury' (Dr Hewlett Johnson, conocido como 'el Deán Rojo' o *the Red Dean*', al que mi padre no había visto jamás), y el de ser conocedor seguro de toda la trama de la 'propaganda roja' a lo largo de la contienda, lo cual equivalía a una invitación muy directa a que se le arrancara información tan excepcional por cualquier medio (por lo demás el habitual). Nada de eso sucedió, por fortuna: contó con testigos veraces, incluso entre los que venían 'de cargo'; milagrosamente le tocó un alférez jurídico de gran decencia, que lejos de tergiversar sus refutaciones durante la instrucción (como era costumbre en aquel sistema judicial), le propuso tomárselas al dictado para mayor exactitud, receloso de las imputaciones, y que antes de devolverlo a la celda le dijo: 'No le doy la mano porque nos ven y pueden pensar que tenemos alguna relación, pero espiritualmente estoy con usted' ('Antonio Baena', rememoraba mi padre, 'este nombre no lo olvidaré'); y también le cayó en suerte un juez dichosamente holgazán que traspapeló su expediente y acabó por sobreseer su caso en vista del anómalo comportamiento de algún 'testigo de cargo' y de la consiguiente confusión. Y así Juan Deza, mi padre, pasó un tiempo en prisión durante el cual enseñó a leer y escribir, sumar, restar y multiplicar a compañeros reclusos analfabetos (y a los más instruidos unas nociones de francés), y después pudo salir —se quedó sin enseñarles a dividir— aunque para vivir represaliado durante muchos años, verse desde luego impedido de ejercer cualquier docencia a cualquier nivel, a diferencia de sus encatedrados acusadores, y también de volver a publicar una línea más en la prensa de su país, cuya tinta era ya toda azul. Uno de los 'testigos de cargo' que sí se reflejó en el espejo oscuro de su función, otro antiguo compañero de Facultad al que su víctima había visitado y prestado libros bajo los bombardeos, novelista de barato o prostituido éxito más adelante (Flórez su nombre), le hizo llegar este recado a través de su amiga mi madre: 'Si Deza no vuelve a acordarse de que tiene una carrera, podrá vivir; en otro caso, lo hundiremos'. Pero esa es otra historia. Algunas veces lo vi dolerse en silencio por su azarosa situación, y lo vi pasarlo mal. Pero nunca lo vi amargado, ni nos transmitió a sus hijos resentimiento alguno, y el que podamos tener lo hemos desarrollado nosotros solos. Tampoco lo oí quejarse, ni decir en voz alta los nombres de sus delatores fuera del círculo familiar y de los amigos más íntimos, algunos de los cuales ya los conocían bien y de primerísima mano —aquellos dos nombres— desde el día de San Isidro de 1939. Pese a las zancadillas y trabas se supo desenvolver en la vida, y si él no se quejó ni en los años más duros e ingratos, no era yo quién para hacerlo por él. O tal vez sí. Tal vez sí lo fuera y además el único, junto con mis dos hermanos mayores y mi hermana menor, para hacer eso que tampoco ofende, lamentarse un poco por otros, por mi madre ahora y también por él.

Del mismo modo, yo nunca me había abstenido de mencionar esos nombres cuando se había terciado o había venido a cuento, porque desde niño me los sabía, Del Real y Santa Olalla, Santa Olalla y Del Real, y para mí habían sido siempre los nombres de la traición, y esos nunca hay por qué protegerlos. Y era en eso en lo que pensaba mientras en la noche larga junto al río Cherwell empe-

cé a recoger por fin todos los libros de Wheeler que
había sacado de su estantería oeste y esparcido por
su despacho o estudio, y a poner mal orden, y a limpiar y despejar la mesa y a retirar bandejas y bote-
llas y mi vaso y el hielo, ardua tarea todo para lo
cansado y absorto que estaba y lo tarde que se me
había hecho, aunque preferí no saber cuánto y no
miré ningún reloj. ¿Cómo era posible que mi padre no hubiera sospechado ni detectado nada? Era
un hombre inteligente y culto, ningún tonto, y bastante precoz, aunque desde luego un optimista irre-
dento, confiado en principio con todo el mundo.
Pero aun así. ¿Cómo se podía pasar media vida junto a un compañero, un amigo íntimo —media vida
de la niñez, de pupitre, de la juventud—, sin perca-
tarse de su naturaleza, o al menos de su naturaleza
posible? (Pero acaso en todos cualquier naturaleza es
posible.) ¿Cómo puede no verse en el tiempo largo que quien acabará y acaba perdiéndonos nos va
a perder? ¿No intuirse ni adivinarse su trama, su
maquinación y su danza en círculo, no oler su inquina o respirar su desdicha, no captar su despacio-
so acecho y su lentísima y languideciente espera, y
la consiguiente impaciencia que quién sabe durante
cuántos años habría tenido que contener? ¿Cómo
puedo no conocer hoy tu rostro mañana, el que ya
está o se fragua bajo la cara que enseñas o bajo la
careta que llevas, y que me mostrarás tan sólo cuando no lo espere? Sin duda hubo de aplacar muchas veces su efervescencia ese hombre y morderse
los labios hasta hacerse sangre, y enfriar esa sangre
cuando ya le hervía, y aplazar el término de su ma-
lograda y fétida fermentación, para todavía volverlo
a aplazar. Todo eso se nota, se percibe, se huele y has-

ta en ocasiones se palpa y nos llega el sudor, y nos aturde la condensación. Como mínimo se presiente. En realidad se sabe, o se debe saber. ¿O acaso una vez que las cosas suceden no nos damos cuenta de que sabíamos que iban a suceder, y que era así justamente como habían de ir? ¿Y no es verdad que en el fondo no nos extrañan tanto como aparentamos ante los otros y sobre todo ante nosotros mismos, y que vemos toda la lógica entonces y reconocemos y aun recordamos los desatendidos avisos que alguna capa de nuestra inconsciencia sin embargo sí atendió? Quizá es que queremos convencernos de nuestra propia estupefacción, como si en ella encontráramos incongruente consuelo y disculpas inútiles que en verdad no sirven: 'Ay, yo no sabía, cómo podía imaginar y menos aún sospechar, es lo último que me habría esperado y jamás se me habría ocurrido, habría dado mi palabra, habría jurado, habría puesto la mano en el fuego, me habría jugado el cuello, habría apostado mi oro y arriesgado mi honor, oh qué engaño, qué desengaño, qué increíble y no verdadera resulta ser esta traición'. Pero no hay tal estupefacción casi nunca. No en lo más hondo, no en el saber que no se atreve a decirse ni a pronunciarse ni tan siquiera a saber o a saberse ni a tenerse conciencia, no en el que se teme tanto que se detesta y se niega y se oculta a sí mismo y se ahuyenta, o se mira tan sólo con el rabillo del ojo y con el rostro embozado siempre. Sí la hay, esa estupefacción, en nuestras capas más altas que no son sólo las superficiales y las epidérmicas sino que en realidad son todas, también las medias y también las bajas y las profundas, y hasta las recónditas y subterráneas y las venosas, las de fuera y dentro y las de muy adentro, las de la vida diaria y externa de la punta de lanza y las de nuestra solitaria pausa, las de la compañía que ríe alegre y las del inicio abismal del sueño, cuando atisbamos durante un instante lo que vamos siendo en nuestro conjunto y cuál es la historia que va a contarse cuando acabe nuestro acabamiento. Sí, hasta esa capa de rendición y angustia o de premonición admite esa perplejidad, esa sorpresa. Pero no la más honda que casi nunca alcanzamos, la que habita en el revés del tiempo y no se engaña ni se equivoca, la que se confunde con miedo o adopta su disfraz, el del miedo, y la desoímos por eso, para que el temor no nos gobierne y nos dicte los pasos y nos lleve a sucumbir bajo lo temido, o a propiciarlo. Desechamos indicios y rehusamos interpretar tantos signos ('Cállate, cállate, y entonces sálvame'), y los relegamos y echamos a la bolsa de las figuraciones, para contraponerles otros que en el fondo sabemos que no son señales sino fingimientos y simulacros que buscan nuestra confianza y nuestro sopor o adormecimiento ('Mantén un ojo abierto cuando dormites, mantenlo', cité para mis adentros). Porque en realidad sería imposible engañarnos si así lo quisiéramos —no engañarnos—, tarea vana y fracasado empeño. Pero no solemos. No solemos quererlo: nos aburren la protección y la prevención y la alerta, y a todos nos gusta arrojar el escudo lejos y marchar ligeros blandiendo la lanza como un adorno.

Siendo ya adulto había preguntado a mi padre, aunque sin demasiada insistencia. De niños y adolescentes nos habían contado la historia a mis hermanos y a mí, pero solamente en su esqueleto, lo mínimo, como si él y mi madre no quisieran enterarnos aún mucho de lo que aguarda a todos en mayor o menor medida y de hecho ya comienza en la infancia —chivatazo, soplo, traición, puñalada, delación, engaño, denuncia, venta—, y eso que en aquella época nos llegaba sin falta y por diversos cauces el ejemplo fundacional o caso máximo que los Evangelios cuentan, porque otros más antiguos, los de Jacob y David, Absalón, Adonías, los de Dalila y Judit y hasta el de Caín poco querido, tenían meta y aducían causa, y por eso sus traiciones eran menos puras y desinteresadas, más esperables y comprensibles, menos gratuitas y menos graves (las famosas treinta monedas no fueron nunca el motivo, sino tan sólo un revestimiento y un símbolo tangible en el que encarnar el acto, y representarlo). Pero nunca le había gustado a Juan Deza hablar mucho de aquel asunto, tal vez porque le dolía el mero recuerdo, tal vez por no tentarse a manifestaciones de encono, o quizá por no dar importancia —ni siquiera con su relato— a quien sólo le mereció desprecio desde el día de San Isidro de 1939, si es que no desde algo antes.

'Pero ¿tú nunca intuiste nada?', le había preguntado yo aprovechando alguna ocasión en que rememoraba otros episodios de aquellos tiempos.

'¿Antes de mi detención? Bueno, sí, claro, me habían llegado noticias de la campaña de difamación y denuncia que había iniciado. Noticias indirectas, procedentes de la zona nacional a la que él había pasado sin decirnos nada a nadie, nunca supimos con exactitud en qué momento ni cómo (salir de Madrid no era fácil, sin ayuda de fuera casi imposible); tardíamente desde luego, de hecho nos enteramos sólo entonces, de que se había pasado. No sé: previendo que la derrota estaba al caer, supongo, y tomando ya sus posiciones. No es que no me diera cuenta de lo peligroso que resultaba eso, y de su posible alcance. Quien ha sido tu amigo durante muchos años habla con una autoridad que es venenosa si la emplea en tu contra. La gente piensa que tendrá buen conocimiento de causa, que sabe lo que se dice. Aunque en aquellos días convencer, francamente, no era requisito indispensable, como persuadir tampoco. Bastaba con un poco de énfasis y vehemencia, y ni siquiera era eso una exigencia.'

'Me refería a antes de eso, a antes de que tuvieras noticia de sus infundios. ¿Nunca sospechaste nada, no se te pasó por la cabeza que pudiera ir contra ti, que te había puesto la proa, que buscaba perderte?'

Mi padre se había quedado callado un instante, pero no como quien vacila y medita una respuesta para no darla inexacta, sino que era más bien la pausa de quien desea subrayar con ella una verdad, o una certeza.

'No. Jamás había imaginado algo así. Cuando lo supe, no di crédito al principio, pensé que tenía que ser un error o un malentendido, o una mentira de otros, cuya intención se me escapaba. Una insidia. Una cizaña. Luego, cuando la cosa me llegó por demasiados conductos y ya no pude hacer caso omiso y la tuve que creer, y resignarme a aceptarla, me resultó incomprensible, inexplicable.'

Esa era la palabra que empleaba siempre, 'incomprensible', quiero decir las contadas veces que me había atrevido a intentar que me hablara más de aquello.

'Pero a lo largo de tantos años de trato', había insistido yo, '¿no habías tenido nunca el menor indicio, ningún recelo, una advertencia interior, una punzada, un presentimiento, algo?'

'Nada', había contestado él, cada vez más lacónico y oscurecido, y entonces yo cambiaba de tema para no apagarlo. Supongo que lo amargaba recordar su ingenuidad o buena fe, no tanto haberlas tenido cuanto no haber podido conservarlas. O eso debía de creer él. La verdad es que las conservaba, y aun de más en mi opinión (algún otro sinsabor le trajeron, si bien no tan agrios y con la diferencia de que ya sólo a medias lo sorprendieron), yo he sido más cínico y descreído, creo, aunque tampoco lo suficiente, acaso, para tiempos tan desleales como son estos. Quizá he tenido los pies más en el suelo y he sido más pesimista, eso es todo, y también más enturbiado.

Mi madre había muerto cuando yo era demasiado joven para interrogarme sobre estas cuestiones reflexivamente, así que de verdadero adulto ya no pude preguntarle (esto es, con conciencia de serlo): tal vez ella, que tenía los pies más en la tierra, habría aventurado al menos alguna explicación posible: no había sido tan amiga como mi padre, pero había conocido al traidor desde luego. Se había movilizado para sacar a Juan Deza de la cárcel, pese a que entonces no eran todavía novios, sólo antiguos compañeros de Facultad inseparables. Se había movilizado mucho también durante la Guerra, por lo que yo sabía, para ayudar y paliar aquí y allá, dentro de sus posibilidades. Tiempo antes, en el 36, cuando la sublevación militar y la 'revolución' simultáneas del 18 de julio convirtieron los días y semanas siguientes en un absoluto caos aprovechado por ambos bandos (cada uno en los territorios bajo su dominio) para ajustar rápidas e irreversibles cuentas y matar a mansalva sin control alguno, le había tocado buscar, como la mayor de ocho hermanos en edades jóvenes e infantiles, al de diecisiete o dieciocho años que una noche no volvió a casa. Y en aquellos primeros meses tras el estallido, la idea que se venía a la mente de las familias cuando ocurría eso —antes que ninguna otra, el terror tan dominante— era que el ausente hubiera podido ser detenido arbitrariamente por milicianos de ronda, trasladado a una cheka y luego, al anochecer o a la noche y sin más procedimiento, ejecutado en cualquier carretera o camino de las afueras. Por las mañanas, los miembros de la Cruz Roja los recorrían para recoger los cadáveres de las cunetas y los arrabales, fotografiarlos, enterrarlos y, si ello era posible, identificarlos antes para archivar en una ficha el fin de su vida y su muerte. Lo mismo en ambas zonas, en siniestra simetría demente. En Madrid se encargaban los llamados Tribunales Populares a partir de cierto momento, pero aunque participaran magistrados en ellos (sujetos a los 'comisarios políticos' de los partidos, privados de independencia), los métodos expeditivos y sumarísimos se siguieron pareciendo en exceso a los que habían precedido a su instauración más bien inútil para frenar o encauzar tanta saña.

Así que mi madre se había echado a la calle a patearse comisarías y chekas en busca del hermano menor perdido, con la contradictoria esperanza de no encontrar de él ni rastro: no en aquellos lugares fatídicos que sin embargo eran los que debían recorrerse primero siempre, tras las desapariciones. No tuvo suerte y sí dio con él, o más bien con su reciente foto de muerto, de joven muerto, de hermano muerto. Quién sabe por qué lo prendieron los que se lo llevaron a la cheka de la calle Fomento junto con una amiga que lo acompañaba y que corrió su mismo negro destino prematuro y raudo. Acaso porque él se hubiera puesto por la mañana una insensata corbata y no les vieran suficiente pinta revolucionaria (los famosos monos azules que —había leído en Thomas, había oído a mis padres, había visto en mil fotos— se convirtieron en el casi obligado uniforme civil de todo fiero armado madrileño), o porque no saludaron con el puño en alto, o porque una imprudente crucecita o medalla le colgara a ella del cuello, culpas así eran motivo para recibir un tiro en la sien o una descarga en el pecho en aquellos días de la suspicacia aguda como coartada para el asesinato superfluo, lo mismo que en el otro lado no alzar el brazo a la fascista o la nazi, u ofrecer un aspecto de deliberación proletaria, o haber sido lector de los periódicos republicanos, o tener fama de pasar de largo ante las innumerables iglesias peninsulares, las del suelo patrio.

Nunca creí que existiera esa burocrática foto a la que había oído aludir, de pequeño tamaño. Quiero decir que se conservara en ninguna parte, o que se guardara, o que la tuviera mi madre Elena a quien tocó encontrarla, que la hubiera pedido en la cheka a los comisarios políticos del 36 y se la hubieran dado, cuando la edad de ella sería de veintidós años, la mayor de ocho hermanos pero aún también muy joven. Y cuando la descubrí casualmente, mucho tiempo después de su muerte, envuelta en un extraño trocito de raso con dos anchas listas de color rojo flanqueando otra de negro, y el raso metido en una cajita metálica de almendras de Alcalá de Henares junto con alguna otra foto ya no envuelta del hermano aún vivo y el carnet de la Biblioteca del Decanato de la Facultad de Letras y papeles varios de los años treinta cuidadosamente plegados para que cupieran todos (entre ellos un ingenuo poema callejero a Madrid coronado por la bandera de la República con su color morado,

cuánto riesgo había corrido mi madre por conser-
varlo durante el franquismo eterno), mi impulso inicial fue no mirarla, la foto, y no pararme en lo que
ya había avistado como un fogonazo o una mancha
de sangre y reconocido nada más desdoblar la tela, lo había reconocido al instante aunque nunca
lo hubiera visto y por lejos de mi memoria que estuviera en aquel momento el tan remoto y mortal
episodio. Mi impulso fue cubrirla de nuevo con el
pedacito de raso, como quien guarece de cualquier
ojo vivo el semblante de un cadáver, o como si hubiera tenido repentina conciencia de que uno no
es responsable de lo que ve pero sí de lo que mira, de
que lo segundo puede rehuirse siempre —puede elegirse— tras la visión inevitable primera, la que
es traicionera, involuntaria, fugaz, la llegada por sorpresa, uno puede cerrar los ojos o tapárselos con la
mano en el acto, o volver la cara, o elige pasar ve-
lozmente una página sin detenerse en ella ('Pásala,
pásala, que yo no quiero tu horror ni tu sufrimiento. Pásala, y entonces sálvate').

Hasta que me paré a pensar palpitante,
y pensé entonces que si mi madre pidió y se llevó y
conservó toda su vida la foto de la atrocidad, no
fue a buen seguro por ningún sentimiento malsano ni para mantener vivo ningún rencor que habría
carecido forzosamente de destinatarios concretos,
pues nada de eso casaba con su carácter. Sino probablemente para poder cerciorarse, cada vez que le
pareciera imposible y tan sólo un sueño que su hermano Alfonso hubiera muerto de tan mezquina
manera y ya no fuera a volver a casa ni aquella noche de recorrer las calles y las comisarías y chekas
ni ninguna otra tampoco. Y para que el elemento

de irrealidad que acaba por envolver las pérdidas no transitorias no se adueñara del todo de sus imaginaciones nocturnas. Y quizá también porque dejar la foto en aquel fichero de muertes administradas habría venido a ser como dejar a la intemperie el cuerpo que jamás llegó a ver ni a saber dónde yacía, y no darle sepultura. Y en cuanto a destruirla más tarde, comprendo que eso tampoco lo hiciera, si bien estoy convencido de que jamás volvió a mirarla, y de que era seguramente para ni siquiera ponerse en el riesgo de verla por lo que la guardaba envuelta en aquel trozo de tela roja y negra, como un aviso o una señal disuasoria que la advirtiera: 'Recuerda que estoy aquí. Recuerda que soy aún, y que así es cierto que he sido. Recuerda que podrías verme, y que tú me has visto'. Y casi seguro que no la enseñó, esa foto, no lo creo. No a sus padres desde luego, no a su madre delicada y asustadiza siempre, sobrepasada siempre por los tantos hijos y por las continuas solicitaciones del marido, el padre, quien tan para sí la quería que casi la secuestraba; y no a él, no a aquel padre tan simpático como autoritario, francés de origen, y por cuya causa mi verdadero nombre no es Jacobo ni Jaime ni Santiago ni Diego ni Yago, que son todos el mismo, sino Jacques, que también lo es en su forma francesa y por el que sólo ella me ha llamado en la vida, mi madre, amigos parisinos aparte y si no me olvido de nadie. No, no se la mostraría a ellos aunque le tocara por fuerza comunicarles la noticia y contarles su descubrimiento, ni a los demás hermanos, más jóvenes todos e impresionables, y el único que no era esto último, el mayor de los varones que en edad iba tras ella, andaba escondido por la ciudad, cambiando sin cesar de domicilio a la espera de poder refugiarse en alguna Embajada neutral, o no alineada oficialmente. Tal vez sí la dejó ver a mi padre tan sólo, esa foto, al amigo inseparable y quién sabe si ya enamorado de entonces, o acaso la halló él mismo en la comisaría y la sacó del fichero con un estremecimiento y una maldición callada, y hubo de ser él quien se la enseñara a ella, lo último que habría querido. Pues creo que la acompañó toda aquella noche y el día, en su largo peregrinaje angustiado, y al final más desolado.

Casi lo peor de esa foto son los números y las etiquetas sobre el cuello y el pecho del muchacho ajusticiado sin delito ni culpa ni juicio, que fue y no fue mi tío Alfonso, o que lo habría sido. Un 2, y debajo 3-20, a saber qué significaban, qué método de improvisada clasificación se usaba para los muertos innecesarios sin nombre, fueron tantos a lo largo de años que nadie ha podido contarlos y todavía menos nombrarlos, tantos por la península entera, norte y sur y este y oeste. Pero no, lo peor no es eso, y cómo podría serlo si hay manchas de sangre en el rostro joven, en la oreja la más extensa, de donde se diría que hubiera brotado, pero también en la nariz y en la mejilla y la frente y sobre el párpado cerrado izquierdo a modo de salpicaduras, y casi no parece su cara la misma que la del muchacho vivo de la otra foto que no estaba envuelta en raso, ese chico con su corbata. Lo más reconocible es lo que en ambas alcanza a verse de los incisivos centrales un poco salientes, y también esa oreja izquierda desde la que había sangrado el muerto, parece igual que la del vivo. Una mano amistosa se apoyaba sobre el hombro de éste, y quien quie-

¡VIVA MADRID!

Primera Edición

¡VIVA MADRID!
¡Madrid...!
¡Que hermoso eres!
¡Como acarician las calles
los ojos negros
de tus mujeres
¡Como brilla en la mañana
la risa republicana
de tu gente jaranera!
¡Como ríes...!
¡Como embalsaman tu cielo
perfumes de primavera...
rosas, nardos, alelíes...!
¡Madrid...!
¡Como brilla la alegría
de tu noble corazón!
¡Como sale a borbotones
de tu pecho la riqueza,
remediando la tristeza
cuando tienes ocasión...!
¡Como prodiga tu mano
la limosna del cariño,
en la frente del anciano
y en las mejillas del niño...!
Das curso a la «calderilla»
sin concederla valor,
derrochando con amor
lo que es una pesadilla
para más de un «gran señor»,
Eres noble, cual cordero,
que vá por donde le guía
la sanguinolenta arpía
disfrazada de carnero.
Sufres callado y humilde
la opresión de los tiranos,
siendo el blanco resignado
de sus tratos inhumanos
Pero un día, sonriente,
sin un gesto de desmayo,
demuestras que eres valiente,
que no necesitas ayo,
y elevas noble tu frente.
Y en esa tarde sublime
del día 13 de abril,
mientras un tirano gime,
tu gritas: ¡Viva Madrid!
Mientras, en Gobernación,
un gran corazón latía,
sin recibir todavía
los mandos de la nación,
que ostentaba aquel Borbón
trece de una disnatía.

Y tú en la calle agitando
tu bandera tricolor,
no veías el dolor
que su pecho iba minando,
por que sufría pensando
en el triunfo de tu honor.
. . . .
¡Ya triunfaste noble «gato»!
Solo corresponde ahora,
un recuerdo, dulce y grato,
al gran ALCALA ZAMORA.
¡Modista republicana!
De estudiantes que acaudillas
con tu risa picaresca y cristalina
eres brava capitana.
¡Como ríes...!
¡Como lanzas a tu paso
las saetas del amor!
!Como esquivas ondulante
el intento de un «valiente»,
castigando sonriente
su «temerario valor»...!
¡Como llenan el ambiente
tus gorgeos cantarinos,
que van locos desde el «Puente»
hasta los Cuatro Caminos,
llenando de besos mil
tantos rincones divinos
del BARRIO DE CHAMBERÍ...!
¡Que hermosa eres mujer!
Contigo... ¡Viva Madrid!
¡Viva este Madrid castizo
pozo de tanta ilusión,
que en un día satisfizo
ansias de liberación,
sin derramar una sola
gota de su sangre brava,
enarbolando en la calle
la enseña republicana!
¡Sangre, trabajo y amor!
¡Cuanto te quiero salero
¡Con tu cielo me embeleso!
Recibe un profundo beso
del POETA CALLEJERO...!

Julio G. Miranda

Madrid, 7 de Junio de 1931

Precio 10 cts.

Canto a Madrid con motivo de los festejos organizados por el Exmo. Ayuntamiento en honor a la República Española
A los organizadores y al Ilustre Gobierno provisional, dedica éste humilde trabajo su autor
Registrado en el Registro de la propiedad intelectual. Es propiedad
Imp. Sombreros, 11-Teléf. 71269

ra que fuese su dueño (remangada la camisa como la tenía yo ahora, mientras recogía), se había inclinado para posar y salir en la foto en cuyo cuadro no entró pese a todo, quizá era algún otro hermano suyo, de mi madre Elena y de mi tío Alfonso, él lucía de vivo un pañuelo en el bolsillo y se peinaba con la raya a la izquierda sobre su pico de viuda, según la costumbre predominante en aquella época y que aún duró hasta mi infancia, yo llevaba la raya también a ese lado, de niño, cuando era todavía mi madre quien nos peinaba con agua, a mí y a mis dos hermanos, y a mi hermana con mayores detenimiento y esmero su melena más corta o más larga, según los años (quizá su misma mano, pero entonces fraterna, había sido la responsable de peinar también al muchacho vivo, de más pequeño). Esa foto envuelta había vuelto a envolverla y guardarla después de verla y no querer verla y luego mirarla un poco, muy poco porque es difícil hacerlo y más aún es resistirla, nunca debería habérseme mostrado y yo no debo mostrarla a nadie. Pero hay imágenes que se quedan grabadas aunque duren un destello, y así me había sucedido con esa, hasta el punto de poder dibujarla con precisión de memoria y así lo hice de pronto, cuando ya había despejado la mesa de Wheeler y casi todo parecía intacto, y así les evitaba un disgusto doméstico a Peter y a la señora Berry cuando bajaran por la mañana, más temprano que yo sin remedio: debía de ser tardísimo, prefería seguir ignorando cuánto.

Así que ya lo creo que tuvo suerte mi padre, dentro de todo, al acabar la Guerra, cuando muchos de los vencedores pensaban sólo en desquitarse, de cosas como la de mi tío y aun de otras mucho peores, y también de los miedos pasados o de la frustración padecida o de las debilidades mostradas o de la compasión recibida, o de lo imaginario o de nada en numerosos casos —tan propicio el clima para la venganza, la usurpación, el resarcimiento, y para el cumplimiento increíble de los más quiméricos sueños del despecho y la envidia y la rabia—, y cuando algunos con más cerebro abrigaban otra idea más amplia y abarcadora, menos pasional y más abstracta, pero de resultados igualmente sangrientos al quererse llevar a la práctica: la de la eliminación total del enemigo, la del derrotado, y luego la del sospechoso, y la del neutral y el ambiguo y la del no fanático y la del no entusiasta, y luego la del moderado y el remiso y el tibio, y siempre la del que les cayó antipático.

De modo que en otras ocasiones había vuelto a preguntar a mi padre, tras dejar pasar tiempo desde la vez anterior, y había tratado de estrechar un poco el cerco, nunca mucho, no quería causarle desazón excesiva ni melancolía. No recordaba cómo surgía el tema pero cada vez había surgido solo, pues tampoco se me ocurría forzarlo nunca. Y le había dicho:

'Pero en el asunto de Del Real, ¿de verdad nunca supiste o es que no has querido contárnoslo?'

Me miró con sus ojos azules que no he heredado, con su habitual limpieza que tampoco me fue transmitida o no tanto, y me contestó:

'No, no lo supe. Y al salir de la cárcel le tenía tal asco que no me valía la pena ni intentar averiguarlo. Ni a través de terceros ni directamente.'

'Porque en realidad nada te habría impedido entonces ir a buscarlo, o coger el teléfono y decirle: "Pero esto qué es, te has vuelto loco, por qué quieres matarme", ¿no?'

'Habría sido hacerle un caso que, me hubiera dado la explicación que fuese, y lo más probable es que no hubiera tenido ninguna ni tampoco la hubiera intentado, no se merecía. Seguí con mi vida y traté de no tenerlo en cuenta, ni siquiera cuando me llegaban represalias y negativas que a él le debía, a su gran iniciativa. Lo suprimí de mi existencia. Y es lo mejor que pude hacer, estoy convencido. No sólo para mi espíritu, también desde el lado práctico. Jamás volví a verlo ni a tener el menor contacto, y cuando me enteré de su muerte tantísimos años más tarde, me parece que fue en los ochenta, ni siquiera recuerdo bien cuándo, no sentí nada ni le dediqué dos pensamientos. En realidad llevaba ya muerto decenios, desde el día de San Isidro del 39. Imagino que lo entiendes.'

'Sí, lo entiendo bien', respondí. 'Lo que no entiendo ni nunca he entendido es que tú no te maliciaras nada, que no lo vieras venir teniéndolo a dos palmos durante años y años, algo así está en el carácter. Ni por qué él lo hizo, por qué se hace algo así, sin necesidad sobre todo. No me explico que no hubiera habido nada entre vosotros, ninguna rencilla, algún roce, no sé, que hubierais cortejado los dos a una misma mujer, qué sé yo, alguna ofensa inconsciente por parte tuya, o que sin serlo él hubiera podido tomarse como tal. Estoy seguro de que tuviste que pensar, darle vueltas, hacer memoria. No me creo que no lo hicieras, mientras estabas en la cárcel al menos y no sabías en qué iba a parar. Después... sí, después sí lo creo, que ya no volvieras a preguntarte. Eso no me cuesta creerlo.'

'No sé', había respondido mi padre, y se había quedado mirándome con interés, casi con curiosidad, como devolviéndome un poco, con deferencia, los que yo le mostraba. A veces me miraba de ese modo, como si tratara de comprender mejor al hombre tan distinto de él que yo era, como buscando reconocerse en mí pese a las diferencias más evidentes y tal vez algo superficiales, y en ocasiones me parecía que sí lo lograba, 'entre líneas', por así decir, reconocerme. Y tras esa pausa había añadido: '¿Tú te acuerdas de Lissarrague? Lo que hizo fue extraordinario, os lo he contado más de una vez'. Y antes de que yo contestara que me acordaba perfectamente, él me lo refrescó (eso sí le gustaba rememorarlo y contarlo): 'Su intervención fue decisiva. A su padre, militar, lo habían asesinado, y él tenía relación con la Falange, de modo que, entre lo uno y lo otro, gozaba en aquellos momentos de la consideración franquista. Mis denunciantes le preguntaron si conocía mi actuación durante la Guerra, y al contestar él que sí, lo citaron como testigo de cargo. Pero al ser interrogado en el juicio, no sólo negó todas las acusaciones falsas que se me imputaban, sino que además habló muy favorablemente de mí. El capitán jurídico se puso nervioso y, atónito ante su declaración, le espetó: "¿Pero usted sabe que ha sido citado como testigo de cargo?" A lo que Lissarrague contestó: "Yo creía que había sido citado para decir la verdad". El juez, estupefacto, le preguntó entonces que, si cuanto él decía era cierto, a qué obedecían en ese caso las gravísimas denuncias presentadas contra mí. Y Lissarrague respondió concisamente y sin vacilación: "Envidia". Ya ves, él y otros lo vieron así y no le dieron más vueltas al asunto. Y yo, sin embargo, no estoy seguro de que la explicación fuese tan sencilla'.

'Pues más a mi favor', aproveché para decir en seguida. 'Razón de más para que te preguntases, ¿no? Si no te bastaba la explicación más sencilla, y la que todos daban por buena pero tú no.'

'No, no me bastaba', había replicado entonces mi padre con un leve dejo de amor propio intelectual. 'Pero eso no significa que diera con la explicación compleja, ni que encontrarla me interesara lo suficiente para dedicar mi tiempo a ello o volver a dirigir la palabra a aquel hombre, ya no iba a pedirle cuentas. Hay personas cuyos móviles no merecen la indagación, aunque las hayan llevado a cometer actos terribles o precisamente por eso. Esto, lo sé, va totalmente en contra de la tendencia actual. Hoy en día todo el mundo se pregunta por lo que conduce a un asesino reiterado o masivo a asesinar masiva o reiteradamente, a un coleccionista de violaciones a incrementar siempre su colección, a un terrorista a despreciar todas las vidas en nombre de alguna primitiva causa y a acabar con el mayor número posible de ellas, a un tirano a tiranizar sin límites, a un torturador a torturar sin límites, lo haga burocrática o sádicamente. Hay una obsesión por comprender lo odioso, en el fondo hay una malsana fascinación por ello, y a los odiosos se les hace con esto un inmenso favor. Yo no comparto esa curiosidad infinita de nuestro tiempo por lo que en ningún caso tiene justificación, aunque se le encontrasen mil explicaciones distintas, psicológicas, sociológicas, biográficas, religiosas, históricas, culturales, patrióticas, políticas, idiosincrásicas, económicas, antropológicas, lo mismo da. Yo no puedo perder mi tiempo en indagar sobre lo malo y lo pernicioso, su interés es mediano siempre en el mejor de los casos y a menudo nulo, te lo aseguro, he visto mucho. El mal suele ser simple, aunque a veces no *tan* simple, si eres capaz de apreciar el matiz. Pero hay indagaciones que manchan, y hasta las hay que contagian sin dar nada valioso a cambio. Hoy existe un gusto por exponerse a lo más bajo y vil, a lo monstruoso y a lo aberrante, por asomarse a contemplar lo infrahumano y por rozarse con ello como si tuviera prestigio o gracia y mayor trascendencia que los cien mil conflictos que nos asedian sin caer en eso. Hay en esta actitud un elemento de soberbia, también, uno más: se ahonda en la anomalía, en lo repugnante y mezquino como si nuestra norma fuese la del respeto y la generosidad y la rectitud y hubiese que analizar microscópicamente cuanto se sale de ella: como si la mala fe y la traición, la malquerencia y la voluntad de daño no formaran parte de esa norma y fueran cosas excepcionales, y merecieran por ello todos nuestros desvelos y nuestra máxima atención. Y no es así. Todo eso forma parte de la norma y no tiene mayor misterio, no mayor que la buena fe. Pero esta época está dedicada a la tontería, a las obviedades y a lo superfluo, y así nos va. Las cosas deberían ser más bien al revés: hay acciones tan abominables o tan despreciables que su mera comisión debería anular cualquier curiosidad posible por quienes las cometen, y no crearla ni suscitarla, como tan imbécilmente sucede hoy. Y así fue en mi caso, pese a que fuera *mi* caso, mi vida. Lo que aquel antiguo amigo había hecho conmigo era tan injustificable, y tan inadmisible y grave desde el punto de vista de la amistad, que todo él dejó de interesarme al instante: su presente, su futuro y también su pasado, aunque en él estuviera yo. Ya no necesitaba saber más, ni estaba dispuesto tampoco a ello.'

Se había detenido y me había mirado otra vez con fijeza y con expectativa, como si yo no fuera uno de sus consabidos hijos sino un amigo más joven, un amigo reciente que hubiera ido a verlo aquella mañana a su casa de Madrid tan luminosa y acogedora. Y como si pudiera esperar de mí una reacción novedosa a lo que había dicho.

'Eres mejor que yo', ese fue mi comentario. 'O si no es cuestión de mejor ni peor, entonces serás más astuto y más libre. No lo puedo jurar, pero creo que yo habría buscado vengarme. Tras la muerte de Franco, no sé, cuando hubiera sido factible.'

Había reído mi padre entonces, y eso sí lo había hecho paternalmente, más o menos como cuando de niños soltábamos ingenuidades grandes o alguna inconveniencia ante las visitas.

'Puede ser', había dicho, 'tú tienes una propensión a engancharte en las cosas, Jacobo, de algunas te cuesta zafarte, no siempre sabes dejar atrás. Pero sobre todo es señal de que todavía te sientes muy joven. Aún crees disponer de un tiempo ilimitado, tanto como para malgastarlo. Quizá no te sea fácil ver esto, pero intentar vengarme habría sido tan sólo perder más tiempo por causa suya, y los meses de cárcel ya me fueron bastante. Además le habría dado una especie de justificación a posteriori, un falso asidero, un motivo anacrónico para su acción. Ten en cuenta que en el conjunto de una vida lo cronológico va perdiendo importancia, no se distingue tanto lo que vino antes de lo que vino luego, ni los actos de sus consecuencias, ni las de-cisiones de lo que desencadenan. Él habría podido pensar que al fin y al cabo yo le había hecho algo, qué más daba cuándo, y haberse ido a la tumba más conforme consigo mismo. Y no fue así, no ha sido así. Yo nunca lo perjudiqué, nunca le hice ni le ha-bía hecho nada, ni antes ni después ni desde luego entonces. Y quizá fuera eso lo que no tolerara, lo que le doliera. Hay personas que no perdonan que se porte uno bien con ellas, que les tenga lealtad, que las defienda y les preste su apoyo, no diga-mos que les haga un favor o las saque de algún apu-ro, eso puede ser la sentencia definitiva para el bien-hechor, me juego lo que sea a que conocerás tus ejemplos. Parece como si esas personas se sintie-ran humilladas por el afecto y la buena intención, o pensaran que con eso se las hace de menos, o no soportaran creerse en imaginaria deuda, u obliga-das a la gratitud, no sé. Claro que esos individuos no querrían lo contrario tampoco, válgame el cie-lo, son de una gran inseguridad. Y perdonarían aún menos que se portase uno mal y con deslealtad, que les negara favores y los dejara metidos en sus ato-lladeros. Hay personas que simplemente resultan ser imposibles, y lo único sabio es apartarse de ellas y mantenerlas lejos, que no se te acerquen ni para bien ni para mal, que no cuenten contigo, no existir para ellas, ni siquiera para combatirlas. Claro que eso es un *desideratum*. Por desgracia uno no resulta invi-sible a voluntad y según su elección. Pero mira, es-tando yo en la cárcel vino a visitarme (tela metálica por medio) nuestra amiga Margarita, y estaba tan indignada con las manifestaciones de mi delator oídas aquí y allá, que su vehemencia llamó la atención de los carceleros. Le preguntaron de quién hablaba así, debían de temer que fuese del mismísimo Franco. Ella se lo dijo, pues tenía el genio muy vivo, y entonces la hicieron acompañarlos hasta la casa de él para comprobar si era verdad. En la casa estaba la madre, a quien Margarita conocía (bueno, la conocíamos todos, el trato había sido de larga y plena amistad) y a quien aprovechó para intentar convencer de que hiciera entrar en razón a su hijo y retirar aquella denuncia injusta e incomprensible. La señora, que le tenía mucho cariño, la escuchó con una mezcla de estupefacción e incomodidad. Pero finalmente la fe materna le pudo más que cualquier otra consideración, y para disculpar al hijo sólo se le ocurrió decirle: "La patria es la patria". A lo que Margarita le respondió:·"Sí, y las mentiras son las mentiras".'

Mi padre se había quedado callado de nuevo, pero esta vez no me miró, sino que dirigió la vista hacia el brazo de su sillón. De pronto lo vi cansado, o tal vez distraído por algo ajeno a la conversación. No estaba seguro de si se había extraviado un poco entre sus recuerdos y no pensaba añadir más, o si aún le faltaba hilar el último episodio con lo anterior y ofrecerme una conclusión. Pensé que iba a quedarme sin averiguarlo, porque mi hermana había llegado (quizá mi padre había sentido su ascensor) y acababa de entrar en el salón, a tiempo de oír la frase citada de Margarita tan sólo, supongo, porque antes de nada nos preguntó con jovialidad y mal fingida reconvención:

'Pero bueno, ¿de qué discutís?'

Y yo había contestado:

'No, hablábamos del pasado.'

'¿De qué pasado? ¿Estaba yo?'

A mi padre lo alegraba particularmente mi hermana, aunque se parecía a nuestra madre algo menos que yo. O no exactamente: se parecía más al ser mujer, pero menos en las facciones, que yo reproducía en mi rostro de hombre con inquietante fidelidad. Él le había respondido con una sonrisa de ironía y contento, en armoniosa y acostumbrada fusión:

'No, no estabas tú, ni siquiera como embrión de proyecto de posibilidad de azar.' Y a continuación se había dirigido sólo a mí, para terminar: 'Las mentiras son las mentiras, ya ves. En realidad no hay más que decir, ni más tiempo que perder con esas cosas'.

'Una vez que uno ha salido de ellas, claro. Se entiende: más o menos con bien', dije yo.

'Una vez que uno ha salido de ellas, se da por sentado. Con bien o con menos bien. Pero se da por sentado: si yo no hubiera salido, no estaríamos ahora hablando tú y yo, y esta joven menos aún.'

'¿Qué, es alto secreto de lo que tratáis?'

Eso había dicho entonces mi hermana, me acordaba bien, y así me venían aquellos recuerdos mientras por fin me metía en la conocida cama preparada por la señora Berry hacía muchísimas horas, tras haber devuelto a su lugar, también, el ejemplar dedicado de *From Russia with Love* en la habitación contigua, creía haber dejado casi todo en orden, e incluso había limpiado una extraña mancha de sangre que yo no había vertido ni provocado y que ahora, en medio de la ebriedad y la fatiga, y como había previsto antes de borrarla del todo y suprimir su cerco o último fin, empezaba a parecerme irreal, producto de mi imaginación. O era de mis lecturas acaso. Sin darme cuenta había leído mucho sobre los días de sangre de mi país. Sangre de Nin, sangre de mi tío que no lo fue, sangre de tantos sin nombre o que se habían tenido que desprender de él y no habitar ya más la tierra. Y sangre de mi padre buscada, que no lograron derramar (sangre de mi sangre que no brotó ni me salpicó). 'La patria es la patria', pobre y cautiva madre, la del traidor. Frase inextricable, sin significado como toda tautología, hueca la palabra, rudimentario el concepto, fanática su aplicación. Nunca de fiar quienes la emplearon o la emplearan, pero cómo saber si la estaba empleando quien hablase en inglés y dijese *country*, que casi siempre es 'país' y a veces tan sólo 'campo', que es del todo inofensiva en español. Desde el piso alto se escuchaba aún mejor el rumor del río, sosegado y paciente o desganado y lánguido, el sonido que asciende, o era por el ala del edificio en que estaba ahora, acostado al fin. Notaba ya un poco de claridad en el cielo o así lo creía, apenas era perceptible, bien podía dudar del ojo. Pero allí invita a notarla, aun en la noche cerrada y en la hora que los latinos llamaron el conticinio y que ya ha olvidado mi lengua, esa extraña voluntad inglesa de dormir sin persianas a la que nunca llegué a acostumbrarme, no las hay, no las tienen, ni tampoco siempre cortinas o contraventanas en su lugar, sino a menudo sólo transparentes visillos que no guarecen ni ocultan ni calman, como si hubieran de mantener un ojo abierto cuando se adormecen los habitantes de esta isla grande en la que he pasado más tiempo del aconsejable y jamás previsto, si sumo el antes y el después, el ahora y el anteayer. 'Y las mentiras son las mentiras', otra tautología sin significado, aunque aquí la palabra no fuese hueca, ni el concepto rudimentario, ni fanática su aplicación, sino universal, sin esfuerzo, rutinaria, constante, hasta hacerse maquinal e indeliberada a veces, y cuanto más lo sea más difícil su identificación, distinguirla, y mayor su verdad entonces, la de los embustes, y mayor nuestra indefensión. 'Las mentiras son las mentiras, pero todo tiene su tiempo para ser creído.' Como si yo creyera ahora al río al entender su rumor, y al creer entenderlo repitiera con él, mientras me iba durmiendo con el ojo abierto de este país que para algunos es patria, suave y desmayadamente con el ojo abierto de mi contagio y de la claridad que no hay: 'Yo soy el río, soy el río y por tanto un hilo de continuidad entre vivos y muertos al igual que los cuentos que nos hablan de noche, me asemejo a los tiempos y también a los hechos, soy el río. Pero el río es el río. Y nada más'.

II Lanza

Uno nunca sabe del todo si se gana la confianza de nadie, y menos aún cuándo la pierde. Quiero decir la de alguien que jamás hablaría de eso, ni haría protestas de amistad ni reproches, ni emplearía nunca esas palabras —desconfianza, amistad, enemistad, confianza—, o sólo como elemento burlón de sus naturales representaciones y diálogos, como resonancia y cita de parlamentos y escenas de los tiempos pasados que nos parecen ingenuos siempre, también el hoy lo será mañana para quienes quiera que vengan, y sólo quienes bien lo saben se ahorran las aceleraciones del pulso y la suspensión del aire, y así no someten sus venas a los sobresaltos. Pero es difícil aceptar o ver eso, de modo que los corazones perpetúan sus vuelcos y las bocas sus pastosidades y vahos y sus temblores las piernas, cómo pude o he podido —se dicen los hombres para sus adentros— ser tan tonto, ser tan listo, tan resabiado, tan crédulo, tan pánfilo, tan escéptico, no es por fuerza más ingenuo el confiado que el receloso, no lo es menos el cínico que el rendido sin condiciones que se ha puesto en nuestras manos y nos ofrece ya el cuello para el último o primer tajo, o el pecho para que lo atravesemos con nuestra más puntiaguda lanza. Hasta los más descreídos y astutos y los más taimados resultan un poco ingenuos una vez expulsados del tiempo, una vez que han pasado y su historia se conoce (corre de boca en boca, y así se va configurando). Tal vez sea eso, el final y saberlo, saber qué ha ocurrido y en qué pararon las cosas, quién se llevó las sorpresas y quién condujo el engaño, quién salió favorecido o maltrecho o bien hizo tablas, y quién no apostó ni por tanto corrió ningún riesgo, quién —aun así— salió perdiendo porque lo arrastró la corriente del ancho río más fuerte, poblado por tantos tahúres siempre, tantos que acaban involucrando siempre a todos los pasajeros, aun a los más pasivos, a los indiferentes, a los desdeñosos y reprobatorios, a los adversos y a los más reacios; y también a los ribereños. No parece posible mantenerse aparte, en la margen, encerrarse en casa y no saber nada ni querer nada —no querer ni querer siquiera, eso de poco sirve—, no abrir el buzón ni contestar nunca el teléfono, ni descorrer el cerrojo por mucho que llamen y parezca que van a echarnos la puerta abajo, no parece posible simular que no hay nadie o que el que había se ha muerto y no te oye, resultar invisible a voluntad y cuando elige uno, no lo es callar y contener eternamente la respiración mientras está uno vivo, tampoco es del todo posible cuando creyó no habitar ya más la tierra y desprenderse aun del propio nombre. No es tan fácil que eso ocurra, no es tan fácil borrarlo y borrarse y que no quede ninguna huella, ni siquiera la curva última o último fin del cerco, no es sencillo ser sólo como la mancha de sangre que se lava y se frota y se suprime y entonces..., entonces puede empezar a dudarse de que jamás haya existido. Y en cada vestigio se rastrea la sombra de una historia siempre, tal vez no completa o incompleta sin duda, llena de lagunas,

fantasmal, jeroglífica, cadavérica o fragmentaria
como trozos de lápidas o como ruinas de tímpa-
nos con inscripciones quebradas, y hasta puede ig-
norarse la forma de su final cabalmente, como en
el caso de Nin y en el de mi tío Alfonso y en el de
su amiga joven con una bala en la nuca y sin nunca nombre, y en el de tantos otros de los que yo no
sé y no cuenta nadie. Pero una cosa es la forma y
otra es el final mismo, que se conoce siempre: como
una cosa es el tiempo y otra su contenido, nunca
repetitivo, variable infinitamente, mientras que el
tiempo es homogéneo, y no se altera. Y es ese final
sabido lo que nos permite tildar a todos de ingenuos y de baldíos, a los listos y a los tontos, a los
entregados y a los huidizos y esquivos, a los incautos, a los precavidos y a los que urdieron conspiraciones y tendieron trampas, a las víctimas y a los
verdugos y a los fugitivos, a los inocuos y a los que
fueron dañinos, desde la falsa superioridad —el
tiempo la rematará, será el tiempo, el tiempo lo que
le pondrá remedio— de los que no han llegado a
su fin y todavía caminan a tientas tuertos o marchan
ligeros con escudo y lanza, o ya cansinos y lentos
con el escudo abollado y la lanza roma y sin filo,
sin darnos apenas cuenta de que pronto estaremos
con ellos, con los expulsados o que ya han pasado
y entonces…, entonces hasta nuestros juicios tan
conmiserativos y agudos serán a su vez tildados de
baldíos y de ingenuos, para qué hizo esto, dirán
de ti, para qué tanta zozobra y la aceleración de su
pulso, para qué aquel movimiento, y aquel vuelco; y de mí dirán: por qué habló o calló y guardó
tantas ausencias, para qué aquel vértigo, tantas las
dudas y tal tormento, para qué dio aquellos y tan-

tos pasos. Y de los dos dirán: por qué se enfrenta-
ron y para qué tanto esfuerzo, para qué guerrearon
en lugar de mirar y de quedarse quietos, por qué
no supieron verse o seguirse viendo, y a qué tanto
sueño y aquel rasguño, mi dolor, mi palabra, tu fiebre, y tantas las dudas, y tal tormento.

Y así es y será sin embargo siempre, eso vino a decirme Tupra en alguna ocasión y me dijo claramente Wheeler a la mañana siguiente y durante nuestro almuerzo. Y si Tupra no lo dijo con igual claridad fue sin duda porque él jamás hablaría de eso ni emplearía palabras como desconfianza, amistad, enemistad, confianza, o no en serio, no relacionadas consigo mismo, como si ninguna pudiera incumbirle o tocarlo ni cupiera en sus experiencias. 'Es el estilo del mundo', decía a veces, como si fuera en verdad cuanto podía decirse al respecto y todo lo demás fuera adorno y quizá innecesario tormento. No esperaba nada, yo creo, no lealtad pero tampoco traiciones, y si se encontraba con lo uno o lo otro no parecía sorprenderse, ni tomar más medidas que las recomendables de tipo práctico. Y no esperaba aprecio ni afecto pero tampoco malquerencias ni inquinas, pese a bien saber que de éstas y aquéllos está infestada la tierra, y que a menudo los individuos no pueden evitar unos ni otras y además no quieren hacerlo, porque son mecha y pábulo de su combustión, también su razón y su lumbre. Y que no precisan de motivo ni meta para nada de ello, de finalidad ni causa, de agradecimiento ni agravio o no siempre, o según Wheeler, que fue más explícito, 'llevan sus probabilidades en el interior de sus venas, y sólo es cuestión de tiempo, de tentaciones y circunstancias que por fin las conduzcan a su cumplimiento'.

Nunca supe, así pues, si me gané nunca la confianza de Tupra, ni si la perdí ni cuándo, no hubo posiblemente un momento ni otro para esas dos fases o movimientos del ánimo, o no podría habérseles dado un nombre, esos nombres, el de ganancia, el de pérdida. Él no hablaba de eso, en realidad no hablaba a las claras de casi nada, y de no haber sido por las explicaciones preliminares de Wheeler aquel domingo oxoniense, es posible que nunca hubiera sabido nada preciso ni impreciso de mis funciones, y que no hubiera ni adivinado su sentido u objeto. Desde luego no llegué nunca a saberlo ni a entenderlo todo: qué se hacía con mis dictámenes o impresiones o informes, a quién iban destinados en última instancia o exactamente para qué servían, qué consecuencias traían ni si traían alguna o pertenecían por el contrario a esa clase de tareas y actividades que se realizan en algunos organismos e instituciones porque se han venido haciendo desde hace mucho, pero sin que nadie recuerde por qué se iniciaron ni se plantee por qué seguirlas. A veces pensé que se archivaban tan sólo, por si acaso. Qué fórmula rara, pero que lo justifica todo: por si acaso. Hasta lo más absurdo. Creo que ahora ya no sucede, pero antiguamente, cuando se visitaban los Estados Unidos, una pregunta que se formulaba a su entrada a todo viajero era si tenía intención de atentar contra la vida del Presidente de ese país. Como es de imaginar, nunca nadie la contestó afirmativamente —era una declaración bajo juramento— a no ser por gastar una broma que solía salir cara en tan adusta frontera, y el que menos el hipotético magnicida o chacal que desembarcara precisamente sin otro propósito o misión que esa. El motivo de la disparatada pregunta era al parecer que, si a algún extranjero se le ocurría atentar contra Eisenhower o Kennedy o Lyndon Johnson o Nixon, al cargo principal se le añadía el de perjurio; es decir, que la pregunta se hacía con mala intención y por si acaso. Nunca comprendí, sin embargo, la relevancia o ventaja de esa agravante suplementaria contra alguien acusado de cargarse o intentar cargarse a la persona de esa nación de mayor rango, lo cual se diría delito en sí mismo de gravedad difícilmente superable. Pero así funcionan las cosas que son por si acaso, supongo. Se prevén los hechos más inverosímiles e improbables y se obra contando con ellos aunque casi nunca se den, casi siempre inútilmente. Se llevan a cabo infructuosas o superfluas tareas que seguramente jamás sirvan ni se aprovechen, se trabaja sobre eventualidades y figuraciones e hipótesis, sobre la nada y lo inexistente y sobre lo que no sucede ni tampoco ha sucedido antes. Y eso es contar con el acaso.

Al principio fui llamado, tres veces en el corto plazo de unos diez días, para ejercer de intérprete, aunque sin duda disponían de otros para alquilarlos por horas y de alguno medio en plantilla, como la joven Pérez Nuix, a la que conocí algo más tarde. En dos de las ocasiones no tuve que intervenir apenas, pues los dos individuos chilenos y los tres mexicanos con los que Tupra y su subordinado Mulryan compartieron sendos almuerzos rápidos —hombres los cinco de aburridos negocios, vagamente diplomáticos, vagamente legislativos y parlamentarios— hablaban un bastante aceptable in-

glés utilitario, y mi presencia en el restaurante sólo
se hizo necesaria para despejar algún titubeo de tipo
léxico y para que los términos finales de los pre-
acuerdos a que por lo visto llegaron estuvieran bien
claros para ambas partes y no hubiera lugar a posteriores malentendidos, voluntarios o involuntarios.
En realidad sólo fui requerido para hacer el resumen. No me enteré mucho de lo que trataban,
como me sucede en cualquier idioma cuando no
me logro interesar por lo que mis oídos oyen. Quiero decir que entendía desde luego las palabras y
también las frases, y podía convertirlas y reprodu-
cirlas y transmitirlas sin ningún problema, pero
no comprendí los asuntos ni sus respectivos fondos, me traían sin cuidado.

La tercera ocasión fue más extraña y en-
tretenida y también me gané más la paga, porque
fui convocado al despacho de Tupra y allí hube de
traducir lo que a todas luces me pareció un interrogatorio. No el de un detenido ni el de un prisionero ni tan siquiera el de un sospechoso, pero
sí tal vez —como si dijéramos— el de un infiltrado o un tránsfuga o un confidente del cual Tupra
y Mulryan aún no se fiaran enteramente, los dos
hacían las preguntas (pero más Mulryan, Tupra se
reservaba) que yo le repetía en español a aquel venezolano alto y sólido de mediana edad, vestido
de paisano y algo incómodo en esas ropas, o digamos desasosegado, forzado, como si fueran prestadas y pasajeras o adquiridas recientemente, como
si se sintiera inestable y tal vez un farsante sin el
más que probable uniforme al que debía de estar
acostumbrado. Con su bigote rígido y su cara ancha y tostada, sus cejas veloces separadas tan sólo

por dos mínimas pinceladas cobrizas que le flanqueaban un entrecejo breve como una mosca trasladada de la barbilla a la frente, con su tórax muy convexo perfecto para sostener y realzar medallas y en cambio demasiado henchido para soportar tan sólo camisa blanca, corbata oscura y chaqueta clara cruzada (rara de ver en Londres, parecía a punto de estallarle, los tres botones abrochados como reminiscencia de la guerrera), no me costaba imaginarlo con una gorra de plato de militar sudamericano, o es más, su pelo de gruesas púas negras y blancas que le nacía demasiado bajo pedía a gritos una visera de buen charol que concentrara toda la atención en ella y le ocultara o disimulara su tan invasor arranque.

Las preguntas de Mulryan, más alguna ocasional de Tupra, eran educadas pero muy rápidas y muy al grano (al grano parecían ir ambos siempre, también en sus conversaciones con los juristas o senadores o diplomáticos chilenos y mexicanos, no estaban dispuestos a emplear más tiempo del justo, se los notaba duchos en las negociaciones, entrenados, sin que les importara resultar algo abruptos), y vi que de mí esperaban lo mismo en mis traducciones, que reprodujera con exactitud no sólo las palabras sino también la premura y el tono más bien tajante, y si vacilé un par de veces porque a mi lengua no le sienta bien siempre la absoluta falta de preámbulos y circunloquios, Mulryan me hizo en ambas ocasiones un gesto suave pero inequívoco, con dos dedos juntos, indicándome que me apresurara y no pensara en formulaciones de mi cosecha. Aquel milico venezolano no sabía nada de inglés, pero prestaba tanto oído a las voces de los británicos mientras preguntaban como a la mía cuando le proporcionaba la comprensión de sus interrogaciones, aunque inevitablemente me miraba a mí, se dirigía a mí, que era sólo el recadero, a la hora de dar sus respuestas, demasiado consciente de que yo era el único que de entrada se las entendía. No es que con él me enterara mucho más del conjunto de lo tratado o comprendiera con total precisión cuál era el fondo de los asuntos, pero mi curiosidad se despertó más, sin duda, que durante los dos almuerzos, en verdad soporíferos y de contenidos más abstrusos para un profano. Recuerdo haberle trasladado preguntas, a aquel militar disfrazado y desazonado, sobre las fuerzas con que contaban él y los suyos, quienes quisiera que fuesen, las seguras y las probables, y que él contestó que seguro no había nunca nada en Venezuela, que lo considerado seguro era sólo probable siempre, y lo llamado probable era una incógnita siempre. Y recuerdo que esta respuesta impacientó a Mulryan, que tendía a concretar y precisar al máximo, y que propició una de las intervenciones de Tupra, quizá más hecho a las vaguedades y evasivas por sus posibles andanzas de años en el extranjero, y sus trabajos y misiones de campo, y sus pactos con insurrectos varios, eso pensé, yo le había construido ese pasado desde el primer momento, en casa de Wheeler. 'Dígame entonces las fuerzas probables', así de sencillamente había sorteado las reservas del interrogado y el malhumor de Mulryan. También se le preguntó, a aquél, acerca del apoyo logístico garantizado *from abroad*', que yo traduje como 'desde el extranjero', pero añadí 'exterior, de fuera', para que no hubiera dudas. Él entendió a buen seguro lo mismo que yo, a saber, que aquello era un eufemismo para referirse a un solo apoyo concreto, el estadounidense. Contestó que eso dependía en gran medida del resultado y popularidad de la primera fase de operaciones, que 'la gente de fuera' aguardaba siempre hasta el último instante antes de comprometerse a las claras y participar 'con armas y bagajes' en cualquier empresa, utilizó esa expresión, quizá aquí tanto en sentido literal como figurado. Pero ante la visible y creciente irritación de Mulryan agregó que 'el Ambásador' —así me lo llamó, con dicción hispana pero en inglés supuesto, despejando cualquier asomo de duda respecto a quién aludía— les había prometido el reconocimiento oficial inmediato si no había oposición apenas o ésta quedaba 'emburbujada' desde el principio, jamás había oído ese ridículo participio en mi lengua pero capté sin problemas su significado. Poco marcial me parecía el término, más propio de un político camelista entontecido o de un alto ejecutivo asimismo entontecido, versiones modernas de los vendedores de crecepelos.

—¿Y usted cree eso posible, que no haya resistencia o que se reduzca a focos aislados? —le preguntó Mulryan (había traducido de este modo el absurdo, aquí la fidelidad no sólo se hacía difícil, sino que me habría avergonzado). Y añadió—: No parece muy factible, con ese jefe tan pendenciero y obstinado y tan idolatrado en su día, aún le quedan muchísimos incondicionales, ¿no es cierto? Y si la resistencia es fuerte, la gente de fuera no moverá un dedo ni reconocerá a nadie hasta ver que la situación se haya decantado hacia uno u otro lado, y eso podría ir para largo. Esperarían acontecimien-

tos, es eso lo que también han venido a decirles.
¿O no?

—Bueno, puede que sí, que así debiéramos entenderlo. Pero si al patrón lo respetamos, quiero decir su persona física, no creo que muchas unidades se jueguen la supervivencia por defenderle tan sólo la silla, ni tampoco muchos venezolanos. Obraría a nuestro favor el hartazón amplísimo, y la clase política tradicional nos respaldaría en pleno, eso es seguro, en cuanto anunciáramos elecciones prontas.

—Quiere usted decir probable —intervino Tupra.

—Quiero decir muy probable, efectivamente —se corrigió el militar, turbado y sin esbozar ni media sonrisa, se lo notaba muy pendiente de sí mismo, tenso y frágil como si se sintiera en falta, o con lealtades encontradas.

No se me escapó durante el interrogatorio que ni Mulryan ni Tupra utilizaron nunca ningún vocativo, no llamaron de ninguna forma a aquel paisano mal fingido, ni una vez le dijeron 'Señor Tal', ni por supuesto 'General', o 'Coronel', o 'Comandante', o lo que quisiera que fuese de graduación el individuo. Imaginé que preferían que yo ignorase al menos con quién hablaban, ya que me estaba enterando de todo lo hablado.

—Vamos a ver si le entiendo una cosa que es importante, o aún es más, es decisiva —siguió entonces Tupra—. Ustedes no irían en ningún caso contra el patrón, contra su persona, ¿es así? Sólo irían por su asiento, según ha dicho. Contra él, contra su integridad física, bajo ninguna circunstancia. ¿He entendido bien?

Aquel señor venezolano se aflojó la corbata, de manera instintiva, casi no llegó a hacerlo, fue más el gesto de desahogarse; se removió en su butaca; estiró un poco las piernas como si de pronto se diera cuenta de que la raya del pantalón se le estaba torciendo, de hecho se enderezó las dos perneras con tacto y con los pies en alto, uno y otro seguidamente, y entonces me fijé en que calzaba unas botas cortas de un verde oscurísimo, como de piel de cocodrilo, no sé si de imitación, yo no distingo. Pensé que rumiaba y ganaba tiempo, que no estaba seguro de lo que le convenía responder ahora. Pensé que Tupra era más hábil que Mulryan y por eso no se prodigaba, para no darse a conocer ni gastarse y estar fresco siempre, supervisando a cierta distancia.

—Sería tentar demasiado al diablo, no sé si me entiende. Sería peligroso, podría resultar contraproducente, prender una llama que nunca debería encenderse, ni al tamaño de un solo fósforo. Él no debería sufrir ningún daño, eso lo tenemos todos muy claro, guante blanco, no se preocupe, a él no puede tocárselo. De otro modo, los apoyos con que contamos se tambalearían. No todos, desde luego. Pero parcialmente.

Recuerdo que Tupra sonrió con afectada lástima e hizo una pausa, y que Mulryan no se atrevió a reanudar las preguntas mientras no tuvo claro que su superior se había retirado del interrogatorio de nuevo, momentáneamente. E hizo bien, porque Tupra no se había hecho todavía a un lado.

—Pues entonces los veo muy poco determinados —dijo—. Y en estas aventuras la falta de determinación equivale al fracaso seguro, ni siquiera probable. Tanto como la falta de odio, usted debería saberlo, señor, por estudios o por experiencia. Según la mía, al menos, uno tiene que estar dispuesto a ir más lejos de lo necesario, aunque luego no vaya, o decida frenarse llegado el momento, o no haga falta que vaya. Pero la predisposición ha de ser esa, no la contraria. No puede uno ponerse el límite de antemano, y por debajo de lo que fácilmente podría resultar necesario, ¿tengo razón? Si así están la resolución y los ánimos, mi opinión es que no se intente. Y desaconsejaré, de momento, cualquier financiación y respaldo.

Aquel militar algo desnaturalizado negó vehementemente con la cabeza mientras iba escuchando mi versión española de las palabras de Tupra, tal vez como quien no da crédito y se desespera ante un malentendido muy caro, pero tal vez —también— como quien se da cuenta tarde de que equivocó la respuesta y de que con ello ha propiciado un desastre para el que quizá no haya remedio, porque toda retractación o rectificación o matización sonará siempre insincera e interesada —arriadas velas—, tras según qué pifias. Aquel falso paisano o soldado falso bien podía estar pensando: 'Maldita sea, lo que querían oír estos tipos es que no pestañearíamos si tuviéramos que liquidarlo, y no, como yo creía, que íbamos a respetarle el pellejo al pendejo, por mal que se nos pusiera'. Sí, podía estar pensando eso, u otra cosa que no me dio imaginación ni tiempo a elaborar mentalmente, porque en cuanto cesó mi español él se apresuró a hacer protestas:

—Pero no, ustedes no me entendieron, señores —dijo con agitación y mayor expresividad que hasta entonces. Quizá no hablaba así, pero es así como lo recuerdo, los léxicos y los acentos de América se confunden mucho en la memoria, y en los relatos—. Claro que estaríamos listos para suprimirlo, si no quedara más remedio. Determinación no nos falta, y en cuanto al odio, miren, el odio se convoca en un santiamén, en cualquier instante, basta una chispita, cuatro frases bien juntadas y ya se extiende, y es mejor no llevarlo desde el principio en llamas, que no se gaste, mejor la cabeza fría antes del cuerpo a cuerpo, ¿verdad usted? Sólo dije que no creemos que hacerle daño al patrón pudiera nunca precisarse, sería muy improbable, y preferible para todos, eso seguro, que no nos hiciera falta. Pero créanme, si se nos pusiera mal mal todo, y para ponérnoslo bueno hubiera que liquidarlo, tampoco el pulso iba a temblarnos. Miren, se le descerraja un tiro y listos, es rápido y no es difícil, tenemos unos cuantos acostumbrados a eso. Y que luego vengan los suyos a lamentarse, el libertador ya está extinto. Se pongan como se pongan, ya no hay qué hacer, ya no hay tirano, se fue al carajo.

'Es rápido y no es difícil', pensé. 'Ya lo creo, lo sé bien, siempre hubo unos cuantos acostumbrados a eso. En la sien, en el oído, en la nuca, un chorro de sangre, pero luego se limpia.' Traduje con tanta expresividad como me fue posible, Tupra y Mulryan no me miraban a mí mientras lo hacía, sino a él, al venezolano, eso siempre me llamó la atención en ellos, porque el instinto de todo el mundo lo lleva a dirigir la vista hacia el que emite el sonido, el que habla, aunque esté sólo traduciendo, aunque sea sólo quien reproduce y repite y no quien dice, y ellos se fijaban en cambio, invariablemente, en el responsable original o último de las palabras, aunque permaneciera callado por fuerza durante la transmisión de éstas. Más de una vez observé que eso ponía nerviosos a los interrogados, los cuales sí me miraban a mí pese a entenderme sólo por deducción entonces (para ellos la deducción muy fácil).

El paisano o militar postizo no fue excepción en el nerviosismo (para mí fue de hecho el primero), pero quizá lo alteró, más que los cuatro ojos en él posados mientras yo lo emulaba, la inmediata contestación de Tupra, que dijo:

—Pero ustedes ya se dan cuenta de que si le meten a él un tiro también tendrán que metérselos a bastantes compatriotas, con odio y sin él, en caliente y en frío, en combates y quién sabe si en ejecuciones, también rápidas pero más difíciles. Y eso no iba a caerle bien a nadie, y menos que a nadie a la gente de fuera, verdad, incluidos nosotros. Con semejante riesgo de carnicería, y sin la certeza de que al final sirviera, mi opinión es que no debe intentarse. Y me temo que habré de desaconsejar por ahora cualquier financiación y respaldo.

El venezolano frunció mucho las cejas veloces, aspiró hondo y lento y se le infló aún más el pecho como el de un batracio, hizo amago de desanudarse la corbata (no ya aflojársela), ocultó sus botas verdes bajo la butaca como quien las aparta y salva del mordisco de un bicho, o, más simbólicamente, como quien emprende una retirada instintiva vencido por el desconcierto. Pensé que podía estar pensando: 'A qué me están jugando estos hijos de la Gran Bretaña. Ni lo uno ni lo otro, pues qué querrán que les conteste, hijastros de la Grandísima'.

—Pero ustedes qué quieren —dijo al cabo de unos segundos, como quien se cansa de adivinar y ya abandona, ni siquiera llegó a ser interrogativo el tono.

Fue todavía Tupra quien le respondió:

—Que nos diga la verdad, nada más. Sin interpretarnos. Sin intentar complacernos.

La reacción del militar fue instantánea, la traduje con precisión, aunque no era del todo fácil:

—La verdad, la verdad. La verdad es lo que sucede, la verdad es cuando pasa, cómo quieren que se la diga ahora. Antes de suceder no se conoce.

Tupra pareció algo sorprendido y algo divertido por aquella respuesta entre filosófica y ramplona, o meramente confusa. Pero no varió su exigencia. Eso sí, sonrió, y no se privó de su apostilla:

—Y ni siquiera después, tantas veces. Y a veces ni siquiera pasa. No sucede, la verdad. Aun así es lo que queremos, ya ve: se le pide un imposible, según usted. Y si ahora mismo no está en condiciones de satisfacerlo, si quiere consultar con sus camaradas y ver si el tal imposible se le va haciendo algo posible —se detuvo—, no faltaría más. Entiendo que aún permanecerá unos días en Londres. Antes de su marcha lo llamaremos, por si lo ha conseguido: la hazaña, la imposibilidad. Tenemos su número. Si eres tan amable, Mulryan, puedes acompañar al señor. —A continuación se dirigió a mí, sin cambiar de tono y sin apenas pausa—: Mr Deza, le importaría quedarse un momento, por favor.

El falso o verdadero militar se levantó, se alisó la corbata, la chaqueta, los pantalones, hizo un gesto innecesario de remeterse la camisa en éstos, cogió del suelo una cartera que había depositado junto a su butaca y que no había llegado a subir ni a abrir. Estrechó la mano de Tupra y la mía de manera distraída, cavilatoria, ausente (una mano mullida, algo floja, quizá sólo por la cavilación). Dijo:

—Me parece que yo no tengo su número, el de ustedes.

—No, creo que no —fue la contestación de Tupra—. Adiós.

—¿Señor? —murmuró Mulryan antes de desaparecer, mientras desde fuera cerraba con ambas manos las dos hojas de la puerta de aquel despacho nada burocrático, recordaba más bien a los de los *dons* de Oxford que yo había conocido, al del propio Wheeler, al de Cromer-Blake, al de Clare Bayes, lleno de estanterías rebosantes de libros, con un globo terráqueo que en verdad parecía antiguo, dominaban por todas partes la madera y el papel, no vi materiales innobles ni tampoco metal, no vi ficheros, ni ordenador. Mulryan lo murmuró como si preguntara, a la manera de un mayordomo, '¿Nada más, señor?', pero hizo más bien el efecto de que se cuadraba (taconazo no hubo, eso no). Saltaba a la vista que le tenía devoción, a su superior.

Y fue entonces, cuando ya estuvimos a solas, Tupra tras su amplia mesa y yo sentado enfrente de él, cuando por primera vez requirió de mí algo parecido a lo que después fue mi principal tarea durante el tiempo que permanecí a su servicio, y también algo relacionado con lo que me había medio explicado Wheeler aquel domingo de Oxford, por la mañana y durante el almuerzo. Tupra se frotó con una sola mano sus mejillas de color cebada, siempre tan afeitadas y oliendo siempre a bálsamo *after-shave* como si éste se le quedara impregnado o él renovara continuamente a escondidas su aplicación, sonrió de nuevo, sacó un cigarrillo que se colgó de los amenazantes labios (parecían siempre en trance de ir a absorber), por el momento no lo encendió, yo tampoco me atreví con el mío.

—Dígame qué le ha parecido. —E hizo un gesto con la cabeza hacia la puerta de doble hoja—. Qué ha sacado usted en limpio. —Y como yo vacilara (no estaba seguro de a qué se refería, no me había preguntado nada tras los chilenos y los mexicanos), añadió—: Diga lo que sea, lo que se le ocurra, hable. —Por lo general soportaba muy bien el silencio, excepto cuando era del todo ajeno a su voluntad y su decisión; entonces su vehemencia o su tensión permanentes parecían exigirle llenar todo el tiempo de contenidos palpables, reconocibles o computables. Era distinto si el silencio venía de él.

—Bueno —contesté—, yo no sé lo que quiere exactamente de ustedes ese señor venezolano. Respaldo y financiación, entiendo. Supongo que se está preparando, o barajando la posibilidad de un golpe de Estado contra el Presidente Hugo Chávez, eso he sacado más o menos en limpio. Ese señor iba de paisano, pero por su aspecto y por lo que decía podría ser un militar. O bueno, imagino que se ha presentado ante ustedes como militar.

—Qué más. Eso lo habría deducido también cualquier otro, Mr Deza, en su lugar, en su función.

—¿Qué más de qué, Mr Tupra?

—¿Qué lo induce a pensar que era militar? ¿Ha visto alguna vez a un militar venezolano?

—No. En fin, en televisión, como cualquiera. El propio Chávez es militar, se hace llamar Comandante, ¿no?, o Subteniente, no sé, Paracaidista en Jefe, tal vez. Pero no estoy seguro de que ese caballero lo fuera, claro está, militar. Digo que ante ustedes probablemente se habrá presentado como tal. Me lo imagino.

—Luego iremos con eso. ¿Qué efecto le produce la trama, la amenaza de un golpe contra un gobernante elegido en votación popular, y además por aclamación?

—Muy malo, el peor. Recuerde que mi país padeció cuarenta años por un golpe así. Tres de guerra romántica tal vez (vista con ojos ingleses), pero luego treinta y siete de abatimiento y opresión. Pero dejando la teoría de lado, es decir, los principios, en este caso concreto me traería más bien sin cuidado. Chávez intentó dar un golpe en su día, si no recuerdo mal. Conspiró y se sublevó con sus unidades contra un Gobierno elegido, y de civiles. Aunque fuera corrupto y ladrón, cuál no lo es hoy, manejan todos demasiado dinero y son como empresas, y los empresarios quieren sus beneficios. Así que no podría quejarse si lo desalojaran. Otra cosa son los venezolanos. Ellos sí. Pero parece que ya se quejan bastantes, de quien eligieron por aclamación. Ser elegido no vacuna contra ser también un dictador.

—Lo veo enterado.

—Leo los periódicos, veo la televisión. No más que eso.

—Dígame más. Dígame si el venezolano decía la verdad.

—¿Respecto a qué?

—En general. Por ejemplo, respecto a si to-
carían al Comandante o no, en caso de necesidad.

—Dijo dos cosas distintas respecto a eso.

Tupra pareció impacientarse un poco, pero
muy poco. Me daba la impresión de estar a gusto,
de que le agradaba el diálogo y mi rapidez, una
vez vencida mi vacilación inicial y una vez estimulado por su preguntar, Tupra era un gran pregun-
tador, jamás olvidaba nada de lo ya contestado y
así era capaz de volver sobre ello cuando menos lo
esperaba el interrogado y cuando éste sí se había
olvidado, olvidamos lo que decimos mucho más
que lo que escuchamos, lo que escribimos mucho más que lo que leemos, lo que enviamos mucho
más que lo que nos alcanza, por eso no contamos
apenas con las ofensas que infligimos y sí en cambio con las que sufrimos, y por eso casi todo el
mundo le tiene alguna guardada a alguien.

—Eso ya lo sé, Mr Deza. Le pregunto si alguna de las dos era verdad. En su opinión. Por favor.

Aquel 'por favor' me sonó inquietante. Más
adelante comprobé que solía recurrir a esas fórmu-
las, 'tiene la bondad', 'se lo ruego', antes de irritarse
del todo. En esta ocasión lo intuí tan sólo, de modo
que me apresuré a responder, sin pensármelo mucho entonces ni haberlo pensado nada con anterioridad.

—En mi opinión, una no lo era en absoluto. La otra sí, pero en un contexto que tampoco era
verdad.

—Explíqueme eso, haga el favor. —Seguía
sin encender su cigarrillo colgante, estaría todo mojado pese a ser con filtro, conocía la extravagante
marca, Rameses II, cigarrillos egipcios de tabaco

turco, un poco picantes, el faraónico paquete rojo parecía sobre la mesa un dibujo de Tintín, hoy en día salían muy caros, los compraría en Davidoff o en Marcovitch o en Smith & Sons (si aún existían las últimas dos), no me sonaba habérselos visto en casa de Wheeler, quizá los fumaba tan sólo en privado. Tampoco yo le daba fósforo al mío más vulgar, que sin embargo estaba seco, no son húmedos mis labios.

No hice otra cosa que improvisar, es lo cierto. No tenía nada que perder. Ni que ganar, había sido llamado como traductor y ya había cumplido con mi función. Seguir allí era una deferencia por mi parte, aunque Tupra no me hiciera sentirlo así, si acaso al contrario, era uno de esos raros individuos que piden un préstamo y consiguen que sea quien se lo concede el que se sienta deudor.

—No me pareció verdad en absoluto que estuvieran dispuestos a pasar por las armas a su Paracaidista Máximo, ni aunque dependiera de ello el éxito o fracaso de la operación. Sí tomé por cierto, en consecuencia, que no fueran a hacerle el menor daño físico en ningún caso, así se les torcieran las cosas por no quitarlo de en medio.

—¿Y cuál sería el contexto no verdadero de esa verdad?

—Bueno, ya le digo que no sé cómo se ha presentado ante ustedes ese señor, ni qué es lo que quiere sacarles...

—A mí nada, a nosotros nada, no tenemos nada que dar —me interrumpió Tupra—. A nosotros nos lo envían sólo para que dictaminemos, es decir, opinemos, sobre su grado de convencimiento y su veracidad. Por eso me interesa conocer su juicio, ustedes hablan la misma lengua, ¿o no es la misma ya? En algunas películas americanas yo no me entero ni de la mitad de los diálogos, pronto tendrán que subtitularlas para su exhibición aquí, no sé si pasa lo mismo con el español de allí. En fin, hay matices de vocabulario, expresiones que yo no puedo distinguir ni apreciar en traducción. Otro tipo de matices en cambio sí, precisamente gracias a no entender lo que alguien dice mientras lo está diciendo, eso puede ser muy útil. La letra, vea, distrae a veces, y oír sólo la melodía, la música, con frecuencia es fundamental. Ahora dígame lo que piensa.

Para entonces ya estaba armado de atrevimiento y despreocupación, así que me animé a improvisar más. Pero ya no pude aguantar y encendí el cigarrillo, no sin embargo el mío, sino un valioso Rameses II que le pedí permiso para coger (me lo dio desde luego, y sin poner mala cara, cada uno de aquellos podía costar media libra o por ahí).

—Mi impresión es que tal vez ni siquiera se esté planeando en serio ese golpe de Estado. O que si en verdad se prepara, ese hombre no tomará parte en él o apenas tendrá qué decir. Imagino que habrán comprobado su identidad. Si es un militar exiliado o apartado del cuerpo o ya retirado, un opositor con contactos en el país pero que actúa desde el exterior, lo más probable es que esté dedicado a recaudar fondos a partir de la nada, o de muy vagos propósitos y muy tenue información. Y que sean sus propios bolsillos el destino final de lo que logre recolectar, no se suelen pedir ni rendir muchas cuentas sobre los gastos de lo clandestino abortado. Si por el contrario es un militar en activo, y tiene mando y está en el país, y aquí se nos presenta como un traidor a su jefe por el bien de la patria y muy a su pesar, entonces no sería imposible que lo enviara el Comandante en persona, para sondear, para anticiparse, para indagar, para prevenirse, y, si se terciara la cosa, para recaudar asimismo fondos del extranjero que seguramente acabarían en los bolsillos del propio Chávez, la jugada no estaría mal. Pienso que también puede no ser ni lo uno ni lo otro, es decir, que no sea ni haya sido nunca militar. En cualquier caso, no creo que esté detrás de nada serio, de nada que llegue a tener lugar. Como él mismo dijo, la verdad es cuando pasa, una ruda forma de expresarlo. Pues yo diría que la suya, esa suya, no va a suceder jamás, con o sin respaldo, con o sin financiación, de dentro, de fuera o interplanetaria. —Me había dejado llevar por el atrevimiento, me frené. Me pregunté si Tupra no iba a soltar prenda, ni siquiera respecto al título con que se hubiera presentado el venezolano ante él (yo había dicho 'se nos presenta' a conciencia, por ver de incluirme ya). 'Si no lo hace', pensé, 'será de esos individuos a los que no es posible enredar, y que sólo dicen lo que en verdad quieren decir o saben que no importa nada dejar saber'—. Bueno, todo esto son especulaciones, claro está —añadí—. Impresiones, intuiciones. Usted me ha preguntado mi impresión.

Ahora sí encendió su precioso y ensalivado Rameses II, él también. No debió de soportar verme a mí disfrutar del mío, que además era suyo, media libra convertida en humo por boca ajena y continental. Tosió un poco tras la primera calada, picor egipcio, quizá fumaba dos o tres al día nada más y nunca se acostumbraba a él.

—Sí, ya sé que usted no puede saber —dijo—. No crea. Tampoco yo, o no mucho más. Por qué piensa eso, dígame.

Seguí improvisando, o eso creí.

—Bueno, el hombre daba sin duda el tipo de militar sudamericano, me temo que no se diferencian mucho de los españoles de hace veinte o veinticinco años, lucían todos bigote y no sonreían jamás. Su aspecto desde luego pedía uniforme, y gorra, y condecoraciones sobre la pechera como si fueran cananas, en sobreabundancia. Pero algunos detalles no me casaban. Me han hecho pensar que no era un militar disfrazado de civil, como me pareció al principio, sino un paisano disfrazado de militar disfrazado de civil, no sé si me sigue lo que quiero decir. Son detalles insignificantes —me disculpé—. Y no es que yo haya tenido mucho trato con militares, no soy ningún experto. —Me interrumpí, se me estaba disipando la momentánea osadía.

—Eso no importa. Sí le sigo. Dígame qué detalles.

—Bueno, son mínimos, la verdad. Verá, ha empleado algunas palabras impropias, cómo decir. O bien los soldados ya no son lo que eran y se han contagiado de las pedanterías ridículas de los políticos y los locutores de televisión, o este individuo no era militar; o bien sí lo fue, pero hace ya tiempo que no está en activo. Después, le salió demasiado espontáneamente un gesto de ir a remeterse la camisa, como de alguien acostumbrado a la indumentaria civil. Ya, es una tontería, y los militares van a veces con corbata y traje, o en camisa si hace calor y en Venezuela hace calor. Pero pensé que él no lo era o bien que llevaba ya tiempo de baja y sin ponerse una guerrera, apartado del cuerpo, no sé. Ni siquiera una guayabera o un liki-liki o como lo llamen allí, todas esas prendas van por fuera. También lo vi excesivamente preocupado por la raya del pantalón, y por su planchado en general, pero en fin, en todas partes hay oficiales muy atildados y presumidos.

—No se figura hasta qué punto —dijo Tupra—. Liki-liki —repitió. Pero no preguntó—. Continúe.

—Y bueno, quizá haya usted reparado en sus botas. Botas cortas. Se las podría ver negras a distancia o con mala luz, pero eran de color verde botella y como de piel de cocodrilo, o tal vez de caimán. Yo no me imagino a un militar de jerarquía así calzado, ni en sus días de absoluto asueto y de juerga mayor. Parecían más propias de un narcotraficante o de un ranchero en la ciudad, qué sé yo. —Me sentí como un Sherlock menor, o más bien como un Holmes impostor. Y entonces eché mi silla un poco hacia atrás, en la repentina esperanza de poder verle a Tupra los pies. No me había fijado en cómo calzaba, y de pronto se me ocurrió que lo mismo gastaba parecidas botas también y yo estaba patinando con gravedad. Un inglés: era improbable, pero nunca se sabe, y él tenía apellido raro. Y llevaba chaleco siempre, mal indicio era ese. De cualquier forma no hubo suerte, no hubo distancia, la mesa me impedía divisar sus pies. Maticé, pero si su calzado era excéntrico debió de resultar peor—: Claro que en un lugar en el que el Comandante en Jefe aparece públicamente disfrazado de bandera nacional y tocado con una boina de color rojo burdel, como lo vi hace poco en televisión, no es descartable que sus generales y coroneles lleven botas de esas, o zuecos, o zapatillas de ballet, cualquier cosa en estos tiempos histriónicos y con semejante modelo para imitar.

—¿Zuecos? —preguntó Tupra, tal vez más por diversión que por no haberme entendido. '*Sabots?*', dijo, era el término que había empleado yo: gracias a mis antiguas clases de traducción en Oxford y a mis ocasionales prácticas para negreros, conozco las palabras más absurdas en inglés.

—Sí, ya sabe. Esos zapatos de madera, con la punta acebollada. Las enfermeras los llevan, y los flamencos, claro, por lo menos en sus cuadros. Creo que también las geishas, con calcetines, ¿no?

Tupra rió brevemente, y también yo. Quizá se figuró durante un instante con zuecos al señor venezolano que acababa de salir. O acaso al mismísimo Chávez, con macizos zuecos y calcetines blancos. En primera instancia y en una fiesta resultaba un hombre simpático. También lo era en segunda y en su despacho, aunque allí dejaba entender que nunca podía perderse del todo la seriedad del trabajo, tampoco vivir instalado tan sólo en ella.

—¿Ha dicho disfrazado de bandera? Envuelto en la bandera, ¿no habrá querido usted decir? —añadió.

—No —respondí—. El estampado de la camisa o de la guerrera, no recuerdo, era la bandera misma, con estrellas y todo, se lo aseguro.

—¿Estrellas? No recuerdo ahora mismo la bandera de Venezuela. ¿Estrellas? —No parecía haberse sentido aludido por lo del calzado, lo cual me alivió.

—Es a franjas, no sé bien. Una roja, amarilla, me suena, quizá una azul. Y unas estrellas apiñadas en algún lugar. El Presidente iba ataviado de estrellas, de eso estoy seguro, a franjas anchas, una guerrera o una camisa a franjas horizontales con esos colores u otros así. Y estrellas, ya ve. A lo mejor era un liki-liki, vestimenta de gala, creo que es, no sé si en Venezuela también, en Colombia sí.

—Estrellas. De veras. —'Indeed', fue lo que dijo, sin interrogación. Volvió a reír brevemente, y yo también. La risa une a los hombres desinteresadamente entre sí, y entre sí a las mujeres, y lo que establece entre mujeres y hombres puede ser un vínculo aún más fuerte y más tensado, una unión más profunda, compleja, y más peligrosa por más duradera o con mayor aspiración de durabilidad. Lo duradero desinteresado acaba por enrarecerse, a veces por volverse feo y difícil de tolerar, alguien tiene que estar en deuda a la larga y sólo así marchan las cosas, uno u otro un poco más, y la entrega y la abnegación y el mérito pueden ser un camino seguro para hacerse con el puesto del acreedor. Así me he reído yo con Luisa en oportunidades sin fin, breve e inesperadamente, viendo la gracia los dos en lo mismo sin acuerdo previo, los dos brevemente a la vez. También con otras mujeres, la primera mi hermana; y unas pocas más. La calidad de esa risa, su espontaneidad (su simultaneidad con la mía tal vez), me han hecho saber y aproximarme o bien descartar al instante, y a algunas mujeres las he visto ahí en su totalidad antes de conocerlas, sin apenas hablar, sin ser yo mirado o sin apenas mirar. Una leve dilación, en cambio, o la sospecha de mimetismo, de complaciente respuesta a mi estímulo o mi indicación, la percepción de una risa educada u ofrecida para halagar, la que no es del todo desinteresada y está azuzada por la voluntad, la que no tanto ríe cuanto quiere reír o se presta o ansía o aun condesciende a reír, de esa me he apartado muy pronto o le he asignado un lugar secundario, sólo de acompañamiento, o hasta de cortejo en épocas mías de debilidad. Mientras que a esa otra risa, a la de Luisa, la que se adelanta casi, a la de mi hermana, la que nos envuelve, a la de la joven Pérez Nuix, la que se confunde con la propia nuestra y nada tiene de deliberación y sí de olvido de nosotros dos (sí en cambio todo de desprendimiento y gratuidad y de nivelación), a esa he solido darle un lugar principal que luego ha resultado ser duradero o no, peligroso a veces, y a la larga (cuando ha habido larga) difícil de tolerar sin que apareciera o mediara una pequeña deuda simbólica o real. Pero se soportan aún menos la ausencia o la disminución de esa risa, y eso a su vez lo trae siempre, lo uno o lo otro, el día en que toca endeudarse un poco más, uno de los dos un poco más. Hacía tiempo que Luisa me la había retirado o me la racionaba, la suya, no podía creer que la hubiera perdido en toda ocasión, se la brindaría a otros, cuando alguien nos la retira es señal de que no hay más que hacer. Esa risa desarma. Desarma con las mujeres, y de modo distinto con los hombres también. He deseado a mujeres por su risa tan sólo, intensamente, ellas lo han solido ver. Y a veces he sabido quién era alguien sólo por escuchársela o por no escuchársela nunca, la risa inesperada y breve, y hasta lo que iba a pasar o a haber entre ese alguien y yo, si amistad o conflicto o aborrecimiento o nada, no me he equivocado mucho, ha podido tardar pero ha acabado por ocurrir, y además se está siempre a tiempo mientras no se muera o no nos muramos ese alguien ni yo. Esa era la risa de Tupra y también era la mía, y así hube de preguntarme durante un instante si en el futuro quedaría desarmado él o lo quedaría yo, o tal vez los dos—. Liki-liki —repitió. Imposible no repetir tal palabra, es irresistible—. Bueno, no se pueden juzgar los usos de ningún lugar desde fuera, ¿verdad? —añadió, con desganada o poco seria seriedad.

—Verdad. Verdad —contesté yo, a sabiendas de que esa frase no lo era (quiero decir verdad) para ninguno de los dos.

—¿Algo más? —preguntó. No había soltado prenda, no ya sobre la identidad (no lo esperaba), sino sobre la supuesta condición o cargo del venezolano al que había servido doblemente de intérprete. Hice una tentativa:

—¿Podría darle un nombre a ese señor? Más que nada por si tuviéramos que referirnos a él otra vez.

Tupra no vaciló. Como si ya hubiera tenido preparada una respuesta a mi probatura, más que a mi curiosidad:

—No me parece probable. Para usted, Mr Deza, se llamará Bonanza —dijo con aún más irónica seriedad.

—¿Bonanza? —Debió de notar mi estupefacción, no pude evitar pronunciar la z como en mi país, o en parte de él y desde luego en Madrid. A sus oídos ingleses sonaría como 'Bonantha', algo así, como Deza sonaría 'Daetha', algo así.

—Sí, ¿no es ese un nombre español? Como Ponderosa también, ¿no? —dijo—. Pues Bonanza para usted y para mí. ¿Nada más que haya podido observar?

—Sólo confirmarle esta impresión, Mr Tupra: el General Bonanza nunca atentaría contra la vida de Chávez, o Mr Bonanza, sea quien sea en realidad. De eso puede estar seguro, tanto si es bueno para los intereses de ustedes como si no. Lo admira demasiado, incluso si es su enemigo, y yo creo que no lo es.

Tupra cogió su llamativo paquete rojo con faraones y dioses y me ofreció un segundo Rameses II, un gesto poco común en las islas, gran dispendio a no dudar, brizna turca, picor egipcio, se lo cogí. Pero era para el camino, no para continuar, porque a la vez que me lo brindaba se puso en pie y bordeó la mesa para acompañarme hasta la salida, señaló la puerta con un ligero ademán. Aproveché para mirar entonces sus zapatos de refilón, eran sobrios, de cordones, marrones, no había cuidado. Él lo advirtió, lo advertía casi todo, sin cesar.

—¿Pasa algo con mis zapatos? —me preguntó.

—No, no, son muy bonitos. Y están muy limpios. Espléndidos, envidiables —le contesté. Contrastaban con los míos negros, de cordones también. En Londres no conseguía disciplinarme para cepillarlos a diario, esa es la verdad. Hay cosas para las que se vuelve perezoso uno, cuando no está en casa y vive en el extranjero. Pero yo sí estaba en casa, o al menos no había otra por el momento, lo olvidaba demasiado a menudo, la fuerza de mi costumbre se empeñaba en sentir lo imposible a veces, que aún podía regresar.

—Le diré dónde encontrarlos, otro día.

—Iba a abrirme la puerta, aún no lo hizo, se quedó unos segundos con las manos apoyadas sobre los respectivos pomos de las dos hojas. Torció la cabeza, me miró de lado pero sin llegar a verme, no podía, yo estaba justo detrás de él. Era la primera vez en todo aquel rato que sus ojos activos, acogedores, burlones aun sin querer, no se encontraban con los míos. Sólo veía sus pestañas largas, de perfil. La envidia de las damas, más aún de perfil—. Antes dijo usted 'dejando los principios de lado', si no recuerdo mal. O 'dejando la teoría de lado', ¿puede ser?

—Sí, creo que dije algo así.

—Me preguntaba. —Seguía con las manos sobre los pomos—. Déjeme preguntarle: ¿hasta qué punto es usted capaz de dejar los principios de lado? Quiero decir, ¿hasta qué punto suele usted? Prescindir de eso, de la teoría, ¿verdad? Todos lo hacemos de vez en cuando, o no podríamos vivir: por conveniencia, por temor, por necesidad. Por sacrificio, por generosidad. Por amor, por odio. ¿En qué medida suele usted? —repitió—. Entiéndame.

Fue entonces cuando comprobé que no sólo lo advertía casi todo sin cesar, sino que lo registraba y guardaba también. La palabra 'sacrificio' no me gustó, me causó un efecto parecido a aquella expresión suya en casa de Wheeler, 'rindiendo a mi país servicio'. Además había añadido: 'uno debe procurar eso si puede, ¿no?' Si bien lo había rebajado en seguida: 'aunque sea lateral el servicio y uno vaya antes que nada tras el beneficio propio'. También yo registraba y guardaba, más de lo que es normal.

—Según para qué —respondí, y a continuación utilicé un plural (*'them'*) porque era por los principios tan sólo por lo que me preguntaba, eso entendí—. Puedo dejarlos bastante de lado, para opinar en una conversación. Algo menos, para juzgar. Para juzgar a amigos, mucho más, soy parcial. Para obrar, mucho menos, creo yo.

—Mr Deza, gracias por su cooperación. Estaremos en contacto con usted, espero que sí. —Me lo dijo en tono apreciativo, o con leve afectuosidad. Ahora sí abrió la puerta, las dos hojas a la vez. Volví a verle los ojos, más azules que grises a la luz de la mañana, pálidos siempre, divertidos en apariencia ante cualquier diálogo o situación, atentos, succionadores siempre, era como si honraran lo que estuvieran mirando, o no hacía falta que miraran siquiera: lo que entrara en su campo visual—. Pero aquí no tenemos intereses, lo entenderá, por favor —añadió sin transición, aunque ahora se refiriera a algo no inmediatamente anterior. La mayoría de la gente no habría ya vuelto a ello, no habría recuperado aquel comentario mío tan marginal ('tanto si es bueno para sus intereses como si no'), es increíble lo rápidamente que las palabras, pronunciadas o escritas, livianas o graves, todas, insignificantes o con significación, se extravían y se tornan lejanas y quedan atrás. Por eso hay que repetir, eterna y disparatadamente hay que repetir: desde el primer vocablo, desde el primer balbuceo humano y aun desde el primer dedo índice que señaló sin decir. Una y otra y otra vez, e inútilmente una vez más. A nosotros no se nos extraviaban con tantísima facilidad, a él y a mí, sin duda una anomalía, una maldición—. Nos limitamos a dar nuestro parecer, y sólo cuando se nos solicita, claro está. Como usted tan amablemente acaba de hacer, al pedírse-

lo yo. —Y rió brevemente otra vez, dientes pequeños con luminosidad. Me sonó a risa educada o quizá impaciente, así que la mía no lo acompañó, aquella vez.

Nunca supe a las claras si había acertado en algo, con el Coronel Bonanza de Caracas o bien del exilio y de fuera, no se me comunicaban los resultados, y aún menos a las claras: no me atañían a mí, y puede que tampoco a nadie. A veces no debía ni de haberlos, y los dictámenes o informes serían meramente archivados, por si acaso. Y si había que tomar decisiones respecto a algo (el respaldo y la financiación de un golpe, por ejemplo), es probable que las tomaran los responsables diversos —quienes hubieran hecho en cada caso el encargo, o hubieran solicitado los pareceres nuestros— sin posibles constatación ni certeza y sólo por su cuenta y riesgo, es decir, fiándose o no fiándose, apostando a favor o en contra de lo que Tupra y los suyos hubieran visto y opinado, o quizá recomendado.

En un primer momento, sin embargo, supuse cándidamente que en algo habría acertado, porque no pasaron muchos días tras aquella mañana de interpretar doblemente, la lengua y las intenciones —inexacto lo segundo, pero digámoslo así en principio—, sin que se me propusiera abandonar ya mi puesto de la BBC Radio y trabajar en exclusiva para Tupra (o eminentemente), junto a él y su devoto Mulryan, la joven Pérez Nuix y los otros, con horarios muy flexibles en teoría y bastante mayor ganancia, ninguna queja en ese aspecto, al contrario, podía enviar más dinero a casa. Fue inevitable la sensación de haber aprobado un examen, y de que se me incorporaba a lo que quisiera que fuese aquello, entonces no me pregunté mucho al respecto ni tampoco más tarde ni tampoco ahora, porque aquello fue quizá siempre impreciso (y la indefinición era su esencia), y porque algo me había advertido Sir Peter Wheeler, o suficientemente: 'De esto no te hablarán los libros, ninguno de ellos, ni los más antiguos ni los más modernos, ni los más exhaustivos que se publican ahora, Knightley, Cecil, Dorril, Davies, no sé, Stafford, Miller, Bennett, tantos, ni crípticamente los que en su día fueron más crípticos, Rowan, Denham, y lo siguen siendo. No busques en ellos. Casi ni alusiones encontrarás. Sólo perderás la paciencia y el tiempo'. A lo largo de aquel domingo de Oxford no puedo decir que me hablara siempre con medias palabras, pero quizá sí con tres cuartos, a lo sumo con tres cuartos, nunca con las completas palabras. Puede que él tampoco las conociera o tuviera enteras, puede que no las tuviera nadie, ni siquiera Tupra, ni Rylands cuando vivía. Puede que no las hubiera.

La incorporación no fue de golpe, quiero decir que una vez acordada mi contratación se me fueron encargando o pidiendo tareas sueltas, cada vez más, gradualmente pero a un ritmo siempre creciente y vivo, y al cabo de un mes, acaso menos, mi colaboración sí fue ya plena, o así llegué yo a sentirla. Las modalidades de esas tareas variaban, su esencia en cambio poco o nada, consistía en escuchar y fijarme e interpretar y contar, en descifrar conductas, aptitudes, caracteres y escrúpulos, desapegos y convicciones, el egoísmo, ambiciones, incondicionalidades, flaquezas, fuerzas, veracidades y repugnancias; indecisiones. Interpretaba —en tres palabras— historias, personas, vidas. Historias por suceder, frecuentemente. Personas que se desconocían, y que no podrían haber aventurado sobre sí mismas ni una décima parte de lo que yo les veía, o se me instaba a verles y a expresar, era el trabajo. Vidas que aún podían malograrse jóvenes y no durar ni para llamarse tales, vidas incógnitas y por ser vividas. A veces se me pedía que estuviera presente y ayudara a hacer preguntas, las que se me ocurrieran, en entrevistas o encuentros (o eran interrogatorios modosos, sin intimidaciones), aunque no hubiera por medio dificultades de comprensión, ningún idioma que traducir, todo en inglés y entre británicos. Otras sí se me utilizaba como intérprete de la lengua, la española y aun la italiana, pero en el amplio conjunto de charlas y supervisiones (la callada actividad así llamada), pronto esas veces pasaron a ser las menos, y en todo caso nunca me limitaba ya sólo a trasladar palabras, se me requería mi punto de vista al término, casi mi pronóstico en ocasiones, cómo decir, una apuesta. En otras oportunidades se me prefería como presencia ausente, y asistía a las conversaciones de Tupra o de Mulryan o de la joven Nuix o de Rendel con sus visitantes desde una especie de cabina contigua al despacho del primero, que permitía ver y oír lo que ocurría allí sin ser visto, igual que en las comisarías. Lo que en el estudio de Tupra era un espejo oval y apaisado, en aquel cuarto se correspondía con un ventanal de idénticos tamaño y forma: cristal transparente desde un lado, desde el otro uno azogado que no invitaba a la menor sospecha en medio de tantos libros, y en lo que más que una oficina parecía un club o salón privado. Era aquel escondite una modalidad antigua y casera de las invisibles guaridas desde las que las víctimas de un atraco o los testigos de un crimen identifican a los sospechosos en fila, o desde las que los superiores controlan ocultos los interrogatorios de los detenidos, y que no se suelten las manos mucho en las bofetadas o toallazos mojados de los policías. Debía de ser una cabina pionera, quién sabía si adecuada o hecha en los años cuarenta o hasta en los treinta: parecía haberse concebido como imitación reducida de un compartimento de tren de esas épocas o aun de anteriores, toda en madera, con dos estrechos bancos corridos frente a frente, perpendiculares a la ventana ovalada, y entre los dos una mesita fija para tomar apuntes o apoyar los codos. Así que uno supervisaba forzosamente en posición algo oblicua o ladeada, con la inevitable sensación de estar mirando por la ventanilla de un vagón de ferrocarril mientras viajaba, o más bien mientras permanecía parado en una estación todo el tiempo, una extraña estación-estudio, tan acogedora como jamás las hubo, el paisaje un interior y siempre el mismo, en él sólo cambiaban los personajes, los visitantes y los anfitriones, en limitada variedad estos últimos, que solían ser dos o a lo sumo tres, Tupra y Mulryan, o ellos dos más yo mismo (como había ocurrido con el Comandante Bonanza), o Tupra con la joven Nuix y con Rendel si había que hablar alemán o ruso u holandés o ucraniano (se decía que Rendel era austriaco de origen, y que su apellido había sido inicialmente Rendl o Randl o Redl o Reinl o incluso Handl, se lo habría britanizado a medias, Randall o Rendell o Rendall o Randell habrían sido más verosímiles, no así Haendel), o Mulryan y yo y algún otro menos asiduo, o la joven Nuix, Tupra y yo... Él y Mulryan (o más bien uno de los dos) nunca faltaban. Y dado que a mí me tocaba ocupar la garita a veces, hube de suponer que cuando estaba del otro lado, en la estación-estudio, uno de los ausentes se apostaría allí y nos vigilaría, aunque total certeza no tuviera al principio; y hube de imaginar que en aquella primera ocasión con el Capitán Bonanza, Rendel o la joven Nuix (y pensé: 'Ojalá fuera ella') habrían estado en el vagón-reservado, fijándose en el Teniente pero también en mí casi seguro, y que después habrían dado su objetivo informe sobre mi persona además de sobre el Sargento (se me iba degradando en la memoria, aquel hombre), siempre más objetivo y desapasionado y fiable el informe de quien resulta invisible y no está y mira a sus anchas impunemente, siempre más que el de quien a su vez es mirado por sus interlocutores e interviene y habla, y nunca puede demorarse mucho en su observación callada sin crear grandes tensiones, una situación violenta.

Ese es el éxito de la televisión sin duda, porque en ella se ve y se mira a la gente como jamás puede hacerse en la realidad a menos que se oculte uno, y aun así en la realidad no se dispone más que de un solo ángulo y una sola distancia, o de dos si se usan prismáticos, yo a veces me los echo al bolsillo al salir de casa, y en casa los tengo a mano. Mientras que en una pantalla se ofrece la oportunidad de espiar sin cuidado y ver más y saber más por tanto, porque uno no está pendiente de las miradas devueltas ni se expone a su vez a ser juzgado, ni ha de repartir su concentración o atención entre un diálogo en el que participa (o su simulacro) y el frío estudio de un rostro, de unos gestos, de las inflexiones de voz, de unos poros, de los tics y los titubeos, las pausas y las bocas secas, la febrilidad, falsedades. E inevitablemente uno juzga, emite en seguida algún juicio de la clase que sea (o no lo emite y es para sus adentros), apenas tarda unos segundos y sin poder remediarlo, aunque sea rudimentario y adopte la forma menos elaborada de todas, que es el gusto o el desagrado (los cuales sin embargo ya son juicios o su anticipación posible, lo que suele antecederlos, aunque mucha gente no dé nunca el paso ni cruce la raya, y así nunca salga de sus simples e inexplicables atracción o rechazo: para ellos inexplicables, al jamás dar ese paso y detenerse en lo epidérmico siempre). Y uno se sorprende diciéndose, casi sin querer, a solas ante la pantalla: 'Me cae bien', 'A este tío no lo aguanto', 'Me la comería a besos', 'Me cae como un tiro', 'A ese lo que me pidiera', 'La abofetearía por esa cara', 'Un engreído', 'Está mintiendo', 'Su compasión es falsa', 'Qué mal le va a ir en la vida', 'Menudo capullo', 'Es un ángel', 'Es un creído, un soberbio', 'No soporto a estos dos cursis', 'Pobre, pobre', 'Lo fusilaría sin pestañear, en el acto', 'Me da lástima', 'Me revienta', 'Finge', 'Qué ingenuidad', 'Vaya jeta', 'Qué mujer inteligente', 'Qué asco me da', 'Me hace gracia'. El registro es infinito, cabe todo. Y el veredicto instantáneo es certero, o así se siente cuando llega (en el segundo instante ya no tanto). Se tiene una convicción, sin pasar por un solo argumento. Sin que razón alguna la sostenga.

Por eso también se me entregaban vídeos. A veces los veía allí mismo, en el edificio sin nombre y nada más que con número, sin letreros ni rótulos ni función aparente, a solas o acompañado por la joven Nuix o por Mulryan o Rendel; y a veces me los llevaba a casa, para mirarlos con más detención y mejor desentrañarlos y presentar luego mi informe, casi siempre oral tan sólo, me lo pedían por escrito raramente, o no tanto más adelante, creo haber redactado bastantes.

En aquellos vídeos había de todo, material muy heterogéneo, con frecuencia mezclado, casi apelotonado en algunas cintas, en otras agrupado y distribuido con mayor criterio y aun con tendencia a la monografía: fragmentos de programas o de informativos que se habían emitido públicamente, grabados de la televisión, cortados y montados más tarde (o bien programas enteros que debía tragarme, recientes o antiguos y hasta de gente ya muerta, como Lady Diana Spencer con su pésimo inglés lleno de faltas y el escritor Graham Greene con su inglés excelente); intervenciones parlamentarias, discursos o ruedas de prensa de políticos destacados u oscuros, británicos y extranjeros, de diplomáticos también; interrogatorios de reos en dependencias policiales y sus posteriores deposiciones ante el tribunal de turno, así como las sentencias o amonestaciones de empelucados jueces, bastantes vídeos de severos jueces, no sé por qué; entrevistas con celebridades que no siempre parecían hechas por periodistas ni destinadas a la exhibición, algunas tenían todo el aire de conversaciones informales o más o menos privadas, quizá con curiosos o con admiradores fingidos (recuerdo haber visto una inefable con el cantante Elton John sumamente alegre, otra muy simpática con el actor Sean Connery, el auténtico James Bond que pateó Rosa Klebb en *Desde Rusia con amor*, mortales pinchos, y otra asimismo graciosa con el ex-futbolista bebedor George Best; una espeluznante con el empresario Murdoch y una bastante pomposa y cómica con Lord Archer, el ex-político —condenado ya entonces por mentir en algo, he olvidado qué cosa— y novelista de voluntariosa acción); otras veces me sonaban las caras, pero no eran lo bastante famosas para que yo las identificase, acaso glorias en exceso locales (no siempre aparecía un cartelito con el nombre de quien hablara, podía no haber la menor indicación y sólo unas letras y números para cada rostro señalado como de interés o sujeto a interpretación —A2, BH13, Gm9 y así—, a los que poder hacer referencia en mis informes luego); y había también entrevistas o escenas con personas anónimas en circunstancias variadas, filmadas a menudo, yo creo, sin su conocimiento ni por tanto su consentimiento: alguien que solicitaba empleo o se ofrecía para lo que fuese, los había muy desesperados; un funcionario granítico (ojos en blanco) escuchando a un ciudadano con cuitas, probablemente en su oficina municipal o ministerial; una pareja discutiendo en una habitación de hotel; un individuo pidiendo un desventajoso crédito en una entidad bancaria; cuatro hinchas del Chelsea en un *pub*, preparándose para machacar al Liverpool a base de ingerido alcohol y vociferado ardor; un almuerzo de negocios a cargo de alguna empresa, con una veintena de comensales (por fortuna no íntegro, sólo *highlights* y un discurso final); un *don* dando una pestífera cla-

se; ocasionalmente una conferencia (por desdicha
no íntegra, vi una muy interesante de un profesor
de Cambridge, sobre la literatura que nunca existió); el sermón de un obispo anglicano que parecía
algo beodo (íntegro el sermón, esto sí); *prelims* orales a estudiantes que aspiraban a entrar en tal o cual
Universidad; un médico diagnosticando con sufi-
ciencia, detalle y verbosidad; muchachas contestando preguntas raras durante sesiones de *casting*, quién
sabía si para un anuncio o una bajeza mayor, demasiado monosilábico todo para ver de averiguar.
A veces aparecían vídeos indudablemente caseros
o muy personales, más misteriosos en consecuencia
(no podía evitar preguntarme cómo habían llegado
a nosotros y así hasta mis ojos, a menos que entre
nuestros clientes pudiera haber particulares también): la patriarcal felicitación navideña de algún
ausente que se creía añorado y por tanto en falta;
el mensaje de un hombre rico (era de suponer que
póstumo o destinado a serlo) explicando a sus he-
rederos y desheredados el porqué de su testamento
arbitrario, caprichoso, decepcionante, injusto con
deliberación; la declaración de amor de un enfermo de timidez confeso (pero más bien presunto),
que aseguraba no ser capaz de soportar 'en vivo'
el 'No' de la destinataria que decía esperar sin remedio y a la vez no esperaba en modo alguno, cuán
seguro se lo veía al hablar. Eso en lo que respectaba al material británico, que por supuesto era el
grueso. Tuve conciencia de la cantidad de ocasiones y sitios en que la gente es grabada y filmada o
puede serlo: para empezar, en casi todas las situaciones en que nos sometemos a una prueba o examen,
por así decir, y en que solicitamos algo, sea traba-

jo, un préstamo, una oportunidad, un favor, una subvención, una recomendación, una coartada. Y desde luego clemencia. Vi que cada vez que pedimos estamos expuestos, vendidos, a merced casi absoluta del que concede o niega. Y hoy se nos registra, se nos inmortaliza a menudo en el momento de la mayor humildad, o si se prefiere en el de la humillación. Pero también en cualquier lugar público o semipúblico, lo más llamativo y escandaloso eran las habitaciones de hotel, uno ya cuenta en principio con que tomarán su imagen en un banco, un comercio, una gasolinera, un casino, un recinto deportivo, un aparcamiento, un edificio gubernamental.

Rara vez se me advertía con antelación en qué debía fijarme, qué rasgos de carácter, o qué grado de sinceridad, o qué intenciones concretas de cada señalada persona o rostro debía procurar descifrar, quiero decir cuando me llevaba tarea a casa. Al día siguiente, o unos pocos más tarde, dedicaba a ello una sesión con Mulryan o Tupra o con ambos, y me preguntaban entonces lo que fuera de su interés, a veces una sola y mínima cosa y a veces muy por extenso, según, refiriéndose a los personajes de aquellos vídeos por sus respectivos nombres si éstos figuraban en las películas o eran inconfundibles de tan conocidos, o bien, si no, por sus asignadas letras y números: '¿Le parece que Mr Stewart está defraudando otra vez al fisco, pese a sus palabras de contrición? Fue descubierto hace cinco años, se llegó a un acuerdo, pagó por encima del máximo para ahorrarse problemas, ¿podría él pensar que está libre de sospechas por ello?' '¿Cree que FH6 tenía el propósito de devolver el crédito en el momento de pedírselo a Barclays? ¿O no tenía ya la menor intención? Le fue concedido, ha de saber, y hace tres meses que no hay rastro de él'. Yo contestaba lo que creyera o pudiera y se pasaba al siguiente, esto en los casos más breves, prácticos y prosaicos. La mayoría, sin embargo, no eran nada de esto, sino evasivos y de complejo aspecto, con facilidad vagarosos e incluso etéreos, arriesgados siempre de responder, más parecidos a los que Wheeler había dilucidado en sus tiempos y había anunciado para los míos también, o más bien había dado a entender que me llegarían, aunque ahora no hubiera guerra; que vendrían a mi discernimiento antes o después. Y para esa mayoría se necesitaba en efecto lo que él había llamado distraídamente, como para restar solemnidad a aquellas dos expresiones sólo contradictorias en primera instancia o ni siquiera en esa, 'el valor para ver' y 'la irresponsabilidad de ver'. Yo sentí mucho más lo segundo durante bastante tiempo, hasta que un día me acostumbré, y al acostumbrarme me despreocupé. Y entonces... Ah sí, entonces, es cierto, la gran irresponsabilidad.

Ese proceso de acostumbramiento, con todo, lo había iniciado ya Wheeler aquel domingo oxoniense en que también me habló de mí. O quizá Toby Rylands, que le había hablado a su vez a Wheeler con anterioridad de mí, y me había apuntado como a su semejante, hecho de la misma pasta con que se había moldeado a ellos dos. Pero no, Rylands no fue, porque lo que cambia las cosas no es lo que se diga de uno sin uno saberlo —no lo que las varía en nuestro interior—, sino lo que alguien con autoridad o tan sólo insistencia nos dice a la cara sobre nosotros mismos, lo que descubre y explica y nos induce a creer. Es el peligro que acecha a todo artista o político, o a todo individuo que reciba opiniones e interpretaciones acerca de su actividad. A un director de cine, a un escritor, a un músico empieza a llamárselos genios, lumbreras, reinventores, gigantes, y no es difícil que acaben por admitirlo todo como posibilidad. Se hacen entonces conscientes de su valía, y les entra el miedo a defraudar, o —lo que es más ridículo e insensato, pero no otra es la formulación— a no estar a la altura de sí mismos, es decir, de quienes resulta que fueron —ahora les cuentan, se dan cuenta ahora— en su tan elevada obra anterior. 'Así que no fue producto de la casualidad, ni de mi intuición, ni siquiera de mi libertad', pueden pensar, 'sino que había coherencia y propósito en cuanto yo iba haciendo, qué honor enterarme pero también qué maldición. Porque ahora no me queda sino atenerme a ello y alcanzar cada vez ese condenado nivel para no desmerecer de mí mismo, qué desastre, qué enorme esfuerzo, y cuánta desolación para mi quehacer.' Y eso mismo puede ocurrirle a cualquiera, aunque no sean públicos su trabajo ni su personalidad, basta con que oiga una explicación plausible de sus inclinaciones o su proceder, una incantatoria descripción de sus actos o un análisis de su carácter, una valoración de su método —saber que eso existe, o se le atribuye—, para que cualquiera pierda su bendito rumbo mudable, imprevisible, incierto, y con ello su libertad. Tendemos a pensar que hay un orden oculto que desconocemos y también una trama de la que quisiéramos formar parte consciente, y si de ella vislumbramos un solo episodio que nos da cabida o así lo parece, si percibimos que nos incorpora a su débil rueda un instante, entonces es fácil que ya no sepamos volver a vernos desgajados de esa trama entrevista, parcial, intuida —una figuración—, ya nunca más. Nada peor que buscar el sentido o creer que lo hay. O sí lo habría, aún peor: creer que el sentido de algo, aunque sea del detalle más nimio, dependerá de nosotros o de nuestras acciones, de nuestro propósito o nuestra función, creer que hay voluntad, que hay destino, e incluso una trabajosa combinación de ambos. Creer que no nos debemos enteramente al más errático y desmemoriado, divagatorio y descabezado azar, y que algo consecuente se puede esperar de nosotros en virtud de lo que ya dimos o hicimos, ayer o anteayer. Creer que puede haber en nosotros coherencia y deliberación, como cree el artista que las hay en su obra o el poderoso en sus decisiones, pero sólo una vez que alguien los ha convencido de que sí las hay.

Wheeler había empezado por el principio al fin, si es que hay principio de algo alguna vez. Como quiera que sea, aquella mañana de domingo en que amanecí más tarde de lo que habría querido y desde luego de lo que esperaba él, ya no se permitió más preámbulos ni aplazamientos ni circunloquios, en la medida en que le era posible renunciar del todo a esos rasgos tan estables de su pensamiento y su conversación. Ya tenía misterio y limitación suficientes, supongo, con las incompletas palabras de que disponía para contarme lo que me iba a contar. En cuanto me vio descender por la escalera, mal afeitado y con cara de sueño (sólo un repaso rápido de la maquinilla para aparecer presentable, o no patibulario al menos), me instó a tomar asiento enfrente de él y a la derecha de la señora Berry, que ocupaba una cabecera de la mesa en la que ya habían acabado los dos de desayunar. Aguardó a que ella me sirviera amablemente café, pero no a que yo lo bebiera ni me despejara un poco más. Sobre la mitad de la mesa libre de mantel y de platos y tazas y mermeladas y frutas había, abierto, un volumen alto y grueso, siempre libros por doquier. Bastó que lo mirara yo de reojo (la atracción por la letra impresa) para que Peter me dijera en tono apremiante, probablemente debido a aquel retraso con el que no había contado en mi despertar:

—Cógelo, anda. Es para que lo veas tú.

Atraje hacia mí el volumen, pero antes de leer una línea lo entrecerré —dedo en medio— para echarle una ojeada al lomo y saber qué libro era aquel.

—¿El *Who's Who*? —Fue una pregunta retórica, porque era sin lugar a dudas el *Who's Who*, con sus tapas de color rojo intenso, la guía de nombres más o menos ilustres, la edición de aquel año en el Reino Unido.

—Sí, el *Who's Who*, Jacobo. Seguro que nunca se te ha ocurrido buscarme en él. Mi nombre está ahí en esa página, donde está abierto. Lee lo que pone, anda, haz el favor.

Miré, busqué, había unos cuantos Wheeler, Sir Mark y Sir Mervyn, un tal Muir Wheeler y el Honorable Sir Patrick y el Reverendísimo Philip Welsford Richmond Wheeler, y allí estaba él, entre estos dos últimos: 'Wheeler, Prof. Sir Peter', a lo que seguía un paréntesis que no entendí a la primera, decía: '(Edward Lionel Wheeler)'. Pero sólo tardé dos segundos en recordar que Peter solía firmar sus escritos como 'P E Wheeler', y que la E era de Edward, luego el paréntesis se limitaba a consignar el nombre en su integridad oficial.

—¿Lionel? —pregunté. Fue de nuevo una interrogación retórica, aunque no tanto. Me sorprendió ese tercer nombre de pila, que siempre me pareció de actor, por Lionel Barrymore a buen seguro, y por Lionel Atwill que fue el archienemigo Profesor Moriarty contra el gran Basil Rathbone como Sherlock Holmes, y por Lionel Stander que fue perseguido en América por el Senador McCarthy y hubo de exiliarse a Inglaterra para poder trabajar (convertirse en postizo inglés). Y luego estaba Lionel Johnson, pero éste era un poeta amigo de Wilde y Yeats y del que descendía John Gawsworth, según contaba él (John Gawsworth, el pseudónimo literario de quien fue en la vida Terence Ian Fytton Armstrong, aquel escritor recóndito, mendigo y rey, que me había obsesionado un poco durante mi tiempo de enseñante en Oxford, tantos años atrás: claro que su fantasiosa ascendencia también incluía a nobles jacobitas, esto es, Estuardos, y al dramaturgo Ben Jonson contemporáneo de Shakespeare, y a la supuesta 'Dama Oscura' o 'Dark Lady' de los sonetos de éste, Mary Fitton la cortesana)—. ¿Lionel? —repetí con ligerísima guasa que Wheeler notó.

—Sí, Lionel. Nunca lo uso, ¿qué pasa con eso? No te entretengas con tonterías, no es eso lo que interesa, lo que quiero que veas. Continúa, vamos.

Volví a la nota biográfica, pero al instante hube de pararme y alzar la vista otra vez, tras leer los datos relativos a su nacimiento, que así decían: 'Nacido el 24 de octubre de 1913, en Christchurch, Nueva Zelanda. Hijo mayor de Hugh Bernard Rylands y de la difunta Rita Muriel, de soltera Wheeler' —'née', ponía, a la francesa en inglés—. 'Adoptó el apellido Wheeler mediante escritura legal en 1929.'

—¿Rylands? —Esta vez ya no hubo nada de retórico en la pregunta, sólo espontánea y sincera estupefacción—. ¿Rylands? —repetí. Debieron de mostrar desconfianza mis ojos, y quizá algo de reconvención—. No es, no será, ¿verdad? No puede ser una coincidencia.

La mirada que me devolvió Wheeler reflejó una mezcla de impaciencia y paciencia, o de contrariedad y paternalismo, como si ya tuviera previsto que yo iba a detenerme en aquello, en el inesperado apellido de su padre Rylands, y aceptara o comprendiera mi reacción, pero esa cuestión lo aburriera, o la viera como un engorroso trámite antes de centrarse en la que entonces deseaba abordar. A juzgar por su expresión, perfectamente me podía haber dicho: 'Tampoco es eso lo que interesa, lo que quiero que veas, Jacobo. Sigue'. Y más o menos llegó a decírmelo, pero no de inmediato, me tuvo algo de consideración; no sin antes hacer una tentativa leve de ponerse a salvo de mis reproches:

—Oh vamos. No vas a decirme ahora que no lo sabías.

—Peter. —Mi tono fue de advertencia seria y aun de clara reconvención, como el que empleaba con mis hijos a veces cuando insistían en hacerse los despistados para así no obedecer.

—Bueno, bueno, creía que estabas enterado, habría jurado que sí. De hecho: me extraña
enormemente que no.

—Por favor, Peter: nadie está enterado, no
en Oxford. O si lo están se lo callan, se lo callaron
con insólita discreción. ¿Cree que de haberlo sabido no me lo habrían contado Aidan Kavanagh o
Cromer-Blake, Dewar o Rook o Carr, Crowther-
Hunt, la propia Clare Bayes? —Eran antiguos amigos o tan sólo colegas de mi tiempo en la ciudad,
algunos menos chismosos que otros. Clare Bayes
había sido mi amante también, hacía mucho que no
la veía ni sabía de ella, ni de su niño Eric que ya
no sería niño, ya no más, habría terminado de cre-
cer. Tal vez ya no me gustaría, mi remota amante,
si la viera. Ni yo a ella tampoco, tal vez. Mejor no
verse, mejor así—. ¿Usted lo sabía, Mrs Berry?

La señora Berry se sobresaltó un poco, pero
en seguida no dudó en responder:

—Sí, estaba al tanto. Pero tenga en cuenta
que yo he estado al servicio de los dos hermanos,
Jack. Y luego, yo no suelo contar. —Ella, como
todos los ingleses que tenían dificultades para pronunciar el nombre de Jacques y desconocían el español para convertírmelo en Jaime o en Jacobo o
en Diego, me llamaba así (una aproximación fonética), por ese diminutivo de John o Juan, que no de
James. Cuando se dejaron de sus 'Mr Deza' (muy
pronto fue), Tupra y Mulryan me llamaron Jack
también. Rendel no, él nunca se permitía confianzas con nadie, no al menos en el edificio sin nombre ni aparente función. Y la joven Nuix, al igual
que Luisa, se inclinó por Jaime, o a veces por el apellido tan sólo, Deza a secas, igual que Luisa también.

—Hermanos —murmuré, y en esta ocasión logré no convertir en pregunta la repetición—. Hermanos, ¿eh? Usted sabe bien que yo no sabía nada, Peter. Ni siquiera sabía que fuera neozelandés de origen, me lo mencionó por primera vez en la vida hace sólo unos días, por teléfono. —Según hablaba me fue viniendo memoria rauda de Rylands, los recuerdos se convocan a veces con temible rapidez—. Y entonces Toby —dije acordándome—: de él se rumoreaba que había nacido en Sudáfrica, y lo tomé por cierto cuando en una ocasión le oí decir de pasada que hasta los dieciséis años no había salido de ese continente, de África. La misma edad con la que llegó usted aquí, también eso me lo mencionó de pasada por primera vez en esa conversación telefónica de hace nada. Ahora no me dirá que eran gemelos, ¿verdad?

Wheeler volvió a mirarme sin hablar, sus ojos dijeron que no estaba por la labor de escuchar reproches ni cuasi ironías, no aquella mañana, tenía otras cosas en el pensamiento, o en el repertorio programado para aquella función.

—Bueno, si en efecto no sabías... Supongo que tú nunca me habrás preguntado, entonces —contestó—. No es que yo lo haya ocultado. Tal vez Toby, él podía preferirlo, tal vez él sí te ocultó. Yo no. Tampoco veo por qué debería haber estado obligado a contarte. —Esta frase la dijo en el mismo tono casi exculpatorio de sí, sin alteración; pero yo la aislé, la reconocí: era una frase para pararme los pies—. No éramos gemelos. Yo era casi un año mayor. Ahora ya lo soy bastantes más.

Conocía a Wheeler cuando algo lo incomodaba o se ponía evasivo, insistirle era perder el tiempo, irritarlo acaso, él siempre decidía lo que se hablaba.

—Como quiera, Peter. Si tiene la bondad de explicármelo, soy todo oídos, curiosidad e interés. Supongo que es esto lo que quería que viera en el *Who's Who*, confío en que me dirá por qué. Por qué ahora, quiero decir.

—Ah no, en absoluto —respondió—. Te aseguro que de esto te creía enterado, de otro modo no me habría arriesgado a que nos encalláramos aquí. No. De lo que quiero hablarte es de otro asunto, aunque indirectamente tenga que ver con Toby, algo tenga que ver. Anoche te aplacé alguno, ¿no es verdad?, para hoy. Anda, sigue leyendo, no has acabado, haz el favor. —Y con un índice imperativo que se movió de arriba abajo como si fuera autónomo y lo dirigiera su gravedad (casi a plomo lo dejó caer), tocó el grueso volumen que tenía abierto ante mí.

—Peter, no puede dejarme ahora así —me atreví a protestar.

—Ya saldrá eso luego, Jacobo, descuida, no te quedarás sin saber. Pero la historia es trivial, te decepcionará. Anda, sigue ya. Y léeme en voz alta, por favor. Tampoco quiero que sigas hasta el final, qué aburrimiento. Y así te diré dónde parar.

Volví a la nota biográfica, al siguiente apartado, que era el de *'Education'* o *'Estudios'*. Y leí en voz alta y en inglés, pero saltándome las abreviaturas y siglas incomprensibles para mí:

—*'Cheltenham College; Queen's College, Oxford; Lecturer of St John's College, 1937-53, and Queen's College, 1938-45. Enlisted, 1940'.* —Y aquí no pude evitar detenerme, tan pronto, aunque él no me hubiera indicado aún que lo hiciera. Levanté la vista—. Se alistó en el 40, no sabía —dije—. Y veo que no aparece por ningún lado el año 36. ¿Fue entonces quizá cuando estuvo en España? Muchos británicos que fueron allí se marcharon a principios o mediados del 37, espantados, o heridos, no duraron, el propio George Orwell entre ellos. —Entonces me acordé de que también había buscado por si acaso, sin éxito, el apellido Rylands en los índices onomásticos de los volúmenes consultados durante la noche, luego tampoco había sido su posible primer o verdadero nombre, Peter Rylands, el que Wheeler había llevado en la Guerra de mi país. O quizá sí, pero nada destacado había hecho en ella para merecer posteriores menciones en los libros de Historia, y sólo por diversión me había permitido imaginar que sí.

Wheeler pareció leerme los pensamientos, además de oír mi extemporánea pregunta.

—Muchos no se marcharon nunca, allí continúan espantados y heridos. Malheridos hasta morir —contestó—. Pero dejemos ahora la Guerra de España, por mucho que anoche te empaparas de ella, te lo suplico. Casi nadie utilizaba su nombre allí, y tampoco tantos durante la Segunda Guerra Mundial. Ni siquiera Orwell se llamaba George Orwell, como recordarás. —No lo recordaba, y como él notara mi desmemoria, añadió—: ¿No? Su verdadero nombre era Blair, Eric Blair, yo lo conocí levemente, durante la Guerra estuvo en la Sección India de la BBC. Eric Arthur Blair. Había nacido en Bengala, y había vivido en Birmania en su juventud, conocía el Oriente bien. Era diez años mayor que yo. Ahora yo lo soy infinitamente más. Murió joven, eso lo sabes, ni a los cincuenta llegó. —'Otro más', pensé, 'otro británico forastero o postizo inglés'—. Está bien, vamos, continúa leyendo o no hablaremos nunca de lo que hay que hablar.

—Discúlpeme, Peter. —Y leí—: *'Commissioned Intelligence Corps, December 1940; Temporary Lieutenant-Colonel, 1945; specially employed in Caribbean, West Africa and South East Asia, 1942-46. Fellow of Queen's College, 1946-53...'*

—Basta. —*'That's enough'*, fue en inglés, la lengua en que hablábamos, otra cosa habría sido una descortesía hacia la señora Berry, me extrañaba un poco que no se retirara, solía hacerlo por lo regular, incluso en conversaciones más convencionales o no encaminadas hacia algún lugar, todavía ignoraba hacia cuál esta vez. Así que era eso lo que Wheeler me quería mostrar: 'Asignado al Cuerpo de Información en 1940' (hoy los malos traductores dirían 'Cuerpo de Inteligencia', da lo mismo, ambos serían el Servicio Secreto, el MI5 y el MI6, Military Intelligence significan las iniciales, para algunos una contradicción en los términos, el equivalente británico de las soviéticas GPU, OGPU, NKVD, MGD, KGB, infinitos sus nombres a lo largo del tiempo: el MI5 para el interior y el MI6 para el exterior, el primero atento a lo nacional y el segundo a lo internacional); 'Teniente Coronel Provisional en 1945; encargos especiales' (es decir, 'misiones') 'en el Caribe, el África Occidental y el Sudeste Asiático entre 1942 y 1946'. Eso era lo que acababa de leer—. El resto no nos concierne ahora, son mis méritos y publicaciones y empleos, bla bla bla —añadió.

—También Toby estuvo en el MI5, eso se contaba cuando yo enseñé aquí —dije—. Y bueno, la verdad es que en una ocasión él me lo confirmó.

—¿Te habló de eso? —preguntó Wheeler—. Es raro. Raro y hasta muy raro, debiste de ser de los pocos a los que habló. Él estuvo más bien en el MI6, los dos estuvimos en él durante la Guerra, como casi toda la gente de Oxford y Cambridge, quiero decir los que teníamos suficiente formación y desenvoltura y sabíamos lenguas, y habríamos sido de utilidad mucho menor en los frentes, además, aunque alguno nos tocó pisar también. Que nos reclutaran o reclamaran el MI6 o el SOE pronto no tuvo nada de particular, es más, se empezaron a nutrir de nosotros para las tareas y puestos de responsabilidad. —Se percató de que yo no conocía estas últimas siglas y me las aclaró—: Special Operations Executive, funcionó durante la Guerra tan sólo, del 40 al 45. No, miento, fue desmantelado oficialmente en el 46. De verdad y del todo, bueno, supongo que nada de lo que existe se desmantela nunca del todo ni de verdad. Eran eso, ejecutores, y bastante brutos: el MI6 se dedicaba a la investigación y la información, bien, llámalo espionaje y premeditado engaño; el SOE al sabotaje, la subversión, los asesinatos, la destrucción, el terror.

—¿Asesinatos? —Me temo que ante esta palabra uno nunca sabe reprimirse y callar, aún menos que ante su compañera el terror.

—Sí, claro. Ellos acabaron con Heydrich, por ejemplo, el Protector del Reich en Bohemia y Moravia, una de sus mayores hazañas, qué ufanos estaban, el año 42. Fueron dos resistentes checos

los que lanzaron granadas contra su automóvil y lo
ametrallaron, pero la operación la había concebido y organizado el Coronel Spooner, uno de los
jefes del SOE. Con escasa previsión, mal cálculo y
regular ejecución, por cierto, quizá hayas oído hablar de ese episodio o lo hayas visto en películas,
no sé si te ha interesado mucho la Segunda Guerra
Mundial. Heydrich no recibió heridas mortales de
necesidad; se creyó que salvaría la vida, y cada día
de su convalecencia (resultó ser su agonía, bien) lo
pagaban cien rehenes fusilados al anochecer. Tardó
en morirse una semana, imagínate, y si de hecho
murió fue, se dice, porque acabó por hacerle muy
lento efecto el veneno que llevaban las balas. Bueno,
eso según los alemanes: dijeron que habían sido impregnadas de toxina botulínica traída desde América por el SOE, no lo sé, puede que los médicos nazis metieran la pata, quisieran salvar el cuello y se
inventaran eso. Pero si la historia es cierta y Frank
Spooner mandó en efecto envenenar la munición,
ya podrían haberla untado con algo más rápido y
fulminante, ¿no?, quizá con curare, como los in-
dios sus flechas y lanzas, ¿no? —Y Wheeler se rió
un poco, sin alegría: por primera vez su risa me recordó a la de Rylands, que era breve y seca y un
poco diabólica y no sonaba aspirada *(ja, ja, ja)*, sino
plosiva, con una *t* claramente alveolar, como es
siempre la *t* en inglés: *Ta, ta, ta,* hacía. *Ta, ta, ta*—.
Claro que habría dado lo mismo, la rapidez. Cuando Heydrich murió por fin, los nazis exterminaron
a la entera población de Lidice, la aldea en que habían aterrizado con sus paracaídas los agentes del
SOE que dirigieron el atentado *in situ*. No quedó
un alma viva, pero eso no les bastó, así que reduje-

ron el lugar a escombros, lo nivelaron, lo borraron del mapa, resultaba extraño su fuerte sentido espacial, una cosa malsana, su inquina a los sitios, como si creyeran en el *genius loci*, su odio espacial. —'Eso también lo tenía Franco', pensé; 'y por encima de todo odió a mi ciudad, Madrid, porque no lo quiso ni se le rindió hasta el final'—. Eran algo brutos los hombres del SOE, a menudo actuaban sin calibrar si las consecuencias compensaban o no la acción. Algunos soldados los detestaban, los despreciaban. Leí hace unos meses en un libro de Knightley que el Jefe de Bombardeos, Sir Arthur Harris, los tildaba de aficionados, ignorantes, irresponsables y mendaces. Otros dijeron cosas peores. Su efecto más beneficioso fue psicológico, en realidad, y eso no es desdeñable: saber de su existencia y de sus proezas (que eran más bien leyenda) elevaba la moral en los países ocupados, allí se les suponían poderes de los que carecían, y mucha más inteligencia e infalibilidad y astucia de las que jamás tuvieron. Fallaron mucho, ya lo creo. Pero la gente cree lo que necesita creer, eso lo sabemos, y todo tiene su tiempo para ser creído. ¿Dónde estábamos? ¿Por qué hablamos de esto?

—Me contaba de la gente de Oxford y Cambridge que ingresaba en el MI6 o en el SOE. —Basta con que a uno le mencionen y expliquen un nombre para pasar a emplearlo con casi familiaridad. Wheeler había dicho la misma frase que Tupra, 'todo tiene su tiempo para ser creído', pensé si sería un lema, conocido por ambos. Mientras Wheeler hablaba yo había ido echando vistazos al resto de su nota biográfica que ya no nos concernía: un hombre lleno de distinciones y honores, españoles, portugueses, británicos, norteamericanos, Comendador de la Orden de Isabel la Católica, de la del Infante Dom Henrique. Vi que entre sus escritos estaba este título de 1955: *The English Intervention in Spain and Portugal in the Time of Edward III and Richard II.* 'Lleva la vida entera estudiando las injerencias de su país en el extranjero', pensé, 'desde el siglo XIV, desde el Príncipe Negro, quizá le surgió el interés tras su paso por el MI6'—. Dijo que Toby perteneció al primero.

—Ah sí. Ah ya. Bueno, tú sabes de nuestro privilegio: se nos considera preparados, capacitados por principio para cualquier actividad, tenga o no relación con nuestros estudios o nuestras disciplinas. Y bueno, esta Universidad lleva demasiados siglos interviniendo a través de sus vástagos en la gobernación de este país para que nos negásemos a colaborar cuando más se nos necesitaba. Tampoco se podía elegir entonces, no eran tiempos de paz. Aunque hubo quien lo hizo, hubo quien se negó. Y lo pagó, muy caro. Toda la vida. También quien fue agente doble y quien traicionó, habrás oído hablar de Philby, Burgess, Maclean y Blunt, su escándalo dosificado a lo largo de los años cincuenta y sesenta, y aun en los setenta, de Blunt nada se supo hasta el 79, cuando Mrs Thatcher decidió incumplir su pacto heredado y hacer público lo que él había confesado en secreto quince años antes, y así hundirlo bien, lo desposeyeron de todo, empezando ridículamente por su título de Sir. En fin, siendo tantos los enrolados, nada hay de extraño en que surgieran cuatro traidores de nuestras Universidades, por suerte fueron de la otra los cuatro, no de la nuestra, eso lleva medio siglo favoreciéndonos calladamente, un poco más. —'El rencor espacial, el castigo al lugar', pensé, 'también aquí'—. Bueno, cuatro: los Cuatro de la Fama del Círculo de los Cinco, pero ha habido muchísimos más. —No entendí a qué se refería: *'The Four of Fame from the Ring of Five'*, habían sido sus palabras en inglés. Pero esta vez mi ignorancia la disimulé hasta en el gesto, no deseaba que por ella tuviese que interrumpirse más. *'Ring'* podía ser 'anillo' también—. Yo entré, Toby entró, como tantos otros, no ha dejado de ser algo común, ni siquiera después de la Guerra, siempre han necesitado de todo y han ido a buscarlo a los mejores sitios, a los indicados. Y han necesitado siempre lingüistas, descifradores, gente que supiera idiomas: no creo que haya nadie de la SubFacultad de Eslavas aquí que no les haya prestado algún servicio alguna vez. No de campo, desde luego, ninguna misión, alguien de Eslavas estaba ya demasiado marcado por su profesión para serles útil allí, habría sido como enviar a un espía con un cartel en la frente que dijera 'Espía'. Pero sí los han requerido para traducir, hacer de intérpretes, descifrar, autentificar grabaciones y pulir acentos, realizar escuchas e interrogar, allí en Vauxhall Cross, o en Baker Street. Antes de la caída del Muro, claro está, ahora ya no los necesitan tanto, es el turno de los arabistas y los eruditos del Islam, éstos no se hacen aún verdadera idea de lo que les cae encima, no los dejarán en paz. —Me acordé entonces del cabezudo Rook, eterno traductor de Tolstoy y presunto e inverosímil amigo de Vladimir Nabokov, y de Dewar el Destripador, el Matarife, el Martillo y el Inquisidor (pobre Dewar aquejado de insomnio, y cuán injustos sus alias), que era hispanista pero leía a Pushkin en ruso, según descubrí, deleitándose con sus estancias yámbicas en alta o a media voz. Viejos conocidos de la ciudad de Oxford en la que había permanecido dos años pero siempre de paso, con casi todos había interrumpido el trato al regresar a Madrid. Cromer-Blake y Rylands muertos, con quienes había entablado mayor amistad. Clare Bayes de vuelta a su marido Edward Bayes, tal vez, o con un nuevo amante, en todo caso no quedaba hueco para mí como amigo, o para mí no había justificación, había sido secreta nuestra efusividad. Mantenía con Kavanagh un contacto esporádico, el jefe de mi SubFacultad, hombre divertido, gran hipocondriaco, quizá por eso escribía bajo aquel pseudónimo sus novelas de terror, dos formas distintas de adicción al pavor. Y Wheeler. Pero en realidad él era ya posterior a mi estancia, más bien una herencia de Rylands y su sucesor, su sustituto o relevo en mi vida, me enteraba ahora de su carácter familiar, el de la herencia y la sucesión, quiero decir. Wheeler se quedó pensativo un momento (quizá se apiadaba de algún arabista conocido suyo, y de su inminente sino acosado por el MI6), y luego retrocedió a algo anterior, insistió—: Es muy raro que Toby te contara nada de eso. A él no le gustaba que se supiera, ni recordar. Como de hecho tampoco a mí, no creas ahora que voy a relatarte andanzas en el Caribe ni en el África Occidental ni en el Sudeste Asiático, según las imprecisas acusaciones del *Who's Who*. ¿Qué te dijo en aquella ocasión? ¿Te acuerdas de cómo fue?

Sí me acordaba, palabra por palabra casi, en ninguna otra ocasión Rylands me había hablado con tanta intensidad, tan entregado a su memoria y prescindiendo tanto de su voluntad. Era cierto: no le gustaba recordar en compañía, y no quería dejar saber.

—Hablábamos de la muerte —dije. 'Lo grave de que la muerte se acerque no es la propia muerte con lo que traiga o no traiga, sino que ya no se podrá fantasear con lo que ha de venir', había dicho Rylands sentado en una silla de su jardín junto al mismo río pausado que ahora veíamos, el río Cherwell de terrosas aguas, sólo que la casa de Rylands daba a un tramo más selvático, más feérico, y mucho menos sosegador. A veces aparecían cisnes, a los que él lanzaba trozos de pan.

—¿De la muerte? También eso es raro —comentó Wheeler—. Es raro que hablara Toby, y es raro que nadie hable, más aún si ya se cuenta con ella, por enfermedad o por edad. O por carácter, también. —'Wheeler ya cuenta', pensé, 'pero más por su inteligencia que por su edad.'

—Cromer-Blake estaba ya muy enfermo, nos temíamos lo que luego pasó. Hablar de eso, y del poco tiempo, llevó a Toby a hacer recapitulación. —'Yo he tenido lo que se llama comúnmente una vida plena, o así la considero yo', había dicho Rylands. 'No he tenido mujer ni hijos, pero creo haber tenido una vida de conocimiento, que era lo que me importaba. Nunca he dejado de saber más de lo que sabía antes, y es indiferente dónde quieras poner ese *antes*, aunque sea hoy, aunque sea mañana.'

—¿Y te contó entonces lo que había hecho, te contó de sus andanzas? —me preguntó Wheeler, creí notar un poco de aprensión en su voz, como si pudiera estarse refiriendo a algo más concreto que haber colaborado con el MI6, que en el fondo, en Oxford, era algo intrascendente, vulgar.

—Quiso explicarme que él había tenido una vida plena, que no se había limitado al estudio y al conocimiento y a la enseñanza, como podía parecer —contesté. 'Pero también he tenido una vida plena porque esta vida ha tenido acción, e imprevistos', había dicho Rylands—. Y fue entonces cuando me confirmó lo que yo había oído como rumor por ahí: que había sido espía, esa fue la palabra que usó. Y yo deduje que había pertenecido al MI5, no se me ocurrió pensar en el MI6, quizá porque éste nos suena menos a los españoles.

—Eso te dijo. —No hubo tono de interrogación—. Usó esa palabra, hmm —murmuró Wheeler, como hacía tanta gente en Oxford, y Rylands también—. Hmm. —Vi a Peter tan meditativo y curioso que me pareció egoísta y de mal amigo no ampliarle el contexto, que tan bien recordaba, y no citarle *verbatim* a su hermano menor—. Hmm —musitó otra vez.

—'Yo he sido espía', me dijo, 'como seguramente has oído y como lo han sido tantos de nosotros porque eso puede ser parte de nuestra tarea; pero no de oficina, como lo son ese Dewar de tu departamento y la mayoría, sino de campo'. —Noté en los ojos de Wheeler que acusaba la coincidencia con algunas de las expresiones que acababa él de emplear.

—¿Dijo algo más? —preguntó.

—Sí, dijo más: habló un rato seguido, casi como si yo no estuviera, y añadió algunas cosas. Por ejemplo dijo: 'Yo he estado en la India y en el Caribe y en Rusia, y he hecho cosas que ya no puedo contar a nadie porque resultarían ridículas y no se creerían, yo sé bien lo que se puede contar y lo que no se puede según los tiempos, porque he dedicado mi vida a saberlo en la literatura, y lo distingo'.

—Tenía razón Toby en eso, hay cosas que ya no pueden contarse aunque hayan pasado, o difícilmente. Los hechos de guerra suenan pueriles en los tiempos de relativa paz, y que algo haya ocurrido no es suficiente para admitir su relato, no basta con que sea cierto para resultar plausible. La verdad se vuelve inverosímil a veces con el paso del tiempo; se aleja, y entonces parece fábula, o ya no más la verdad. A mí mismo me parecen ficticios episodios que yo he vivido. Episodios importantes, pero de los que el tiempo que sigue comienza a dudar, quizá no tanto el propio, el de uno, cuanto las épocas, son las épocas nuevas las que rebajan lo anterior y lo que ellas no vieron, no sé, casi como si le tuvieran celos. A menudo el presente infantiliza el pasado, tiende a convertirlo en fantasioso y pueril, y así nos lo deja inservible, nos lo estropea. —Hizo una pausa, asintió con la cabeza al cigarrillo que dubitativamente me había llevado a los labios tras beberme el café (no sabía si podía molestarlos el

humo a aquellas horas). Miró por la ventana hacia
el río, hacia su tramo de río más civilizado y ar-
mónico que el de Toby Rylands. Había perdido
momentáneamente toda prisa y toda impaciencia,
suele ocurrir eso cuando se rememora a los muertos—. Quién sabe si no morimos por eso, en parte:
porque se nos anula del todo lo que hemos vivido, y
entonces caducan hasta nuestros recuerdos. Caducan las vivencias primero. Y luego también nuestros recuerdos.

—También todo tiene su tiempo para *no*
ser creído, es eso, ¿verdad?

Wheeler sonrió vagamente, como a su pesar.
No le pasó inadvertida mi inversión de su frase de
hacía poco, del lema posible que compartía con Tupra, si es que era un lema y no una coincidencia de
sus pensamientos, una afinidad más entre ambos.

—Pero aun así te contó —murmuró entonces Wheeler, y más que aprensión creí notar ahora
fatalidad o vencimiento o resignación en su voz,
es decir, rendición.

—No se crea, Peter. Contó y no contó.
Aunque se abstrajera a veces, él nunca perdía del
todo su voluntad, creo yo, ni decía más de lo que
tenía conciencia de querer decir. Aunque fuera
una conciencia remota o recóndita, o amortigua-
da. Exactamente igual que usted.

—¿Qué más contó y no contó, así pues?

—Dejó de lado mi última observación, o se la guardó para más adelante.

—En realidad no contó, sólo dijo. Dijo:
'Nada de esto debe ya ser contado, pero yo he corrido riesgos mortales y he delatado a hombres contra los que no tenía nada personalmente. Yo he

salvado vidas y a otra gente la he enviado al paredón o a la horca. Yo he vivido en África, en lugares inverosímiles y en otras épocas, y he visto matarse a la persona que amaba'.

—¿Eso dijo, 'he visto matarse...'? —No repitió entera la frase. Era grande la sorpresa de Wheeler, o era irritación acaso—. ¿Y eso fue todo? ¿Dijo quién, cómo fue?

—No. Recuerdo que se paró en seco entonces, como si su voluntad o su conciencia le hubieran dado a su memoria un aviso, para que no se extralimitara; luego añadió: 'Y asistí a combates', me acuerdo bien. Después siguió hablando, pero de su presente. Ya no dijo más de su pasado, o sólo en términos muy generales. Aún más generales.

—¿Puedo saber qué términos fueron esos? —La pregunta de Wheeler no sonó autoritaria, sino más bien tímida, como si me pidiese permiso; fue casi un ruego.

—Cómo no, Peter —le contesté, y en verdad no hubo reserva ni insinceridad en mi tono—. Dijo que su cabeza estaba llena de recuerdos nítidos y fulgurantes, espantosos y exaltadores, y que quien pudiera verlos en su conjunto como él los veía pensaría que eran suficiente para no querer más, para que la sola rememoración de tantos hechos y tantas personas emocionantes llenara los días de la vejez más intensamente que el presente de tantos otros. —Me detuve un instante, para darle tiempo a escuchar las palabras interiormente—. Con bastante aproximación, esos fueron sus términos o eso vino a decir. Y añadió que no era así, sin embargo. Que no era así, en su caso. Dijo que seguía queriendo más. Dijo que aún lo quería todo.

Ahora Wheeler pareció a la vez aliviado y entristecido e inquieto, o tal vez no era una cosa ni la otra ni otra, sino conmovido. Seguramente en su caso tampoco era así, por muchos recuerdos fulgurantes y nítidos que conservara. Seguramente nada llenaba bastante los días de su vejez, pese a sus maquinaciones y esfuerzos.

—Y tú le creíste todo eso —dijo.

—No tenía por qué no —contesté—. Y además habló con verdad, eso lo sabe uno a veces sin asomo de duda, que alguien habla con verdad. No son muchas, eso es cierto —añadí—. En las que no quepa ni la menor duda.

—¿Recuerdas cuándo fue eso, aquella conversación?

—Sí, era Hilary de mi segundo curso aquí, hacia finales de marzo.

—Eso es un par de años antes de su muerte, ¿verdad?

—Más o menos, quizá algo más. Puede que por entonces ni siquiera nos hubiera presentado aún, a usted y a mí. Usted y yo debimos de coincidir por primera vez ya en Trinity de aquel año, poco antes de mi regreso definitivo a Madrid.

—Teníamos ya edad, Toby y yo, muy eméritos los dos. Nunca creí que yo fuera a tener tanta más, no sé cómo la habría él llevado, toda esa que se me ha añadido, y a él no. Probablemente mal, peor que yo. Era más quejoso porque también era más optimista, y por lo tanto más pasivo, ¿no le parece, Estelle?

Me sorprendió que de pronto llamara a la señora Berry por su nombre de pila, nunca se lo había oído, y no eran pocas las veces en que él había estado solo conmigo y aun así se había dirigido a ella siempre como 'Mrs Berry'. Pensé si la índole de la conversación no tendría algo que ver. Como si con ella me estuvieran abriendo una puerta o varias (no sabía aún cuál ni cuántas), entre ellas la de su cotidianidad sin testigos. Ella siempre lo llamaba *'Professor'*, que no significa 'profesor' en Oxford, sino más bien catedrático o jefe de departamento, luego hay tan sólo un *Professor* en cada SubFacultad, y los demás son meros *dons*. Y esta vez la señora Berry le correspondió y le dijo asimismo 'Peter' a secas. Así debían de llamarse cuando estuvieran a solas, Peter y Estelle, pensé. Imposible saber si se tuteaban, en cambio, ya que en el actual inglés no hay distinción alguna entre el 'tú' y el 'usted', *only 'you'*.

—Sí, Peter, tiene razón. —Decidí imaginar que habrían conservado el 'usted', de haberse hablado en español, como yo se lo conservaba mentalmente a Wheeler cuando me dirigía a él en su lengua—. Él confiaba en que las personas vinieran y las cosas llegaran por sí solas, así que se decepcionaba más. No sé si era más optimista o más orgulloso. Pero no iba por ellas. No iba a buscarlas como usted. —El tono calmado y discreto de la señora Berry fue sin embargo el habitual, no percibí la menor variación.

—No son características excluyentes, Estelle, el orgullo y el optimismo —le respondió un Wheeler levemente profesoral—. Fue él quien me habló de ti —dijo a continuación mirándome, y en él sí hubo un claro cambio de tono respecto a los últimos que había empleado: se le había disipado la bruma (la aprensión o la irritación posible o la fatalidad), como si tras unos momentos de alarma lo hubiera tranquilizado comprobar que yo no sabía demasiado de Rylands pese a sus confidencias improvisadas de aquel día de Hilary de mi segundo año en Oxford. Que su rememoración no había traicionado del todo a su voluntad en mi presencia, y quizá en la de nadie nunca, así pues. Que yo sabía de su pasada condición de espía y de algunos imprecisos hechos sin fecha ni lugar ni nombres, pero nada más. Volvió a sentirse con dominio de la situación tras su breve desequilibrio, se lo noté en los ojos, se lo noté en el dejo algo didáctico de la voz. Sin duda lo desazonaba descubrir que no poseía todos los datos, si había creído que sí, y ahora dio por sentado que de nuevo contaba con todos, con los que le hacían falta o le proporcionaban holgura y comodidad. A la luz de la mañana algo avanzada se le veían muy transparentes los ojos, no tan minerales como solían sino mucho más líquidos, como eran los de Toby Rylands o su derecho al menos, el que tomaba el color del jerez o el color del aceite según lo iluminara el sol, y predominaba y asimilaba al otro cuando se los contemplaba a distancia: o quizá es que uno se atreve a encontrar más parecidos entre las personas cuando se sabe apoyado por la consanguinidad de éstas. Wheeler no me había explicado todavía nada de aquel parentesco ignorado hasta entonces, pero apenas si me había costado aplicarle esa corrección a mi pensamiento y no verlos ya más como amigos, sino como hermanos. O como hermanos además de amigos, esto en todo caso debían de haberlo sido. Los ojos de Wheeler me parecieron ahora casi dos gotas gruesas de vino rosado—. Fue Toby quien

me adelantó que tú podías ser como nosotros, tal
vez —añadió.

—¿En qué sentido como nosotros? ¿Qué
quiere decir? ¿Qué quiso decir?

Wheeler no me contestó directamente. La
verdad es que lo hacía muy rara vez.

—Ya no queda apenas gente así, Jacobo.
Nunca hubo mucha, más bien poquísima, de ahí lo
reducido que siempre fue el grupo, y lo disperso.
Pero en estos tiempos la escasez es absoluta, no es
tópico ni exageración decir que estamos en vías de
galopante extinción. Nuestros tiempos se han hecho ñoños, melindrosos, en verdad mojigatos. Nadie quiere ver nada de lo que hay que ver, ni se atreve a mirar, todavía menos a lanzar o arriesgar una
apuesta, a precaverse, a prever, a juzgar, no digamos a prejuzgar, que es ofensa capital, oh, es de lesa
humanidad, atenta contra la dignidad: del prejuz-
gado, del prejuzgador, de quién no. Nadie osa ya
decirse o reconocerse que ve lo que ve, lo que a menudo está ahí, quizá callado o quizá muy lacónico,
pero manifiesto. Nadie quiere saber; y a saber de
antemano, bueno, a eso se le tiene horror, horror
biográfico y horror moral. Se requieren para todo
demostraciones y pruebas; el beneficio de la duda,
lo que así se ha llamado, lo ha invadido todo, sin
dejarse una sola esfera por colonizar, y ha acabado
por paralizarnos, por hacernos formalmente ecuá-
nimes y escrupulosos e ingenuos, y en la práctica
idiotas, completos necios. —Esta última palabra la
dijo así, en español, sin duda porque en inglés no
existe ninguna que se le asemeje fonética ni etimo-
lógicamente: 'utter necios', le salió al mezclar—.
Necios en sentido estricto, en el sentido latino de

nescīus, el que no sabe, el que carece de ciencia, o como dice vuestro diccionario, ¿conoces la definición que da? 'Ignorante y que no sabe lo que podía o debía saber', te das cuenta: *lo que podía o debía saber*, es decir, el que ignora a conciencia y con voluntad de ignorar, el que rehúye enterarse y abomina de aprender. El satisfecho insipiente. —Y tanto para la cita como para este adjetivo último recurrió también al español: siempre se recuerdan términos de las lenguas ajenas que sus hablantes ya no usan ni casi conocen—. Y es así, para necia, como se educa a la gente desde la niñez, en nuestros países tan pusilánimes. No es una evolución ni una degeneración naturales, no es casual, sino algo procurado, deliberado, institucional. Todo un programa para la formación de conciencias, o para su anulación (para la anulación del carácter, *ça va sans dire!*). Hoy se detesta la certidumbre: eso empezó como moda, quedaba bien ir contra ellas, los simples las metieron en el mismo saco que a los dogmas y las doctrinas, los muy ramplones (y hubo entre ellos intelectuales), como si todo fueran sinónimos. Pero la cosa ha hecho fortuna, ha arraigado, y hasta qué punto. Hoy se aborrece lo definitivo y seguro, y en consecuencia lo ya fijado en el tiempo; y es en parte por eso por lo que también se detesta el pasado, a menos que se logre contaminarlo con nuestra vacilación, o que pueda contagiárselo de la indefinición del presente, ya se intenta sin cesar. Hoy no se tolera saber que algo ha sido; que haya sido ya y haya sido así, como fue, a ciencia cierta. En realidad no se tolera no ya saberlo, sino su mero haber sido. Sin más, sólo eso: que haya sido. Sin nuestra intervención, sin nuestra ponderación, cómo decir, sin nuestra indecisión infinita ni nuestra escrupulosa aquiescencia. Sin nuestra tan querida incertidumbre como imparcial testigo. Esta época es tan soberbia, Jacobo, como no ha habido otra desde que yo estoy en el mundo (ríete tú de Hitler), y se me hace difícil creer que la pudiera haber antes. Ten en cuenta que cada día que me levanto he de hacer un notable esfuerzo, y recurrir a la ayuda de amigos más jóvenes como tú mismo, para olvidarme de que guardo memoria directa de la Primera Guerra Mundial, o como la llamáis vosotros para mis mayores escozor y escarnio, de la Guerra del 14. Ten en cuenta que una de las primeras palabras que yo aprendí o retuve, a fuerza de oírla, fue 'Gallípoli', parece increíble que ya viviera cuando ocurrió aquella matanza. Tan soberbia es la época que en ella se da un fenómeno que yo imagino sin precedentes: el rencor que hacia el pasado siente el presente: hacia lo que osó suceder sin nosotros aquí, sin nuestra cauta opinión ni nuestro dubitativo consentimiento, y lo que todavía es peor, sin nuestro provecho. Lo más extraordinario es que ese resentimiento no obedece, en apariencia al menos, a la envidia de esplendores pretéritos que se fueron sin incluirnos, a la aversión por una excelencia de la que tuviéramos percepción y a la que no contribuimos, que no probamos y nos perdimos, que nos desdeñó y no presenciamos, porque la jactancia de nuestro tiempo es de tal calibre que no puede admitir la idea, ni siquiera la sombra o la niebla o el vaho de ninguna superioridad antigua. No, es tan sólo el rencor hacia lo que no ha podido abarcarse y nada nos debe, hacia lo que ya concluyó y por tanto se nos escapa. Escapa a nuestro control y a nuestras maniobras y decisiones, por mucho que los gobernantes vayan hoy pidiendo perdón por las tropelías de sus antecesores, y hasta viendo de repararlas con ofensivos dineros a los descendientes de los dañados, y por mucho que esos descendientes se los embolsen de grado y aun los reclamen, a su vez unos aprovechados, unos caraduras. No se ha visto estupidez mayor ni mayor farsa, por ambas partes: cinismo en los que dan, cinismo en los que reciben. Y un acto más de soberbia: ¿cómo se arrogan un Papa, un Rey o un Primer Ministro el derecho a atribuir a su Iglesia, a su Corona o a su país, a los de su tiempo, las culpas de sus predecesores, las que éstos nunca vieron así ni reconocieron hace siglos? ¿Quiénes se creen que son nuestros representantes, nuestros gobiernos, para pedir perdón en nombre de quienes fueron libres de hacer e hicieron, y ya están muertos? ¿Quiénes son para enmendarlos, para contradecir a los muertos? Si fuera sólo simbólico, sería una memez, nada más, engolamiento y propaganda. Pero no hay simbolismo posible si además hay 'compensaciones', grotescamente retrospectivas y nada menos que monetarias. Cada persona es cada persona y no se prolonga en sus remotos vástagos, ni siquiera en los inmediatos, que a menudo son infieles; y de nada sirven estas transacciones y gestos a quienes fueron damnificados, a quienes se persiguió y torturó, se esclavizó y asesinó de veras en su única y verdadera vida: esos están bien perdidos en la noche de los tiempos y en la de las infamias, que sin duda no será menos larga. Ofrecer o aceptar disculpas ahora, vicariamente, exigirlas o presentarlas por el mal infligido a unas víctimas que nos son ya informes y abstractas, es una burla, y no otra cosa, de sus carnes chamuscadas concretas y sus cabezas segadas, de sus pechos agujereados concretos, de sus huesos partidos y sus gargantas cortadas. De sus concretos y desconocidos nombres de los que fueron privados o a los que renunciaron. Una burla del pasado. No se lo soporta, no, el pasado; no soportamos no poder remediarlo, no haberlo podido conducir, dirigir; ni evitarlo. Así que se lo tergiversa o se lo truca o altera si resulta posible, se lo falsea, o bien se hace de él liturgia, ceremonia, emblema y al final espectáculo, o simplemente se lo mueve y remueve para que parezca que intervenimos a pesar de todo y aunque esté ya bien fijado, de eso hacemos caso omiso. Y si no lo es, si no es posible, se lo borra entonces, se lo suprime, se lo destierra o expulsa, o se lo sepulta. Eso se consigue, Jacobo, lo uno o lo otro se logra demasiadas veces porque el pasado no se defiende, no está en su mano. Y así hoy nadie quiere enterarse de lo que ve ni de lo que pasa ni de lo que en el fondo sabe, de lo que ya se intuye que será inestable y movible o será incluso nada, o en un sentido no habrá sido. Nadie está dispuesto por tanto a saber con certeza nada, porque las certezas se han abolido, como si estuvieran apestadas. Y así nos va, y así va el mundo.

La mirada de Wheeler se había adensado e iluminado mientras hablaba, sus ojos me parecieron gotas de moscatel ahora. No era sólo que le gustara perorar, como a cualquier antiguo conferenciante o docente. Era también que la índole de aquellas reflexiones suyas lo encendía por dentro y un poco por fuera, como si la cabeza ardiente de una cerilla le chisporroteara en cada pupila. Él mismo se dio cuenta, cuando se detuvo, de que estaba agitado, y por eso no tuve reparo en enfriarlo con mi respuesta, o en decepcionarlo, la expresión inquieta de la señora Berry —entre los dos escindida— me recordó que mucha excitación dialéctica lo perjudicaba.

—Usted me perdonará, Peter, pero lamento confesarle que no entiendo del todo lo que me está diciendo —le contesté, aprovechando su pausa (que en principio quizá era sólo para tomar aliento)—. No he descansado mucho y debo de estar muy torpe, pero la verdad es que no sé bien de qué me habla.

—Dame un cigarrillo —dijo. No solía fumarlos. Le alcancé mi paquete. Cogió uno, se lo alumbré, lo sostuvo entre los dedos con poca maña, dio dos caladas y en seguida lo vi apaciguarse, para eso sirve el tabaco a veces, digan los médicos lo que quieran—. Ya sé, ya sé. Parece que divago, pero no estoy divagando, no en realidad, Jacobo. He estado hablándote de lo que estamos hablando, no me retires la atención, no te equivoques. No he olvidado lo que me has preguntado. Qué he querido decir, y a qué se refería Toby cuando me avisó de que tú podías ser como nosotros, es eso, ¿no?

—Eso es, exacto. ¿Y qué fue lo que quiso decir? Aún no me lo ha explicado.

—Sí te lo estoy explicando. Pero espera. —La ceniza empezó ya a crecerle. Le arrimé el cenicero, pero aún no hizo caso—. Aunque estuvimos separados durante bastantes años y sin saber uno del otro, conocía bien a Toby, y en algunas cuestiones me fiaba mucho de su criterio (no en todas, desde luego, poca confianza tenía en sus juicios literarios). Pero lo conocía más o menos, tanto al niño que ya estaba también en el mundo cuando mandaron a nuestros mayores al matadero en Gallípoli con los australianos..., todos como cochinos, algunos con sus bayonetas tan sólo, sin balas..., cuanto al jubilado colega universitario y vecino del río de sus últimos años; vecinos cuando yo venía, claro. Cuando coincidíamos. —Hizo un breve inciso rememorativo e histórico, tal vez el que había aplazado para acabar su anterior frase; hizo, así, otra pausa—: ('Anzac', los llamaron, no sé si lo sabes: un acrónimo de Australian and New Zealand Army Corps; y los Anzacs, así en plural, fue el nombre hoy glorioso de aquellos inútiles sacrificados nuestros, los de Chunuk Bair, los de Suvla... Tantos ha habido en mi tiempo, y tantos por eso, por no ver lo que estaba a la vista y no saber lo que era sabido, tantos en el transcurso de una sola vida. La mía es larga, de acuerdo, pero es sólo una. Da miedo pensar en los sacrificados que ha habido y que seguirá habiendo por eso, por no atreverse y no querer... Cuánto desperdicio.) Llevamos vidas sorprendentemente paralelas, Toby y yo, para habernos despedido el uno del otro en la preadolescencia, y haberse él mudado de país y de continente. Quiero decir en nuestras carreras, en lo accesorio, fue gracioso que obtuviéramos sendas cátedras en la misma Universidad inglesa (y no cualquiera) al cabo del tiempo. No fue tan casual, en cambio, que ambos formáramos parte del grupo, yo lo recluté a él, supongo. La historia de nuestros apellidos es trivial, te lo he advertido, no gran misterio. Nuestros padres se divorciaron cuando teníamos unos ocho y nueve años respectivamente, hacia 1922 o por ahí, él un año menor, ya te he dicho. Nos quedamos con mi madre, entre otras razones porque nuestro padre corrió a apartarse, yo creo que no quiso ver cómo mi madre iba a acercarse a otro hombre más pronto o más tarde, él estaba seguro (aunque eso lo creo ahora; bueno, y desde hace tiempo). Se trasladó a Sudáfrica, y pareció no echarnos demasiado en falta. Tanto lo pareció, y durante años eternos, que lo tomé por indudable y cierto, y el rencor se me hizo fácil. Nuestro abuelo materno, nuestro abuelo Wheeler, decidió hacerse cargo de sus dos nietos, económicamente hablando. Y como sólo tenía esos, apellidados Rylands como era lógico, mi madre, nada experta sin duda en la psicología de los preadolescentes, cambió su nombre y el nuestro, es decir, recuperó el suyo de soltera y también nos lo colocó a nosotros: una forma de perpetuar al abuelo, imagino, nominalmente; quién sabe si él no la impuso. La cosa se hizo oficial a todos los efectos en 1929, mediante escritura legal —'by deed poll', fue la expresión inglesa, la había visto en el Who's Who—, pero ya veníamos utilizando ese apellido Wheeler desde poco después del divorcio. Así estábamos inscritos en el colegio, y así se nos conocía ya en Christchurch, donde nacimos. La medida de la pobre Rita, mi madre, fue una probable muestra de gratitud o una compensación al abuelo, su padre, y una más probable y pueril represalia contra el nuestro, su ex-marido Hugh. Casi de un día a otro pasamos de sentirnos Peter y Toby Rylands a ser los hermanos Wheeler, sin padre y sin patronímico sensu stricto. Pero así como yo no protesté por ello (luego me he dado cuenta de la turbación, de los desarreglos, cómo decir: de que el rótulo de una identidad no se cambia impunemente), Toby se rebeló desde el primer momento. Seguía contestando 'Toby Rylands' cuando le preguntaban su nombre y así seguía firmando en el colegio, hasta en los exámenes. Y al cabo de dos o tres años de forcejeos y de infelicidad evidente, no sé, a los once, expresó su estridente deseo no sólo de conservar su apellido de siempre, sino de irse a vivir con su padre. Le tuvo más afecto que yo, más admiración, más camaradería y más dependencia; era más sentimental, a la media o a la larga no debió de tolerar perdernos a mí y a mi madre, aunque jamás me lo dijo, en efecto era orgulloso; pero a su padre lo echó más de menos, inmensamente; y el rencor que yo desarrollé en contra de él, a Toby fue creciéndole contra nuestra madre. Por asimilación o por intuición, también contra nuestro abuelo Wheeler, al que nunca consiguió no ver como a un suplantador o rival de su padre, quizá el abuelo no era tan paternal con su hija. Y yo no me salvé tampoco, ningún Wheeler. El disgusto y la hostilidad de Toby se hicieron tan insoportables, para él y para nosotros, que al final mi madre accedió a su traslado, en el caso de que nuestro padre estuviera dispuesto a llevárselo y cargar con él, lo cual parecía improbable. Que mi padre lo aceptara contra todo pronóstico (o contra el mío, un *desideratum* más que otra cosa, he comprendido más tarde) contribuyó no poco a que quisiera eliminarlo a él de mi conciencia enteramente, como si nunca hubiera existido, y asimismo, por asimilación y por despecho, a que casi lograra suprimir a mi hermano de mis recuerdos, que lo había preferido a él y se había marchado.

Bueno, ya sabes, nos ocurre siempre, en la edad adulta y aun en la vejez, te lo aseguro: pero en la infancia es aún más acusada la sensación de abandono y desdicha (y de traición: es eso: de deserción sufrida) para el que permanece quieto, allí donde estaba, mientras otros se largan y desaparecen. También cuando los otros se mueren, la impresión no es muy distinta, para mí al menos, algo de rencor guardo a mis muertos. Él se fue a Sudáfrica y yo me quedé en Nueva Zelanda. No es que aquello fuera mejor, Sudáfrica, ninguna razón objetiva para creerlo, pero para mí se convirtió entonces en un lugar infinitamente más atractivo, y pronto empecé a impacientarme, a desear que me llegara la edad universitaria que me haría salir del país, tal vez, en mi percepción, ensombrecido y menguado por las ausencias, y venir aquí. Lo hice por fin a los dieciséis años, metido en un barco tan lento que pareció no ir a arribar a destino, llamándome ya Wheeler oficialmente. Yo no lo recuerdo ni tampoco lo creo cierto, porque alguna clase de posterior agravio he sentido respecto a mi cambio de nombre, el cambio *de facto* más que el *de iure*, pero decía mi madre que la escritura legal se tramitó por mi conveniencia, si es que no por complacerme. Es verdad que en los años veinte y aun en los treinta todo era más fácil y natural, y en muchos aspectos se era más libre que ahora: ni el Estado ni la justicia regulaban ni intervenían tanto, dejaban respirar y moverse, eso está hoy acabado, nuestra obsesión tutelar no existía, ni se habría consentido. Así que es posible que al cabo del tiempo mi nombre hubiera sido Wheeler de todas formas y a cualquier efecto sin necesidad de papeleos, sancionado por el uso y por la costumbre, del mismo modo que Toby pudo irse con su padre tras el mero acuerdo de los progenitores y el visto bueno de mi madre, sin que ninguna autoridad ni juez, que yo sepa, se entrometieran en cuestión tan privada. Fuera como fuese, fue entonces cuando pasé a llamarme Wheeler *también* legalmente, y de muy buen grado. No hace falta decir que la escritura me afectó a mí nada más, y no a Toby (sólo habría faltado), de quien hacía ya cuatro años que apenas sabía. No mantuvo contacto directo, o bueno, ni él ni yo lo procuramos. De tarde en tarde tenía alguna vaga noticia suya a través de mi madre, a quien a su vez llegaban sobre todo, me temo, a través de nuestro padre. Y él tendría algunas mías por el mismo conducto a la inversa. Vagas, siempre vagas. Así que yo nací 'Peter Rylands' y lo fui hasta los nueve o diez años, si es que no hasta los dieciséis *in partibus*. Pero no te creas, él también fue 'Toby Wheeler' durante un periodo, bien que a su pesar, desde luego: no sabes cómo se mortificaba con eso en nuestro colegio de Christchurch, por ejemplo cuando pasaban lista. No suele ocurrir con el que al nacer le dan a uno, pero de Toby puede decirse en justicia que, además de recibirlo, conquistó o se ganó su nombre. —Wheeler cambió de expresión un instante, y ya supuse, al ver la nueva, que ahora venía alguna observación irónica o humorística—. Y eso que con el de pila nunca estuvo muy conforme, el mismo que el de nuestro abuelo Wheeler, le tocó a él, mala suerte. De haber sido ese el sometido a cambio, lo habría aceptado con gusto, estoy seguro. Y a lo mejor habríamos seguido juntos entonces, quién sabe. Decía que le recordaba al pesadísimo caballero de *No-*

che de Reyes, Sir Toby Belch —en realidad dijo *'Twelfth Night'*, no iba a llamar él de otro modo a esa obra de Shakespeare—, sabes lo que significa *'belch'*, ¿verdad? Luego, ya de adulto, se reconcilió con el nombre un poco, cuando leyó *Tristram Shandy*, gracias al personaje del Tío Toby. —Y Wheeler pareció dar por terminadas aquí sus explicaciones sobre Wheeler y Rylands, porque añadió a manera de cierre—: Ya ves. Te lo he dicho. Una historia trivial. Un divorcio. El apego a un nombre. A una madre. A un padre. Una segregación. La aversión a otro nombre. A una madre. Y a un abuelo. A un padre. —Estaba mezclando las dos subjetividades, la suya y la de su hermano—. No gran misterio. —Tuve entonces la impresión, por la lentitud con que las fue soltando, de que esperaba una refutación mía a esas palabras, ahora que me había relatado la historia; pero si fue así, no la obtuvo. Él debía saber que no era trivial en modo alguno (aquella separación de los bandos tan drástica; Rylands diciéndome en su día 'cuando salí de África por primera vez', como si allí hubiera nacido y negando sin más, por tanto, sus diez u once iniciales años en Nueva Zelanda, en otro continente aunque fueran islas), y que en ella sí había misterio, por mucha naturalidad que hubiera puesto al contarla. Y la debía de haber contado tan sólo en parte: no había contado el misterio mismo, sino la parte que lo bordeaba, o que como una flecha lo señalaba.

—¿Y luego? —le pregunté— ¿Cuándo volvieron a encontrarse?

—Ya en Inglaterra, mucho más tarde. Para entonces yo era ya Wheeler de veras y él era Rylands. Creo que ya era el que soy, si soy el que creo ser. Yo lo busqué, no nos encontramos. No exactamente. Pero esa es otra historia.

—Seguro que lo es —respondí, acaso un poco impacientado sin querer estarlo: el escaso sueño me pasaba factura en algunos momentos, y lo que a uno lo atañe tiene mala espera, aunque sea sólo un comentario—. E imagino que en algún punto de ella se esconderá la respuesta a mi ya vieja y por usted provocada pregunta: en qué podía ser yo como ustedes dos, según Toby. No irá a decirme que era por mi variable nombre de pila, ya sabe: usted y otros me llaman Jacobo, pero Luisa y muchos más me dicen Jaime, y hasta los hay que me conocen por Diego o Yago. Por no hablar de Jack, aquí en Inglaterra. No es nada infrecuente.

Wheeler notó mi leve impaciencia, esas cosas no se le escapaban. Vi que lo divertía, en absoluto lo azoraba, ni lo apremiaba.

—Yo lo llamo Jack, por ejemplo —dijo tímidamente la señora Berry—. Espero que eso no lo incomode..., Jack. —Y esta vez dudó al pronunciar el nombre.

—En modo alguno, Mrs Berry.

—¿Y por cuál te conoces tú a ti mismo? —aprovechó Wheeler para preguntarme.

No lo tuve que pensar ni un segundo.

—Por Jacques. Es así como me lo aprendí, y lo hice mío de niño. Aunque así no me haya llamado casi más que mi madre. Ni siquiera me lo concede mi padre.

—Ahí lo tienes —dijo Wheeler en tono absurdamente demostrativo. *'There you are'*, fue su expresión, que no se me ocurre traducir aquí de otra forma—. Pero no, Toby no se refería a eso, ni yo tampoco —añadió en seguida—. Él me había hablado bastante de ti, antes de que tú y yo nos conociéramos. De hecho, en parte, llegamos a conocernos por eso, él despertó mi curiosidad. Que tú podías ser como nosotros acaso... Eso me lo había adelantado, y me lo confirmó después en alguna ocasión en que surgió hablar del viejo grupo. Pero claro, tú ya no vivías aquí por entonces, ni podía pensarse que fueras a regresar algún día para quedarte. Descuida, no quiero decir que ahora te vayas a quedar para siempre, estoy seguro de que volverás a Madrid más pronto o más tarde, los españoles no aguantáis alejados de vuestro país demasiado tiempo; aunque seas madrileño, sois los menos añorantes. Pero has regresado para quedarte indefinidamente en principio, valga la contradicción relativa, y eso ya es mucho regreso. Así que lo que Toby opinaba adquiere de pronto póstumamente, cómo decirlo, un suplemento de interés práctico. Sobre todo porque yo también lo opino (al fin y al cabo él ya no tiene influencia, ni ya pueden apretarlo), tras haberte frecuentado bastante desde su muerte. Intermitentemente, desde luego, pero van siendo muchos años. En sus juicios literarios no confiaba gran cosa, ya te he dicho. Pero sí en cambio en los personales, en sus juicios sobre las personas, en su interpretación y anticipación, las veía, o como decís vosotros, las calaba. —Y estas últimas dos palabras las dijo en mi lengua—. En eso rara vez se equivocaba, era poco menos que infalible. Casi tanto como yo. —Rió un segundo estudiadamente, para anular o rebajar la inmodestia—. Posiblemente más que nuestro amigo Tupra, que es muy bueno, o que esa chica que tiene tan competente, supongo, a vosotros os ha tocado una época que no pone tanto a prueba: también española, esa chica, o sólo a medias, me ha hablado varias veces de ella pero nunca consigo recordar su nombre, dice que será con el tiempo la mejor del grupo, si se las apaña para retenerla lo suficiente, esa es una de las dificultades, la mayoría se cansa y lo deja pronto. Toby era casi tan infalible como tú debes de serlo, en tu época de menor exigencia. Bueno, según él. Él creía que lo serías más que él mismo, que podrías superarlo en cuanto tomaras conciencia primero, y te desprendieras luego de ella, o te la aplazaras al menos, como hicimos los que la teníamos, los que la tenemos, conciencia. Indefinidamente en principio, valga también esa contradicción relativa para el aplazamiento de las conciencias. Pero la verdad, no sé yo si llegarías a tanto.

—¿De qué grupo habla, Peter? Lo ha mencionado ya varias veces. —Intenté cambiar de pregunta. Pero ya no sentía impaciencia, había sido refleja, un instante. Y si a él le había entrado antes prisa, era seguro que se había debido sólo a mi tardanza en bajar despierto, con la que no había contado, los incumplimientos de sus horarios y planes mentales lo alteraban y fastidiaban. Pero ahora que me tenía delante, disfrutaba intrigándome, y con mi expectativa: no iba a arruinar su representación prevista, quizá soñada, acelerándola. Como era de esperar, no me contestó a la pregunta nueva, sino por fin a la antigua. Claro que con medias palabras tan sólo, o a lo sumo con tres cuartos. Enteras, ya lo he dicho, no debía de conocerlas. No debían de existir siquiera.

—Toby me dijo que siempre admiraba, a la vez que temía, el don especial que tenías para captar los rasgos característicos y aun esenciales, tanto exteriores como interiores, de tus amigos y conocidos, a menudo inadvertidos, ignorados por ellos mismos. O incluso de gente que sólo habías visto de refilón o de paso, en una asamblea o en una *high table*, o con la que te habías cruzado en un par de ocasiones por los pasillos o las escaleras de la Tayloriana sin intercambiar palabra. Creo que además le escribiste una vez, al poco de irte, unas breves semblanzas de algunos colegas nuestros, para su diversión, ¿no es cierto?

Aquello me sonó vagamente. Hacía tanto tiempo que se me había borrado cualquier vestigio. Uno olvida mucho más lo que escribe que lo que lee, si le va dirigido; lo que envía que lo que recibe, lo que dice que lo que escucha, cuando agravia que cuando es ofendido. Y aunque uno crea que no, va borrando más de prisa lo habido con los que ya están muertos. Unas pequeñas viñetas, tal vez, unas pocas líneas, sí, sobre mis colegas de la época en Oxford, los de la SubFacultad de Español, que Rylands, *Professor* de Literatura Inglesa recién retirado entonces, conocía bien, aunque no tanto como el propio Wheeler, jefe directo de la mayoría de ellos durante años y hasta su jubilación, sobre todo de los que ya eran veteranos en aquel tiempo. Me dio repentina vergüenza retrospectiva, iba haciendo memoria difusa: quizá habían sido unas semblanzas festivas, afectuosas pero una pizca maliciosas o irónicas. Por eso debí de negarlo, en primera instancia.

—No recuerdo yo eso —dije—. No, no creo haberle escrito ninguna semblanza de nadie.

Puede que de viva voz, eso puede. Hablábamos mucho de todo, de todos.

—¿Me pasa la carpeta, por favor, Estelle? —le pidió Wheeler a la señora Berry, y ésta sacó una y se la alcanzó al instante, como si fuera el instrumental de un médico que su enfermera le tiene listo. Debía de haberla guardado todo aquel rato sobre su regazo, como un tesoro. Wheeler se la echó bajo el brazo o más bien bajo la axila. Se levantó a continuación y me dijo—: Salgamos al jardín un poco, caminemos por el césped. Me conviene el ejercicio y Mrs Berry necesitará libre la mesa si queremos almorzar más tarde. No hace mucho frío ahora, pero mejor que te abrigues, ese río es traicionero, cala los huesos sin que se dé uno cuenta. —Y con sus ojos mineralizados de nuevo, añadió serio y con calma (o fue con tiento más bien, como si me sujetara con sus palabras pero no quisiera ahuyentarme)—: Escucha, Jacobo: según Toby, tú tenías el raro don de ver en las personas lo que ni siquiera ellas son capaces de ver en sí mismas, o no suelen. O, si lo ven o vislumbran, acto seguido rehúsan verlo: se dejan tuertas por el fogonazo y luego se miran ya sólo con el ojo ciego. Ese es un don hoy rarísimo, cada vez más infrecuente, el de ver a la gente a través de ella misma y directamente, sin mediaciones ni escrúpulos, sin buena voluntad ni tampoco mala, sin esforzarse, cómo decir, sin predisposiciones y sin hacer dengues. Es en eso en lo que tú podías ser como nosotros, Jacobo, según Toby, y yo estoy ahora de acuerdo. Los dos veíamos así, nosotros, sin mediaciones ni escrúpulos, sin buena voluntad ni mala. Veíamos. Con ello prestamos servicio. Y yo sigo todavía viendo.

Una noche en Londres creí haberme asustado a mí mismo, tras antes haber creído que me venían siguiendo, y tal vez amenazando. Puede haber sido la lluvia, pensé al creer lo primero, que hace sonar los pasos sobre el pavimento como si echaran chispas o sacaran brillo, el cepillado raudo de los limpiabotas antiguos; o el roce de mi gabardina contra el pantalón al andar ligero (el roce de los faldones sueltos, danzantes, desabrochada la gabardina, que golpeaban también las ráfagas); o la sombra de mi propio paraguas abierto, que sentía todo el rato como una inquietud demorada a mi espalda, lo sostenía algo inclinado, de hecho recostado en el hombro como se llevan un fusil o una lanza cuando se desfila; o acaso el chirriar muy leve de sus esforzadas varillas, de tan sacudidas. Tenía la sensación incesante de que me seguían de cerca, en algunos momentos oía como veloces pisadas breves de perro, que parecen siempre caminar sobre brasas y tender hacia el aire, tan poco apoyan en el suelo sus dieciocho invisibles dedos, uno diría que están a punto de saltar o elevarse, permanentemente. Tis tis tis, ese era el ruido que me acompañaba, era eso lo que iba oyendo y lo que me hacía volverme cada pocos pasos, un rápido giro del cuello sin detenerme ni aminorar la marcha, por culpa del viento el paraguas cumplía con su función sólo a medias, caminaba con celeridad estable, tenía prisa por llegar a casa, regresaba de una jornada demasiado larga en el edificio sin nombre y era tarde para Londres aunque no para Madrid, en absoluto (pero yo en Madrid ya nunca estaba); no había almorzado más que unos sandwiches, hacía muchas horas y muchísimos más rostros, alguno observado desde el compartimento de tren inmóvil o garita enmaderada, pero la mayoría en vídeo, y sus voces oídas o más bien atendidas, sus tonos sinceros o presuntuosos, apocados o falsos, taimados o fanfarrones, dubitativos o desahogados. El esfuerzo de captación, de afinación a que se me iba obligando no era menor, y tenía la impresión de que podría ir siempre en aumento: cuanto más se satisfacen las expectativas, más éstas se agrandan y mayores sutilezas y precisiones se exigen. Y si ya desde pronto (quizá desde el mismísimo Cabo Bonanza) había fabulado a partir de mis intuiciones, ahora el grado de irresponsabilidad y ficción a que me forzaban o inducían Tupra, Mulryan, Rendel y Pérez Nuix me creaba tensión, casi angustia en algunos ratos, por lo general antes o después, y no durante mis tareas de invención, llamadas interpretaciones o llamadas informes. Me daba cuenta de que iba perdiendo más escrúpulos cada día, o, como había dicho Sir Peter Wheeler, de que iba aplazando mi conciencia y desdibujándola, aplazándola indefinidamente; y de que me estaba aventurando sin su acompañamiento, cada vez más lejos y con menor reserva.

Pensé que no era extraño que me asustara a mí mismo, una noche de lluvia con las calles casi vacías de transeúntes y sin un taxi libre, a lo que ya había renunciado; que tuviera los nervios de punta y cualquier cosa me sobresaltara, mis sonoros zapatos mojados, el azote anárquico de mis faldones, la cúpula batida de mi paraguas que el asfalto me devolvía flotante en los tramos más iluminados, al pasar junto a los monumentos desde el anochecer ya melancólicos que van salpicando las muchas plazas, el metálico cantar de grillos producido por mi balanceo y el racheado viento nocturno, acaso las reales pisadas ingrávidas de algún perro extraviado que yo no veía, pero que en efecto me venía siguiendo por pura eliminación de candidatos —hubo manzanas enteras en las que no me crucé con nadie—, y tal vez por disimulo, antes de que lo cazaran al divisárselo solitario. Tis tis tis. Notaba todos mis olores pasados por agua: a seda húmeda y a cuero húmedo y a lana húmeda, y quizá también sudaba, sin que quedara ya rastro de mi colonia de la mañana. Tis tis tis, volvía la cabeza y no había nada ni nadie, sólo la inquietud en mi nuca y la sensación de amenaza —o era nada más de vigilancia— acompañando a todos mis pasos rítmicos y constantes —uno, dos, tres y cuatro—, como si avanzara en una interminable marcha con mi paraguas-fusil o mi paraguas-lanza, aunque fuera su verdadera función la de endeble y holgado yelmo o la de escudo inestable en brazo que se estremece y baila. 'Yo soy mi propio dolor y mi fiebre', pensaba mientras creí asustarme, 'yo mismo debo de serlo.'

No, no era raro. Quien se pasa los días dictaminando, pronosticando y aun diagnosticando —no hablemos por ahora de vaticinios—, opinando a menudo sin fundamento, empeñándose en haber visto aunque haya visto poco o nada —si es que no fingiéndolo—, aguzando el oído a la búsqueda de extraños énfasis o vacilaciones, de atropellamientos y temblores del habla, atendiendo a la elección de palabras cuando los observados disponen de vocabulario para elegir entre varias (y eso no es lo frecuente, algunos ni siquiera encuentran la única que es posible y entonces hay que guiarlos y sugerírsela, y se hace fácil manipularlos), aguzando el ojo para detectar las voluntariosas miradas opacas y los parpadeos exagerados, el retroceso de un labio al preparar su mentira o la vibración de mandíbula del ambicioso descabellado, escrutando los rostros hasta no verlos ya más como rostros vivos y en movimiento, observándolos como a pinturas, o como a dormidos o muertos, o como al pasado; quien tiene por quehacer no fiarse acaba por percibirlo todo a esa luz suspicaz, recelosa, interpretativa, inconforme con las apariencias y con lo evidente y llano; o mejor dicho: inconforme con lo que hay. Y entonces se olvida fácilmente de que lo que hay en la superficie o en primera instancia puede serlo todo a veces, sin vuelta de hoja y sin doblez ni secreto, al haber quien no esconde por ignorar cómo hacerlo, o hasta las mismas noción y práctica del ocultamiento.

Llevaba ya meses desempeñando mi tarea casi a diario, rara era la jornada en que me dispensaban absolutamente de acudir al edificio sin nombre, aunque fuera sólo un rato para informar de lo analizado y captado, o de lo decidido antes en casa. Había recorrido un buen trecho en el proceso típico de los atrevimientos (si es que no fue más bien envalentonamiento). Uno empieza por decir 'No lo sé' con frecuencia, 'Lo ignoro'; o por matizar y precaverse al máximo: 'Podría ser', 'Apostaría a que...', 'No estoy seguro, pero...', 'Lo veo posible', 'Tal vez sí', 'Quizá no', 'Es improbable', 'Acaso', 'Puede', 'No sé si es ir demasiado lejos, pero...', 'Esto es mucho suponer, sin embargo...', *'Perhaps'*, *'It might well be'*, el arcaico *'Methinks'*, el americano *'I daresay'*, hay todas las coloraciones en ambos idiomas. Sí, uno evita en su lengua las afirmaciones y ahuyenta de su cabeza las certidumbres, sabedor de que traen las otras las unas tanto como las unas las otras, hay casi simultaneidad, no hay apenas diferencia, es excesivo cómo se contaminan, el pensamiento y el habla. Eso es al principio. Pero pronto se va animando: se siente felicitado o reconvenido por una mirada oblicua o por un comentario suelto, sin aparente destinatario y pronunciado en tono neutro pero que uno entiende que lo alude, sabe aplicárselo. Nota que el 'No sé' no gusta mucho, que la inhibición no es apreciada, que se viven como decepción las ambigüedades y caen los miramientos en saco roto; que no cuenta ni se recoge lo demasiado inseguro y cauto, lo dudoso no convence ni de la duda misma, las reservas son casi un chasco; que el 'Quizá' y el 'Tal vez' son tolerados por el bien de la empresa o del grupo, que no quiere suicidarse pese a su tanta audacia, pero jamás suscitan entusiasmo ni apasionamiento, ni aprobación siquiera, se encajan como medrosidad o mansedumbre. Y a medida que uno se va atreviendo, las preguntas se le multiplican y se le atribuyen más facultades, la perspectiva de lo cognoscible está siempre en un tris de perderse, y uno se encuentra un día con que de él se espera que vea lo indiscernible y esté enterado de lo inverificable, que conteste no ya a lo probable e incluso a lo sólo posible, sino a lo incógnito e insondable.

Lo más llamativo de la cuestión, lo peligroso, es que uno mismo se va sintiendo capaz de verlo y de sondearlo, de enterarse y de conocerlo, y por tanto de aventurarlo. La osadía no se está quieta nunca, mengua o crece, se dispara o se encoge, se sustrae o avasalla, y si acaso desaparece tras algún revés enorme. Pero si la hay se mueve, no es nunca estable ni se da por contenta, es todo menos estacionaria. Y su propensión primera es al ilimitado aumento, mientras no se la cercene o frene en seco, brutalmente, o se la obligue a retroceder con método. En su periodo expansivo las percepciones se alteran mucho o se embriagan, y la arbitrariedad, por ejemplo, deja de parecérselo a uno, que cree basar sus dictámenes y sus visiones en criterios sólidos por subjetivos que sean (un mal menor, qué remedio); y llega un momento en que poco importa la capacidad de acierto, sobre todo porque en mi actividad éste era rara vez comprobable, o si lo era no solían comunicármelo, eso es lo cierto. De mi permanencia allí, de la solicitación de mis prestaciones —digamos burocrática y ridículamente—, de mi no despido, infería que mi porcentaje era bueno, pero también me preguntaba de vez en cuando si tal cosa era averiguable, y si en el caso de serlo se molestaba en averiguarla nadie. Yo soltaba mis opiniones y veredictos y mis prejuicios y juicios: se leían o se escuchaban; se me hacían preguntas concretas: las respondía, ampliando así o acotando, detallando, puntualizando o sintetizando, yendo por fuerza siempre demasiado lejos. Luego no sabía qué se hacía con todo aquello, si tenía consecuencias, si era útil y con efectos prácticos o nada más carne de archivo, si de hecho favorecía o perjudicaba a alguien; no solía haber más, no se me informaba con posterioridad apenas, todo quedaba —para mí al menos— en aquel primer acto dominado por mis discursos y un breve interrogatorio o diálogo; y que a mis ojos no hubiera segundo ni tercero ni cuarto hacía que pareciera todo en conjunto (en la cotidianidad, lo que más cuenta) un juego sin gran trascendencia, o hipotéticas apuestas, sesiones de ejercicios en fabulación y en perspicacia. Y así, durante mucho tiempo, nunca tuve la sensación ni la idea de poder estar dañando a nadie.

Cuando tuvo lugar el golpe de Estado contra Hugo Chávez en Venezuela, no pude por menos de preguntarme si algo habríamos tenido que ver indirectamente en ello; primero en su aparente éxito inicial, luego en su grotesco fracaso (poca determinación, pareció haber habido); y en su caos, en todo caso. En la televisión estuve atento por si salía en alguna imagen el General Ponderosa o como se llamara de veras, pero nunca lo vi, quizá no había tomado parte. Quizá el golpe se había ido al traste porque Tupra había desaconsejado cualquier financiación y respaldo, quién sabía. Con él no fui capaz de guardar total silencio:

—¿Ha visto lo de Venezuela? —le pregunté una mañana, nada más entrar en su despacho.

—Sí, lo he visto —me contestó, con el mismo tono con que en su día le había confirmado al militar civil venezolano que él no tenía nuestro teléfono, aunque nosotros sí el suyo. Era su tono conclusivo, o acaso habría que decir concluyente.

Y al notar que yo dudaba si insistir o no, añadió—:
¿Algo más, Jack?

—Nada más, Mr Tupra.

No, no solían comunicarme mis aciertos ni
mis desaciertos.

'Quizá sea aventurado, pero...' 'Me puedo
equivocar, no obstante...' Son ese 'pero' y ese 'no
obstante' las rendijas que acaban por abrir de par
en par todas las puertas, y al poco las propias fór-
mulas verbales delatan nuestro envalentonamiento: 'Me jugaría el cuello a que ese individuo se pasaría de bando al menor contratiempo, y volvería
a cambiarse cuantas veces le hicieran falta, su mayor problema sería que no lo admitieran en ninguno de ellos, por pusilánime manifiesto', dice uno de
un rostro funcionarial —pulcra calva, sucias gafas—
que nunca había visto hasta media hora antes y que
ahora uno observa por la falsa ventana o falso espejo
ovalado con una disposición del ánimo que es mezcla de superioridad e indefensión (la indefensión de
creer que va a intentarse engañarlo siempre, la superioridad de mirar oculto, de verlo todo sin arriesgar los ojos).

'Esa tía está loca por que le hagan caso, sería capaz de inventarse las fantasías más descabelladas para llamar la atención, y además necesita
presumir ante cuanto se mueva y en cualquier circunstancia, no sólo ante quienes valdría la pena y
podrían beneficiarla, sino delante de su peluquero, de su frutero y hasta del gato. Ni siquiera sabe
dosificar sus afanes ni seleccionar a su público: ya
no distingue, de poco puede servirle a nadie', dice
Tupra de una actriz famosa —hermosa melena pero
mentón muy tenso, pétreo; hechizada por el en-

greimiento— al observarla en un vídeo, y sabemos todos que lleva razón, que ha acertado como casi siempre, aunque no haya un solo elemento de juicio —cómo decir— descriptible para sustentar sus asertos.

'Ese tipo tiene principios y no es sobornable, pondría la mano en el fuego. O mejor dicho: ni siquiera son principios, sino que aspira a tan poco y tanto lo desdeña todo, que ni el halago ni la recompensa lo llevarían a sostener posturas que no lo convencieran o por lo menos lo divirtieran. A este sólo se le podría entrar con la amenaza, porque miedo sí puede tenerlo, miedo físico me refiero, no ha recibido una bofetada en su vida, o digamos desde que salió del colegio. Se vendría abajo al más mínimo daño. Oh sí, lo desconcertaría tanto. Se desarmaría al primer rasguño, al primer pinchazo. Serviría en algunos casos, siempre que se le evitara correr esa clase de riesgos', dice Rendel de un novelista juvenilmente cincuentón, agradable —agudos rasgos de duende, voz pausada, leve acento de Hampshire según Mulryan, gafas redondas, nada hueca su habla—, al escuchar y ver una entrevista grabada con él desde demasiado cerca, casi sólo primeros planos, no hemos visto ni una vez sus manos; y nos parece que Rendel está en lo cierto, que el novelista es hombre valeroso en su actitud y con las palabras, pero que se acobardaría ante la menor violencia porque no puede ni imaginársela en su realidad cotidiana: es capaz de hablar de ella, pero sólo porque la ve abstracta. No tendría manos, como en la cinta, ni para defenderse.

'Con este sujeto ni cruzaría la calle, podría empujarme bajo las ruedas de un coche si lo pillara irritado, en un rapto. Es un intempestivo y un impaciente, no se entiende que pueda mandar sobre nadie desde un despacho, ni que haya montado ningún negocio, menos todavía próspero, así que qué decir de su imperio. Su sino natural habría sido atracar a viandantes al anochecer o pegar palizas exageradas, un matón a sueldo pasado de revoluciones. Es un manojo de nervios, no sabe esperar, no escucha, lo que le cuentan jamás le interesa, no sabe estar ni cinco minutos a solas, pero no es que quiera compañía, sino espectadores. Debe de ser un colérico de mucho cuidado, se le ha de ir fácil la mano, y la voz no digamos, se pasará el día y la noche chillando a sus empleados, a sus hijos, a sus dos ex-mujeres y a sus seis amantes (o quizá son siete, hay dudas). Es un misterio que sea empresario o jefe de nada, excepto de un tugurio del Soho al borde del cierre diario. Lo único que se me ocurre para explicarlo es que infunda grandes pánicos y que su hiperactividad sea de tal calibre que por fuerza le salgan bien algunos de sus incontables proyectos y cambalaches: probablemente, y por puro azar, los de mayor provecho. También puede que tenga olfato, pero no casa mucho con sus aceleraciones: eso precisa de persistencia y calma, y este tipo desconoce el sentido de esas dos palabras: abandona al instante lo que se le resiste o le cuesta, es su manera de ganar tiempo. No sé qué diablos podría hacer en política, si se va a meter, como se asegura. Aparte de barbaridades y abusos, claro. Me refiero ante el electorado, insultaría a sus posibles votantes en cuanto recibiera su primer reproche, al menor descuido los machacaría a insultos', dice Mulryan de un multimillonario al que se ve sonriente en casi todas las tomas en diferentes actos, deportivos, benéficos, monárquicos, a punto de montar en globo, en las carreras de Ascot y en el *derby* de Epsom con los respectivos aditamentos indumentarios grotescos, en la firma de un acuerdo con una compañía discográfica, o con otra cinematográfico-ferial norteamericana, en la Universidad de Oxford en exótica ceremonia de coloridas togas (quizá celebrada *ad hoc*, nunca vi allí nada semejante), estrechando la mano del Primer Ministro y la de varios secundarios y la de algún cónyuge ennoblecido por su conyugalidad justamente, en estrenos, inauguraciones, conciertos, bailes, en vagas aristocracias, apadrinando talentos de todas las artes vistosas, las que permiten público, *performances* y aplausos; y aunque sonriente y satisfecho siempre en el televisivo reportaje o retrato —grandes entradas que sin embargo no le alargan la frente, la cual se aparece horizontal, apaisada; unos dientes invasivos y muy recios, equinos prácticamente; un anómalo bronceado; una tentación de rizos sobrevolando su nuca y hasta una pizca más abajo como vestigio plebeyo; una ropa adecuada a cada ocasión pero que se diría invariablemente usurpada o aun alquilada; un cuerpo aprisionado y robustecido y furioso, como a disgusto consigo mismo—, todos creemos que no anda errado Mulryan, y no nos cuesta figurarnos al acaudalado soltando sopapos entre su séquito (y desde luego berridos a sus subalternos) en cuanto tuviera constancia de que no le rodaba ya ninguna cámara.

'Esa mujer sabe muchas cosas o las ha visto y ha decidido no contarlas, estoy segura. Su problema, o aún es más, su tormento es que lo tiene presente todo el rato, las cosas graves que presenció o de las que está enterada y su voto particular de callarlas. No es que tomara la resolución un día y eso la apaciguara luego, aunque la decisión le costara sangre. No es que a partir de entonces haya podido vivir con la aceptable tranquilidad de saber al menos lo que quiere, o más bien no quiere que pase; que haya sido capaz de arrinconar en su mente esos hechos o conocimientos, de amortiguarlos, de darles paulatinamente la consistencia y la configuración de sueños, que es lo que permite a muchos convivir con el recuerdo de atrocidades y desengaños: dudar que hayan existido, a ratos; nublarlos, envolverlos en la humareda de los años posteriores acumulados, y así mejor postergarlos. Por el contrario, esa mujer piensa sin cesar en ello y muy vivamente, no sólo en lo sucedido o averiguado, sino en que debe o quiere guardar silencio. No es que desdecirse la tiente (sería sólo para sus adentros, nada más que ante sí misma); no es que sienta su decisión tomada como provisional permanentemente, no es que estudie volverse atrás y se pase las noches en vela, reconsiderándola. Yo diría que es irrevocable, tanto como la que más, o aún más que la que más, si se me apura, porque no obedece a un compromiso. Pero es como si la hubiera tomado ayer mismo, ayer siempre. Como si estuviera bajo el turbador efecto de algo eternamente reciente y que no se gasta, cuando lo más probable es que hoy todo sea remoto, tanto lo acaecido como su voluntad primera de que no trascendiera nunca, o no por su causa. No me estoy refiriendo a hechos relativos a su profesión, que también los habrá igualmente a salvo, sino a su vida personal:

hechos que la afectaron y cada día la afectan, o la hieren y la infectan y todas las noches le producen fiebre cuando se dispone a acostarse. "No será por mí, por mí no se sabrá nada de esto", debe de pensar continuamente, como si esas experiencias antiguas las tuviera bajo la piel, palpitándole. Como si todavía fueran el núcleo de su existencia y lo que mayor atención requiere, serán lo primero que al despertar le acuda, lo último de que se despida al dormirse. Nada hay de obsesión, sin embargo, no conviene confundirse, su cotidianidad es ligera y enérgica; y es clara, no se resiente. Se trata de algo distinto: es lealtad a su historia. Esta mujer sería a muchos de gran servicio, es perfecta para guardar secretos y por tanto también para administrarlos o distribuirlos, en eso es del todo fiable, precisamente porque permanece alerta y nada deja para ella de estar vivo y ser presente. Aunque el secreto guardado se le aleje en el tiempo, no se le difumina, y lo mismo sería con los transmitidos. Ni un solo perfil se le pierde. Nunca se olvidaría de quién sabe qué y quién no sabe, una vez hecho el reparto. Y estoy segura de que se acuerda de todas las caras y nombres que han desfilado ante su estrado', dice la joven Pérez Nuix de una juez de edad madura y rostro plácido y alegre, que los dos observamos juntos desde la garita mientras Tupra y Mulryan le hacen preguntas respetuosas y sinuosas, a las damas les ofrecen té siempre si es por la tarde y si en efecto son damas por su posición o su porte, a los caballeros no salvo si son peces gordos o pueden ser muy influyentes en alguna cuestión concreta, a lo sumo un cigarrillo (pero nunca de los faraónicos), y excepcionalmente vermut o cerveza si es la hora del

aperitivo y la cosa se está alargando (hay una mi-
ninevera camuflada entre los estantes); y pese a esa
actitud serena y a esa expresión jovial de la magis-
trada —la sonrisa acogedora; la piel muy blanca
pero saludable; los ojos veloces y vivos aun siendo
de un azul tan claro; las ojeras bien asentadas, tan
hondas y favorecedoras que se le debieron de ori-
ginar ya de niña; la risa desprendida y pronta, con
un elemento de educación en ella que no impide
su espontaneidad, sí en cambio toda adulación, no
hay ni sombra; la conciencia divertida de que de
Tupra emana cierto deseo hacia ella, pese a la edad
ya no propicia (deseo teórico acaso, o retrospecti-
vo, o imaginativo), porque él percibe a la joven que
fue, o aún la huele, y eso es a su vez percibido por
la que dejó de serlo, y le hace gracia y la rejuvene-
ce—, al escuchar a la joven Nuix me parece plausible cuanto ella advierte y me describe, porque veo
en esa juez, en efecto, algo semejante a la excitación
o vitalidad que trae conocer un secreto de signifi-
cancia y haberse jurado no compartirlo.

Claro que la joven Nuix no habla así mientras los dos miramos y tomamos algunas notas en
el compartimento, no tan seguido ni tan preciso (yo
lo ordeno y lo conformo ahora, como hacemos todos cuando referimos algo, y además lo complemen-
to con el posterior informe de ella, escrito), sino que
me va haciendo comentarios sueltos a través de la
mesa, a nosotros no nos ven ni nos oyen, aunque
sepan bien dónde estamos, aquí destacados por el
propio Tupra. Y al oírla me acuerdo —en cada
ocasión me acuerdo, no sólo cuando interpreta a
esa juez, la juez Walton— de las palabras que atri-
buyó Wheeler a Tupra aquel domingo: 'Dice que

será con el tiempo la mejor del grupo, si se las apaña para retenerla lo suficiente', y cada vez me pregunto si no lo es ya, quien más afina y la más do-
tada, quien más arriesga y quien ve más profundo
de nosotros cinco, la joven Pérez Nuix, de padre
español y madre inglesa, criada en Londres pero
tan familiarizada como yo mismo con el país pa-
terno (no en balde lleva pasando en él veintitantos
veranos sin falta), totalmente bilingüe a diferencia
de mí, en quien prevalece la lengua con la que me
inicié en el habla, del mismo modo que Jacques
será para mí siempre *el* nombre, por ser al que aten-
dí en el principio, y por el que fui llamado por
quien más llamaba. También su sonrisa es acogedora y su risa desprendida y pronta, las de esa joven, y también son sus ojos muy veloces y vivos,
con mayor fundamento puesto que son castaños y
no estarán aún muy cargados de pegajosas visiones
que no se marchan. Tendrá veinticinco años, o quizá dos más o uno menos, y cuando nuestras miradas se encuentran, a través de la mesa o en cualquier
otra circunstancia, noto que se me empiezan a des-
vaír Luisa y mis hijos, mientras que el resto del
tiempo se me aparecen demasiado nítidos aunque
estén tan lejanos, y eso que las caras de los niños
son tan cambiantes que nunca tienen una sola y
fija imagen; me doy cuenta de que va aposentán-
dose, o predominando, la de las fotos más recientes
que me traje a Inglaterra, las llevo en la cartera como
cualquier buen o mal padre, y además las miro.
También advierto que la joven Nuix no me descarta pese a la diferencia de edades; o habría que
decirlo en condicional: me ronda la idea de que algún vínculo sexual ha establecido o estableció con

Tupra, aunque nada me lo indique inequívocamente y ellos se traten con deferencia y humor, y con
una especie de recíproco paternalismo, tal vez sea
eso el mayor indicio. (Pero la idea me ronda, y sé
que con Tupra no se compite.) Que no me descarta
o descartaría o no me habría descartado es algo que
veo en sus ojos, como lo he visto en los de otras mujeres desde hace unos años sin equivocarme —de
joven se es más miope y más astigmático y más
présbita, todo ello al mismo tiempo—, y lo respiro y escucho en el breve acopio de energía que suele
hacer, por timidez o por el rubor que la acecha,
antes de dirigírseme para conversar un rato, es decir, más allá del saludo o de la pregunta o respuesta aisladas, como si tomara impulso o carrerilla, o
como si la primera frase (que no es corta nunca, es
curioso) se la construyera mentalmente entera, la
estructurara y la memorizara completa antes de pro-
nunciarla. Eso lo hace con frecuencia uno al hablar en lengua extranjera, pero esa joven y yo, cuando a solas o en los apartes, acudimos al español, que
también es propio de ella.

Y no me cupo duda una mañana en que no
la acechó el rubor cuando más debiera haberla asal-
tado. Me habían entregado ya llaves del edificio sin
nombre, y creyendo ser el primero en llegar a él esa
mañana, al piso que ocupábamos nosotros (un insomnio matutino me había impelido a salir, para
empezar la jornada de veras y rematar allí un informe), y creyendo por tanto abrirlo (estaban echa-
dos los cerrojos nocturnos), me extrañó oír ruido
y un tarareo suave en uno de los despachos, cuya
puerta abrí no con violencia pero sí con brío, de
una ráfaga, en la difusa idea de desconcertar al po-

sible intruso, al madrugador espía o al subrepticio *burglar*, y así obtener ventaja si debía hacerle frente, por tarareador que fuera y tranquilo que pareciese por tanto. Y entonces la vi, a la joven Nuix de pie ante la mesa, de cintura para arriba desnuda y con una toalla en la mano que justo en aquel momento se pasaba por una axila, alzado el brazo. Debajo llevaba una falda estrecha, su falda del día anterior, me fijo a diario en su vestimenta. Tanto me sorprendió la visión (y a la vez no tanto o quizá nada: sabía que era voz de mujer, la que tarareaba) que no hice lo que me tocaba haber hecho, mascullar una apresurada disculpa y volver a cerrar la puerta, quedándome fuera naturalmente. Fueron sólo unos segundos, pero esos segundos los dejé correr (uno, dos, tres, cuatro; y cinco) mirándola, creo, con expresión entre interrogativa y de aprecio y de falso azoramiento (luego estúpida, decididamente), antes de decir 'Buenos días' en un tono del todo neutro, esto es, como si ella hubiera estado tan vestida como yo o casi, yo tenía aún puesta la gabardina. En cierto sentido, supongo, hice hipócritamente como si nada, y como si no viera; pero a ello me ayudó también —quiero pensarlo— que la joven Nuix hiciera otro tanto, como si nada. Durante aquellos segundos en que sostuve la puerta abierta antes de retirarme, no sólo ella no se tapó, asustada o pudorosa o al menos sobresaltada (lo habría tenido fácil, con la toalla), sino que se quedó quieta, como la imagen congelada de un vídeo, exactamente en la misma postura que al irrumpir yo en el despacho, mirándome con expresión interrogativa pero nada estúpida, ni falsa ni verdaderamente azorada. Lo único que hizo, así pues, fue cesar en su tarareo y en su movimiento: se estaba secando, frotando, y dejó de hacerlo, la toalla se le quedó detenida a la altura del costado. Y en esa postura no sólo no cubría su desnudez (no lo hizo, ni como acto reflejo), sino que al mantener el brazo en alto me permitió contemplar su axila, y cuando una mujer desnuda permite ver eso, y descubre una o ambas, es como si ofreciera un suplemento de desnudez con ello. Era una axila desde luego limpia y tersa y recién lavada según deduje, y por supuesto afeitada, sin el matojo de espanto que algunas mujeres se empeñan en conservar hoy en día como extraña señal de protesta contra el gusto tradicional de los hombres, o de la mayoría. 'Buenos días', dijo asimismo en tono neutro. Fueron sólo unos segundos (cinco, seis, siete, ocho; y nueve), pero la calma y la naturalidad con que nos comportamos durante su transcurso me hicieron acordarme de aquella ocasión en que mi mujer Luisa, poco después del nacimiento del niño, se quedó parada a medio desvestirse (descubierto el torso, los pechos crecidos por su maternidad, iba a acostarse) y me contestó a unas preguntas absurdas que yo le hice sobre nuestro recién nacido ('¿Crees que este niño vivirá siempre con nosotros, mientras sea niño o muy joven?'). Estaba desnudándose, en una mano tenía aún las medias que acababa de quitarse, en la otra el camisón que iba a ponerse ('Claro, qué bobadas son esas, ¿con quién si no?'; y había añadido: 'Si no nos pasa nada'), mientras que la joven Nuix tenía en una mano la toalla con la que no pensaba cubrirse ni se cubrió, y la otra libre y en alto, como una estatua de la Antigüedad. Estaban medio desnudas ambas ('¿Qué quieres decir?', le había

preguntado yo a Luisa entonces), y nada tenía que
ver la desnudez de la una con la de la otra (quiero
decir para mí, porque sí guardaban semejanza de
hecho, objetivamente): la de mi mujer me era conocida y aun consuetudinaria, no es que me dejara indiferente por eso ni mucho menos, y de ahí que
me fijara en sus pechos crecidos incluso en aquel
instante volandero y doméstico; pero era normal
que siguiéramos hablando como si nada, que no
interrumpiéramos la conversación por ello ('Nada
malo, quiero decir', había respondido ella); la de
mi joven compañera de trabajo era en cambio nueva, inesperada, inédita, en modo alguno anticipa-
da y hasta inmerecida y furtiva desde mi punto de
vista, producto de un malentendido o de una imprudencia, y por tanto me la miré de otra manera,
sin descaro ni lascivia pero con una atención a la vez
descubridora y memorizadora, con los ojos aparentemente velados de nuestra época que siempre
estuvieron vigentes en Inglaterra, donde nos encon-
trábamos y donde ese mirar que no mira o ese no
mirar que mira se desarrolla y se perfecciona, y del
que allí vi escapar o librarse casi tan sólo a Tupra; y
ella me dejó mirar así no mirando, no trató de im-
pedirlo, pero tampoco había descaro ni exhibicio-
nismo en sus ojos ni en su actitud, y cuando añadió
algo más, una explicación que yo no esperaba ni hacía falta, y que pese a ser la primera frase que me
dirigía en el día no pareció esta vez compuesta con
antelación en su mente ('He dormido aquí, bueno,
dormir más bien poco, me he pasado la noche enganchada con un informe endiablado'), su voz y
su tono no sonaron muy distintos de los de una
conyugalidad que bien conozco. Así que una vez

transcurridos los demás segundos (nueve, diez, once y doce: 'Ya, no te preocupes, yo es que me he venido temprano a ver si termino uno mío', dije a mi vez, no tanto por explicarme cuanto a modo de disculpa tardía e implícita), cerré la puerta por fin, de un solo movimiento resuelto, casi raudo (el pomo no había llegado a soltarlo), y me retiré a mi despacho, que estaba contiguo y que compartía con Rendel, ella compartía con Mulryan el suyo. Pertenecía a otra generación, la joven Nuix, me dije; me dije que sin duda se pasaría los veranos con el torso al aire en las playas o piscinas de España, que estaría acostumbrada a ser vista así y admirada, su pudor atenuado. También pensé que éramos compatriotas y que eso en el extranjero equivale casi a un parentesco: crea complicidades y solidaridades insólitas y da pie a confianzas sin base, así como a amistades y amores que serían inimaginables, casi aberrantes, en el común país de origen (una amistad con De la Garza, Rafita el capullo enorme). Pero ella era más inglesa que española, seguramente, no debía olvidarme de eso. Y sé muy bien, en todo caso, que cuando una mujer ni siquiera hace ademán de cubrirse al instante la desnudez sorprendida, sólo sea instintivamente (salvo que se trate de bailarinas de *strip-tease* y similares, con alguna he andado), es porque no descarta a quien la sorprendió y la contempla, y eso todavía rige para todas las generaciones vivas, o por lo menos para las adultas. No es que la mujer se sienta atraída por ese alguien o lo desee por fuerza, lejos de mi creencia semejantes presunciones cándidas. Es tan sólo que no lo descarta, o no lo excluye, no enteramente, y es muy probable que sea sólo entonces cuando ella lo averigüe o se dé cuenta, en el momento de verse vista por ese alguien y decidir para él no taparse, o tal vez no haya ni decisión por medio. El brazo alzado de la joven Nuix no me pareció a la postre como el de una estatua, o no en el recuerdo: más bien lo vi como si estuviera colgado de la barra de un autobús, o su mano asida al asidero en alto de un vagón de metro. Allí seguía aún agarrado, el brazo al aire, cuando cerré la puerta y dejé de verlo, al igual que la lisa axila que realzaba el resto. Debió de bajarlo inmediatamente. Duró todo doce segundos. Los conté no en el acto, sino también después, en el recuerdo.

No sabía bien por entonces qué se quería decir con aquella expresión frecuente, tanto en los informes escritos como en los orales y hasta en los comentarios improvisados y en apariencia intrascendentes que se intercambiaban durante el estudio de fotos o vídeos o de personas de carne y hueso que Tupra hubiera invitado, o muchas veces convocado, u ordenado venir incluso, se me ocurría. Si trabajábamos por encargo de otros, si no teníamos intereses propios y sólo dábamos nuestro parecer, y opinábamos y dictaminábamos, era de suponer que los observados que podían 'servir' o 'no servir', ser 'de gran' o 'de ningún servicio' (yo mismo empleé esas expresiones pronto, y me acostumbré al concepto sin acabar de entenderlo, tantas cosas suple la práctica, o de tantas prescinde el atolondrado hábito), lo serían en cada caso para los encomendadores de las respectivas tareas, en relación con sus necesidades concretas y sus particulares indagaciones o cuitas, que debían de ser más variadas de lo que me figuré en un principio, cuando Wheeler me habló del pasado o prehistoria del grupo, como él lo llamaba por no llamarlo, falto de verdadero nombre ('Nada te dirán de esto los libros', me había advertido; 'no busques en ellos, sólo perderás la paciencia y el tiempo').

La procedencia u origen de cada encargo, eso yo solía ignorarlo, rara vez se aludía a ello, yo tendía a pensar que todos o la gran mayoría venían de instancias oficiales, estatales, gubernamentales, administrativas británicas, o, en algunas ocasiones (según las nacionalidades remotas o reiteradas de los sujetos de estudio), de sus equivalentes en países amigos o interesada y coyunturalmente aliados: era sorprendente el alto número de australianos, neozelandeses, canadienses, egipcios, saudíes y norteamericanos que desfilaban por nuestras pantallas, sobre todo de los últimos. Tampoco me explicaba mucho por qué se sometía a vigilancia y juicio a algunos de aquellos sujetos (pues era esa la sensación predominante: de que los vigilábamos y juzgábamos), menos aún cuando no se nos interrogaba luego respecto a ningún terreno o cuestión o rasgo determinados. Aquella juez Walton, por ejemplo. Ni Tupra ni Mulryan ni Rendel me preguntaron nada específico acerca de ella después de mi centinela (tal vez sí a la joven Nuix, que había captado tanto de su carácter), y me resultaba difícil imaginar qué diablos interesaba ver, interpretar, descifrar, desentrañar o desenmascarar de una mujer tan cabal, inteligente y sólida como parecía ser ella. Otras veces sí, la misma índole de las preguntas me daba idea de por dónde iban los tiros, de lo que preocupaba a Tupra, a Mulryan, a Rendel, a Nuix, o más probablemente a las instancias superiores o inferiores —a los clientes— que los contrataban y se valían de ellos, esto es, de nosotros y de nuestro supuesto don, o de nuestras habilidades presuntas, o quizá era tan sólo de nuestro atrevimiento, que iba a más, siempre a más, siempre en aumento.

A medida que transcurrían las semanas y los meses luego, yo iba ampliando el espectro de mis contestaciones, así como el desparpajo:

—¿Te parece que esta mujer está siendo infiel, aunque jure lo contrario, y pruebas no haya? —me preguntaba Mulryan de una señora bien vestida y de nariz algo curvada que se lo negaba en su salón al marido, los dos sentados en un sofá delante de la televisión encendida y tomados sin duda por una cámara oculta, quizá instalada en el aparato por el mismísimo esposo (un tipo de cara ancha y propenso a sonreír, aun sin venir a cuento, no venía entonces), quien habría recurrido a nuestro consejo, acaso, por sentirse incapaz de distinguir ya los tonos sinceros de los engañosos en ella, la costumbre y la convivencia tienden a nivelar a veces, se establecen un cierto desmayo o una cierta atonía en los diálogos y en las respuestas, y llega un día en que lo importante y lo insignificante, lo verdadero y lo falso, reciben la misma escasa dosis de énfasis.

—Sí, yo creo que sí lo es —respondía yo—. Su negación ha sido demasiado desahogada, demasiado elocuente, casi sarcástica. La pregunta de él no la ha sorprendido de veras, pese a los aspavientos. Y tampoco la ha ofendido. Ella se la esperaba para cualquier día desde hacía tiempo, y por tanto tenía su reacción lista, casi memorizadas las palabras que iba a emplear, y ensayados el tono y el gesto con que iba a soltárselas. Si no ante el espejo, al menos sí mentalmente. Su imaginación estaba imbuida de todo ello con anterioridad, sólo ha debido activarlo. Casi ansiaba que llegara el desagradable momento.

—Lo crees. Lo crees. ¿Sólo eso, Jack? ¿O estás seguro? —me insistía Mulryan, haciendo caso omiso de lo que todos sabemos: que nadie puede estar seguro de nada, a no ser que haya hecho o haya tomado parte o haya sido testigo (y ni así, tantas veces: la mancha de sangre).

—Estoy seguro en la medida en que mi seguridad proviene de lo que veo y percibo, de lo que me ofreces —decía yo enrevesadamente, en una tentativa última por guardarme un poco las espaldas y no zambullirme del todo en las osadías—. Ella ha dicho, por ejemplo, que las sospechas de él le parecían 'histéricamente divertidas'. No habría utilizado ese adverbio de no tenerlo ya pensado, elegido, previsto. Tampoco si en verdad se lo parecieran, divertidas. De haber sido así, no habría empleado ninguno, o a lo sumo uno más corriente, como 'tremendamente', menos subrayador, con menos carga burlesca. Y de ser falsa la acusación, no la habría calificado de 'estimulante' o 'regocijante' —'*exhilarating*', había dicho—, ni se habría rebajado tanto con el argumento de que ya le gustaría a ella, 'pobre de mí', despertar deseos en otros hombres. Pocas mujeres creen firme y sinceramente que no puedan despertarlos, sean cuales sean su edad y su físico. Me refiero a las adineradas, y esta señora parece serlo bastante. Pueden fingir que lo creen, pueden lamentarse de puertas afuera para que las contradigan y reafirmen, pueden preguntárselo y hasta pueden dudarlo en algunos instantes de abatimiento o después de un rechazo. Rara vez más que eso. Pronto se recuperan de esa clase de abatimientos. Pronto achacan el rechazo a un corazón ya ocupado, suele serles una explicación decorosa, aceptable. —'*Nor Hell a fury, like a woman scorn'd*', cité para mis adentros: 'Ni hay en el Infierno furia, como el des-

pecho de una mujer'. Y pensé: 'No es para tanto'—.
Y si por fin un día lo creen, no van contándolo.
A su pareja menos que a nadie.

—Pero él la ha creído —me objetaba o señalaba Mulryan.

—Pues habrá que sacarlo de su credulidad
—contestaba yo más aplomado—. Siempre le quedará el recurso de desatender a nuestro veredicto, de
mandarlo a la mierda, si es que va a él destinado, si
es él quien nos ha hecho el encargo. —Ya por entonces sabía que allí no se cuidaba el vocabulario en
exceso, durante las sesiones—. Ella le es infiel sin
embargo, me juego el cuello. —Siempre acababa
uno por arriesgar al máximo. Quizá era el orgullo
desafiado, quizá que iba viendo cada vez más claro, según uno hablaba; o se convencía. Qué peligroso es decir. No es sólo que otros ya no puedan
evitar tenerlo en cuenta, lo que uno ha dicho. Es
que también uno mismo se ve obligado a contar
con ello, una vez que ha flotado en el aire y no sólo
en su pensamiento, donde todo es aún descartable.
Una vez que ha sido oído y ha pasado a formar parte del saber de esos otros, los cuales pueden ahora
hacer uso de ello, y hasta apropiárselo, y hasta volverlo en contra nuestra.

O podía ser Tupra quien me preguntara en
su acogedor despacho, a la mañana siguiente de una
cena salpicada de celebridades a la que me había
incorporado y llevado —'Un viejo amigo español
recién aterrizado, y un gran artista, no iba a dejarlo en el hotel a solas': 'Ser un gran artista es un pa-
saporte estupendo hoy en día', solía decirme, 'y que
además no compromete a mucho, porque se lo puede ser de cualquier cosa, del interiorismo, el calza-

do, la Bolsa, el alicatado o la repostería'— porque a ella asistían un par de compatriotas míos —él artista de las finanzas, ella de la farándula— a los que deseaba que distrajera y de paso sondeara un poco acerca del anfitrión, mientras él se encargaba de éste y de otras piezas mayores británicas:

—Dime, Jack, ¿te parece que ese mamarracho, nuestro anfitrión de anoche, sí, ese cantante ridículo, te parece que sería capaz de matar? En alguna circunstancia extrema, si se sintiera muy amenazado, por ejemplo. ¿O bien que no podría en absoluto, que sería de los que bajan los brazos y se dejan acuchillar, antes que asestar ellos su golpe? O por el contrario, ¿crees que sí podría, y aun en frío?

Y yo me paraba a pensarlo un instante, y ya nunca contestaba sin más 'No lo sé, cómo puedo saberlo', no contestaba así a ninguna pregunta por extraña o alambicada o fantástica o demasiado precisa que fuese, ni aunque se refiriese a arcanos como ese, quién tiene idea de quién puede matar, y cuándo, y con qué sangre caliente o fría o templada. Y sin embargo algo aventuraba siempre tratando de ser sincero, esto es, tratando de ver algo antes de decirlo, y evitando hablar por hablar tan sólo, o sólo porque de mí se esperase que hablara. Procuraba ponerme al menos en la situación o hipótesis a que me arrojaba cada pregunta de mis superiores o mis compañeros. Y lo más curioso o lo más aterrador era que en todas las ocasiones acababa por ver algo o por vislumbrarlo (quiero decir que no lo inventaba, no eran visiones ni astutas fábulas), y por avanzar en consecuencia algo, ese es el proceso del atrevimiento sin duda, y es tanto lo que se consigue a base de práctica, y de exigirse. El problema de casi toda la gente, sus limitaciones, provienen de la falta de persistencia, de su pereza o fácil contentamiento, también de su miedo. Casi todo el mundo recorre un breve trecho y se frena, se para pronto y toma asiento y se repone del susto o se adormece, y entonces se queda corto. A alguien se le ocurre una idea y normalmente con eso le basta, con la ocurrencia, se detiene complacido ante el primer razonamiento o hallazgo y ya no continúa pensando, ni escribiendo con mayor hondura si escribe, ni exigiéndose ir más lejos; se da por satisfecho con la primera hendidura o ni siquiera eso: con el primer corte, con atravesar una sola capa, de las personas y de los hechos, de las intenciones y las sospechas, de las verdades y los embelecos, nuestro tiempo es enemigo de la insatisfacción íntima y por supuesto de la constancia, está organizado para que todo canse en seguida y la atención se muestre saltarina y errática y el vuelo de una mosca la distraiga, no se soportan la indagación sostenida ni la perseverancia, el quedarse de veras en algo, para enterarse de ese algo. Y no se consiente la mirada larga, la que tenía Tupra y la que acaba afectando a lo que así es mirado. Los ojos que se demoran hoy ofenden, y por eso han de esconderse detrás de cortinas y de prismáticos y teleobjetivos y remotas cámaras, y espiar desde sus mil pantallas.

En un sentido —pero sólo en uno— Tupra me recordaba a mi padre, el cual no nos permitía nunca, a mis hermanos ni a mí, conformarnos con la apariencia de una victoria dialéctica en nuestras discusiones, o de un éxito al explicarnos. 'Y qué más', nos decía después de que hubiéramos dado por concluidos, exhaustos, una exposición o un argumento. Y si le contestábamos 'Nada más. Ya está. ¿Te parece poco?', él respondía, para nuestro momentáneo desquiciamiento: 'Sí, no has hecho más que empezar. Sigue. Vamos, corre, date prisa, sigue pensando. Pensar una sola cosa, o divisarla, es algo, pero también es apenas nada, una vez asimilada: es haber llegado a lo elemental, a lo cual, es cierto, ni siquiera la mayoría alcanza. Pero lo interesante y difícil, lo que puede valer la pena y lo que más cuesta, es seguir: seguir pensando y seguir mirando más allá de lo necesario, cuando uno tiene la sensación de que ya no hay más que pensar ni nada más que mirar, que la secuencia está completa y que continuar es perder el tiempo. Lo importante está siempre ahí, en el tiempo perdido, en lo gratuito y en lo que parece superfluo, más allá de la raya en la que uno se siente conforme, o bien se fatiga y se rinde, a menudo sin reconocérselo. Allí donde uno diría que ya no puede haber nada. Así que dime qué más, qué más se te ocurre y qué más arguyes, qué más ofreces y qué más tienes. Sigue pensando, corre, no te pares, vamos, sigue'.

También Tupra se instalaba en eso, en el señalamiento de la insuficiencia, lo había hecho desde la primera vez respecto del Soldado Bonanza, con sus 'Qué más', 'Explíqueme eso', 'Dígame lo que piensa', 'Por qué lo cree', 'Continúe', 'Hábleme de esos detalles', '¿Algo más?', '¿Es eso cuanto ha observado?'. Era una tenacidad suave y dosificada, con la que sin embargo extraía cuanto uno hubiera pensado y visto, e incluso el sueño o la sombra de los pensamientos y de las imágenes, lo que no estaba aún formulado ni delineado ni por lo

tanto pensado ni visto del todo, sino sólo esboza-
do o intuido o implícito, todavía irreconocible y
fantasmagórico, como la escultura que encierra el
bloque de mármol o los poemas que contienen casi
enteros las gramáticas y los diccionarios. Lograba
que lo ilusorio adquiriera verbo y tomase cuerpo.
Y que se plasmase. A veces yo lo sentía como un
acto de fe por su parte: fe en mis capacidades, en mi
perspicacia, en mi don supuesto, como si estuviera
seguro de que ante su adecuada insistencia —guiado por ella, adiestrado por ella—, yo acabaría por
entregarle siempre el dibujo o el texto, por brin-
darle el retrato que me pedía, o que necesitaba.

Sí, algo así sería, si el informe que vi una vez
sobre mí mismo era auténtico, y no tenía por qué
no serlo. Lo encontré una mañana rebuscando unos
datos en unos viejos ficheros. Lo que no era para
los ojos de todos debía de guardarse y almacenarse
allí y no en los ordenadores, tan inseguros y des-
protegidos. Vi mi nombre, 'Deza, Jacques', y tiré
de la ficha sin pensármelo dos veces. Estaba fechada
un par de meses después de mi intervención primera (o así es como yo la veía), traducción del Recluta
Bonanza y posterior interrogatorio sobre mis impresiones del individuo, y en realidad no era un informe en regla, sino unas cuantas notas improvisadas,
posiblemente tomadas a mano —posiblemente por
el propio Tupra— a raíz de quién sabía qué actua-
ciones o interpretaciones mías, aunque quien quiera que fuese las había juzgado dignas de archivo y
las había hecho transcribir a ordenador o máquina —acaso se había molestado en pasarlas él mismo—. Leí con rapidez, volví a sepultarlas. Nadie me
había prohibido nunca la consulta de aquel viejo fi-

chero, pero tuve la sensación muy nítida de que más
me valía no ser sorprendido fisgando lo que sobre
mí estaba escrito y no me habían enseñado. Era breve el informe, eran apuntes casi impresionistas, nada
sistemáticos u organizados, algo perplejos y con-
tradictorios, quizá indecisos. Más o menos decían:
    'Es como si no se conociera mucho. No se
piensa, aunque él crea que sí (tampoco lo cree con
gran ahínco). No se ve, no se sabe, o más bien no se
ausculta ni se investiga. Sí, más bien es esto: no es
que no se conozca, sino que ese es un conocimiento que no le interesa y que apenas cultiva por tanto.
No ahonda en él, lo vería como una pérdida de
tiempo. Quizá no le interesa por demasiado antiguo, tiene escasa curiosidad por sí mismo. Se da
por descontado, o se tiene sabido. Pero la gente va
cambiando. Él no se ocupa de registrar ni analizar
sus cambios, no está al día de ellos. Es introspecti-
vo. Y sin embargo mira hacia fuera cuando más
parece mirar hacia dentro. Sólo le interesa el exterior, los demás, y por eso ve tan bien. Pero los demás no le interesan para intervenir ni influir en
sus vidas, ni por utilitarismo. Puede que no le im-
porte gran cosa lo que le suceda a nadie. No es que
no lamente ni celebre los hechos, es solidario, no
le resultan indiferentes. Pero de un modo algo abstracto. O acaso es que es muy estoico, con lo de los
demás y con lo propio. Las cosas ocurren y él toma
nota, sin ningún propósito definido, sin sentirse
atañido las más de las veces, menos aún involucrado. Quizá por eso percibe tantas. Tantas no se le
escapan, que casi da miedo imaginar lo que sabe,
cuánto ve y cuánto sabe. De mí, de ti, de ella. Sabe
más de nosotros que nosotros mismos. Quiero de-

cir de nuestros caracteres. O todavía más, de nuestros moldes. Con un saber que nos es ajeno. Juzga poco. Lo más raro de todo es que no hace uso de su saber. Es como si viviera paralelamente una vida teórica, o una vida futura que aguardase turno en la recámara. Su hora en otra existencia. Y como si fueran a parar a ella los descubrimientos, los reconocimientos, las informaciones y las constataciones. Y no en cambio a la presente, a la efectiva. Incluso lo que sí lo afecta, hasta sus experiencias propias y sus sinsabores parecen desgajarse en dos partes, y una de las dos ir destinada a ese saber suyo meramente teórico, o de la expectativa. A enriquecerlo, a nutrirlo. Extrañamente, con vistas a nada. Al menos en esta vida suya real que avanza. No hace uso de su saber, es muy raro. Pero lo tiene. Y si un día sí hiciera uso, habría que temerlo entonces. Yo creo que no perdona. A veces lo veo como a un enigma. Y a veces creo que él también lo es para sí mismo. Entonces vuelvo a pensar que no se conoce mucho. Y que no se presta atención porque en realidad ha renunciado a ello, a entenderse. Se considera un caso perdido con el que no ha de malgastar reflexiones. Sabe que no se comprende y que no va a hacerlo. Y así, no se dedica a intentarlo. Creo que no encierra peligro. Pero sí que hay que temerlo.'

La verdad es que me quedé como estaba, aunque aquel texto me hizo pensar que en algún sitio debía de haber sobre mí un verdadero informe en regla, con datos y fechas, hechos comprobables y características detalladas, con mi *curriculum* convencional (o quién sabía si el inconfesable) y con observaciones y descripciones menos etéreas e inverificables. Debían de existir de todos nosotros, lo contrario habría sido una incongruencia, me prometí buscarlos un día con calma, podían interesarme los de Rendel y la joven Nuix, el de Mulryan no tanto; y desde luego el de Tupra, si también lo había. Antes de cerrar el fichero apoyé el pulgar en el borde superior de las fichas e hice correr bajo él unas cuantas, sin mucha rapidez, por curiosidad, parándolas al azar de vez en cuando. Vi encabezamientos muy conocidos: '*Bacon, Francis*', '*Blunt, Sir Anthony*', '*Caine, Sir Michael (Maurice Joseph Micklewhite)*', '*Clinton, William Jefferson "Bill"*', '*Coppola, Francis Ford*', '*Le Carré, John (David Cornwell)*', '*Richard, Keith (The Rolling Stones)*', '*Straw, Jack*' (el Ministro de Exteriores británico, antes del Interior, el que soltó a Pinochet, vaya baldón, era sobre quien necesitaba datos aquella mañana, de su impropio pasado), '*Thatcher, Margaret Hilda, Baroness*'. Fueron sus fichas las que frenó mi dedo, algunos estaban ya muertos. Otros muchos epígrafes no me decían nada, para mí desconocidos: '*Booth, Thomas*', '*Dearlove, Richard*', '*Marriott, Roger (Alan Dobson)*', '*Pirie-Gordon, Sarah Jane*', '*Ramsay, Margaret "Meta", Baroness*', '*Rennie, Sir John*', '*Skelton, Stanyhurst (Marius Kociejowski)*', '*Truman, Ronald*', '*West, Nigel (Rupert Allason)*', mi vista cayó sobre ellos, cuánta gente no se llamaba como se llamaba, mi memoria es excelente para los nombres.

Era grato que se tomaran molestias conmigo, habiendo tal compañía; que quisieran desentrañarme, que me hicieran caso. Lo que más me intrigó fue sin duda aquel momento en que el redactor o cavilador, fuera quien fuese, se dirigía a otra persona, a alguien abiertamente, lo cual indicaba que sus impresiones o conjeturas tenían un destinatario concreto: 'De mí, de ti, de ella', decía. 'Sabe más de nosotros que nosotros mismos.' Pensé que por exclusión la joven Nuix sería 'ella', aunque certeza absoluta no pudiera tenerla. Pero quién era ese 'tú', quién era ese 'yo'. Había varias posibilidades, no podía saberlo en modo alguno. Tampoco quién creía, por tanto, que debía temérseme, eso también me extrañó bastante, porque yo no lo creía entonces. (A no ser que fueran un 'yo' y un 'tú' y un 'ella' metafóricos, hipotéticos, intercambiables, como si la expresión hubiera sido 'Casi da miedo imaginar lo que sabe, cuánto ve y cuánto sabe. De este, de aquel, del otro'.) No hace falta decir que esas notas iban sin firma, como las demás del fichero, o de aquel cajón al menos. Parecían escritas todas a vuelapluma, por lo poco que me atreví a entretenerme mirándolas, cuando mi pulgar detenía algunas: tan vagarosas y especulativas eran las relativas a mí como las dedicadas al ex-Presidente Clinton o a Mrs Thatcher, les eché un vistazo.

—Yo creo que sí, que sí podría —le contestaba a Tupra respecto del anfitrión de la cena-cum-celebridades (un cantante-celebridad él mismo, lo llamaré aquí Dick Dearlove, como uno de los desconocidos e inverosímiles nombres vistos en el fichero, allí llegué a enterarme de que era un alto y muy serio funcionario de algo, sólo leí un par de líneas, pero con semejante apellido merecería haber sido un gran ídolo de masas trotante por los mil escenarios, como nuestro cantante anfitrión ex-dentista), tras meditarlo unos segundos—. En una situación de peligro, desde luego que asestaría antes su golpe, si tuviera oportunidad de hacerlo.

Incluso antes de tiempo, quiero decir antes de que el riesgo de su vida fuera inminente y cierto. La mera sombra de una amenaza grave lo haría un hombre desmedido, hasta incontrolado. Reaccionaría con violencia, creo yo, fácilmente. O más bien la anticiparía: no sé si existe en inglés, en español tenemos el dicho de que quien da primero da dos veces. Pero no sería por eso, por cálculo, ni por valentía, ni tan siquiera por nervios, ni por pánico exactamente. Está tan satisfecho con su biografía y con la existencia que lleva, tan asombrado y ufano de lo que ha conseguido y sigue logrando (aún no se ve límites), su cuento de hadas le está saliendo tan acabado y perfecto, que no podría soportar que todo se le fuera al traste en unos segundos, prematuramente, por un mal paso o por mala suerte, por una imprudencia o un mal encuentro. Sobre todo no soportaría la idea. Pongamos que se le colaran ladrones en casa, dispuestos a todo —'burglars', dije—; o que lo atracaran por la calle: no, él nunca irá por las calles andando. Pongamos que se le averiara el coche al cruzar un barrio pésimo, que se le quedara fundido una noche tarde al regresar de su mansión de campo, yendo él solo al volante o acompañado de un guardaespaldas, siempre llevará por lo menos uno, no recorrerá cien yardas sin la protección mínima. Y que nada más echar pie a tierra se vieran rodeados por una pandilla numerosa, agresiva, armada, una banda de desesperados contra la que poco pudieran hacer dos hombres, uno de ellos acostumbrado además sólo al halago y los mimos, y a la total ausencia de sobresaltos.

—Pedirían ayuda en el acto con sus teléfonos portátiles o ya lo habrían hecho con el del coche, a la policía o a quien fuese —me interrumpió Tupra. Me hacía gracia la facilidad con que se prestaba o incorporaba a mis fabulaciones. Yo creo que se divertía conmigo, bastante.

—Pongamos que el del coche ha muerto con el coche mismo, y que los otros no tenían cobertura, o se los han quitado ya, sin darles tiempo a utilizarlos. No sé en Inglaterra, pero en España es lo primerísimo que hoy roban los delincuentes, arrebatan los celulares incluso antes que las carteras, y por eso todos los atracadores, hasta los ínfimos de jeringuilla en temblorosa mano, disponen de móviles invariablemente. En Madrid no verá un ratero, casi no verá ni un mendigo, que no posea un telefonino.

—De veras —dijo Tupra tentado de sonreír. Entendía mis exageraciones, no las desaprobaba.

—De veras. Se lo aseguro, vaya a mi ciudad a verlo. Bien, en esa situación, si Dearlove llevara una navaja, no digamos una pistola (sería capaz, con su licencia y todo), es probable que se liara a pegar tiros o a soltar navajazos sin parlamentar siquiera y antes de estar seguro del alcance de la amenaza, del nivel de desesperación y odio de los desesperados, que a lo mejor resultarían haber sido admiradores suyos que habrían acabado pidiéndole autógrafos al reconocerlo, podría darse, no hay que excluir ningún grado de popularidad en su caso. En España, por ejemplo, es también un inmenso ídolo, sobre todo en el País Vasco, no sé si lo sabe.

—Lo supongo. En estos tiempos todos los mamarrachos triunfan universalmente —dijo Tupra—. Continúa. —Por aquel entonces él me llamaba ya Jack, pero yo a él Mr Tupra todavía.

—Lo que Dearlove no podría soportar —a Dearlove no lo llamaba Dearlove, claro está, sino por su verdadero apellido— es que su fin fuese ese, cómo decir: lo soportaría casi menos que el fin mismo. Por supuesto que lo aterraría ver truncada su vida de éxitos e ir a perderla, como a cualquiera, y aunque fuese de fracasos; y además no lo creo un valiente, ya le he dicho, sentiría un miedo infinito. Pero lo que más espanta a Dearlove, como a otra gente de escaparate (aunque quizá no lo sepan), es que el final de su cuento sea de tal carácter que predomine sobre lo anterior y oscurezca cuanto lleva andado y acumulado hasta ahora, que lo eclipse; que casi borre y anule el resto y a la postre se erija en el dato único, en el que cuenta y en el que se cuenta. Si sería capaz de matar (y creo que lo sería), es más que nada por eso, por repugnancia narrativa, si la expresión se me permite. Verá, Mr Tupra, si alguien como él es muerto por un grupo de patibularios en Clapham o en Brixton, o aún más llamativo, si es linchado, esa clase de muerte constituiría tal escándalo en su caso, impresionaría tanto al mundo, que ya sería sacada a colación junto con su nombre siempre, en toda ocasión y circunstancia, aunque se hablara de él por cualquier otro motivo, por su aportación a la música popular de su tiempo o a la historia y auge de los mamarrachos, por la descomunal fortuna amasada con su garganta o como uno de los ejemplos más preocupantes del delirio de las masas. Daría lo mismo, siempre se agregaría la cantilena de que murió linchado en Brixton en un mal paso, en Clapham una noche aciaga junto con su mejor guardaespaldas, a manos de unos facinerosos de Stratham de crueldad indecible. Llegaría un momento en el que, de hecho, de él sólo se recordaría eso. Hasta las madres reconvendrían con la cantilena a sus hijos cuando fueran a adentrarse en barrios broncos o en zonas turbias: 'Acuérdate de lo que le pasó a Dick Dearlove, y eso que él era famoso e iba con guardaespaldas'. Una verdadera maldición póstuma, para alguien como él, me refiero.

—'Acuérdate de Dick Dearlove, cielo, de cómo se lo cargaron' —la mejoró Tupra, ahora con sonrisa abierta: *'Darling'*, dijo. *'How they did 'im in'*, dijo (si mal no recuerdo), imitando un acento *cockney* (o acaso era del sur de Londres semieducado, yo no distingo tanto) y poniendo voz de madre—. Santo cielo, seguro que a él no se le ha ocurrido un epitafio tan sórdido. Ni en sus aprensiones más ominosas. Ni en sus pesadillas más vejatorias. Qué más entonces, sigue.

—Bueno, yo no sé si esa fobia estará registrada, ni si tendrá algún nombre menos pedante de como la he llamado. Desde luego Dearlove no emplearía semejantes términos. Ni siquiera tendrá conciencia de lo que estoy describiendo, le parecería griego. Pero no se trata de otra cosa: es un horror narrativo, o una repugnancia; es pavor a su historia arruinada por el desenlace, echada a perder para siempre, hundida, a su completo desbaratamiento por un final demasiado espectacular para el mundo y aborrecible para el interesado; a un estropicio para el cuento sin posible remedio, a una mancha tan poderosa y ávida que se extendería hasta anegar todo el resto, retrospectivamente. Dearlove sería capaz de matar por evitarse tal sino. Tal sino estético, argumental, narrativo, como prefiera. Se-

ría capaz de matar por eso, ya lo creo. O eso creo.
—Al terminar retrocedía un paso a veces, me encogía un poco, ya de nada servía, había hablado, había dicho.

—'Acabaréis como Dick Dearlove, acabaréis así todos' —insistió Tupra en su imitación un momento, riendo brevemente y alzando un dedo admonitorio. Luego añadió—: Lo único, Jack, es que un tipo como él jamás atravesaría Clapham ni Brixton en automóvil, ni para entrar en la ciudad ni para salir de ella.

—Bueno, está bien, pero podría extraviarse, confundirse de salida en la autopista y acabar allí varado, ¿no? Pasa a veces, ¿no? Yo vi algo parecido en una película que se llamaba *Grand Canyon*, ¿usted la ha visto?

—No voy mucho al cine, sólo si me obliga el trabajo. Antes sí, cuando era joven. Pero me parece que no te haces idea del nivel económico de esta gente, Jack. Lo más probable es que Dearlove se desplace en su helicóptero para la mayoría de las distancias cortas. Y para las largas en su avión privado, con un séquito que empequeñecerá al de la Reina. —Se quedó callado unos segundos, como si se acordara de algún viaje suyo en un avión de esos, particulares. Tupra se mostraba muy despreciativo hacia Dearlove y otras figuras semejantes, pero lo cierto es que se relacionaba con buen número de ellas ocasionalmente, de la televisión, la moda, la canción o el cine, y en la medida en que fui testigo, las trataba con desenvoltura, con simpatía y con confianza. A veces me preguntaba si esos contactos, difíciles para el común de las gentes, se los proporcionaban desde esferas altas, en función de su cargo y por facilitarle el trabajo. Claro que nunca supe con exactitud cuál era ese cargo. Por lo demás no se lo veía incómodo junto a las celebridades más frívolas. Eso podía formar parte de su preparación, de su oficio, no significaba necesariamente que apreciara esas compañías. La verdad es que no se lo veía incómodo en ningún ambiente, ni en los más sesudos ni en los más serios, ni en los más pretenciosos ni en los más idiotas ni en los bajos fondos ni en los sencillos, era sin duda un hombre que se aclimataba a lo que hiciera falta. Luego volvió atrás—: Dime, ¿crees que sería capaz de matar en alguna otra circunstancia, además de por ver su vida no sólo en peligro, sino, según tú..., digamos en tela de juicio? Tal vez tengas razón, tal vez lo horripilaría que su término fuera feo, inadecuado, abrumador, desairado, sarcástico, turbulento, sucio...

—No sé —respondí algo chasqueado por su rigor realista, y en seguida me arrepentí de haber dicho las palabras más decepcionantes en aquel edificio, 'No sé', o las más desdeñadas. Me apresuré a taparlas—. Ese me parece el principal motivo posible, pero supongo que no sería imprescindible que su vida corriera peligro, si, como pienso, en cierto sentido le importa más su historia, más el relato de esa vida que la vida misma. Aunque él ignore eso, probablemente. Esa prioridad no se daría tanto, creo, por los futuros o ya presentes biógrafos cuanto por tener que recontársela a sí mismo a diario, por tener que convivir con ella. No sé si me explico bien.

—No. No del todo, Jack. Esmérate, por favor. Anda. No te enredes.

Esa clase de comentarios me acicateaba, con algo de infantilismo por mi parte, no me he librado nunca de eso y ya no lo haré, es seguro.

—Le gusta su imagen, le gusta su historia en conjunto, con su fase odontológica y todo; nunca la pierde de vista, nunca la olvida —intenté esmerarme—. Él tiene siempre presente su trayectoria entera: su pasado, también su futuro por tanto. Se ve a sí mismo como un cuento, cuyo final debe cuidar, pero no menos su desarrollo. No es que no admita reveses ni flaquezas ni manchas, en ese cuento, no es tan cándido. Pero deberían ser de un tipo que no destacara en exceso por su estridencia, que no sobresaliera obligadamente (una horrible prominencia, un bulto) cuando cada mañana se mire al espejo y piense en 'Dick Dearlove' como en un todo, una idea, o como si fuera un título de novela o película, y además ya clásicas. No es nada relacionado con la moral, ni con la vergüenza, no es eso, de hecho casi todo el mundo se mira a la cara sin el menor problema, siempre se encuentran excusas para los propios desmanes, o para negarse que lo sean, la mala conciencia y el arrepentimiento desinteresado ya no son de este tiempo, hablo de otra cosa. Él se ve desde fuera, sobre todo desde fuera, no tiene dificultad en admirarse. Y quizá lo primero que al despertar se diga sea algo parecido a esto: 'Oh caramba, no ha sido un sueño: soy Dick Dearlove, nada menos, y tengo el privilegio de verme y tratarme a diario con semejante leyenda'. En realidad eso no es nada raro, tanto si se deja como si se quita la palabra 'leyenda'. Se sabe de escritores que recibieron el Nobel y que se pasaron lo que les quedó de vida pensando cada poco rato: 'Soy

Premio Nobel, lo soy, yo soy un Nobel y cómo
brillé en Estocolmo', y a veces diciéndoselo en voz
alta, fueron oídos por sus preocupados próximos.
Pero también conozco a bastante gente sin significación objetiva ni fama que sin embargo se percibe de ese o parecido modo, y que asiste a su vida
como si estuviera en el teatro. Un teatro permanente, eso sí, reiterativo y monótono hasta la náusea,
que no escatima un detalle ni dos segundos de te-
dio. Pero esas personas son espectadores muy benévolos y contentadizos, no en balde son también
cada una el autor, el actor y el protagonista de sus
respectivas obras dramáticas (es un decir, lo de dramáticas). Ya sabe que Internet ha hecho efectiva esa
forma de vivir y verse. Tengo entendido que hay
individuos que incluso ganan dinero mostrando
eso, cada soporífero y mísero instante de sus existencias, enfocadas ininterrumpidamente por una
cámara estática. Lo asombroso, lo cerebralmente en-
fermizo, lo vitalmente malsano es que haya quienes estén dispuestos a contemplar eso, y pagando;
quiero decir espectadores distintos de los propios
autores, actores, protagonistas, en ellos no es muy
anómalo, en ellos sí se explica.
    —Vamos, Iago, por favor: a lo concreto.
En las disquisiciones no te sigo. Dearlove. ¿Cuándo más crees que podría cargarse a alguien?
    Claro que sí me seguía Tupra en las dis-
quisiciones, él jamás se perdía, aunque lo que oyera le interesara poco, y creo que conmigo no se
aburría, eso uno lo nota, cuando capta la atención
de quien tiene enfrente, no en vano di clases, se
me van alejando ya mucho en el tiempo. A veces me
llamaba así, Iago, con la clásica forma, cuando de-

seaba irritarme o bien centrarme. Sabía que Wheeler se refería a mí por Jacobo y no debía de atreverse a intentar pronunciarlo, así que me lo dejaba a
mitad de camino, en la familiaridad shakespearia-
na, quizá con segundas intenciones burlonas, no
eran descartables. Claro que me seguía Tupra, pero
a veces fingía que la tradicional aversión hacia lo especulativo y teórico de la formación y el espíritu ingleses le impedía acompañarme muy lejos en mis
digresiones. Él no sólo lo seguía todo, sino que además lo registraba, archivaba, lo retenía. Y era bien
capaz de apropiárselo.

—Disculpe, Mr Tupra, no era mi intención
desviarme —dije; era aún modoso por entonces—.
Bien, se dice que Dearlove es bisexual, o pentase-
xual, o pansexual, no lo sé, sexualísimo, una furia
viva, en la prensa no faltan insinuaciones. Y desde
luego anoche me pareció hiperestimulado cuando
se enfundó en su bata verde y se empeñó en lim-
piarle la caries a Mrs Thompson. Aunque sin duda habría gozado más hurgando en la boca de su
joven hijo. Lástima para el Doctor Dearlove, supongo, que el muchacho no se prestara a la práctica
pese a su meliflua insistencia. También se dice que
lo conmueven mucho los... ¿los recién púberes, digamos?

—Se dice, sí —contestó Tupra con tono serio, pero sin apenas disimular en el rostro que todo
aquello le hacía gracia—. ¿Y?

—Bueno, pongamos que un menor le ten-
diera una trampa, un menor o una menor, me da
lo mismo. Si no estoy mal informado, él deja correr
todos esos rumores tranquilo, ya que sólo son eso,
rumores. Me imagino que no es mala forma de ven-

tilarlos: hacer caso omiso, ni siquiera darles carta de existencia con desmentidos y demandas y quejas. Él jamás ha dicho una palabra sobre sus predilecciones sexuales, tengo entendido. Y bueno, al fin y al cabo se le conocen sus dos matrimonios aunque fueran sin hijos, y a eso se atiene, ¿no?, oficialmente.

—Más o menos. No estoy muy enterado de esos aspectos.

—Bien, pongamos que un menor o una menor lo duermen con una pastilla en la copa. En plena faena, ambos ya desnudos y eso. Pongamos que le hacen fotos mientras él vaga por el limbo, el chico o la chica también entran en cuadro, claro está, activan el automático y se encargan de la dirección escénica, un pelele desmadejado en sus manos, nuestro ex-dentista. Pongamos que sin embargo el efecto de la pastilla no es lo bastante fuerte en el titánico Doctor Dearlove: que una sensación interior de alarma lo ayuda a sobreponerse. De modo que no llega a dormirse profundamente, o se despierta antes de tiempo. Con un ojo medio abierto ve lo que pasa. Con un cuarto de su conciencia se hace cargo de la situación, con una décima parte incluso. No es que él sea puritano en sus posturas y declaraciones públicas, eso le perdería adeptos; más bien es osado, sin sobrepasarse, defiende la legalización de las drogas, la eutanasia responsable, ese tipo de causas que tampoco restan clientes. Pero la aparición de unas fotos así en la prensa pertenece ya a otra esfera, a la misma que su acuchillamiento por maleantes de Brixton, Clapham o Stratham. Exactamente a la misma, no sé si estará usted de acuerdo. Aunque en un asunto él sea el despreciable infractor asqueroso y en el otro la pobre, compadecida y llorada víctima. A efectos narrativos la distancia no es grande, ambas cosas son prominencias. Aquí no se trataría de un final, en lo del beso del sueño y las fotos, pero sí de un episodio que ya se haría para siempre un lugar en su historia, que ya no sería nunca soslayado en el cuento, ni en la idea de Dick Dearlove. Y tal como están los ánimos respecto a los abusos a menores, podría acarrearle hasta la detención y un mal juicio. Y aunque luego saliera absuelto, ya sólo por la acusación y su eco, por las imágenes vistas y repetidas mil veces, por el escándalo y la sospecha grave que habrían durado meses, podría acabar igualmente como cantinela de las madres a sus vástagos adolescentes: 'A ver con quiénes te mezclas, no te vayas a topar con un Dick Dearlove'. Ya ve, es lo malo de ser tan famoso, se acaba en una balada en cuanto se descuida uno.

—Te veo muy al tanto del mamarracho. Hasta de sus opiniones, ya tiene mérito —dijo Tupra con guasa.

—Ya le he dicho que es un ídolo increíble en España, casi tanto como aquí, yo diría. Allí ha dado bien de conciertos. Es difícil no enterarse.

—Tenía idea de que era gente severa, la del actual País Vasco —añadió con sincera extrañeza. Nunca se le pasaba nada, ni se le olvidaba.

—¿Severa? Bueno, según para qué. También hay mucha mamarrachada. El caudillo marca la pauta, ya sabe. Como en la Lombardía. O bueno, ahora como en toda Italia. Por no hablar de Venezuela, acuérdese de nuestro amigo Bonanza.

—No creas, aquí nos vamos acercando —respondió, y eso me escandalizó un poco, en realidad sin motivo: no sabía a ciencia cierta para quiénes trabajaba Tupra (esto es, trabajábamos), todo eran insinuaciones de Wheeler e irreflexivas deducciones mías—. ¿El beso del sueño, has dicho?

—Así se conoce en España esa trampa, se utiliza para desvalijarle la casa al dormido, principalmente. Así la ha llamado la prensa.

—No está mal, el beso del sueño. —Lo complacía el nombre—. Qué pasa con el de Dearlove, entonces. Se despierta besado, con la mitad de un ojo. Y qué pasa.

—Cualquier barbaridad, cualquier cosa. A eso iba. También podría matar por algo así, es sólo un posible ejemplo, habría otros. El horror narrativo, la repugnancia. Eso le hace perder el control, estoy convencido, lo obceca. He conocido a otras personas con esa aversión, o esa alerta, y eso que ni siquiera eran famosas, la fama no es un factor decisivo en esto, hay muchos individuos que sienten su vida como materia de un minucioso relato, andan instalados en ella pendientes de su hipotético o futuro cuento. No se lo plantean mucho, es sólo una manera de vivir las cosas, una manera acompañada, digamos, como si hubiera espectadores o permanentes testigos, aun de las nimiedades mayores y de los momentos muertos. Tal vez sea un sucedáneo de la antigua idea de la omnipresencia de Dios, que con su ojo estaba atento a cada segundo de la vida de cada uno, era muy halagador en el fondo, muy reconfortante pese al elemento implícito de amenaza y castigo, y tres o cuatro generaciones no bastan para que el hombre acepte que su trabajosa existencia transcurre sin que nadie asista ni la contemple nunca, sin que nadie la juzgue ni la desapruebe. Y lo cierto es que hay uno siempre, en efec-

to: un oyente, un lector, un espectador, un testigo;
y un relator y un actor simultáneos, que coinciden
con aquéllos: son los propios individuos quienes se
van relatando su historia a sí mismos, cada uno la
suya, quienes se asoman a ella y se la miran y remi-
ran a diario, desde fuera hasta cierto punto; o desde un falso fuera, mejor dicho, la generalización del
narcisismo, llamado a veces 'conciencia'. Por eso hay
tantos que no soportan la burla, la vejación, el ridículo, la subida de la sangre al rostro, el desaire,
eso menos que nada. A Dearlove le puede ese asco,
esa alarma, lo vence ese vértigo, y cuando los sufre,
cuando le da un ataque, entonces ya no piensa. Lo
más probable es que al medio abrir su párpado y
darse cuenta de lo que pasa, ni siquiera se le ocu-
rriese intentar adquirir las fotos, ofrecer por ellas
más de lo que jamás daría ningún periódico sensa-
cionalista, llegar a un acuerdo con el chico o la chica, pactar, sobornar, engañarlos, contratarlos para
siempre. Su fortuna, si posee avión y helicóptero, le
permitiría comprarlos diez mil, cien mil veces, en
cuerpo y en esclavitud y en alma.

—No intentaría eso. Dices. Qué haría. Según tú, qué haría entonces.

—Lo mismo que con los navajeros de Brix-
ton, yo creo. Se anticiparía mal. Se precipitaría. Intentaría matar, mataría. Mataría al menor, a la chica
o al chico, lo que se hubiera llevado esa noche a
casa. Un pesado cenicero mata, rompe el cráneo.
Un jarrón, un pisapapeles, un abrecartas, cualquier
cosa mata, no digamos esas espadas y lanzas con las
que tiene decorada esa pared de su salón, la más larga del salón contiguo al comedor donde cenamos;
se fijaría usted anoche, supongo.

—Me he fijado —dijo Tupra—. Puede que no fuera la primera vez que yo iba allí, ¿no te parece?

—Claro. Ya le pega ser un devoto de lo medieval, a Dearlove, o de la cosa céltica, y semimágica. De lo chic fantástico. Yo lo veo de este modo: aunque esté muy atontado por la pastilla, o justamente por estarlo, saca fuerzas de su tremendo susto y alcanza esa pared tambaleándose; vive como si ya fuera un hecho consumado y cierto la prominencia narrativa espantosa con la que habrá de convivir para siempre por culpa de esas imágenes que le han sacado traicioneramente, y esto último lo legitima o faculta en su bruma para ser colérico y desmedido. Así que descuelga una de esas lanzas y con ella atraviesa el pecho de la chica o el chico y les destroza la carne que ansiaba antes, sin pensar en las consecuencias, no en ese instante. En momentos así esos hombres no ven, no ven lo que sólo tres minutos más tarde se les hará manifiesto: que resulta menos difícil hacer desaparecer unas fotos que un cadáver, menos arduo taparle la boca a alguien que limpiar sus muchos litros derramados de sangre. Ya le digo: he conocido a tipos así, a tipos que no eran nadie y que sin embargo tenían ese miedo superlativo a su historia, a la que podría contarse y por tanto habrían de contarse también ellos. A su historia emborronada y fea. Pero es siempre desde fuera, insisto, lo determinante es lo externo: poco tiene que ver todo esto con la vergüenza, el pesar, el remordimiento, el desprecio de uno mismo, aunque sean factores que puedan hacer efímero acto de aparición en algún instante. Esos individuos sólo se ven obligados a contarse de veras sus acciones o sus omisiones,

buenas o malas, valerosas, ruines, cobardes o des-
prendidas, si hay otros que también las conocen
(si es la mayoría, mejor dicho) y así quedan incorpo-
radas a lo que de ellos se sabe, es decir, a sus oficiales retratos. No es un asunto de conciencia en realidad, sino de representación, o de espejos. Lo que
no es reflejado por éstos se puede poner en duda al
poco tiempo, y creer que fue ilusorio, envolverlo en
la neblina de la difusa o mala memoria y decidir
por último que no se dio y no hay recuerdo, porque no puede haberlo de lo no sucedido. Y así ya no
es posible que los atormente, a esos individuos: es
increíble la capacidad de alguna gente para con-
vencerse de que no hubo lo habido y sí existió lo
no existido. Lo grave para Dick Dearlove, lo insoportable, no sería haberse cargado a un malhechor
callejero o a un taimado adolescente, sino que se
supiera, y que quedara adherido el hecho (como si
dijéramos) a su expediente. Dentro de su obnubi-
lación en el momento del homicidio, él quizá sabe
que eso, aunque con dificultad enorme, resulta posible ocultarlo. No en cambio su propia muerte a manos de unos salvajes, ni sus fotos desnudo con un
jovenzano o con una ninfa, una vez impresas y ad-
miradas universalmente. —Entonces me detuve un
momento. Pensé, como siempre al término de mis
interpretaciones o informes, que había ido demasiado lejos. Y que me había adentrado en disquisiciones de nuevo. También se me ocurrió que no
debía de estarle contando a Tupra nada que él no supiera. Estaba al cabo de la calle, sin duda, en lo que
respectaba a esos individuos, tal vez incluso en lo referente a Dearlove, lo conocía ya de otras visitas,
o quién sabía si hasta de viajes juntos por aire (Tu-

pra en su comitiva, mezclado con los invitados, los supervisores, los recién púberes y los guardaespaldas). Quizá me estudiaba a mí, más que aprender de lo que yo decía—. He conocido a otros tipos así, Mr Tupra, de cualquier edad, en todas partes —añadí, como disculpándome—. Usted también, estoy seguro. Ambos los conocemos.

—¿Un cigarrillo, Jack? —dijo. Y me ofreció uno de los faraónicos de su paquete vistoso rojo. Aquel era un gesto de aprecio, o así yo me lo tomaba.

Y pensé, o me quedé pensando: 'Yo he conocido a Comendador, por ejemplo. Desde siempre'.

Empecé a hacer la prueba de detenerme en seco aquella noche tan terca de su lluvia en Londres: pararme de golpe y sin ningún aviso para así cerciorarme de que de mí no venía aquel leve y casi alado ruido, tis tis tis, los pasos blandos de un perro o el vaivén de mi gabardina al caminar yo con brío, la oscilación del paraguas o el deslizarse oculto de alguien dubitativo, que no se me aproximaba ni se me descubría pero tampoco renunciaba a seguirme —o era a acompañarme en paralelo, a unas yardas— por si al final se decidía, tenía de plazo para pensárselo hasta que yo llegara a mi casa, y abriera la puerta, y antes de entrar plegara la tela y la sacudiera con fuerza sobre el pavimento (cuatro gotas más sobre las improvisadas lagunas y riachuelos en miniatura de las calles de las ciudades), y cerrara aquélla tras de mí muy rápido, impaciente por estar ya arriba, en mi lugar de paso que cada vez se me hacía más protector y más propio, ahora hasta me aplacaba subir y encerrarme, y contemplar a solas —a salvo de las preguntas y contestaciones, del habla— la Square o plaza desde mi tercer piso, con sus árboles rumorosos en medio como si hicieran el acompañamiento de cada mansedumbre o sublevación del ánimo; y las luces de las familias o de los solteros enfrente (mis semejantes), el elegante hotel siempre encendido y vivo como un es-

cenario mudo o como un plano general de película que no cambiara nunca ni se terminara, las oficinas enormes ya en su reposo custodiado desde
su garita por el vigilante nocturno que bosteza al
escuchar su radio con la gorra sobre la coronilla y
la visera alzada, y en la oscuridad los mendigos zig-
zagueantes y fugitivos que parecen desprender ceniza cuando se atraviesan y escarban, desde sus ropas
apelmazadas, o acaso es que sueltan el acumulado
polvo; y por supuesto mi bailarín vecino (de tan desentendido del mundo da alegría mirarlo) y sus ocasionales parejas también danzantes, últimamente
lo había visto entregarse con intrepidez al *sirtaki*,
santo cielo, parecía una maricona, es decir, no un
homosexual sino otra cosa —un ufano primoroso,
un lelo, un tipo de vaina amermelado y dengue—,
nada tiene que ver a estas alturas el término con las
preferencias carnales reales de quien con él es calificado, yo separo eso al menos, es mi caso, y no hay
baile más ridículo para un hombre solo que el *sirtaki* griego, si exceptuamos probablemente el *aurres-
ku* vasco, no lo conocería mi vecino por suerte.

   Así que hice la prueba dos o tres veces, me
detuve en seco cuando nada indicaba que fuera a
hacerlo, y en las tres ocasiones el ruido de cautelo-
sos o semiaéreos pasos, el cantar de grillos o el fru-
frú o lo que fuese —como el trotar alocado de un
reloj de pared antiguo, también se parecen a eso las
pisadas de un perro—, tardó más de la cuenta en
pararse, pude todavía oírlo cuando yo ya estaba
quieto y sin que de mí pudiera salir sonido alguno
involuntario o incontrolado. No volví la cabeza al
hacer esta prueba, ni hacia atrás ni hacia los lados,
a diferencia de cuando caminaba con mi marcha

estable y el paraguas reclinado en el hombro, casi al modo de una sombrilla durante el paseo, como si me quisiera resguardar la nuca por encima de todo, resguardarla del viento y del agua y de las posibles miradas y de las imaginarias balas que los habrían agujereado (la nuca como el paraguas), uno piensa cosas absurdas cuando recorre de noche un buen trecho a solas y se siente seguido sin ver que lo siga nadie. Durante los últimos tramos había zonas de césped a izquierda y a derecha a ratos, el trayecto se acortaba por las avenidas o más bien sendas de un pequeño parque vecino, de barrio, y quizá iban sobre la hierba, aquellos pasos nunca vistos. Esperé hasta haber dejado atrás ese parque apenas iluminado y estar ya muy cerca de casa. Me faltaban dos manzanas y atravesar otra plaza cuando de nuevo hice la prueba y esta vez sí giré el cuello al pararme y las vi entonces, dos figuras blancas a cierta distancia que no me habría permitido normalmente oír jadeos ni pisadas. El perro era blanco y la mujer, la persona, vestía como yo gabardina clara. Me pareció una mujer desde el primer instante, y lo era, porque tras un segundo o resquicio de duda me gustaron sus piernas, al ver que no las cubrían pantalones oscuros sino unas botas negras altas (pero sin tacón, o muy bajo) que bien delineaban o acentuaban la curva de sus pantorrillas fuertes. El rostro le quedaba oculto por la copa de su paraguas, ambas manos las tenía ocupadas, con la otra sujetaba la correa del perro, que tiraba de ella con escasa esperanza y quizá mucha fatiga, al animal no lo guarecía nada, debía de estar chorreando, sin duda le pesaba la lluvia por mucho que se la sacudiera violentamente en las pausas (no dejaba de caerle entonces), y estaban en una de ellas porque las dos figuras se habían frenado también, con un poco de inevitable retraso respecto a mí, o a mi tan abrupto alto. Me quedé unos segundos mirándolas, no escasos. A la mujer no pareció importarle mucho ser vista, quiero decir que siempre podía ser alguien que pese al delirante tiempo había sacado a pasear al perro, y tampoco habría tenido por qué darme explicaciones, de habérselas yo pedido. Podía ser todo una coincidencia: a veces uno lleva el mismo camino que otro transeúnte durante minutos larguísimos, aunque no vaya en línea recta, y a veces llega uno a impacientarse por eso, por nada, tan sólo ansía que se deshaga y cese la coincidencia, en la que ve mal agüero o de la que se harta, a veces se desvía uno de su trayecto a propósito y hasta da un rodeo innecesario, sólo por separarse y perder de vista al insistente ser paralelo.

Habría entre los dos, mejor dicho entre ellos y yo, unas doscientas o más yardas, suficiente para que tuviera que gritar o retroceder bastantes pasos si decidía hablarle, preguntarle a la figura humana, una mujer joven a buen seguro, sus botas eran impermeables, flexibles, brillantes, se adherían a la pierna, no eran botas cualesquiera de lluvia, sino elegidas, estudiadas, caras posiblemente, favorecedoras, tal vez de marca. La miré sin disimulo, ella no se descubrió la cara, en ningún momento elevó el paraguas que se la tapaba y no me devolvió mirada por tanto, pero tampoco se inquietó porque un hombre la observara parado desde no muy lejos, de noche y bajo tanta agua. Se acuclilló, se le abrieron los faldones de la gabardina al hacerlo y le vi parte de un muslo, palmeó y acarició el lomo del perro, le cuchicheó probablemente, se irguió de nuevo y los faldones se le cerraron y visión de la carne acabada, permaneció quieta, sin reanudar la marcha en ninguna dirección, se me ocurrió atribuirle entonces cierto desvalimiento, como si estuviera perdida en una zona que desconocía, o fuera una joven ciega con su lazarillo, o fuera extranjera y no supiera la lengua, o una puta tan apurada que no pudiera saltarse ni una sola de sus exposiciones nocturnas, o dudara si pedirme dinero, ayuda, consejo, algo. No porque yo fuera yo, sino por ser el único ser paralelo allí presente. Tuve la sensación de que el encuentro era imposible, y, al mismo tiempo, de que sería una pena que no lo hubiese y de que era mejor si no se daba. La sensación fue de lástima, no sé si por mí o por ella, desde luego no por ambos, porque uno de los dos habría salido perjudicado —pensé— y el otro beneficiado, suele así ocurrir con lo que surge en la calle.

Muchos años atrás en el mismo país, cuando enseñaba en Oxford, había seguido mis pasos a ratos perdidos un hombre con un perro de tres patas, la trasera izquierda limpiamente amputada, y me había visitado después sin previo aviso en mi casa, se llamaba Alan Marriott, cojeaba a su vez notablemente de la pierna izquierda (pero la conservaba) y era un bibliómano que había oído hablar de mis intereses librescos, coincidentes con los suyos en parte, a los libreros de viejo que yo allí frecuentaba. Aquel perro era un terrier, estaría ya bien muerto el pobre, no persisten como nosotros. Este de la joven me pareció desde la distancia un pointer y tenía sus cuatro patas intactas, eso me alegró extrañamente, por contraste con el tullido, supongo, que me vino a la memoria de golpe bajo la noche de lluvia eterna. 'Pero yo no quiero nada de nadie', pensé, 'ni espero nada de nadie, y tengo prisa por desaparecer de esta lluvia y llegar a casa, y sustraerme de las interpretaciones de esta larga jornada que no se acaba o que no acabará hasta que esté arriba a salvo. Que sea ella quien se me acerque, si quiere algo de mí o si venía siguiéndome. Allá ella. No será para nada, para no hablarme, si lo hacía o si lo está aún haciendo.' Di media vuelta y apreté ahora el paso hacia mi destino, pero no pude evitar aguzar el oído durante los tramos que me quedaban, atento a seguir o no oyendo aquel tis tis tis que en efecto era el de un perro con sus dieciocho dedos, o acaso el de unas botas altas de tacones tan planos que se deslizaban sobre el asfalto sin batirlo nunca, y sin resonancia.

Llegué a mi portal, metí la llave, abrí, sólo entonces plegué el paraguas y lo sacudí en la calle para mojar dentro lo menos posible, y una vez arriba lo llevé a la cocina al instante, también dejé allí la gabardina a que se secara, y a continuación me fui hasta la ventana impaciente y oteé la plaza, no vi en ella a la joven ni tampoco a su pointer, pese a que había sentido su ruido ingrávido hasta el final, acompañándome hasta la misma puerta de abajo, o había creído eso. Levanté entonces la vista y busqué a mi altura, al vecino danzante que a menudo me sosegaba. Allí estaba, sí, era de prever que no hubiera salido por ahí con un tiempo tan asqueroso, y además tenía visita, la mujer negra o mulata con la que bailaba a veces: por los movimientos y la postura y el ritmo no me cupo duda de que estaban enfrascados en una danza pseudogaélica, gran velocidad en los pies que no hacen recorrido alguno (se ciñen esos pies a un punto sobre el que insisten, percuten y repercuten en el espacio de un ladrillo, o de una baldosa si no exageramos), los brazos en cambio caídos, pegados al cuerpo, inertes, muy tiesos voluntariamente, pensé que estarían oyendo la música de algún demenciado espectáculo de ese ídolo de las islas que zapatea como un poseso, Michael Flatley, se emitían sus antiguos vídeos con notable frecuencia, no sé si ya se ha retirado o si se dosifica mucho, para así hacer más excepcionales sus iracundos brincos por los escenarios. Qué contento se lo veía siempre, a mi vecino, bailara lo que bailase a solas o con compañía, a veces sentía la tentación de imitarlo, eso es algo que podemos hacer todos, bailar en casa cuando creemos que no nos ve nadie. Pero nunca se está seguro de que no nos vea ni escuche nadie, no siempre nos percatamos de que nos observan, o de que nos siguen.

Aquel pobre terrier del bibliómano Marriott tendría sólo catorce dedos, pensé, al faltarle una pata. Tal vez me había acordado de él porque su imagen se me quedó para siempre asociada a la de una joven que también solía calzar botas altas, una florista gitana que los domingos se apostaba justo enfrente de mi casa oxoniense, más allá de la calle larga que allí conocen como St Giles'. Se llamaba Jane, estaba casada pese a su juventud extrema, vestía *jeans* y cazadora de cuero los más de los días, yo cruzaba unas palabras con ella de vez en cuando, y aquel Alan Marriott se había detenido junto a su puesto a comprarle un par de flores justo antes de llamar a mi timbre la mañana o la tarde que me visitó, uno de aquellos domingos 'desterrados

del infinito' (cité para mis adentros). Él y yo habíamos acabado hablando del escritor galés Arthur
Machen (uno de sus favoritos) y de la literatura de
horror o terror que éste había cultivado para deleite de Borges y de no muchos más, aunque recuerdo que él no sabía quién era Borges. Y de pronto
me había ilustrado el horror mediante una hipótesis que involucraba a su perro de tres patas y cara
despierta con la florista de las botas altas. 'Los ho-
rrores dependen en buena medida de la asociación
de ideas', había dicho. 'De la conjunción de ideas.
De la capacidad para unirlas.' Se expresaba con
frases cortas y sin apenas recurrir a las conjuncio-
nes, haciendo pausas mínimas pero muy profundas, marcadas, como si contuviera el aliento mientras duraban. Como si también cojeara un poco del
habla. 'Usted puede no asociar nunca dos ideas de
modo que le muestren su horror, el horror de cada
una de ellas, y así no conocerlo en toda su vida.
Pero también puede vivir instalado en él si tiene la
mala suerte de asociar continuamente las ideas justas. Por ejemplo, esa chica que vende flores enfrente
de su casa', había dicho señalando hacia la ventana con el índice muy estirado, uno de esos dedos
que aun limpios parecen impregnados siempre de
lo que acostumbran tocar, por mucho que se los
laven sus dueños: los he visto en carboneros y en
carniceros y en pintores de brocha gorda y hasta
en fruteros (en carboneros durante mi infancia); en
los suyos permanecía el polvo de libros que se pega
tanto, por eso yo usaba guantes cuando rebuscaba
en las librerías de viejo o de lance, y en cambio se
me iba adhiriendo la tiza de cuando daba clases.
'No hay nada terrible en ella, por sí sola no puede

infundir horror. Al contrario. Resulta muy atractiva. Es simpática y amable. Acarició al perro. Le
he comprado estos claveles.' Se los sacó del bolsillo de la gabardina, al que se los había echado con
total descuido, como si fueran lápices o un pañuelo. Eran dos tan sólo, estaban medio espachurrados.
'Pero esa chica puede infundir horror. La idea de
esa chica asociada a otra idea puede infundir horror. ¿No lo cree? Aún no sabemos cuál es la idea
que falta, la idea adecuada para infundírnoslo. Su
pareja espantosa. Pero es seguro que existe. La habrá. Es cuestión de que aparezca. También puede
no aparecer jamás. Podría ser, quién sabe, mi perro.' Lo señaló con su índice en vertical hacia abajo, el terrier se había echado a sus pies, no llovía
aquel día, no había peligro de que manchara el salón, no merecía el destierro de la cocina, en la planta baja (su índice polvoriento invisiblemente). 'La
chica y mi perro', repitió, y volvió a señalar hacia la
ventana primero (como si la florista fuera un fantasma y tuviera su rostro pegado al cristal, era la
ventana del segundo piso, tenía tres aquella casa
piramidal, yo dormía en el más alto y trabajaba en
aquel salón) y hacia el perro luego, el dedo siempre muy recto y rígido. 'La chica con su larga melena castaña y sus botas altas y sus largas piernas
compactas y mi perro sin su pata izquierda.' Recuerdo que entonces le tocó el muñón con afecto
o más bien con tiento como si aún pudiera dañar-
lo, se había adormilado un poco el animal. 'Que el
perro venga conmigo es normal. Es necesario. Es
raro si se quiere. Quiero decir los dos juntos. Pero
no hay horror en ello. Que el perro fuera con ella
sería más contencioso. Sería quizá horroroso. El

perro *es* sin pata. Nadie más que yo lo recuerda
cuando tuvo cuatro. Mi memoria personal no cuenta. No es nada frente a los ojos de los demás. Frente a los ojos de ella. A los de usted. A los de los demás perros. Ahora es como si mi perro hubiera
sido sin pata siempre. De haber sido de ella, no la
habría perdido seguramente en una riña estúpida
después de un partido.' Marriott me había contado
ya la historia, yo le había preguntado: unos hinchas borrachos del Oxford United, la estación de
Didcot una noche tarde, el hombre cojo bastonea-
do y sujeto por varios de ellos, el perro aún no cojo colocado sobre la vía para que lo reventara un
tren que no paraba. Lo habían soltado, se habían
apartado con miedo en el último instante, él se
había volteado, había tenido suerte dentro de todo ('No sabe cómo sangraba'). 'Eso es un accidente. Gajes del oficio de perro de un hombre cojo. Pero con ella tal vez la habría perdido por otra causa.
El perro *es sin pata*. Con más motivo. Con más
gravedad. No por un accidente. Es difícil imaginar a esa chica en una pelea. Quizá la habría perdido por *su* causa.' La expresión en inglés fue '*because of her*', sin confusión posible respecto al '*su*'
de la joven. 'Quizá, para que este perro hubiera
perdido la pata perteneciendo a esa chica, tendría
que habérsela amputado ella. ¿Cómo si no puede
perder la pata un perro bien protegido, cuidado y
querido por una chica tan atractiva y simpática
que vende flores? Esa idea es horrible. Es horrible
la idea de esa chica cortándole la pata a mi perro
con sus propias manos; viéndolo con sus propios
ojos; asistiendo a ello.' Aquellas últimas frases de
Alan Marriott habían sonado levemente indigna-

das; indignadas con la florista. Se había interrumpido entonces, como si se hubiera sugestionado en exceso con su truculenta hipótesis y hubiera divisado en efecto a una pareja espantosa. 'Con los ojos de la mente', como si la hubiera visto con ellos, cité para mis adentros, a través de mi ventana. Pareció haberse turbado, haberse asustado a sí mismo. 'Dejémoslo', dijo. Y aunque yo le insistí —'No, continúe, está usted a punto de inventar una historia'—, no estuvo dispuesto a seguir pensando en aquello, o figurándoselo: 'No. Dejémoslo. No es buen ejemplo', había respondido terminante. 'Como usted quiera', le había contestado yo, y así habíamos pasado a otra cosa. No habría habido forma de convencerlo para que prolongara su fabulación, eso lo supe al instante, una vez que se había alarmado por causa de ella. Quizá se había horrorizado por ella. Debía de haberse espantado, con su propia mente.

Un perro y una joven con botas altas. Aquella noche de lluvia era en realidad la primera vez que había visto esa conjunción con mis ojos, esa imagen; pero mi memoria la tenía ya registrada o siniestramente asociada desde hacía muchos años, en aquel mismo país que no era el mío, cuando aún no estaba casado ni tenía ningún hijo. (Este tiempo mío se iba pareciendo a aquel otro: no había ahora mujer ni hijos, pero contaba con ellos y les mandaba dinero y también los añoraba a diario, en algún u otro momento de cada día.) La florista Jane solía llevar las botas por encima de sus *jeans*, casi a lo mosquetero. La mujer oculta por el paraguas vestía falda, le había vislumbrado un muslo. Sin duda por ese precedente invisible, por aquella figuración transmitida en su día por el bibliófilo que cojea-

ba, me había aliviado tanto que el pointer blanco
nocturno conservara sus cuatro patas, se las había
contado una por una pese a habérselas visto naturalmente también de un solo golpe. Pero había
querido cerciorarme (esos casos de superstición refleja, me daba ahora cuenta) de que él y su ama no
formaban una posible pareja espantosa que ya había sido imaginada por alguien.

Era eso lo que yo hacía por una paga, en el
edificio sin nombre. Sin cesar llevaba a cabo aso-
ciaciones, más que interpretaciones o desciframien-
tos o análisis, o éstos sólo venían luego, como débil
consecuencia. Sin utilizar tal vez la palabra, Wheeler
me lo había anunciado aquel domingo de Oxford,
en su jardín o durante el almuerzo: No hay ni jamás
hubo dos personas iguales, sabemos eso; pero tampoco hay nadie que no esté emparentado en algún
aspecto con alguien que atravesó ya el mundo,
que no tenga con algún otro lo que Wheeler llamó afinidades. Nadie hay sin ningún vínculo ni lo
hubo nunca, sin un nexo de destino o carácter que
son el mismo concepto (parafraseó Wheeler abiertamente), salvo quizá los primeros hombres, si es
que los hubo en verdad anteriores a otros y no
fue que surgieron muchos en muchos sitios, simul-
táneamente. Uno ve a dos personas totalmente distintas y además las ve separadas por siglos de su
propia vida, hasta el punto de tener a la primera olvidada desde hacía esos siglos cuando la segunda se
le aparece, como guardaba yo anestesiada la imagen
de aquella pareja de espanto discernida por Alan
Marriott. Son personas distintas en edad, en sexo,
en educación, en creencias, en mentalidad, en temperamento, en afectos; pueden hablar diferentes len-

guas, provenir de países entre sí muy distantes, tener
biografías opuestas y no compartir una sola experiencia, ni una hora paralela de sus respectivos y des-
proporcionados pasados, ni una sola equiparable.
Uno conoce a una joven muy joven, con su am-
bición tan intacta que aún no puede ni saberse si
la tiene o carece de ella, recuerdo yo al escuchar a
Wheeler. Su timidez la hace hermética, tanto que
no está uno seguro de que esa misma timidez no
sea fingimiento sólo, una máscara huraña. Es la
hija de un matrimonio español amigo al que va a
visitarse, los padres la obligan a saludar, a estar presente un rato al menos, a cenar con el invitado y
con ellos. La joven no quiere ser conocida ni tan
siquiera vista, está allí a disgusto, simulando indiferencia y desinterés por el mundo, esperando a
que sea el mundo, al que siente en deuda, quien se
interese por ella y la corteje y la busque y aun le
ofrezca desagravio, pero experimentando un fastidio enorme si el amigo de sus padres (que para ella
no es parte del mundo: por asimilación lo ha excluido) le muestra una curiosidad insistente, la
observa por simpatía, por halagarla la sonsaca. Es
una esfinge vagamente ofendida, o quizá es temerosa, o vulnerable e interrogativa, o engañosa, una
impostora. Imposible adivinarla, desea que le hagan caso y a la vez lo ve como intromisión, no soporta ese caso si viene de quien no cuenta, de aquel
a quien no toca hacérselo, según su percepción y
criterio. No es, no puede ser antipática o no llega
a tanto, no lo es nunca del todo quien se ruboriza
en su linda cara, pero no hay forma de imaginar
qué se esconde tras el yelmo de su juventud extrema, como si llevara la celada baja y asomaran de

sus ojos nada más que unas pestañas. Lo inmaduro y lo no acabado, eso es lo más insondable, como los cuatro trazos de un dibujo incompleto y abandonado muy pronto, que ni siquiera permiten cábalas sobre la figura a que aspiraban, o iban encaminados. Y sin embargo acaba por aparecer algo, casi siempre, dice Wheeler. Rara es la persona ante la que uno se queda en tinieblas definitivamente, rara es la vez en que alguna figura no surge al cabo del tiempo de nuestra persistencia, aunque sea borrosa o muy tenue, a menudo muy distinta de la que podía esperarse, con frecuencia remota, deslindada o impropia de esos trazos primeros, incongruente muchas veces. Se va acostumbrando uno a la oscuridad de cada rostro o persona o pasado o historia o vida, empieza a distinguir tras escrutar sin rendición las sombras, la penumbra se abre paso y entonces ya capta uno algo, ya discierne: remite el desaliento entonces o bien nos invade y envuelve, según ansiáramos ver o no ver nada, según en quién descubramos qué rasgos o afinidades, o son tan sólo huellas y reminiscencias nuestras. Quien está dispuesto a ver, al final ve casi siempre, no digamos quien está empeñado, o quien hace su profesión de ello, como tú y como yo, tú crees no haber empezado pero has empezado hace mucho, te falta ser retribuido y ahora lo serás, muy pronto; pero es así como ya vives. Somos tan pocos los que tenemos valor y paciencia para seguir mirando que nos pagan bien por eso ('Vamos, corre, date prisa, sigue pensando y sigue mirando más allá de lo necesario, también cuando sientas que ya no hay más, nada más que pensar, todo pensado, ni que mirar, todo mirado'), para ahondar en lo que se aparece liso y opaco y negro como un campo de sable heráldico, una tiniebla compacta. Pero uno percibe de pronto un gesto, una entonación, un destello, un titubeo, una risa, un tic, un ojo oblicuo, puede ser cualquier cosa y además muy nimia. Algo oye o ve, lo que sea, ve eso en la joven hija del matrimonio amigo, algo que reconoce y asocia, que oyó o vio antes en alguien, pienso mientras Wheeler se explica. Ve en la chica la misma expresión envanecida y cruel, acomplejada, idéntica, que vio tantas veces en un hombre mayor, casi viejo, un editor de revistas con el que trabajó demasiado tiempo, una sola jornada ya habría sido con él más de la cuenta. Nada tienen que ver en principio, nadie los habría relacionado, un desatino. No hay parecido, ni desde luego parentesco. Aquel hombre tenía el pelo canoso y como cardado, el de la joven es una deslumbrante melena castaño intenso; a él se le iba cayendo la carne, la cara se le desplomaba visiblemente un poco más cada día, la de ella es tan exultante y firme que a su lado los padres parecen planos (y uno mismo, supone, pero uno no se contempla), como si sólo tuviera ella en la habitación volumen, o sólo ella estuviera en relieve; los ojos de él eran chicos y desleales, ávidos y dañinos pese a las sonrisas que frecuentaban sus dientes separados y como sin limar o pulir (o con el esmalte ido, su efecto era de sierras sucias minúsculas), con la esperanza de hacer cordial el conjunto (y engañaba a muchos, durante un tiempo hasta a mí mismo, o fue más bien que aparté la vista de lo que veía, es eso lo que hace el mundo constantemente, y uno no puede desgajarse del mundo siempre), y los ojos de ella son grandes y huidizos y graves y parecen no codiciar nada, sus labios no conceden sonrisas a quienes no las merecen desde su tacaño punto de vista, y no le importa mostrarse hosca (aún no le interesa engatusar a nadie), y su dentadura entrevista es una bendición radiante. No, nada tienen que ver, aquel trapacero dueño y editor de revistas, aquel hombre mayor jactancioso y jamás conmiserativo, tan inseguro de sus consecuciones y tan conocedor de sus hurtos monetarios e intelectuales que necesitaba aplastar si podía a aquellos de quienes sisaba; no, nada los une, a él y a esta chica para la que uno diría que el telón ni se ha alzado, que aún es entera potencialidad y enigma, un lienzo ya aderezado sobre el que sólo han caído unas pinceladas de prueba, unas pruebas de colores. Y sin embargo. Al cabo del rato, quizá a los postres, al cabo del tiempo de nuestra persistencia, uno ve con nitidez y amargura desinteresada ese fogonazo, ese gesto o misma mirada del hombre al que no se parece y al que no conoce (luego toda mímesis descartada). No es, no puede ser una superposición de rostros, tan distintos, tan opuestos, eso sería una aberración visual, un dislate del ojo. No, es una asociación, un reconocimiento, una afinidad captada. (Una pareja espantosa.) Es el mismo gesto de irritación o la misma expresión de exigencia, motivados sin duda por diferentes causas o tras trayectorias tan divergentes que la de él ya es declinante y la de ella apenas arranca. O quizá en ambos casos no hay causa y las trayectorias poco cuentan, no son expresión ni gesto que vengan del revés o la suerte, ni que traigan los acontecimientos. Estaban en el empresario ya asentados, moradores perpetuos de su enrojecida tez alcohólica salpicada de venillas

rotas, mientras que son en la joven una momentánea tentación tan sólo, una bruma si se quiere, algo
tal vez reversible y hoy por hoy sin importancia.
Y sin embargo uno ya sabe, tras haber notado ese
vínculo. Sabe cómo es ella en un aspecto, y que en
ese tan crucial no habrá enmienda: mal lo tendrán
quienes la contraríen, pero no mejor quienes la
complazcan ('Hay personas que simplemente resultan ser imposibles, y lo único sabio es apartarse de ellas y mantenerlas lejos, y no existir para
ellas'). Ese gesto, esa expresión indican algo advertido desde el primer momento y que ha sido
mencionado antes, sólo que sin relacionarlo aún
con aquel ladronzuelo viejo de la soberbia inmensa, sin haberme percatado de que la joven compartía con él ese rasgo, o lo reproduce (se lo calca sin
conocerlo, idéntico). Ambos sienten, quizá juz-
gan, que el mundo vive en deuda con ellos; cuanto les llega de bueno les es tan sólo debido, qué
menos; desconocen el contento y la gratitud por
tanto; jamás tienen en cuenta los favores que se les
dispensan ni la clemencia con que son tratados; ven
aquéllos como pleitesía, ésta como debilidad y miedo de quien tuvo la vara en la mano y se abstuvo de
apalearlos. Son gente intratable, que jamás aprende ni escarmienta. Se sienten acreedores del mundo
siempre, aunque lleven la vida entera agravián-
dolo y despojándolo, a través de incontables vástagos suyos que se les han puesto a tiro. Y si por
edad la chica no había podido abatir aún a muchos, no me cupo duda de que se resarciría pronto
del tiempo intolerable de espera a que el perezoso
crecimiento físico somete a los caracteres resueltos
con celeridad y gran adelanto. Es entonces, al reco-

nocer esa expresión envanecida y cruel, acomplejada —presagio de cólera siempre—, es al ver ese
nexo nefasto cuando uno deja de mostrar curiosidad hacia la joven, de observarla por simpatía, de
halagarla con sus cautivadoras preguntas de adulto.
Y ella, que soportaba mal eso y desdeñaba las aten-
ciones por venir de quien venían —un amigo de los
padres, tan pesado, alguien antiguo—, soporta todavía menos la suspensión de sus deferencias. Por
eso se termina ya el postre a toda prisa, se levanta
de la mesa, se marcha sin despedirse. Ha padecido,
ha acumulado, ha coleccionado otra ofensa.

Otras veces es lo contrario, por suerte: lo
que uno ve, o identifica, asocia, es algo tan añorado y querido que al instante se tranquiliza, me
cuenta Wheeler. Oye un timbre de voz y una dicción familiares en la mujer con quien habla, acaban de presentársela. Escucha su risa fácil con un
agrado nostálgico, o es más, una emoción lejana.
Recuerda, escucha, recuérdala: oh sí, cómo no, ya
lo creo, conozco esa predisposición a la fiesta, la jovialidad que contagia, la pronta disipación de las
nieblas, la llamada a la diversión, el espíritu que
se aburre de la tristeza propia y hace cuanto está
en su mano por aligerar y abreviar las dosis que la
vida le impone como a cualquier otro, a ella también, no es que se libre. Pero tampoco se ofrece ni
se doblega inerme, y en cuanto ve que sobrevive a
esa carga, se endereza un poco y trata de sacudír-
sela, lo más lejos posible de su frágil espalda. No
para suprimir la pena, como si no la hubiera, no es
que se desentienda o se zafe, no es que olvide irres-
ponsablemente; pero sabe que esa tristeza sólo podrá vigilarla si la mantiene en perspectiva, a dis-

tancia, y así quizá también entenderla. Y en esa mujer de edad mediana uno percibe la afinidad inconfundible con una joven que lo fue para siempre, con su propia esposa —Valerie, Val, casi no le queda más que el recuerdo del nombre, pero ahora vuelven a aparecérsele vestigios vivos o animados de ella, en otra voz y en otro rostro—, que murió temprano y no pudo ni soñar siquiera en alcanzar esos años, ni desde luego alumbrar a un hijo ni fantasear con él posiblemente, demasiado joven su muerte para imaginarse madre, casi sin tiempo para imaginarse casada con Peter Wheeler, o con Peter Rylands, para imaginarse casada además de estarlo. Tenía la mirada ensoñada y diáfana, y muy alegres los labios, irónicos afectuosamente. Bromeaba mucho, no dejó atrás los usos de sus juveniles años, nunca estuvo en condición de hacerlo. Una vez me dijo por qué me quería, con esos labios: 'Porque me gusta verte leer el periódico mientras desayuno, más que nada por eso. Veo en tu cara cómo ha amanecido el mundo y cómo amaneces tú cada mañana, que eres en mi vida el representante principal del mundo. El más visible con diferencia'. Esas palabras regresan inesperadamente, al oír el timbre y la dicción idénticos, y al ver la sonrisa tan comparable. Y entonces uno sabe en seguida que de esta mujer madura que acaban de presentarle bien puede fiarse, absolutamente. Sabe que no le hará mal, o al menos no sin avisarle.

'Fue muy útil esta capacidad o don durante la Guerra, es algo inapreciable en tiempo de guerra, por eso se organizó y canalizó en la época, y se
rastreó a conciencia, pronto se comprobó que había
pocos que lo tuvieran, ese don, esa facultad, y aún
menos quizá por entonces, la guerra deforma la visión hasta extremos inconcebibles, la mitad de la
gente ve fantasmas y brujas por todas partes y en
la otra mitad se agudiza la habitual tendencia a no
ver nada, y también a procurar no verlo. Pero fue
la Guerra la que nos trajo, sólo se nos ocurren las
cosas cuando nos son necesarias, hasta las más simples', había murmurado Wheeler en el jardín, mientras paseábamos con lentitud junto al río, a la espera del almuerzo. 'La lástima fue que no surgiera
la idea unos pocos meses antes, quién sabe si Val,
si mi mujer, si Valerie, no habría muerto en ese
caso. Pero por desgracia ya había muerto cuando
la idea le vino no sé si a Menzies o a Ve-Ve Vivian,
o si a Cowgill o a Hollis o incluso a Philby (a Jack
Curry no creo, a él lo descarto), todos querían ser
los más inventivos, siempre se ha presumido de eso
en el MI5 y en el MI6, se miraban de reojo, acababan espiándose también unos a otros, seguirá
sucediendo, eso es seguro. Lo más probable es que
se le ocurriera al mismísimo Churchill, era el más
listo y el más atrevido, el que menos temía el ri-

dículo. Tanto da. Esas cosas, esas paternidades no hay quien las sepa, y a nadie le importan más que a los candidatos a haber alumbrado el desvío de la muerte polvorienta en ayeres nuestros ya lejanos', varió Wheeler con humor amargo la cita célebre de Shakespeare, 'cada uno cuenta su historia y a ninguno se le da crédito ni se le hace maldito caso. Como quiera que fuese, todo partió de la campaña contra la *careless talk*, ¿has oído hablar de eso?' Me sonaba la expresión, 'charla despreocupada' literalmente, o 'negligente', o 'descuidada', o 'conversación imprudente', difícil una traducción satisfactoria y exacta, lo relacioné con lo que en español conocemos como 'hablar a la ligera', aunque no sea tampoco eso, ni 'cotilleo' ni 'chismorreo' ni 'habladurías'. Negué con la cabeza: no sabía, en todo caso, de ninguna campaña contra lo así llamado. Por entonces también ignoraba qué nombres eran esos que Wheeler había manejado con tanta soltura, a excepción de Churchill, claro está, y del famoso agente doble Kim Philby (aquel otro inglés forastero o postizo, nacido en la India e hijo de un explorador y orientalista a su vez nativo de Ceilán y convertido al Islam a los cuarenta y tantos años), que además había estado en España durante nuestra Guerra como corresponsal del *Times* junto al bando insurrecto, pero según parece con la encomienda (soviética, no británica) de aprovecharse de su cercanía para asesinar a Franco (la incumplió, desde luego, hasta en el grado de intento: debieron castigarlo por eso). Sólo más adelante supe que todos habían sido funcionarios o espías con responsabilidades muy altas, como también tardé en saber, por ejemplo (no voy a presumir de conocimientos infusos), que aquel primer apellido dicho por Wheeler, Menzies, era ese y que así se escribía, porque él lo pronunció extrañamente como 'Mingiss'. '¿No? Hmm', prosiguió Wheeler a la vez que abría su carpeta y rebuscaba un poco en ella. 'Se llevó a cabo durante la Guerra, se empapeló el país entero con carteles, avisos, ejemplos ilustrativos, anuncios en radio y prensa, con las viñetas de Eric Fraser y de muchos otros, Eric Kennington, Wilkinson, Beggarstaff (aquí tengo algunas, verás), cuando todos nos sugestionamos y nos convencimos de que Inglaterra, y Escocia y Gales, estaban plagadas de espías nazis, muchos de ellos tan británicos como el que más de nacimiento y educación y aficiones, gente comprada o fanática y hechizada, gente traidora, gente enferma e infectada. Se desconfiaba de cualquiera, sobre todo una vez que se inició la campaña, con desiguales resultados prácticos (combatía algo invencible) pero considerable eficacia anímica o psíquica: se recelaba del vecino, del pariente, del profesor, del colega, del tendero, del médico, de la mujer, del marido, muchos aprovecharon las sospechas tan fáciles, tan extendidas, tan comprensibles en aquel clima, para perder de vista al aborrecido cónyuge. Aunque no pudiera demostrarse que uno estaba conviviendo con un agente alemán encubierto o infiltrado, la sola e insuperable duda parecía suficiente obstáculo para hacer imposible la permanencia al lado del supuesto monstruo detectado, o lo que es lo mismo, suficiente motivo para divorciarse. ¿Cómo podía compartirse almohada, noche tras noche, con alguien de quien se desconfiaba tan gravísimamente, con alguien tan temible que no vacilaría en matarnos si se sentía descubierto o amenazado? Esa era la idea del espía enemigo, fuera joven o viejo, mujer u hombre, británico o extranjero, la de individuos despiadados, sin escrúpulo ni límite algunos, siempre dispuestos a infligir el mayor daño posible indirecto o directo, en la retaguardia o en el frente, en la moral colectiva o en los materiales bélicos, a la población civil o a las tropas, lo mismo daba. No era errónea la idea, por cierto. La gente exageraba sus miedos con vistas a no creérselos en el fondo, a concluir a la postre que nada podía ser tan maligno como se lo imaginaba, es algo que hacemos todos, pensar lo peor a propósito pero sin aparente conciencia, de forma paranoica, descabellada, figurarnos lo más truculento para así acabar descartándolo en nuestro fuero interno: al término del proceso, de ese atroz viaje mental, llamémoslo, nos decimos invariablemente: bah, no será tanto. Lo gracioso o lo tétrico es que la verdad sí suele serlo: será tanto o todavía más. Según mi experiencia, según mis conocimientos, la realidad coincide a menudo con lo más cruel de lo presentido y aun lo deja corto en ocasiones, es decir, coincide precisamente con lo que fue rechazado en el apogeo o culminación del miedo, con lo que al final fue tomado por pesadillas excesivas, locas, de la aprensión y la fantasía. Claro que los numerosos agentes nazis en suelo británico mataban a quien hiciera falta o les supusiera el más mínimo riesgo, lo mismo que los nuestros en el continente ocupado, los del SOE principalmente, pero no sólo ellos. En tiempo de paz es del todo imposible hacerse a la idea o entender qué es una guerra, de hecho ésta es inconcebible, y ni siquiera son recordables las ya vividas, las que ya se dieron y además aquí mismo, en las que uno incluso tomó o tuvo parte; del mismo modo que en el tiempo de guerra es la paz lo que no resulta recordable, ni concebible. La gente no es consciente de hasta qué punto lo uno niega lo otro, lo suprime, lo repele, lo excluye de nuestra memoria y lo ahuyenta de nuestra imaginación y nuestro pensamiento (como el dolor y el placer cuando no están presentes), o a lo sumo lo convierte en ficticio, uno tiene la sensación de que nunca ha conocido ni experimentado de veras lo que en cada tiempo está ausente; y eso ausente, si lo hubo antes, no funciona igual, no se asemeja al pasado, o al resto de lo que ya es pretérito, sino a las novelas y a las películas. Se nos vuelve irreal, es un invento. Y en lo que respecta a la guerra, nos parece increíble tantísimo desperdicio.' Estuve tentado de preguntarle a Wheeler si él también había matado, en el MI6 (saco de carne, mancha de sangre), quizá en el Caribe, o en el África Occidental, o en el Sudeste Asiático; o en España antes. Pero no dio tiempo a que la tentación cuajara, porque apenas si hizo pausa antes de añadir: 'Nos cuesta indeciblemente darle crédito luego, en cuanto la guerra se acaba; nada más encontrarnos con la derrota o con la victoria, sobre todo con una victoria. Son como compartimentos estancos, el estado de paz, el estado de guerra. Cuánto desperdicio'. Y en seguida regresó a lo previo: 'Mira esto, ¿nunca lo habías visto reproducido?'

Wheeler sacó de su carpeta un recorte de periódico amarillento con una viñeta en la que lo primero que saltaba a la vista era una gran cruz gamada en el centro, peluda como una araña, y la tela que ésta había tejido, la cual envolvía o más bien atra-

This play by G. R. Rainier, which illustrates how careless talk, however innocent it may seem at the time, might be pieced together by the enemy and give away a vital secret, will be broadcast again tonight at 10.0.

paba unas cuantas escenas. 'Información al enemigo', rezaban las letras grandes, un título presumiblemente, a juzgar por las pequeñas al pie, que más o menos decían: 'Esta obra de G R Rainier, que ilustra cómo las charlas imprudentes' (dejemos *careless talk* aquí en eso), 'por muy inocentes que puedan parecer en el momento, podrían ver juntadas y encajadas sus piezas por el enemigo y así traicionar secretos vitales, se emitirá de nuevo esta noche a las diez en punto'. Cuatro eran las escenas: tres tipos charlan en un *pub* mientras juegan a los dardos, el más rezagado sería el espía, por el aparente monóculo, la nariz curvada, el ahuecado pelo de artista y la relamida barba; un soldado conversa en un tren con una dama rubia, ella sería sin duda la espía, no sólo por exclusión, sino también por elegancia; hablan dos parejas en una calle, una de dos varones y la otra mixta: los respectivos espías debían de ser el individuo de la pajarita y el de la bufanda, aunque aquí no estaba tan claro (pero yo diría que son los que escuchan); por último, un aviador es recibido en casa, seguramente por sus padres, y en segundo término por una joven doncella con delantal y cofia: a buen seguro ella es la espía, por joven y por empleada, por intrusa. Además de esas escenas, un avión abajo y otro arriba, éste muy cerca de una incomprensible furgoneta (quizá tapadera) que lleva pintado el rótulo de 'Lavandería'.

'No, no lo conocía', dije, y después de mirar la viñeta de Eric Fraser con detenimiento le di la vuelta al recorte, como hago siempre con los que son antiguos. *Radio Times*, 2 de mayo de 1941. Aparecía parte de la programación de aquellos días, de la BBC, supuse, que entonces era sólo radio. El tí-

tulo completo de la didáctica obra de aquel Mr
Rainier (parecía un nombre más alemán que inglés, o quizá fue un monegasco) era, según vi, *Fifth
Column: Information to the Enemy*. Aquella expresión, quinta columna, se había originado en mi ciudad, yo creo, en Madrid, asediada durante tres años
por Franco y sus tropas y sus aviadores alemanes y
sus asaltantes moros, e infestada de quintacolumnistas suyos, habíamos exportado rápidamente ambos
términos a otras lenguas y otros sitios: por entonces,
mayo del 41, hacía sólo veinticinco meses que nos
habíamos encontrado con la derrota unos y con la
victoria otros, mis padres entre los unos, y yo también, cuando naciera (hay mucho más desperdicio
y dura más entre los vencidos). Aquella programación radiofónica de hacía sesenta años largos incluía (a uno siempre se le van los ojos a las palabras
en su propio idioma) la actuación de '*Don Felipe
and the Cuban Caballeros, with Dorothe Morrow*',
estaba previsto que tocaran durante media hora, hasta el cierre a las once: '*Time, Big Ben: Close down*'.
Dónde estarían ahora, Don Felipe y los Caballeros
de Cuba y aquella tan impropia Dorotea Mañana,
probablemente la vocalista. Dónde si vivos y dónde
si muertos. Quién sabía, de hecho, si habrían lo-
grado actuar aquella noche o si se lo habría impedido algún bombardeo de la Luftwaffe, planeado y
dirigido por quintacolumnistas y confidentes y espías de nuestro territorio. Quién sabía ni siquiera si
habrían sobrevivido a la fecha.
      '¿Y esto? ¿Y esto? Mira esto; y esto; y esto.'
Wheeler siguió sacándome viñetas de su carpeta,
ahora en color y ya no originales, sino recortadas de
revistas o quizá de libros, o bien eran postales y nai-

pes del Imperial War Museum de Lambeth Road
y de otras instituciones, debían de venderse ahora
como recuerdos nostálgicos o meramente curiosos,
hasta se ilustraba una baraja con ellas, es extraño
cómo las cosas útiles y aun vitales de la propia vida
se convierten en ornamentos y en arqueología,
cuando esa vida no está aún concluida, pensé en la
de Wheeler y pensé que yo llegaría a ver en catálo-
gos y en exposiciones objetos y diarios y fotografías
y libros a cuyas novedosas creación o toma o incluso
escritura habría asistido, si vivía los suficientes años
o ni siquiera tantos, todo se hace remoto muy de
prisa. Ese museo, el Imperial de la Guerra, estaba
muy cerca del cuartel general o sede principal del
MI6, es decir, del Secret Intelligence Service o SIS,
allí en Vauxhall Cross, nada secreta arquitectónica-
mente esa sede sino en verdad llamativa, ni siquiera discreta sino prominente, un zigurat, un faro; y
también nada lejos del edificio sin nombre al que
yo iba a ir cada mañana durante un periodo que se
me hizo largo, aunque entonces todavía ignoraba
que ese iba a ser otro lugar de trabajo mío, he tenido ya unos cuantos.

'¿Las colecciona usted, Peter?', le pregunté
mientras las miraba con atención. Nos sentamos un
momento sobre las butacas cubiertas por lonas o
fundas impermeables que tenía Wheeler en su jardín alrededor de una mesita, las sacaba pronto en
la primavera y las retiraba tarde en el otoño, mientras el sol aún se alargara, pero las mantenían o
dejaban tapadas según los días o la mayoría de ellos,
él y la señora Berry, siempre tan variable en Inglaterra el tiempo, por eso tiene su lengua la expresión '*as changing as the weather*', que se aplica por

ejemplo a las personas volubles. Tomamos asiento directamente sobre las lonas de color gabardina clara, estaban secas, era sólo un alto para mejor manejarnos y desplegar las viñetas encima de la mesita asimismo enfundada, todos aquellos muebles disfrazados de esculturas modernas, o de fantasmas encadenados. En el jardín de Rylands los había también, parecidos, en su jardín cerca de allí, junto al mismo río, me acordaba.

'Sí, más o menos, algunas cosas uno quiere recordarlas con la mayor precisión posible. Pero es más bien Mrs Berry, ella se ocupa, también le interesan y ella va más a Londres. A uno no se le ocurre guardar las menudencias cuando se dan, en su tiempo, cuando existen naturalmente, se tiene la sensación de que están a mano y de que siempre van a estarlo. Luego se convierten en verdaderas rarezas, y antes de que se dé uno cuenta son ya reliquias, no hay más que ver las tonterías que hoy se subastan, por el solo motivo de que ya no se fabriquen y resulten inencontrables. Hay colecciones de cromos de hace cuarenta años que alcanzan precios desorbitados, suelen pujar como locos por ellas los mismos que las hicieron de niños y que de jóvenes làs tiraron o regalaron, quién sabe si no compran exactamente, tras largo viaje, tras su paso por muchas manos, los mismísimos álbumes que en su día coleccionaron y completaron con infantil perseverancia. Es una maldición, el presente, no nos deja ver ni apreciar casi nada. A quién se le ocurriría que vivamos en él, nos jugó una mala pasada', dijo Wheeler humorísticamente, y a continuación me señaló aquellas viñetas, le temblaba un poco el índice: 'Mira, ya te das cuenta de lo que recomendaban.

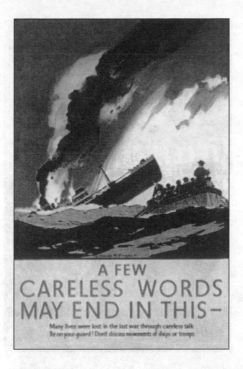

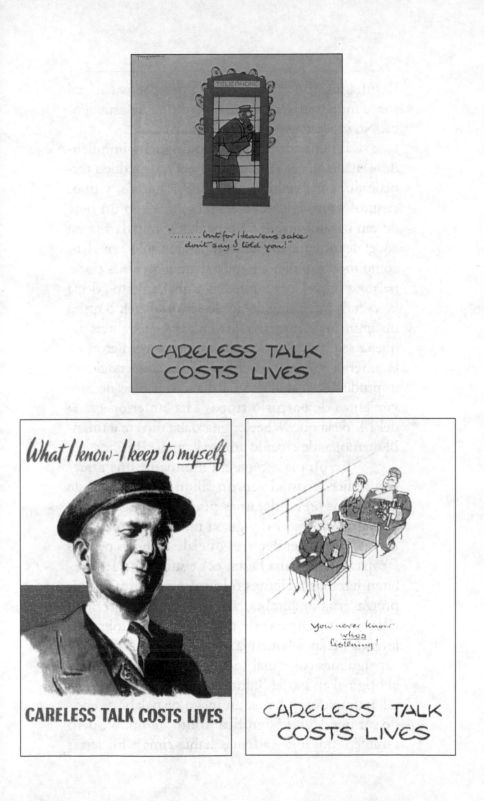

Resulta insólito, ¿no?, desde la perspectiva actual sobre todo, tan voraz y tan incontinente esta época. No sabe no preguntar ni callarse'.

En una se veía un barco de guerra hundiéndose en alta mar en mitad de la noche, sin duda torpedeado, en el cielo resplandores y humos, y unos cuantos supervivientes alejándose de él en un bote de remos sin volverle la espalda, la mirada fija en aquel desastre del que se salvaban tan sólo a medias, como todo tripulante y todo náufrago. 'Unas pocas palabras imprudentes pueden acabar en esto', decía la leyenda de lo que debió de ser un cartel, o quizá un anuncio de la prensa ilustrada; y en letra más pequeña se explicaba: 'Muchas vidas se perdieron en la anterior guerra por culpa de las conversaciones imprudentes. ¡Estad en guardia! No habléis de movimientos de barcos o tropas'. La 'anterior' era la del 14, de la que Wheeler guardaba directa e infantil memoria, de cuando aún se llamaba Rylands.

En otra la escena era mundana: una atractiva mujer recostada en un sillón (collar, traje de noche, flor prendida, uñas pintadas y largas) mira al frente con frialdad y guasa mientras la rodean y la cortejan y atienden tres oficiales con sus pitillos y copas durante una fiesta, es de suponer que le relatan hazañas recientes o le anuncian inminentes proezas para deslumbrarla, o que hablan entre sí de ellas sin preocuparse de que la mujer los oiga. La leyenda decía: 'Mantén la boca cerrada' (o, por buscar algo más coloquial todavía, y más aproximado al original en parte: 'Chitón'), '¡ella no es tan tonta!' (aunque aquí había un juego de palabras servido, ya que *dumb* significa 'tonto' o 'bobo', pero también 'mudo'; y además había rima). En letras rojas, debajo, el lema principal de la campaña: 'Las conversaciones imprudentes cuestan vidas'.

Otra era aún más explícita y aleccionadora, y alertaba contra la posible cadena, involuntaria e incontrolable, a que las palabras dichas están siempre expuestas, y aquí el espía o la espía no estaban al inicio acechando, sino esperando al final de ella. La viñeta estaba dividida en cuatro partes, dos con fondo rojo, dos con blanco. El recuadro superior izquierdo mostraba a un marinero hablando con una joven de melena rubia (su novia, su hermana, tal vez una amiga) de la cual no tiene motivo para desconfiar, al contrario, ella le escucha con interés desinteresado (es decir, más se interesa por él que por lo revelado o contado) y lo mira con enorme aprecio, si es que no con embeleso. Debajo, en mayúsculas, la palabra 'CONTÁRSELO'. El siguiente recuadro, el superior derecho, presentaba a esa misma joven rubia charlando con una amiga de pelo castaño dispuesto en un recogido alto, que la escucha con expresión de asombro, el interés de ésta no parece tan desinteresado: como mínimo saborea anticipadamente la noticia que ella podrá a su vez dar; quizá no sea malintencionada sino tan sólo chismosa, una de esas personas que disfrutan contando y acarreando primicias y mostrándose enteradas, sorprendiendo a los otros con lo mucho que saben de todo. Debajo, en minúsculas, 'a un amigo puede'. El recuadro inferior izquierdo dibujaba a la mujer del pelo castaño relatándole lo oído a otra amiga, ésta de pelo negro con la raya en medio y una especie de moño bajo, fríos ojos rasgados y una expresión de interés ya del todo interesado, pues a la vez que escucha piensa en su próximo interlocutor sobre todo, al que no dará ya una mera noticia, sino una información muy valiosa. Debajo, de nuevo en minúsculas, 'significar contárselo'. Por último, el recuadro inferior derecho pintaba a la tercera mujer, la del pelo negro, susurrándole casi al oído —los ojos entornados malignos— a un hombre rubio de mirada oblicua y facciones muy duras, sin duda un despiadado nazi cuyo siguiente paso no será contar más nada, sino pasar a la acción, tomar medidas que seguramente conducirán a la muerte a muchos, el culpable e inocente marinero incluido. Debajo, las letras volvían a ser mayúsculas, 'AL ENEMIGO', y así la suma de todas era 'CONTÁRSELO a un amigo puede significar contárselo AL ENEMIGO', siendo el principal mensaje el de esas mayúsculas sobre los fondos rojos. No pude evitar fijarme, sonriendo para mis adentros, en la gradación estudiada de las tres mujeres: la 'buena' era rubia y con melena corta, al cuello un modesto y sencillo lazo blanco; la 'frívola' o la 'insensata' era castaña, llevaba recogido el pelo y un collar sobre la garganta (una mujer más coqueta); la 'mala', la espía, era de cabellos negros bastante más historiados, el cuello se lo adornaba una especie de gargantilla negra con un broche verdoso que refulgía en el centro, y era la única en lucir pendientes (una seductora en regla, probablemente). Muchas compatriotas mías, entre ellas mi madre, pensé, habrían tenido quizá mala prensa en Inglaterra, en aquellos años.

Otra viñeta más presentaba a un soldado de infantería que miraba al frente: hombre de mediana edad (un veterano), con un pitillo en los labios se llevaba el índice de la mano izquierda a la sien, bajo el casco, y recomendaba en traducción literal: 'Guárdatelo bajo el sombrero', modismo que en realidad equivale a 'De esto, ni palabra', o 'De esto no sueltes prenda', o quizá, más castiza y anticuadamente, 'Guárdatelo para tu coleto'. Y arriba, en letras rojas, '¡Cuidado con los espías!'.

'Iban destinadas principalmente a las fuerzas, ¿no? Estas viñetas', le dije a Wheeler.

'Ah sí, pero no solamente', me respondió con una ligera vibración en la voz. 'Eso es lo más interesante, que el mensaje no era sólo para los soldados, quienes más sabían y mayores cuidado y discreción debían tener, sino para todo el mundo, también para cualquier civil. Mira estas otras.' Y sacó de su carpeta unas cuantas más que, en efecto, ya no iban dirigidas a los militares, sino al conjunto de la población.

Algunas eran caricaturas. Una representaba a un señor hablando por teléfono desde una cabina pública de color rojo, como aún son las inglesas: '... pero por amor de Dios, ¡no digas que *yo* te lo he contado!', eran sus palabras según el texto, mientras por las paredes y el techo de la cabina asomaban sus caras clónicas catorce o quince pequeños Hitlers. En otra se veía a dos señoras sentadas en el metro, y la primera le decía a la segunda: '¡Uno nunca sabe *quién* está escuchando!' Un par de asientos detrás viajaban muy satisfechos dos gerifaltes nazis uniformados, uno flaco, el otro gordo y cargado de condecoraciones, aquél también parecía Hitler. En otra viñeta, hecha quizá a partir de una foto, se veía a un hombre común y corriente con su corbata, su gabardina y su gorra (tal vez un *cockney*), que parecía guiñar un ojo al espectador y más o menos decía: 'Lo que yo sé... para *mí* me lo guardo', o 'me lo reservo'. Las había también para convencer a los niños e inculcarles por mimetismo la conveniencia de su silencio ('Sé como papá: ¡chitón!'), o avisos oficiales meramente tipográficos, sin ilustración ('Miles de vidas se perdieron en la anterior guerra a causa de la valiosa información revelada al enemigo por las conversaciones imprudentes. ¡Estad en guardia!'), que debieron de invadir los tablones y corchos de las oficinas y las escuelas y los *pubs* y las fábricas, así como las calles, las tapias, las paredes de los trenes y los autobuses, las estaciones de ferrocarril y metro. En otras se explicaba, en verso, por qué se imponía censura a informaciones en principio inocuas y que en tiempo de paz se daban sin ningún problema o aun de manera obligada, como por ejemplo las causas de que un tren se quedara retenido o parado o llegara con acumulados retrasos: 'Dice el censor que han de ser ignoradas / las circunstancias de nuestras nevadas: / para los nazis serían noticia / que aprovecharían con gran codicia', este era el estilo equivalente, más o menos, de los pareados o aleluyas (muestra de consideración y civismo, explicar a los ciudadanos por qué no se les explicaba). Y siempre más viñetas dirigidas a los miembros de las fuerzas armadas, cuyos descuidos eran los que en mayor peligro podían poner a todos y por supuesto a ellos mismos. Un soldado con casco y un teléfono por cuerpo alertaba: '¡Alto! Piénsatelo dos veces antes de hacer una llamada de larga distancia'. O un hombre y una mujer de uniforme dejaban asomar sólo sus pies y sus cabezas tras un biombo azul que ocultaba sus distintivos y con la palabra 'CENSURADO' en gran-

CARELESS TALK COSTS LIVES

CENSORED!

In peace-time railways could explain
When fog or ice held up your train

But now the country's waging war
To tell you why's against the law.

The censor says you must not know
When there's been a fall of snow

That's because it would be <u>news</u>
The Germans could not fail to <u>use</u>—

So think of this, if it's your fate
To have to meet a train that's late,

Railways aren't allowed to say
What delayed the trains to-day.

MINISTRY OF HEALTH

Stop!
Think twice before making
any Trunk calls.

des letras blancas; el joven y la muchacha juntaban las brasas de sus respectivos cigarrillos, uno daba a otro lumbre y con ello unían sus labios por tabaco y fuego interpuestos (fumar no estaba mal visto ni perseguido, en algo tenían que ser afortunados los tiempos), pero se les advertía: '¡Vuestras unidades no deben ser reveladas!' La mayoría de las viñetas insistían, en cualquier caso, en el lema fundamental de la campaña: 'Careless talk costs lives', 'Las conversaciones imprudentes cuestan vidas'. O no sería traducción del todo infiel 'se cobran vidas'.

'Me suena vagamente que en nuestra Guerra Civil hubo avisos parecidos contra los quintacolumnistas, pero no estoy seguro, ¿usted se acuerda, Peter?', le pregunté. 'No sé, me ronda la cabeza algún lema del tipo "El enemigo tiene miles de oídos", pero quizá me lo invento, no sé, no conservo en la retina imágenes, por otra parte, equivalentes a las que usted me enseña, no creo haberlas visto reproducidas.' En verdad no lo sabía, aunque no era descartable que hubiéramos exportado también esa iniciativa. O tal vez mi memoria se confundía con el difamatorio cartel contra el POUM de la primavera del 37, el rostro cruzado por una svástica apareciendo bajo la careta con la hoz y el martillo; Nin había sido víctima de la paranoia semijustificada que hizo ver espías y colaboradores de Franco en cualquier esquina, o más bien se habían valido sus enemigos de esa paranoia para acusarlo de traición y espionaje. Se lo acusó de haber informado, de haber hablado, y fue eso paradójicamente lo que nunca hizo ante sus torturadores. Allí calló y no se salvó, mantuvo la boca cerrada, no se fue de la lengua, no soltó prenda, *he kept mum* precisamente, lo que sabía se lo guardó para sí o bajo el sombrero, o quizá no dijo nada por ser todas las incriminaciones falsas, tendría que haberse inventado patrañas e historias para poder admitirlas y reconocerlas, para confesarse el 'caballo de Troya' que aquel poético 'amante de la verdad' y 'quijotesco de pro' glosó algo más tarde con 'su voz de candil' que enamoró a Trapp-Tello, tan infamatoria esa voz.

'Anoche te dije que antes de la Guerra contra Alemania había pasado por la vuestra, y yo suelo expresarme con bastante precisión, Jacobo. Aún creo hacerlo. Eso quiere decir que no estuve mucho tiempo en España. Sólo eso, que pasé por allí', me contestó Wheeler, y percibí una nota de leve impaciencia en su voz, como si lo importunara un poco que yo le sacara en aquel instante otra contienda y otra época, por relación que tuviese con la suya aquélla y cercana que ésta le fuese. 'Así que no estoy en condición de jurártelo, pero no recuerdo haber asistido en tu país a una cosa semejante, y tampoco he leído ni oído hablar de ello. Carteles, campaña contra los quintacolumnistas sí, eso lo hubo si no me equivoco; se instó a la población de Madrid y Barcelona y quizá Valencia a que los buscara y los descubriera, los sacara de sus cloacas y los aplastara, y lo mismo en el otro bando: rastrear y aniquilar a emboscados, pocos quedarían vivos en esa zona llena de locuaces curas confesores, pero esa fue la instigación. Claro que se pidió a la gente que mantuviera los ojos abiertos y vigilara la retaguardia, como tambien se hizo tímidamente durante la Primera Guerra, aquí y en Francia, que yo sepa. Pero lo que no creo que hubiera nunca es una campaña como esta contra la *careless talk*, en la que no sólo se puso a los ciudadanos en guardia contra los posibles espías, sino que se les recomendó el silencio como norma general: se les encomendó que no hablaran, se les ordenó y se les imploró callar. De pronto a la gente le fue presentada su propia lengua como enemiga invisible, incontrolable, inesperada e imprevisible: como la peor, la más asesina y la más temible, como un arma espantosa que uno mismo, cualquiera, podía activar y poner en funcionamiento sin que fuera posible saber nunca cuándo de ella partía una bala o no, ni si ésta acabaría convertida en los torpedos que echarían a pique a uno de nuestros acorazados en mitad del océano a millares de millas, o en las bombas de un Junker que alcanzarían con enorme precisión nuestros barrios y nuestras casas, o que caerían sobre los objetivos militares que más había que resguardar y que defender, sobre los más secretos y camuflados y más vitales. Yo no sé si te das cuenta del todo, Jacobo: se alertó a la gente contra su principal forma de comunicación; se la hizo desconfiar de la actividad a la que se entrega y se ha entregado siempre de manera natural, sin reservas, en todo tiempo y en todo lugar, no sólo aquí y entonces; se nos enemistó con lo que más nos define y más nos une: hablar, contar, decirse, comentar, murmurar, y pasarse información, criticar, darse noticias, cotillear, difamar, calumniar y rumorear, referirse sucesos y relatarse ocurrencias, tenerse al tanto y hacerse saber, y por supuesto también bromear y mentir. Esa es la rueda que mueve el mundo, Jacobo, por encima de cualquier otra cosa; ese es el motor de la vida, el que nunca se agota ni se para jamás, ese es su verdadero aliento. Y de pronto se pidió a la gente que lo apagara, ese motor; que dejara de respirar. Se le pidió que renunciara a lo que le es más querido e indispensable, a aquello por lo que vivimos y de lo que todos pueden disfrutar y valerse casi sin excepción, los pobres como los ricos, los incultos como los instruidos, los viejos como los niños, los enfermos como los sanos, los soldados como los civiles. Si algo hacen o hacemos todos que no sea una estricta necesidad fisiológica, si algo nos es en verdad común en tanto que seres con voluntad, eso es hablar, Jacobo. El hablar funesto. La maldición de hablar. Hablar y hablar sin parar, para eso a nadie se le acaban las municiones nunca. Poco importan los conocimientos gramaticales y sintácticos y léxicos, las dotes oratorias todavía menos, y aún menos la pronunciación, la dicción, el acento, la eufonía, el ritmo. El hombre más sabio del mundo hablará con mayores orden y propiedad y precisión, y con mayor provecho para sus oyentes tal vez, o más bien sólo para los oyentes semejantes a él o que se le quieran asemejar. Pero no necesariamente hablará más ni con mayor soltura que el ama de casa semianalfabeta que no calla en todo el día un segundo, y a la noche sólo porque la vencen el sueño y su abusada y resentida garganta. El hombre más viajado del mundo podrá contar infinitas historias amenas y maravillosas, incontables anécdotas y aventuras de países inauditos, remotos, exuberantes y peligrosos. Pero no necesariamente hablará más ni con mayor desparpajo que el tabernero rudo que nunca ha salido de detrás de su barra y sólo ha visto en su vida las veinte calles y el par de plazas de que se compone su aldea recóndita. El más iluminado poeta o el narrador más zigzagueante podrán inventar y recitar de improviso palabras encadenadas e hipnóticas que sonarán como música, tanto que a quienes escuchen les importará poco el sentido, o mejor dicho, lo captarán sin esfuerzo y sin tener que pensar en él antes de aprehenderlo o de ser absorbidos, será todo simultáneo y todo uno, aunque tal vez luego, acabada la música, esos oyentes no serán capaces de repetirlo ni de resumirlo, quizá ni siquiera de seguir comprendiendo lo que hacía un instante comprendían tan bien mientras se sentían mecidos y les duraba el encantamiento, con tanta ligereza en sus mentes como en sus oídos, con la misma permeabilidad en ambos. Pero no necesariamente hablarán más ni con mayor desenfado o desenvoltura que el oficinista ignorante, repetitivo y romo que se cree lleno de donaire y gracia y que se da machaconamente en todas las oficinas del mundo, no importa en qué latitudes o climas, y aunque sean oficinas de intérpretes y de espías...'

Wheeler se paró un instante, más que nada —me pareció— para tomar aliento. Había dicho en español las palabras 'donaire' y 'gracia', parafraseando quizá a Cervantes fuera de su *Don Quijote*, algo infrecuente pero que en él era bien posible. No me resistí a intentar comprobarlo, y aproveché su pausa para citar lentamente, poco a poco, casi sílaba a sílaba, como quien no quiere la cosa o no se atreve del todo a ella, murmurando:

'Adiós, gracias; adiós, donaires; adiós, regocijados amigos; que yo me voy muriendo...'

No pude concluir la cita. Quizá a Wheeler le desagradó que le recordara esa última frase en voz alta, a menudo los viejos no quieren ni oír hablar de eso, de su acabamiento, tal vez porque empiezan a verlo como algo verosímil, o plausible, o no soñado o no ficticio. Pero no, no lo creo o no estoy seguro, nadie ve así el propio término, ni siquiera los muy ancianos ni los muy enfermos ni los muy amenazados y en constante peligro. Somos más bien los demás quienes empezamos a verlo así en ellos. Hizo caso omiso y continuó. Fingió no enterarse de lo que recité en mi lengua, y así me quedé sin saber si había sido una coincidencia o si había aludido a Cervantes al despedirse alegre.

'A veces se dice de alguien que carece de conversación. Es ridículo. Lo dice alguien culto, el Primer Ministro (bueno, dejémoslo en adiestrado mentalmente), de alguien que no lo es en modo alguno, por ejemplo su peluquero. Lo que en realidad dice aquél es que le trae sin cuidado y lo aburre sobremanera cuanto éste pueda contarle. Tanto, probablemente, como aburrirá al peluquero lo que el Premier le largue mientras él le corta el pelo, eso es siempre un tiempo muerto nada fácil de llenar, como los trayectos en los ascensores, más aún si la cabeza pelada requiere de equilibrismos para quedar semipresentable y no parecer una zanahoria vuelta. Pero ya lo creo que tiene conversación, ese peluquero, y quizá más que el obtuso Ministro, obsesionado con la marcha del país en abstracto y la de su carrera en muy concreto. No sé, gente que lo ignora todo, personas que jamás se han parado a pensar un minuto sobre nada de nada con la conciencia de hacerlo, que no tienen una sola idea propia ni casi tampoco ajena, hablan sin embargo incansablemente, sin cesar, sin inhibición alguna y sin el menor complejo. No es sólo el caso de los individuos sin formación ni estudios, tenerlos ayuda poco en el fondo, o resulta secundario; hay casos mucho más asombrosos que los de los rústicos: uno ve a un grupo de pijos o *snobs* idióticos' (bueno, Wheeler dijo en inglés *'idiotic'*, me hace gracia ese anglicismo), 'la mayoría doctorados en Cambridge o con nosotros, y se pregunta de qué diablos podrán hablar entre sí pasada la primera hora de intercambiarse saludos y comunicarse sus cuatro mezquinas noticias ya sabidas por cotilleadas, de ponerse al tanto de sus dos naderías y sus tres ruindades (me lo he preguntado siempre, de qué iban a hablar tales sujetos, en las recepciones regias, sembradas de ellos). Uno piensa que se verán obligados a callar y carraspear a menudo, a azorarse por sus largas pausas, a soportar agudezas varias sobre la lluvia y las nubes y embarazosos silencios propios de los tiempos muertos más difuntos, o mortinatos directamente: por su falta absoluta de ideas, de ocurrencias, de conocimientos, de numen para contarse nada, de ingenio y diálogo y aun de monólogo: de luces y de sustancia. Y no es así. No se sabe bien de qué, ni por qué, ni cómo, pero lo cierto es que se pasan las horas y los días charlando sin fin, bestialmente, veladas enteras de cháchara, sin cerrar la boca un solo instante, y es más, arrebatándose la palabra unos a otros, tratando de acapararla. Es un misterio y a la vez no es un misterio. Hablar, mucho más que pensar, es lo que tiene todo el mundo a su alcance (me refiero a lo que es volitivo, insisto, y no orgánico meramente, o fisiológico); y es lo que comparten y han compartido siempre los malvados con los buenos, las víctimas con los verdugos, los crueles con los compasivos, los sinceros con los mentirosos, los pocos listos con los muchos tontos, los esclavos con los amos y los dioses con los hombres. Cuentan todos con ello, los imbéciles, los brutos, los despiadados, los asesinos, los tiranos, los salvajes, los simples; y aun los locos. Hasta tal punto es lo único que nos iguala que llevamos siglos creándonos todos diferencias leves, de pronunciación, de dicción, de entonación, de vocabulario, fonéticas o semánticas, para sentirnos cada grupo en posesión de un habla que los demás desconozcan, de una contraseña para iniciados. No es sólo asunto de las clases antiguamente llamadas altas, deseosas de distinguirse y desdeñosas con el resto; también las que se llamaron bajas han hecho siempre lo mismo, su desdén no ha ido a la zaga, y así se han forjado sus jergas, sus códigos, sus lenguajes secretos o en clave que les permitieran reconocerse entre sí y excluir a los enemigos, es decir, a los doctos y a los pudientes y a los refinados, y vedarles parcialmente la comprensión de lo que se transmitían sus miembros, lo mismo que los delincuentes inventan sus germanías y sus cifras los perseguidos. Dentro de una misma lengua lo que se procura artificialmente es no entenderse o entenderse tan sólo a medias; se trata de oscurecer, de velar, y para ello se buscan derivaciones extrañas y antojadizas variantes, metáforas cojas o muy arbitrarias, sentidos tangenciales u oblicuos que se puedan apartar de la norma común a todos, y hasta se acuñan vocablos nuevos, sustitutivos e innecesarios, para sustraer lo dicho y enmascarar lo comunicado. Y si esto es así es precisamente porque lo habitual y lo dado es entenderse en la lengua. Y esa habla, o esa lengua, son casi lo único que algunos poseen y dan y reciben: los más pobres, los más humildes, los desheredados, los iletrados, los cautivos, los infelices, los sojuzgados; los apestados y los contrahechos, como aquel rey nuestro de Shakespeare, Ricardo III, que le sacó tanto provecho a su labia persuasora. Es lo que no puede quitárseles, el hablar, la lengua, tal vez lo único que han aprendido y que saben, lo que les sirve para dirigirse a sus hijos o a sus amores, aquello con lo que bromean, quieren, se defienden, padecen, consuelan, rezan, se desahogan, imploran, persuaden, salvan y convencen; y también con lo que emponzoñan, instigan, odian, perjuran, insultan, maldicen y traicionan, corrompen, se condenan y se vengan. Mal que bien, todos lo tienen, el rey como sus vasallos, el sacerdote como sus fieles, el mariscal como sus soldados. Por eso existe el lenguaje sagrado, uno que no pertenezca a todos, el que no va destinado a los hombres sino a las deidades. Pero se olvida que tanto el Dios como los dioses también hablan y escuchan según nuestra vieja creencia acaso ya moribunda (qué son las plegarias sino oraciones, palabras, sílabas), y ese lenguaje sagrado también acaba por descifrarse y entonces se aprende, todos los códigos son susceptibles de ser desentrañados un día, después o antes, y no habrá ninguno secreto que lo sea eternamente.' Wheeler volvió a detenerse, muy poco, de nuevo para recobrar el aliento. Puso una mano sobre las viñetas que habíamos desplegado en la mesa, un gesto instintivo, como si quisiera impedir que las volara una ráfaga de viento que no había, o tal vez acariciarlas. No hacía frío, había un sol muy alto, perezoso y pálido, hacía sólo un agradable fresco. 'Tanto nos une y asimila eso que los poderosos han debido buscar siempre señales y divisas y signos nunca verbales, para ser obedecidos y diferenciarse. ¿Tú te acuerdas de aquella escena de Shakespeare en la que el rey se emboza en una capa prestada y se acerca, se mezcla con tres soldados en la víspera de la batalla, se sienta en el campo con ellos fingiéndose otro combatiente insomne en mitad de la noche, sobre las armas, o justo antes de la aurora? Les dirige la palabra, se presenta como amigo, habla con ellos y al hablar son parecidos los cuatro, él más razonante y culto, ellos más toscos e intuitivos, pero se entienden perfectamente, están en el mismo plano de la comprensión y del habla y nada les obstaculiza el intercambio de sus pareceres y sus impresiones y aun de sus miedos, y hasta llegan a discutirse y a ponerse dos farrucos, el rey que no es el rey y un súbdito que tampoco es súbdito, en aquel instante. Hablan un buen rato, y el rey sabe que al hablar se nivelan, o que se igualan mientras les dura el diálogo. Por eso cuando se queda solo, pensativo de lo que ha oído, nos dice la diferencia, murmura en su soliloquio qué es lo que de verdad lo distingue. ¿Tú te acuerdas, Jacobo, de esa escena?'

También yo puse una mano sobre las viñetas, como si temiera al aire.

'No, Peter', dije. '¿Qué rey es ese?'

Pero Wheeler no contestó a mi pregunta, sino que pasó a citar en voz alta sin que esta vez me cupiera duda de que eso hacía, pues muy pocos además de Shakespeare habrían escrito *great greatness* (y tantos profesores y críticos de mi país actuales lo habrían crucificado por eso).

'"¡Qué infinito sosiego de corazón deben los reyes perderse, que los hombres particulares disfrutan! ¿Y qué tienen los reyes que no tengan también los particulares, salvo el ceremonial, salvo la general ceremonia?" Así dice el rey a solas, y un poco más adelante reprocha a eso que lo singulariza: "¡Oh ceremonial, muéstrame tu valor tan sólo!" Y pasa luego a desafiarlo: "¡Oh ponte enferma, gran grandeza, y mándale a tu ceremonial que te dé cura!" A ver qué logra, o si logra nada. Y más tarde aún se atreve el rey a envidiar al miserable esclavo que se desloma al sol el día entero pero luego duerme profundamente "con el cuerpo lleno y la mente vacua" y "no ve nunca la noche horrenda, vástago del infierno", y que "así continúa, al correr de los años en retirada siempre, con provechosa tarea hasta la tumba". Y el rey concluye con la obligada exageración de todo monólogo que nadie escucha en el escenario y se oye fuera de él solamente, sólo en la sala: "Y salvo por el ceremonial tal desgraciado, envolviendo con esfuerzo los días y las noches con sueño, aventajó a los reyes y los adelantó en privilegio'". Más o menos eso dijo y citó Wheeler, y añadió al instante: 'Los reyes antiguos eran muy desvergonzados, pero al menos los de Shakespeare no se engañaban del todo: se sabían con las manos manchadas de sangre y no olvidaban a qué debían el poderse ceñir corona, además de a los crímenes y las traiciones y las conspiraciones (yo no sé si fueron demasiado humanos). Ceremonial, Jacobo, es eso. La cambiante, ilimitada, general ceremonia. Y también el secretismo, el misterio: el hermetismo, el silencio. Nunca el hablar, nunca el contar, jamás palabras por exquisitas o arrebatadoras que sean. Porque eso está en el fondo al alcance de cualquier mendigo, y de cualquier desecho, y de cualquier pobre diablo, y del peor despojo. Del rey sólo se diferencian, en ese campo, en una insignificante y subsanable cuestión de perfeccionamiento y grado'.

'*What infinite heart's ease must kings neglect that private men enjoy!*', fue lo que en realidad dijo o recitó en su lengua Sir Peter Wheeler, según comprobé tiempo más tarde, al encontrar y reconocer los textos. Y después todo el resto del soliloquio, seguía conservando esa clase de memoria intacta, citó *verbatim*.

'Pero no está al alcance de los muy niños', observé yo entonces, 'ni al de los mudos, ni al de aquellos a quienes se arrancó la lengua o a quienes la palabra no se da o no se consiente, ha habido mucho de eso en la historia, y hay países islámicos en los que las mujeres carecen hasta de ese derecho, según tengo entendido. Así sucedía al menos con los talibanes afganos, si no leí mal y bien recuerdo.'

'No, no te equivoques, Jacobo: los niños están a la espera, su incapacidad es transitoria; supongo que además se preparan desde que al nacer berrean, y se hacen entender desde muy temprano: por otros medios ya *dicen* cosas. En cuanto a los mudos y a los sin lengua y a los sin voz o palabra, eso son excepciones, anomalías, castigos, sometimientos, ultrajes; pero nunca la norma, como tal no cuentan. Y no bastan para anularla, ni siquiera para contradecirla. Los así dañados recurren además a otros sistemas de signos, a códigos no verbales en los que se instalan muy rápido, y ten por seguro que lo que con ellos hacen es también hablar, y no otra cosa. En seguida están contando y transmitiendo de nuevo, como todo el mundo; aunque sea por escrito o por señas y sin emitir un sonido; aunque sea calladamente, continúan *diciendo*.' Wheeler calló y miró hacia el cielo, como si al hablar de ello quisiera sumarse un instante al evocado silencio elocuente. El sol blanquecino y apático le iluminó los ojos y se los vi muy jaspeados, como canicas de mármol de predominante color corinto. 'Antes te he dicho que el hablar, la lengua, es lo que comparten todos, hasta las víctimas con sus verdugos, los amos con sus esclavos y los hombres con sus dioses, no tienes más que acudir a la Biblia y a Homero, o por supuesto a Teresa de Ávila y a Juan de la Cruz en tu idioma. Pero sí dejan de compartirlo algunos, cómo decir, hay quienes no lo poseen, y no son precisamente los mudos ni los muy niños.' Ahora en cambio miró hacia abajo un segundo, y aún tenía la vista en la hierba, o quizá más allá, en la tierra bajo la hierba o más allá, en la invisible tierra bajo la tierra, cuando añadió tras tan breve pausa: 'Los únicos que no lo comparten, Jacobo, son los vivos con los muertos'.

'A mí me parece que es el tiempo la única dimensión que comparten y en que pueden comunicarse, la única que tienen en común y los une.' Me vino a la memoria esa cita o quizá era una paráfrasis, y no pude remediar decirla sin la menor tardanza, o musitarla.

Pero Wheeler se iba poco a poco acercando al término de su digresión, pensé. En realidad siempre sabía dónde se hallaba, y lo que en él parecía azaroso o involuntario, consecuencia de la distracción, de la edad o de una percepción algo confusa del tiempo, de sus tendencias divagatorias y discursivas, solía estar calculado, medido y sujeto, y ser parte de su maquinación y de sus recorridos trazados y ya previstos. Me dije que no tardaría mucho más en volver a la *careless talk* y a las viñetas, las miraba con intensidad de nuevo, puestas sobre la lona impermeable que cubría la mesita como si fueran los naipes para un solitario, nosotros también sentados sobre las telas que protegían nuestras butacas, y aquellos arrugados ropajes le romanizaban un poco la figura al falso anciano e imagino que a mí la mía, quizá nos daban un aire remoto de senadores al fresco, a nuestros pies los faldones de muy largas y exageradas túnicas que casi nos envolvían. De modo que no me escuchó o no me quiso hacer caso, o no le llamaron la atención mis frases que no eran mías sino de otro, eran de un muerto cuando habló de vivo.

'Y ni siquiera fue así siempre', prosiguió él con las suyas. 'A lo largo de los siglos también ellos lo compartieron, en la imaginación de los vivos al menos, es decir, en la de los futuros muertos. No son sólo los charlatanes fantasmas y los aparecidos locuaces, los parlanchines espíritus y los espectros gárrulos de casi todas las tradiciones. También se preveía que se hablara y se dijera y contara con naturalidad en el otro mundo. En esa misma escena de Shakespeare, sin ir más lejos, uno de los soldados con los que el rey conversa antes de su soliloquio, anuncia que éste se verá en aprietos para rendir cuentas si no es buena causa la de su guerra: "Cuando todas esas piernas y brazos y cabezas segadas en la batalla", dice, "se junten el último día y griten todas «Morimos en tal lugar»". Ya lo ves, era creencia, no sólo que hablarían y hasta protestarían los muertos, sino incluso sus cabezas y miembros desperdigados y sueltos, una vez reunidos para presentarse con decoro a juicio.'

'"*We died at such a place*".' Eso fue lo que citó ahora en su lengua Wheeler, y entonces yo completé la otra cita para mis adentros, de Cervantes en la mía, que él no me había dejado acabar y que testimoniaba también esa creencia: 'Adiós, gracias; adiós, donaires; adiós, regocijados amigos; que yo me voy muriendo, y deseando veros presto contentos en la otra vida'. Eso esperaba Cervantes, pensé, no quejas ni acusaciones, no reproches ni ajustes de cuentas ni resarcimiento por los sinsabores y agravios terrenos, a él le tocó sufrir unos cuantos. Ni tan siquiera justicia última, que es lo que más

se echa en falta desde el descreimiento. Sino la rea-
nudación de las gracias y de los donaires, del regoci-
jo de los amigos, contentos también en la otra vida.
Es lo único de lo que se despide, lo único que desea-
ría seguir conservando en la eternidad, allí donde
vaya. Varias veces había oído hablar a mi padre de
esos adioses escritos no tan célebres como deberían
serlo, están en el libro que casi nadie lee y que quizá, sin embargo, sea superior a todos, hasta al *Quijote*. Me habría gustado recordarle a Wheeler esa cita
entera, pero no me atreví a insistir, a desviarlo de
su camino con eso. Así que me limité a acompa-
ñarlo, y dije:
          'La misma idea de Juicio Final anunciaba
que era eso lo que más iba a hacerse según las expectativas comunes, después de muertos: contar las
historias enteras de todos, luego hablar, relatar,
exponer, argumentar, refutar, apelar, y al término
escuchar sentencia. Y además un juicio tan monumental, a cuantos por el mundo pasaron en una
sola jornada, todos al mismo tiempo, los faraones
egipcios mezclados con nuestros ejecutivos y nuestros taxistas, los emperadores romanos con nuestros
pordioseros y nuestros gangsters y nuestros astro-
nautas y nuestros toreros, no sé. Imagínese qué al-
garabía, Peter, convertida en un gallinero la historia
entera del mundo con todos sus casos particulares.
Y hartos de esperar los muertos más remotos y antiguos, de contar el incontable tiempo que faltaba
para su Juicio, sublevados seguramente por la tardanza infinita, nunca mejor dicho. Ellos sí callados
y solitarios durante millones de siglos, a la espera
del último muerto y de que no hubiera ya ningún
vivo. En realidad esa creencia nos condenaba a to-

dos a un muy largo silencio. Eso sí que eran *"the whips and scorns of time"*, eso sí que era *"the law's delay'"*, y ahora fui yo quien citó a su poeta, 'los azotes y los escarnios del tiempo', 'la dilación de la justicia', dije en su lengua. 'Y según ella, según esa creencia, a día de hoy estaría aún contando sus horas de soledad enmudecida, las pasadas y las por pasar, el primerísimo muerto de todos los tiempos; y si yo fuera él, estaría deseando con egoísmo que se acabara de una vez el mundo y por fin no hubiera nada.'

Wheeler sonrió. Algo le había hecho gracia, de lo que yo había dicho, o quizá más de una cosa.

'Eso es, justamente', me contestó. 'Un silencio *sine die*: eso en el mejor de los casos y cuando la fe era firme. Pero todo con la agravante de que por entonces, durante nuestra Segunda Guerra, no se creía ya apenas en ese parlamento o justificación o relato último de cada individuo al final de los tiempos, y costaba mucho pensar que las cabezas y miembros que noche tras noche despedazaban las bombas arrojadas sobre estas ciudades pudieran reunirse alguna vez, y gritar más tarde: "Morimos en tal lugar"; y consolaba poco que las causas fueran justas, y menos importaba si eran o no buenas, cuando la principal causa del morir y el matar pasó a ser sólo la supervivencia, de uno mismo o de quienes quería uno. Lo más probable es que se creyera ya poco desde bastante antes, tal vez desde la Primera, que no fue menos atroz para el mundo que la contempló y que también es el mío, no lo olvides, tanto como este que nos tolera hoy a ti y a mí, o que nos arrastra. Las atrocidades vuelven incrédulos a los hombres en el fondo de sus conciencias

y en el de sus sentimientos, incluso si deciden
aparentar lo contrario por un reflejo de superstición, otro de tradición y otro de rendición mezclados, y se congregan en las iglesias a cantar him-
nos para sentirse más juntos e infundirse entereza
y conformidad más que coraje, de la misma manera que los soldados cantaban al avanzar casi indefensos con sus bayonetas en ristre, más que nada
para anestesiarse un poco con sus alaridos antes del
impacto o del golpe o de volar por los aires, para
aturdirse el pensamiento herido mucho antes que
la carne, y acallar los ruidos de la muerte variados que andaba por allí de caza fácil. Eso yo lo sé, yo
he visto eso en los campos. Pero no son sólo las sal-
vajadas, las crueldades, las que se padecen y las
que llega a cometer uno mismo, por la tan justa
como injusta causa de la supervivencia. Es también la terquedad de los hechos: que nadie haya
venido nunca a hablarnos después de muerto, por
mucho que se empeñen los espiritistas, los visio-
narios, los fantasmófilos, los milagristas y hasta nuestros actuales y descreídos creyentes, residuales o
por inercia todos aunque aún queden millones de
ellos...; toda esa larga experiencia nos ha obligado
a saber al correr de los siglos, tal vez en lo más recóndito y acaso sin pronunciárnoslo, que los únicos
que no poseen la lengua y jamás hablan ni cuentan ni dicen nada son ellos, son los muertos.' Peter se detuvo y bajó de nuevo la vista, y añadió en
seguida sin alzarla: 'También, así pues, nosotros,
cuando engrosemos sus filas. Pero sólo entonces,
y no antes'.

Se quedó así, mirando la hierba. Parecía esperar que comentara yo algo, o que le hiciera una

pregunta. Pero no sabía yo cuál, cuál quería o me pedía en silencio, o si necesitaba en verdad alguna. Así que sólo se me ocurrió susurrar lo que me vino a la mente, y lo susurré en mi lengua en la que no fue escrito, pero la única en que me lo sabía:

'Extraño no poder habitar más la tierra. Extraño no ser más lo que se era y tener que desprenderse aun del propio nombre. Extraño no seguir deseando los deseos. Y penosa la tarea de estar muerto.'

Pero por fortuna, supongo, Wheeler tampoco hizo caso a esto.

'Sólo nos hablan en sueños, eso es cierto', continuó entonces, como si mis medios versos no atendidos le hubieran reactivado sin embargo un resorte. 'Y los oímos tan claramente, y su presencia es tan vívida en ellos, que mientras dura el dormir parece que sean esas personas con las que no hay forma de cruzar frase o mirada despiertos, ni manera de establecer contacto, las que en efecto nos cuentan y nos escuchan y hasta nos alegran el ánimo con sus añoradas risas idénticas a las que tuvieron en vida en esta tierra: son las mismas, esas risas; sin vacilación las reconocemos. Desde luego es bien extraño; si me apuras inexplicable, uno de los escasos misterios que nos van quedando intactos. Pero de lo que no cabe duda, al menos para los racionalistas como tú y como yo, y como lo era Toby y también lo es Tupra, es de que esas voces y sus nuevas palabras están en nosotros y no fuera en ningún sitio. Están en nuestra imaginación y en nuestra memoria. Digámoslo así: es la memoria imaginando, y que por una vez no sólo recuerda, o lo hace impuramente y con mezcla. Están en *nuestros* sueños, esos muertos; somos nosotros quienes los soñamos, los trae nuestra conciencia dormida y nadie más puede oírlos. El hecho más se asemeja a una encarnación, a una suplantación, a una personificación por nuestra parte' (fue en realidad un solo término el que Wheeler empleó en inglés: '*impersonation*'), 'que a supuestas visitas o advertencias de la ultratumba. No nos es desconocido del todo ese mecanismo, quiero decir en la vigilia. A veces quiere tanto uno a alguien que le cuesta poco esfuerzo ver el mundo con sus ojos y sentir lo que siente ese alguien, hasta donde son reconocibles los sentimientos ajenos. Prever a esa persona, anticiparla. Ponerse en su lugar, literalmente. Por eso existe esa expresión, y casi ninguna es de balde en las lenguas. Y si eso lo hacemos despiertos, no es tan raro que se obren esas fusiones o conversiones o yuxtaposiciones dormidos, o son casi metamorfosis. Acuérdate del soneto de Milton, ¿lo conoces? Milton lleva ya tiempo ciego cuando lo escribe, sueña una noche con su esposa Catherine muerta y la ve y la oye perfectamente en esa dimensión, la del sueño, que tan bien acoge y tolera la narración poética. Y en ella recupera la visión triplemente: la suya, como facultad y sentido; la imagen de su mujer imposible, pues no sólo él, sino nadie puede verla ya en el presente, se ha borrado de la tierra; y sobre todo el rostro y la figura de ella, que en él no son recordados siquiera sino imaginados, nuevos y nunca antes vistos, porque él jamás la había contemplado en vida más que con la mente y el tacto, fueron sus segundas nupcias y estaba ya ciego al casarse. Y al inclinarse ella para abrazarlo en el sueño, entonces "*I wak'd, she fled, and day brought back my night*", así termina.' ('Desperté, ella se deshizo, y el día devolvió mi noche'.) 'Con los muertos se vuelve a la noche siempre, y a no oír más que su silencio, y a no obtener nunca respuesta. No, no hablan, son los únicos; y son también la mayoría, si contamos a cuantos atravesaron y dejaron atrás el mundo. Aunque todos hablaran sin duda, durante su estancia.' Wheeler tocó las viñetas de nuevo, les dio unos golpes con el índice, señalándolas con vehemencia como si fueran más de lo que eran. '¿Te das bien cuenta, Jacobo, de lo que significaba esto? Se pidió a los ciudadanos que se callaran, que se cosieran los labios, que cerraran bien el pico a cal y canto, que se abstuvieran de toda conversación imprudente y aun de las que no parecieran serlo. A todos se les metió miedo, incluso a los niños. Miedo a sí mismos y a traicionarse, y por supuesto miedo al otro, hasta al más querido y más cercano y al de mayor confianza. Así que yo no sé si te das cuenta, pero lo que se les estaba pidiendo con estas consignas no era sólo que renunciaran al aire, sino que se asimilaran con ello a los muertos. Eso además en un tiempo en que cada día nos llegaban noticias de tantos nuevos, los de los infinitos frentes esparcidos por medio globo, o en que se los veía aquí mismo en el barrio, en tu propia calle, víctimas de los bombardeos nocturnos y cualquiera podía ser el siguiente. ¿No bastaban esos muertos? ¿No bastaba con el definitivo e irreversible silencio impuesto a tantos, para que los todavía vivos tuviéramos además que imitarlos y enmudecer antes de tiempo? ¿Cómo podía pedirse eso a un país entero ni a nadie, ni siquiera a un individuo aislado? Si observas estas viñetas (y hubo más), ve-

rás que no quedaba excluido nadie por insignificante que pareciese. ¿Qué podían saber de interés o de
riesgo, por ejemplo, estas dos señoras que van en
metro charlando probablemente de sus sombreritos
o de su cotidianidad más inocua? Ah, podían tener
alistados a un marido, a un hermano, a un hijo, de
hecho era lo más corriente, y aunque sus hombres
ya prevenidos no les contaran mucho, algo podían
saber ellas de aprovechable importancia, cómo decir: sin saber que lo sabían o ignorando que lo fuese. Todo el mundo puede saber algo, hasta el mendigo más misantrópico y al que no habla nadie, no
solamente en la guerra sino siempre, y aunque la
mayoría ni siquiera tenga conciencia de su caro conocimiento. Y cuanto menos consciente se sea, más
peligroso uno se vuelve. Parece una exageración,
pero en realidad nadie está a salvo de desencadenar
calamidades, desastres, crímenes, malentendidos trá-
gicos y venganzas por hablar tan sólo, inocente y libremente. Siempre es posible y aun fácil *irse de la
lengua*, qué expresión tan hermosa, a la vez amplia
y precisa, tenéis vosotros en el castellano, que cubre
tanto la intencionalidad como la involuntariedad
del hecho.' Y Wheeler lo dijo obviamente en mi
idioma, irse de la lengua, la expresión hermosa. 'En
cualquier época y circunstancia, de eso no está a salvo nadie. Y además no olvides esto: que todo tiene
su tiempo para ser creído, hasta lo más inverosímil
y lo más anodino, lo más increíble y lo más necio.'

Wheeler volvió a levantar la vista, como si
hubiera oído antes que yo lo que yo oí en seguida
pero al cabo de unos segundos, un ruido de motor
en el aire y también ruido de hélice, quizá él se había acostumbrado a percibir el más mínimo soni-

do o vibración aérea durante la Guerra o sus guerras, antes de que resultara audible, supongo que también se aprende a presentir los presentimientos. Vimos surgir entonces sobre los árboles un helicóptero que volaba bajo, era extraña esa visión en el cielo de Oxford y más aún en jornada festiva, en uno de aquellos domingos desterrados del infinito, tal vez se celebraba alguna ceremonia académica con presencia del Primer Ministro o de otro elevado cargo o de un individuo u otro del denso escalafón monárquico (el Duque y la Duquesa de Kent tienden a multiplicarse, con ayuda sobrenatural, se cuenta) y no estábamos al tanto, Wheeler ya tan jubilado que las autoridades universitarias se olvidaban más cada año de invitarlo a sus fastos. Los Premiers británicos han tenido querencia hacia nuestra Universidad tradicionalmente, aún me acordaba de cuando en mi periodo docente los miembros de la congregación le habíamos negado el doctorado *honoris causa*, en votación nada reñida, a la recatada Mrs Thatcher (rencorosa Margaret Hilda) cuando era sólo señora y no Baronesa ni Lady. Ella había estudiado allí y mandaba por entonces, pero eso le sirvió de poco. Yo tenía momentáneo derecho a voto y lo uní con zozobra y gusto al de la mayoría denegadora. Aquella mujer encajó mal el feo, y luego pareció vengarse con restricciones y leyes perjudiciales para la Universidad y no sólo la nuestra, pero fue la primera Premier a quien se rehusó ese título, que de hecho se había otorgado a todos o casi todos sus predecesores sin oposición apenas, un trámite, o digamos graciosamente.

El ruido de las aletas se hizo insoportable en un instante, Peter se llevó las manos a los oídos y a la vez guiñó los ojos con fuerza, como si el estruendo dentado —una carraca gigante— le dañara también la vista, de manera que no pudo impedir que las viñetas se nos volaran por la turbulencia del aire. No lo vio siquiera. Yo intenté parar las que pude con mis manos, muy pocas. El helicóptero empezó a dar pasadas, como si fuéramos nosotros el objeto de su vigilancia, quizá se divertía el piloto al ver a un anciano espantado, y a su acompañante correr tras papelitos esquivos que se iban hacia el río. Hube de tirarme a la hierba en plancha (no una vez ni dos tampoco) para frenar y pillar los más posibles antes de que cayeran al agua, mientras el helicóptero raseaba con lo que percibí como burla según me iba yo lanzando, puede que erróneamente. Luego se alejó y desapareció en pocos segundos, igual que había surgido. Algunas viñetas todavía volaban, sobre todo la que era de papel de diario y por tanto la más ligera, la 'Información al enemigo' de Fraser, temí que se desmenuzara como un papiro (tenía sesenta años largos, aquel trozo), aparte de que se mojara. Iba tras unas y otras cuando vi que Wheeler había abierto por fin los ojos así como los oídos, y —de nuevo libres las manos— cómo ahora se llevaba un brazo a la frente —o era la muñeca a la sien—, como si le doliera mucho o estuviera comprobando si le había venido fiebre, o era un gesto de pesadilla acaso. Y el otro brazo se lo vi extendido, señalando con el dedo índice de la misma forma en que lo había hecho la noche anterior cuando no le salió una palabra y tuve yo que adivinársela, o que tanteársela. Habría pensado que era otra vez sólo eso, aquella afasia momentánea, de no haberla precedido el vuelo del helicóptero y las buscadas sordera y ceguera de Peter mientras la hélice nos aturdía, lo había visto, cómo decir, indefenso y desamparado, y no sabía si transportado. Me acerqué a él temeroso, abandoné los papelitos por tanto, la caza de los aún rebeldes: 'Peter, ¿se siente usted mal, le pasa algo?' Negó con la cabeza y siguió señalando con expresión de alarma hacia la orilla del apacible Cherwell, no necesité esta vez de aproximaciones: '*The cartoon?*', fue mi pregunta, y asintió en seguida pese a que creo que me equivoqué de término, era la viñeta auténtica lo que lo preocupaba, se había dado cuenta del riesgo sólo al abrir los ojos tras su susto o su recuerdo relámpago, no antes; así que corrí de nuevo, salté, caí, la alcancé, la atrapé con dos dedos intacta al borde de la corriente mansa, debí de parecer un jugador de *cricket* de los que vuelan y se arrojan al prado, ese juego tan inglés que no comprendo, o bien un portero de fútbol en su estirada, ese otro juego ya no tan inglés que comprendo perfectamente. El aire se había calmado, recogí dos o tres papeles más del suelo, estaban todos a salvo, ninguno se había perdido, ni mojado, sólo se habían arrugado unos cuantos. 'Tenga, Peter, creo que están todos, no se han estropeado apenas, me parece', le dije mientras alisaba algunos. Pero a Wheeler no le salían aún las palabras, y me señaló con su dedo repetidamente como a un heredero o destinatario, entendí que esas viñetas eran para mí, me las daba. Abrió su carpeta y en ella fui echándolas, menos la de Fraser, la que no era reproducción sino original recorte, porque él alzó el índice deteniéndome cuando iba a depositarla junto a las otras, y acto seguido se tocó con el pulgar el pecho. 'Esa no, esa es para mí', dijo aquel gesto. '¿Esta se la guarda usted?', quise ayudarlo. Asintió, la puse aparte. Era extraño que se quedara de repente sin habla, justo cuando estaba hablando de los pocos o muchos —según se mire— que eran así, sin habla. La noche anterior, cuando se le había atascado el vocablo 'cojín', había explicado luego, al recuperar la voz o la soltura: 'Me sucede de tarde en tarde. Es sólo un instante, como si la voluntad se me retirase'. Y era entonces cuando había utilizado aquel cultismo infrecuente, no tanto en inglés como en mi lengua: 'Es como un anuncio, o una presciencia...', sin llegar a completar la frase, ni siquiera cuando yo le había insistido poco después para que lo hiciera; a eso me había contestado: 'No preguntes lo que ya sabes, Jacobo, no es tu estilo'. Presciencia era el conocimiento de las cosas futuras, o el saber previo de los acontecimientos a ciencia cierta. No sé si eso existe, pero a veces también se nombra lo que no existe, y entonces nace la incertidumbre. Ahora no me cabía duda respecto al final de su frase, me lo había preguntado o lo había intuido la víspera, hoy tenía la respuesta segura aunque él no me la hubiera dado: 'Es como un anuncio, o una presciencia de lo que es estar muerto'. Y acaso podría haber añadido: 'Es no hablar, aunque se quiera. Sólo que además ya no se quiere, la voluntad se ha retirado. No hay querer ni no querer, ambos se han ido'. Miré hacia la casa, la señora Berry había abierto una ventana de la planta baja y nos hacía señas con el brazo en alto. Quizá se había asomado nada más oír el estrépito de la hostigadora hélice y había asistido a mis carreras y zambullidas sin que nos diéramos cuenta. Elevé la voz, para preguntarle: '¿Hora de almorzar?', y acompañé mi grito de un gesto de la mano a la altura de la boca más bien absurdo, como de quien enrolla en el tenedor *spaghetti*. No creo que me oyera, pero me entendió. Con la mano negó y luego la colocó un momento en posición de espera, como diciéndome 'No, aún no', y a continuación señaló hacia Peter con ademán de inquietud, o de duda, '¿Él está bien?', era la traducción de aquello. Afirmé con la cabeza varias veces, tranquilizándola. Ella levantó las dos manos al tiempo, como ante un atraco, 'Ah bueno', y cerró ya la ventana y desapareció hacia dentro. Entonces Wheeler recobró la palabra:

'Sí, esta me la guardo, te daré una copia si la quieres', dijo refiriéndose al dibujo de Fraser. 'Las demás puedes quedártelas, las tengo repetidas, o reproducidas mejor en libros; algún otro original también conservo. Este de la araña gamada me gusta especialmente. Qué demonio de helicóptero', añadió sin pausa y con fastidio, 'qué se le habrá perdido por aquí, esto es zona de conocimiento. Espero que no venga más a despeinarnos, ¿no tendrás un peine a mano? Los latinos soléis llevarlos.' El pelo de Wheeler se veía, en efecto, como la espuma rabiosa en la cresta de una ola, y el mío me lo notaba como si me lo hubieran convertido en nudos. '¿Qué quería Mrs Berry?', esto también lo enlazó sin pausa. Volvió a llamarla como en sociedad. Se estaba recomponiendo y debía ayudarse a ello; o era la fuerza de la costumbre del disimulo. '¿Nos llamaba ya para el almuerzo?' Miró el reloj sin detenerse a mirarlo, trataba de salir de su sobresalto sin comentarios míos, aunque bien sabía que yo no iba a soltarlo sin hacer una tentativa al menos.

'No, todavía no está listo. Supongo que la asustó el ruido, no sabría lo que era', contesté, y añadí a mi vez sin pausa: 'Se le ha atragantado la voz de nuevo, Peter. Anoche me dijo que le ocurría sólo de tarde en tarde. Pero ya van dos veces este fin de semana'.

'Bah', respondió huidizo, 'ha sido casualidad, mala suerte, ese maldito helicóptero. Son atronadores, ese sonaba casi como un viejo Sikorsky H-5, su solo ruido provocaba el pánico. Y también es que hablo mucho, contigo hablo demasiado y me acabo resintiendo, no tengo ya tanta costumbre. Tú me dejas y me dejas, pones cara de interesado y yo te lo agradezco mucho, pero deberías cortarme más, obligarme a ir más al grano. Estoy un poco solo aquí en Oxford, me imagino, últimamente, y con Mrs Berry está todo hablado, lo que puede hablarse con ella, claro, o lo que ella quiere que hablemos. No te creas que me viene a visitar tanta gente. Muchos han muerto, otros se fueron a América nada más jubilarse y viven allí como parásitos, yo no quise eso, se limitan a esperar tomando el sol lo más que pueden, se consienten bermudas, se aficionan por televisión a ese fútbol de allí con mucho postizo y casco, se preocupan por sus intestinos y se alimentan sólo de brécoles, merodean por la biblioteca y el campus que les hayan tocado en suerte, dejan que sus departamentos los exhiban de tarde en tarde como prestigiosas momias ultramarinas o como ajados trofeos de unos difusos tiempos heroicos que nadie sabe allí en qué consistieron. En suma, como antigüedades, es de lo más deprimente. Sí me gusta hablar contigo. Los ingleses rehúyen cuanto no sea anécdota, dato, hecho y apostilla o glosa irónica; la especulación les desagrada, el razonamiento les es superfluo: lo que a mí más me divierte. Sí, me gusta mucho hablar contigo. Deberías venir más a menudo: aparte de todo, estás muy solo ahí en Londres. Aunque quizá lo estés pronto bastante menos. Aún he de proponerte algo, y pedirte el favor de que lo aceptes sin darle demasiadas vueltas ni hacerme muchas preguntas. Tampoco vas a perder un tiempo que ya das por perdido, el de las convalecencias sentimentales se llena con lo que sea, el contenido es lo de menos, con lo que esté más a mano y más ayude a empujarlo, se tiene poca exigencia, ¿no es cierto? Luego no se recuerdan apenas, esos periodos, ni lo que se hizo en ellos, como si hubiera estado permitido todo, uno se justifica mucho por la desorientación y el sufrimiento; es como si no hubieran existido y en su lugar hubiera un blanco. También un vacío de responsabilidades, "¿Sabe? Yo no era yo entonces". Oh sí, el padecimiento ha sido siempre nuestra mejor coartada, la que mejor finge exculparnos de cualquier acto. Quiero decir a los hombres, la mejor coartada del género humano, de los individuos y de las naciones.'

Todo esto lo dijo como si nada, pero no pude evitar sentir una pizca de emoción y otra de orgullo, al fin y al cabo yo pensaba que lo distraía y le era simpático y tal vez lo halagaba a ratos, que me toleraba sin esforzarse, pero nunca más que eso. Él tenía mucho que contar y que argumentar siempre, aunque hiciera lo primero con cuentagotas tan sólo; su conversación me enseñaba, me instruía y me deslizaba ideas o me las renovaba, por no decir que me cautivaba. Yo no le ofrecía gran cosa a cambio, creo, más que nada compañía y oídos atentos, mi cara de interés no era fingida. Rylands me lo había dejado en herencia y además resultaba ser su hermano. Quizá Peter me miraba con ojos benévolos y afectuosos por verme a su vez, en parte, como una herencia de Toby, aunque yo no pudiera convertirme en figura sustitutoria de éste, como sí lo era Wheeler para mí de Rylands. Me faltaba edad, pasado común, agudeza, conocimiento, misterio. Me azoré levemente, no supe qué contestar, así que saqué del bolsillo interior de mi chaqueta el latino peine que me había solicitado.

'Tenga, Peter', dije. 'Un pequeño peine.' Lo miró un segundo con desconcierto, se le habría olvidado ya que lo necesitaba. Luego lo cogió con tiento, lo escudriñó al trasluz (estaba limpio) y se recompuso el cabello lo mejor que supo, no es muy fácil sin espejo y con pequeño peine. La corona le quedó apañada, no así los lados, el aeronáutico viento se los había echado hacia adelante y le invadían rebeldemente las sienes, dándole un aire aún más romano. 'Si me permite', dije. Me entregó sin recelo el peine, con tres o cuatro movimientos rápidos se los amansé del todo, los laterales. Confié en que la señora Berry no nos estuviera observando, me habría tomado por un peluquero loco frustrado.

'Más vale que te des también tú un repaso', dijo Wheeler mirándome a la cabeza críticamente o casi con grima, como si me hubiera puesto un loro en ella. 'Y no sé cómo lo has conseguido, pero te has manchado todo de hierba. Ni siquiera te has dado cuenta', y me señaló la pechera de mi camisa clara, dejando ver que no asociaba mis dos o tres tiznes verdes con mi salvamento de sus viñetas. Entre la noche de fiesta y estudio y copitas, el poco sueño, el afeitado rápido y los avatares al fresco, debía de parecer un pordiosero en las últimas o un hampón caído en desgracia y venido a menos que nada. La chaqueta y los pantalones se me habían arrugado al rodar por el césped. 'Hay que ver', añadió Wheeler, 'igual que un crío.' Sin duda me tomaba el pelo, eso también lo animaba. Pasé dos dedos por el pequeño peine (un gesto mecánico) y luego me desenredé el cabello, adivinando. Cuando terminé se lo sometí a consulta:

'¿Está bien así?', y le mostré teatralmente mis dos perfiles.

'Puede pasar', dijo tras echarme una condescendiente ojeada, como un superior que inspeccionara con prisa el casco de su soldado. Y a continuación volvió a donde estaba justo antes del ataque aéreo, él nunca perdía el hilo a menos que así lo quisiera. Pese a los muchos rodeos, meandros, desvíos, sus trayectos los concluía. '¿Qué pasó con esa campaña?', preguntó retóricamente. 'Fracasó en conjunto, como estaba mandado. A eso nació condenada, irremisiblemente. Bueno, sirvió de algo, sí, claro, de no poco seguramente: la gente tomó conciencia del peligro que se corría por hablar de más, a la mayoría ni se le había ocurrido. Surtió efecto sin duda en muchas tropas y lo principal era eso, al ser ellas las más informadas y las más expuestas a sufrir las consecuencias de los descuidos y excesos verbales. Y por supuesto los mandos, políticos y militares, se anduvieron con gran cuidado. Se incrementó la costumbre de comunicarse en clave, o mediante meros dobles sentidos y transposiciones semánticas, con sinécdoques y metalepsis impro-

visadas y de andar por casa, y eso ya fue cosa espontánea de la población entera, cada uno dentro
de sus ocurrencias y posibilidades. Se creó, se im-
plantó la sugestión de que cualquiera podía estar
escuchando con intención enemiga. Sí, puede decirse (y eso ya fue insólito y admirable en sí mismo)
que se adquirió plena y colectiva conciencia, por
transitoria que fuese, de lo que ilustra la viñeta del
marinero y la chica y la posterior secuencia: de
que nuestras palabras, una vez soltadas, ya no tienen control posible. Es lo que más deja de perte-
necernos, mucho más que nuestros actos, que, por
así decir, en nosotros se quedan, buenos o malos,
sin que otro pueda apropiárselos más que en los
casos flagrantes de usurpación o impostura, que
siempre cabe denunciar, abortar, desfacer o desenmascarar, aunque sea tardíamente.' Wheeler dijo
'desfacer' en mi lengua, desde luego, y si no en qué
otra. También había dicho en ella 'como estaba
mandado' y 'de andar por casa', le gustaba hacer
gala de su español coloquial y de su español libresco, como de su portugués y su francés, supongo,
esos tres idiomas los conocía a fondo y tal vez otros,
por lo menos tenía nociones de hindi, alemán y
ruso, que yo supiera. 'Nada se entrega tanto ni tan
cabalmente como las palabras. Uno las pronuncia y
al instante se desprende de ellas y las deja en posesión, o mejor dicho en usufructo, de quien se las ha
escuchado. Ese puede suscribirlas, para empezar,
lo cual ya no es grato porque en cierto sentido se
las adueña; o rebatirlas, que no lo es tampoco; pero
sobre todo puede transmitirlas a su vez ilimitada-
mente, citando la fuente o haciéndolas suyas según
le convenga, según su decencia o según quiera per-

dernos y delatarnos, depende de las circunstancias; y no sólo eso, también puede adornarlas, mejorarlas o empeorarlas, tergiversarlas, sesgarlas, sacarlas de contexto, cambiarlas de tono, desplazarles el énfasis y así darles un sentido distinto y hasta fácilmente contrario del que tuvieron en nuestros labios, o cuando las concebimos. Y por supuesto repetirlas con absoluta exactitud, *verbatim*. Eso era lo más temido durante la Guerra, por eso muchos procuraron hablar sólo con medias palabras, de forma metafórica o nebulosa, con voluntarias imprecisiones o en lenguajes secretos directamente. Muchos aprendieron a decir sin decir, y se acostumbraron a ello.'

'Algo así pasó durante la dictadura de Franco en España, para sortear a la censura', dije yo; Wheeler me había invitado a interrumpirlo con más frecuencia: 'mucha gente pasó a hablar y a escribir de manera simbólica, alusiva, parabólica o abstracta. Había que hacerse entender dentro del oscurecimiento deliberado de lo que se decía. Un sinsentido: camuflarse, velarse, y aun así, sin embargo, pretender el reconocimiento y que fueran captados los mensajes más difusos, crípticos y confusos. La gente no tiene paciencia para las labores de desciframiento. Duró demasiados años, llegó a dar la impresión de no ser transitorio, sino definitivo. Hubo quien ya no pudo desacostumbrarse luego, y fue entonces cuando se quedó callado.'

Wheeler me escuchó, y pensé que si me hacía caso podría desviarse de su trayecto de nuevo. Pero ahora parecía resuelto a seguir con él, bien que a su medido paso:

'Muchos aprendieron a decir sin decir', repitió esa frase; 'pero a lo que no aprendió casi nadie fue a no decir, a callarse, que era lo que se pedía y lo conveniente. Era normal, es natural: ese es un aprendizaje imposible para el común o grueso de los mortales, no te quepa duda, es demasiado exigirles, ir contra su propia esencia, por eso la campaña estaba abocada al más que parcial fracaso. Fue como si se dijera a la gente: "Bien, no sólo tienen ustedes que soportar la escasez de todo y la penuria y el racionamiento, y padecer los bombardeos de la aviación enemiga sin saber a quiénes tocará no despertar ya mañana ni esta noche quizá siquiera con el aullido de las sirenas, y ver sus casas incendiadas o reducidas a escombros en un instante tras los relámpagos y el estruendo, y sepultarse durante horas en los refugios profundos para no abrasarse en sus calles que aún parecen las de siempre, y sufrir la pérdida de sus maridos e hijos y en todo caso su ausencia y la zozobra mortificante respecto a sus diarias supervivencia o muerte, y subirse a aviones para que los ametrallen según batallan con el aire y hagan ferocidades por derribarlos, y hundirse en submarinos y en destructores y en acorazados bajo las aguas lejanas y llameantes, y asfixiarse o arder en el interior de un tanque, y lanzarse en paracaídas sobre territorio ocupado y recibir el fuego de las baterías o la persecución de los perros luego si llegan a poner pie salvo en tierra, y estallar en pedazos si tienen la mala pero posible suerte de ser alcanzados por un obús o una granada, y afrontar tortura y verdugo si visten por su misión de civiles y los capturan en país prohibido, y combatir cuerpo a cuerpo en el frente con la bayoneta calada, en los campos, en los bosques, en las selvas, en las marismas, en los hielos y en los desiertos,

y volarle la cabeza rápido al muchacho que asoma con el casco y el uniforme odiados, e ignorar
cada día y la noche si perderán esta guerra y al final habrá sólo servido para que sean cadáveres no
recordados o prisioneros perpetuos o esclavos de
sus vencedores, y pasar frío y hambre y sed y calor
extremos y ahogo y sobre todo miedo, todos miedo y mucho miedo, un continuo pavor al que acabarán por acostumbrarse aunque lleven así ya varios años y nunca llegue ese acostumbramiento...”
Sí’, añadió Peter tras frenarse en seco y hacer una
mínima pausa y luego tomar mucho aliento, ‘fue
como si se dijera a la gente: “Pues además de todo
esto, deben ustedes callarse. Ya no hablen, ya no
cuenten, no bromeen, no pregunten ni todavía menos respondan, no a su mujer, no al marido, no a
sus hijos, no a su padre ni en modo alguno a su madre, no al hermano ni al mejor amigo. Y a su amor...,
a su amor no le susurren ni tan siquiera al oído, no
le expliquen con verdades ni con dulzuras ni con
mentiras, no le digan adiós, y no le den ni el consuelo de la voz y el verbo, no le dejen en recuerdo ni el rumor de las últimas promesas falsas que
siempre hacemos al despedirnos”.’ Wheeler se detuvo y se quedó repentinamente abstraído, se daba
con los nudillos en la barbilla, unos golpecitos sua-
ves, como si estuviera rememorando, pensé, como
si a él le hubiera tocado vivir eso, retirarle a su amor
las principales palabras, las que desean oírse y las
que quieren decirse, las que luego se olvidan tan
fácilmente o se confunden con otras o se repiten a
otros con idéntica ligereza y la misma alegría, pero
que en cada último instante parecen tan necesarias,
aunque sean exageradas dulzuras y por lo tanto algo

insinceras, es lo de menos eso, en cada instante último. 'Eso vino a ser, o anduvo cerca. No expuesto tan crudamente, no así planteado. Pero así fue
entendido por muchos, así lo entendieron y lo asu-
mieron los más pesimistas y desmoralizados, los
muy asustados y los muy abatidos y los ya derrotados, y en tiempo de guerra esos suman la mayoría. En el de las guerras indecisas, claro, las que te-
men perderse a cada minuto con fundamento y
siempre penden de un hilo, un día tras otro y una
noche tras otra a lo largo de años eternos, las que
son de veras a vida o muerte, a exterminio absoluto o a maltrecha y manchada supervivencia. Entre
ellas no se cuentan, seguro, todas estas más recientes, la de Afganistán ni la de Kosovo ni la del Golfo,
ni la de las Islas Falkland, vaya broma. O Malvinas,
como quieras, tendrías que haber visto cuán paté-
ticamente se encendió aquí la gente, quiero decir
ante sus televisores, para mí fue muy penoso. En
estas guerras de ahora abundan los eufóricos, que
asisten complacidos a ellas desde sus sillones en
casa. Eufóricamente, sí. Los muy imbéciles. Y criminales. No sé. Pero entonces era demasiado pedir, ¿no te parece? Que la gente lo aguantara todo y
además guardara silencio sobre aquello que la ator-
mentaba sin una sola hora de tregua. Ya callaban
bastante los incontables muertos.'

'¿Lo hizo usted mismo, guardar silencio?', le pregunté. '¿Le hizo mella la campaña?'

'Claro. A mí y a la mayor parte. En teoría, no creas, fueron muchísimos los que siguieron sus recomendaciones al pie de la letra. Y no sólo en la teoría, sino en la memoria colectiva. Yo digo que fracasó en conjunto y que así había de ser, pero si preguntas a otra gente que vivió esa época, o a quienes la han oído contar de primera mano, o si consultas las referencias a la *careless talk* en algunos libros, sean de historia, de sociología o de la mezcla de ambas que ahora llaman con ínfulas microhistoria, te encontrarás con que la versión establecida, y aun los recuerdos personales sinceros de todo aquello, coinciden en afirmar y creer que esa campaña constituyó un gran éxito. Y no es que mientan a conciencia y de común acuerdo ni que se equivoquen en masa, sino que el efecto real de algo así no es apenas verificable ni mensurable (¿cómo saber cuántas catástrofes desencadenó la imprudencia o cuántas evitó el sigilo?), y cuando las guerras acaban ganándose (no digamos si con todo en contra), se hace fácil, casi inevitable, pensar retrospectivamente que cuantos esfuerzos se llevaron a cabo fueron abnegados y vitales y heroicos, y que todos y cada uno contribuimos a la victoria. Ya que tan mal lo pasamos y nos devoró tanto la incertidumbre, contémonos al menos el cuento que más nos alivie el luto y nos compense de los sufrimientos. Oh sí, ya lo creo, hubo millones de bienintencionados británicos que se tomaron muy en serio las advertencias y las consignas, y que creyeron aplicárselas escrupulosamente en la práctica: así lo creyeron en sus conciencias, y algunos en verdad las cumplieron, sobre todo las tropas y los políticos y los funcionarios y los diplomáticos, ya te he dicho. Y desde luego yo mismo, pero sin mérito: ten en cuenta que entre 1942 y 1946 sólo permanecí en Inglaterra durante temporadas nunca muy largas, cuando venía de permiso o con alguna encomienda específica que no solía demorárseme, mi principal lugar estaba lejos, mi puesto demasiado variable. Como has leído en el *Who's Who*, anduve por los sitios más diversos en esos años, y en funciones que ya llevaban aparejados o incorporados el secreto, la discreción, la cautela, el fingimiento, el engaño, la traición si se terciaba (obligadamente), y por supuesto el silencio. Yo jugaba con ventaja, a mí no me costaba nada observar este último a rajatabla. Es más, quizá por estar tan alerta siempre, allí donde me destinaran, se me hacía más perceptible lo que le pasaba en general a la gente, aquí en casa, en la retaguardia. La campaña fue también una tentación tremenda, cómo decir, para la población entera: tan descomunal como inadvertida, tan irresistible como inconsciente, tan imprevista como sibilina.'

'¿A qué se refiere, Peter? No entiendo.'

'Los ciudadanos, Jacobo, los de cualquier nación, la mayoría inmensa, normalmente no tienen nada que contar de verdadero valor para nadie. Si uno se para a pensar por la noche en lo que le han dicho o contado a lo largo del día las muchas o pocas personas con las que haya hablado (y su grado de cultura y saber es indiferente), verá que rara es la fecha en la que haya oído algo de verdadero valor o interés o discernimiento, dejando de lado los detalles y cuestiones meramente prácticos e incluyendo por supuesto, en cambio, cuanto le haya llegado desde un periódico, la televisión o la radio (otra cosa es si ha leído uno de un libro, y también depende). Casi todo lo que decimos y comunicamos todos es filfa, es relleno, es superfluo, es vulgar, aburrido, intercambiable y trillado, por mucho que sea "nuestro" y que la gente, como se repite ahora con cursilería extrema, "sienta la necesidad de expresarse". Nada habría variado apenas de no haberse expresado los millones de opiniones, sentimientos, ideas, hechos y noticias que en el mundo se expresan y relatan a diario.' (Huelga señalar que Wheeler recurrió a mi lengua para esa palabra, 'cursilería', que no tiene equivalente exacto en ninguna otra.) '"Hablando se entiende la gente", decís en español a menudo. "Hablar es bueno", suele afirmarse, en diferentes situaciones y contextos. Sólo faltaba que los psicólogos y similares metieran esa noción absurda en la cabeza de los parlantes para que éstos dieran rienda aún más suelta a lo que siempre fue su natural tendencia. Hablar no es en sí bueno ni malo, y en cuanto a entenderse haciéndolo, bueno, en tanta medida es fuente de conflictos y malentendidos como de armonía y entendimiento, de injusticias como de reparaciones, de guerras como de armisticios, de crímenes y traiciones como de lealtades y amores, de condenas como de salvaciones, de ofensas y furias como de consuelos y apaciguamientos. Hablar es en todo caso el mayor malgasto de la población entera, sin distinción de edad, sexo, clase, riqueza ni conocimientos, el desperdicio por antonomasia. Casi nadie dispone de nada para decir que sus posibles oyentes considerasen en verdad apreciable, digno de atender, o no digamos de ser comprado, ¿quién paga por lo que es gratis siempre salvo en contadísimas excepciones, y aun a veces es obligado? Y sin embargo, extrañamente, con todo, la mayoría se empeña en hablar sin parar, y además a diario. Es asombroso, Jacobo, si se molesta uno en pensarlo: los hombres y las mujeres explican y cuentan sin cuento y también se explican hasta la saciedad a sí mismos, buscando a quien los escuche o imponiendo sus discursos si pueden, el padre a los hijos, el maestro a los discípulos, el párroco a sus feligreses, el marido a la mujer y la mujer al marido, el comandante a sus tropas y el jefe a sus subalternos, el político a sus partidarios y aun a la nación congregada, las televisiones a sus espectadores, los escritores a sus lectores y hasta los cantantes a sus adolescentes, que encima les corean sus estribillos, para mayor tributo. También los pacientes a sus psiquiatras, sólo que aquí la índole de la relación es reveladora, se trata de una transacción muy clara: cobra quien escucha, paga quien habla. Desembolsa quien raja, se retrata quien larga.' (Y estos cuatro últimos verbos fueron españoles de nuevo. Pensé en una amiga mía de Madrid, la Doctora García Mallo, psicoanalista muy sabia: le recomendaría aumentarse los honorarios sin la menor mala conciencia.) 'Esa es una relación ejemplar, sería la apropiada en el fondo, para todas las ocasiones. Pues que

escuchen de buen grado nunca hay muchos, no sobran, más que nada porque son infinitos más los
que aspiran a la trinchera contraria, esto es, a decir
ellos y a ser oídos por tanto. En realidad, si te fijas,
hay una permanente y universal disputa por hacerse con la palabra: en cualquier lugar concurrido,
privado o público, hay decenas si no centenares de
voces incontenibles pugnando por prevalecer o por
abrirse paso, y el *desideratum* de cada una de ellas
sería elevarse por encima de las demás y acallarlas:
ya lo intentan, en la medida de lo tolerable. Da lo
mismo que sea una calle que un mercado que el
Parlamento, la única diferencia es que en el último
se establecen turnos y se conmina a quienes aguar-
dan a fingir que atienden; da lo mismo que sea un
pub que un té en casa aristocrática, sólo varían la
intensidad y el *tempo*, en la segunda se va poco a
poco, se disimula un rato hasta adquirir confianza
para explayarse como en la taberna, aunque con el
diapasón más bajo. Y bastan cuatro personas en tor-
no a una mesa para que al menos dos rivalicen por
llevar la voz cantante. Yo hice bien en ser profesor:
durante muchos años gocé sin lucha del enorme
privilegio de no verme interrumpido por nadie, o
no sin mi consentimiento previo. Y aún gozo de él
en mis libros y artículos. No otro es el espejismo
de cuantos escribimos, creer que se abren nuestros
volúmenes y que se recorren de cabo a rabo, contenido el aliento y con poca pausa. Lo es y lo ha
sido de todos, no lo dudes, yo lo sé por experiencia ajena y también por propia, y a ti te falta esta
última que yo sepa, no te imaginas lo bien que has
hecho en no dejarte tentar por la escritura. Esa es
la idea ilusoria de esos novelistas que lanzan sus

varios e inmensos tomos llenos de aventuras y reflexiones desmesuradas, como vuestro Cervantes,
Balzac, Tolstoy, Proust, o aquel pesado cuádruple
de *Alejandría* que tanto estuvo de moda o nuestro
Tolkien de Oxford (él sí era sudafricano de nacimiento, ¿sabes?), cuántas veces me lo crucé en Mer-
ton College o lo vi tomándose algo en *The Eagle &*
Child con Clive Lewis al caer la tarde sin que ninguno sospecháramos lo que iba a ocurrir con sus
tres entregas tan excéntricas por entonces, él aún
menos que nosotros, sus muy escépticos colegas;
y la de esos poetas torrenciales que tanto meten y
concentran en cada una de sus engañosas líneas que
se aparecen tan cortas, como Rilke y Eliot, o antes
Whitman y Milton y antes vuestro gran Manri-
que; y la de esos dramaturgos que pretenden tener a los espectadores sentados durante cuatro o
más horas, como el propio Shakespeare en *Hamlet*
y en *Enrique IV*: claro que en su tiempo muchos
estaban de pie y entraban y salían del teatro como
si nada y cuantas veces se les antojara; también la
de esos cronistas y diaristas y memorialistas como
Saint-Simon, Casanova, vuestro Inca Garcilaso,
vuestro Bernal Díaz o nuestro ilustre Pepys, que no
se hartan nunca de entintar hojas como maniáti-
cos; y la de esos ensayistas como el incomparable
Montaigne o como yo mismo (salvando todas las
insalvables distancias, te lo suplico), que nos fi-
guramos ingenuamente, mientras redactamos, que
alguien tendrá la milagrosa paciencia de tragarse
cuanto queramos soltarle sobre Henrique el Navegante, imagínate qué locura, mi último libro sobre él tiene cerca de quinientas páginas, una descortesía, un abuso. ¿Lo has leído ya, por cierto?'

'Todavía no, Peter, le ruego que me disculpe, lo siento en el alma. Me cuesta mucho concentrarme en la lectura últimamente', le contesté, y no le mentía. 'Pero cuando me ponga, descuide, me lo leeré de la cruz a la fecha, conteniendo todo el rato el aliento y sin apenas pausa, estoy seguro de ello', añadí sonriéndole y en tono de leve y afectuosa chanza, y él sonrió un poco también con la mirada rápida, sus ojos eran más jóvenes que su figura en conjunto. Y a continuación le pregunté: '¿Cuál fue esa tentación? La que la campaña contra la *careless talk* trajo consigo. Me hablaba de eso, ¿no?, o iba a hacerlo'.

'Ah sí. Así me gusta, que sigas mis instrucciones y me ates corto.' Y esa respuesta suya encerraba también algo de guasa. 'Nadie se dio cuenta al principio, pero la tentación era muy simple, y nada sorprendente en el fondo: verás, a esa población que no tiene mucho imprescindible ni codiciable que contar normalmente, se le comunicó de pronto que su lengua, sus charlas y su natural verborrea podían constituir un peligro, y se la instó a llevar cuidado con lo que hablara y a mirar dónde, cuándo y ante quiénes lo hacía; se la advirtió de que casi cualquiera podía ser un espía nazi o un sobornado al acecho de sus palabras, como se ilustra en la viñeta de las dos amas de casa que viajan en metro o en la de los jugadores de dardos. Y esto vino a ser, date cuenta, como si a los ciudadanos se les dijera: "En la mayoría de los casos ustedes no saben cuáles, pero de sus labios pueden salir cosas importantes, cruciales, que por consiguiente mejor sería que no fueran proferidas nunca, en ninguna circunstancia. Ustedes ignoran qué, pero entre la mucha morralla que sueltan sus bocas a diario, algo puede haber de valor, y de valor inmenso para el enemigo. En contra de lo habitual, esto es, del general desinterés de los más por lo que ustedes insisten en contar y explicarles, es probable que ahora haya entre nosotros oídos interesadísimos en prestarles toda la atención del mundo, y aun en sonsacarlos. Mejor dicho, los hay seguro: son muchos los paracaidistas alemanes que han ido cayendo sobre suelo británico en estos últimos tiempos, y están todos bien preparados, entrenados especialmente para engañarnos, saben nuestra lengua como si fueran nativos de Manchester, de Cardiff o de Edimburgo, y conocen nuestras costumbres porque no pocos vivieron ya aquí en el pasado o son medio ingleses, por parte de padre o madre, aunque hoy hayan optado por la peor de sus dos sangres. Aterrizan o desembarcan faltos de escrúpulos y provistos de armas, y de documentos falsos de imitación perfecta, y si no se los procuran rápido sus cómplices aquí en las Islas, muchos de ellos compatriotas cabales nuestros, tan británicos como nuestros abuelos, y también estos traidores están pendientes de sus palabras, a ver qué pescan y transmiten a sus jefes de carnicería, a ver si algo se nos escapa. Así que ándense todos con ojo: de su cháchara irresponsable o de su leal silencio pueden depender los destinos de nuestra aviación, nuestra flota, nuestras tropas de tierra, nuestros prisioneros y nuestros espías. Tal vez no en su mano, pero sí en su lengua, esté la suerte de esta guerra que ya nos ha costado tanta sangre, denuedo, lágrimas y sudores".' (Wheeler citó en el debido orden, sin olvidar el 'toil' que se omite siempre.) '"Y sería imperdonable que acabáramos perdiéndola por un desliz suyo, por una evitable imprudencia, porque uno cualquiera de nosotros fuera incapaz de morderse y sujetar su lengua". Así se veían las cosas, el país plagado de agentes nazis con el oído aguzado, dedicados a la escucha furtiva' (y aquí Wheeler empleó un verbo inglés difícilmente traducible, 'to eavesdrop'), 'no sólo en Londres y en las ciudades grandes sino en las pequeñas y en las aldeas y desde luego en las costas y hasta en los campos. Los pocos alemanes y austriacos antinazis que se habían exiliado aquí ya años antes, tras la subida al poder de Hitler, no lo pasaron muy bien, supe de Wittgenstein, por ejemplo, que llevaba en Cambridge media vida, o conocí al gran actor Anton Walbrook y al escritor Pressburger y a aquellos magníficos eruditos del Arte del Instituto Warburg, a Wind, a Wittkower, a Gombrich, a Saxl, y también a Pevsner, y algunos de sus vecinos de siempre comenzaron de pronto a recelar de ellos, los pobres, eran ciudadanos británicos y los más interesados de todos, probablemente, en la derrota del nazismo. Fue en esa época cuando se instauró aquí por primera vez un documento oficial de identidad, en contra de nuestra tradición y nuestra preferencia, para dificultarles las cosas un poco más a los alemanes que se nos infiltraban. Pero la gente lo perdía, desacostumbrada a llevarlo, y tanta aversión se le tuvo que el carnet en cuestión se suprimió más tarde, hacia 1951 o 52, para aplacar el descontento que su obligatoriedad provocaba. Me ha dicho Tupra que se habla ahora, en las alturas, de implantar algo parecido de nuevo junto con sus demás medidas inquisitoriales, esos mediocres que nos gobiernan con espíritu tan totalitario y a los que la matanza de las Torres Gemelas está dando poco menos que carta blanca. Espero que no se salgan con la suya. Por mucho que se empeñen, tampoco ahora estamos en verdadera guerra, no en una de incertidumbre y dolor constantes. Y aunque no seamos ya muchos los vivos que participamos activamente en la Segunda Mundial, para nosotros es una ofensa y una burla grave lo que en nombre de la seguridad, oh prehistórico pretexto, se proponen hacer e imponer estos tontos a la vez pusilánimes y autoritarios. No luchamos contra quienes querían controlar todos y cada uno de los aspectos de la vida de los individuos para que ahora vengan nuestros nietos a dar taimado pero cabal cumplimiento a las fantasías chifladas de los enemigos que ya vencimos. No sé, en fin, sea como sea yo no lo veré mucho tiempo, de todas formas, por suerte.' Y Wheeler volvió a mirar hacia la hierba mientras murmuraba estas expresiones superfluas, o quizá fue hacia las varias colillas que yo había ido arrojando al suelo y aplastando con mi zapato. Esta vez recuperó el trazo solo, en seguida: '¿Cuál fue el resultado de decirles todo aquello a los ciudadanos de entonces? Se encontraron en una situación extraña, tal vez hasta paradójica: podían poseer información valiosa, pero la mayoría ignoraba si así era en efecto y también cuál diablos era, en caso afirmativo; asimismo ignoraban para quién de su entorno podía serlo, para qué allegados o conocidos o si para alguno, lo cual traía como consecuencia que nunca pudieran descartar a nadie como potencial peligro; sabían, por último, que si se daban esos dos factores o elementos, por lo demás incomprobables siempre —esto es, su incons-

ciente posesión de una información valiosa y la ve-
cindad de un enemigo encubierto que se la arran-
case o por casualidad se la oyese—' (y aquí apareció
otro verbo de la misma gama sin exacto equivalente en mi lengua, 'to overhear'), 'la conjunción podía tener una trascendencia enorme y ser causa de
calamidades. La idea de que lo que uno diga, hable,
comente, mencione o cuente pueda tener importancia y hacer daño y ser codiciado por otros, aunque sea por el Demonio con sus innumerables
huestes, resulta irresistible para la mayoría; y así se
juntaron y convivieron en la mayoría las dos tendencias enfrentadas, contradictorias, adversas: una,
a callarlo todo siempre, hasta lo más anodino e
inocuo, para ahuyentar cualquier amenaza y también toda sensación de culpa, o de haber podido
incurrir en alguna espeluznante falta; otra, a contarlo y hablarlo todo ante todos y en todas partes
(cuanto cada uno supiera o hubiera oído, las más
de las veces bisutería, insignificancias, nada), para
así probar la aventura o su espectro y experimen-
tar el riesgo, y también el escalofrío desconocido y
nuevo de la importancia propia. De qué sirve tener
algo valioso si no se pasea y se exhibe y aun se res-
triega a los otros, de qué algo codiciable si no se palpa la codicia ajena o se siente su posibilidad al
menos y el peligro de que se lo arrebaten, de qué un
secreto si alguna vez no se cuenta y se lo traiciona.
Sólo así puede calibrarse la verdadera medida de
su horribilidad y su prestigio. Antes o después
uno se cansa de pensar siempre a solas: "Ay si ellos
supieran, ah si él se enterara, oh si ella tuviera conocimiento de lo que yo me guardo". Y antes o después llega el momento de sacarlo fuera, de despren-

derse, entregarlo, aunque sea una sola vez y a una sola persona, antes o después nos pasa a todos. Pero como los ciudadanos no sabían diferenciar (con excepciones) qué era oro y qué baratijas, muchos lo ponían todo sobre el mostrador o la mesa con un placentero estremecimiento, ilusionados, atraídos por la perspectiva de que delante hubiera algún espía maligno, y cruzando a la vez los dedos y rogando al cielo por que no lo hubiera, ni tampoco nadie que se lo transmitiera, quiero decir su atolondrado o confuso cuento. Y nada tan emocionante como que algún compatriota más responsable y entero les chistara entonces y les reprochara su ligereza, porque eso era señal casi inequívoca, para el hablador, de que se había adentrado en el territorio prohibido de lo grave y con significación y peso, que nunca antes habría hollado. Esa excitación temerosa, la de aventurarse a un perjuicio exponiendo a él de paso a la nación entera, la ilustra la viñeta del señor que telefonea desde una cabina asediada por pequeños Führers, y también el tercer recuadro, más que el segundo, de la que se inicia con el marinero y su novia, ahí las tienes. En su mayoría las personas, inteligentes o bobas, respetuosas o desconsideradas, vitriólicas o bondadosas, se parecen mucho, bastante o algo a esa joven del pelo castaño recogido en alto: por lo general escuchan con asombro y con gozo, aunque sea terrible lo que se les comunica, porque sobre ello se impone (y es por eso por lo que se dignan prestar atención, breve y ocasionalmente, porque se imaginan ya contándolo) el anticipado placer de dar ellas a su vez la noticia, así sea repugnante, espantosa, o suponga un disgusto enorme, y de suscitar en otros la misma reacción que se provoca ahora en ellas. En el fondo sólo nos interesa e importa lo que compartimos, lo que traspasamos y transmitimos. Queremos sentirnos parte de una cadena siempre, cómo decir, víctimas y agentes de un inagotable contagio. Y es ese el mayor contagio y el que está al alcance de todo el mundo, el que nos traen las palabras, el de esta plaga del hablar que también a mí me aqueja, ya ves lo que me sucede, cómo me embalo en cuanto me soltáis el cable. Por eso cuánto más mérito tienen los que alguna vez se negaron a seguir esa predominante inclinación nuestra. Y aún cuánto más mérito aquellos a los que se interrogó brutalmente y sin embargo nada dijeron, no soltaron prenda. Aunque la vida les fuera en ello, y la perdieran.'

Oí el piano desde la casa, música de fondo para el río y los árboles, para el jardín y la voz de Wheeler. Una sonata de Mozart tal vez, o podía ser de un Bach, Johann Christian, maestro suyo y pobre genial hijo del genio, había vivido en Inglaterra muy largo tiempo y allí se lo conoce de hecho como 'el Bach de Londres' y se lo interpreta a menudo y se lo recuerda, un alemán inglés como los del Instituto Warburg y aquel admirable actor vienés que se había llamado primero Adolf Wohlbrück y que también se desprendió del nombre, y como el Comodoro Mountbatten que fue Battenberg en su origen, británicos postizos todos, ni Tolkien se libraba de eso. (Y como mi compañero Rendel, también era él un inglés austriaco.) La señora Berry habría acabado con sus quehaceres todos y se entretenía hasta ver la hora de avisarnos para el almuerzo. Tocaba ella y tocaba Wheeler; ella con energía, a él rara vez lo había visto u oído hacerlo, recordaba una ocasión en que quiso que conociera un himno titulado *Lillabullero* o *Lilliburlero* o algo así españolizante, el piano no estaba en el salón sino en el piso de arriba, en un cuarto por lo demás vacío, nada podía hacerse en él excepto sentarse ante el instrumento. Pudo ser la música alegre, por el contraste, o sus lamentosas frases directamente, pero Wheeler pareció muy fatigado de pronto, se llevó una mano a la frente y dejó caer ésta con todo su peso, fiándolo al codo apoyado sobre la mesita cubierta por su lona de faldones sobrantes. 'Así llevamos los siglos', pensé mientras aguardaba a que prosiguiese o bien pusiera fin a la charla, temí que pudiera decidir esto último, había adquirido demasiada conciencia de sus parrafadas, y le vi cerrar los ojos como si le escocieran, aunque sus dedos sobre la frente medio se los ocultaban. 'Así llevamos los siglos y así nada cede ni se acaba nunca, todo se contagia, nada nos suelta. Y ese todo se va escurriendo como nieve sobre los hombros, resbaladiza y mansa, sólo que es nieve que viaja en el tiempo y más allá de nosotros, y que quizá nunca se para.'

'Andreu Nin la perdió, por ejemplo', dije por fin, todavía flotaban en mi cabeza los improvisados estudios de mi noche tan estirada. 'Andrés Nin', insistí al notar el desconcierto de Wheeler, lo noté pese a que no cambió aún de postura, continuaba inmóvil y como desfallecido. 'Él no habló, no contestó, no dio nombres ni dijo nada. Nin, mientras lo torturaban. Le costó la vida, aunque seguramente habrían acabado quitándosela de todas formas.' Pero Wheeler seguía sin comprender, o no quería ya más bifurcaciones:

'¿Eh?', acertó a proferir, y vi que abría los ojos, un brillo de estupefacción, como si me juzgara trastornado, esto a qué viene. Su mente estaba demasiado lejos de Madrid y Barcelona en la primavera del 37, era posible que lo que hubiera vivido en España, lo que quisiera que fuese, se le hubiera quedado en poco tras lo que le vino luego, desde el verano tardío del 39 hasta la primavera del 45, o podía ser que hasta más tarde en su caso. Así que probé entonces a volver al país que pisábamos, a Oxford, a Londres (a veces se me olvidaba que tenía ochenta y muchos años; o más bien lo olvidaba continuamente, y era sólo a veces cuando lo recordaba):

'Entonces fue contraproducente, la campaña', dije.

Se destapó el rostro con gesto lento y se lo vi fresco de nuevo, era admirable cómo se recobraba y recomponía tras sus momentos bajos o de cansancio o de obstrucción del habla, solía ser el interés —su maquinadora cabeza, o el afán de decir u oír algo, todavía algo— lo que lo reavivaba. O el humor también, una ironía, un donaire, una gracia.

'No exactamente', me contestó con los ojos un poco guiñados, como si el escozor le perdurara. 'Sería mucho simplificar, además de injusto, afirmar eso. Porque lo que no hubo apenas fue malicia en la gente, no fue eso, ni siquiera en los más indiscretos y jactanciosos, en los más botarates.' Y esta última palabra le salió en español, a veces se le notaba que llevaba tiempo sin pisar mi país, ese es un término que aquí ya no se oye, como otros del mismo estilo, por razones obvias: cuando en una sociedad predominan los mentecatos, los majaderos, los botarates y los mamarrachos, pierde sentido que nadie llame así a nadie. 'Y también los hubo que se convirtieron en tumbas. Andantes, ahora no me refiero a los muertos: personas escrupulosas, voluntariosas, con un sentido fuerte del deber, muy tenaces, que se sellaron los labios sin vacilar, aunque nadie fuera a enterarse de su actitud obediente ni a felicitarlas por ello. Fueron muchísimos pero quizá no tantísimos, era una consigna muy difícil de cumplir, casi descabellada, "No habléis, ni un murmullo, un susurro, nada, porque os pueden leer los labios, así que olvidad la lengua".' ('Calla, y entonces sálvate', cruzó eso por mi pensamiento, y también, un segundo, si habría hablado o callado mi tío Alfonso, no lo sabríamos nunca.) 'Si digo que la campaña fracasó en conjunto no es porque la gente no estuviera dispuesta a seguirla, lo estuvo en su mayor parte; y sirvió, sirvió para que se adquiriera una general conciencia de que no estábamos solos sino tan acompañados como los actores en el teatro; y de que fuera de los focos, en penumbra, sombra o tiniebla, teníamos un nutrido, atentísimo y memorioso público, por invisible o irreconocible y disperso que fuera, compuesto por espías, escuchas furtivos' (aquí el vocablo fue de mala traducción de nuevo, 'eavesdroppers'), 'quintacolumnistas, confidentes y descifradores profesionales; de que cada palabra que nos captaran podía ser mortal para nuestra causa, lo mismo que resultaban vitales las que nosotros robáramos al enemigo. Pero a la vez esa campaña —y de ahí su fracaso obligado pese a sus indiscutibles beneficios y logros— incrementó, inevitable e increíblemente, el número de incontinentes verbales, de grandísimos bocazas. Y así como muchos que hasta entonces habían hablado con naturalidad y despreocupación aprendieron a pensárselo dos veces como recomendaba una de las viñetas, también muchos que hasta entonces habían permanecido callados o por lo menos lacónicos, inhibidos o taciturnos, no por gusto ni por prudencia sino en la idea de que cuanto ellos pudieran contar y decir resultaría indiferente, indigno de interesar a nadie y de nula consecuencia, ahora no se vieron capaces de resistir a la tentación de sentirse peligrosos y censurables, una amenaza, merecedores de atención por ello y en cierto modo protagonistas cada uno en su ámbito, aunque las más de las veces ese protagonismo fuera sólo algo loco, irreal, ilusorio, ficticio, desiderativo. Pero se pusieron a hablar como cotorras, eso es lo cierto en todo caso; a darse importancia y a hacerse los enterados, y el que se finge esto último también acaba por procurar estarlo, en la medida de sus posibilidades, un espía más, gratuito y añadido. Y tanto si lo consigue como si no, lo que también es cierto es que todo el mundo sabe algo siempre, incluso cuando no sabe que sabe ni en verdad se imagina que en efecto sepa algo. Pero hasta el hombre más huidizo y solitario que en toda su jornada sólo gruñe a su casera si es que se cruza con ella, y hasta la mujer más atolondrada u obtusa y con menos capacidad intelectiva, y hasta el niño menos curioso o sociable y más ensimismado del reino, todos siempre saben algo, porque las palabras, el voraz contagio, se esparcen sin necesidad de ayuda y venciendo cualquier obstáculo, y se extienden y penetran más, mucho más, indeciblemente más de lo que puede nunca figurarse uno solo, es decir, nadie. Y bastan un oído detectivesco y sagaz y una mente asociativa y dañina para distinguir y aprovechar ese algo, y para exprimirlo. De eso sí que estaban al tanto los responsables de la campaña, de que todos sabemos de algunos efectos y de algunas causas, aunque sean inconexos. ¿Qué información valiosa, insisto, podían tener en principio las dos señoras del metro o ese hombre tan llano y común, con gorra, que dice "Lo que yo sé... para *mí* me lo guardo"? Y sin embargo también se dirigieron a ellos, a sus iguales, también trataron de convencerlos de que olvidaran su lengua. Tarea vana la de abarcar a todos, ¿no te parece? Y siempre un esfuerzo más bien baldío, porque ningún resultado parcial va a compensarlo.'

Wheeler se detuvo y señaló mi paquete de cigarrillos, solicitándome uno. Se lo alcancé, se lo ofrecí, se lo encendí en seguida. Dio unas caladas y miró con extrañeza la brasa temiendo que no hubiera prendido, desacostumbrado sin duda a humos tan flojos e insípidos como los que yo suelo llevar encima.

'¿Y qué tuvo que ver usted en todo eso?', me atreví a preguntarle.

'Nada. En eso nada o fui uno más, privilegiado. Ya te he dicho que anduve por lugares menos castigados que Londres, para mi mala conciencia, durante buena parte de aquellos años. Pero sí en lo que eso trajo pronto, indirectamente: la formación de aquel grupo. Cuando la gente del MI6 y del MI5 se percató de lo que sucedía con demasiada frecuencia, de lo que hoy llamaríamos aquel efecto colateral de la iniciativa, y contrario a ella, a alguien se le ocurrió sacarle partido al menos, o volverlo un poco en favor nuestro, ponerlo un poco a nuestro servicio. Quien quiera que fuese —Menzies, Vivian, Hollis o el mismísimo Churchill, qué más da—, vio que con sólo escuchar debidamente y dejar hablar a la gente deseosa de hablar y de ser escuchada (y aun ni eso era necesario a veces), y observarla con sagacidad, capacidad deductiva, atrevimiento interpretativo y talento asociativo, esto es, con cuanto se les suponía y aun concedía a los alemanes expertos que se nos infiltraban y a los ocultos pronazis que estaban ya en nuestro suelo desde el principio, podía conocerse el fondo o la base de las personas, casi lo esencial de ellas; saberse para qué valían y para qué no y hasta dónde era posible fiarse, cuáles eran sus características y cualidades, sus defectos y limitaciones, si su espíritu era resistente o frágil, corrompible o insobornable, acobardado o intrépido, traicionero o leal, impermeable o sensible al halago, egoísta o desprendido, arrogante o servil, hipócrita o franco, resuelto o dubitativo, pendenciero o manso, cruel o piadoso, todo, cualquier cosa, todo. También podía saberse de antemano quién sería capaz de matar a sangre fría y quién de dejarse matar si se hacía preciso o se le ordenaba, aunque esto último es siempre lo más difícil de asegurar en todos; quién se echaría atrás y quién daría cualquier paso adelante, hasta el más demente; quién delataría, quién respaldaría, quién enmudecería, quién se enamoraría, quién envidiaría o sentiría celos, quién nos abandonaría a la intemperie o nos cubriría siempre. Quién podría vendernos; y quién caro y quién barato. Puede que las personas que hablaban rara vez contaran nada muy grave ni interesante, pero acababan por decirlo casi todo sobre ellas mismas, hasta cuando fingían. Eso fue lo que comprobaron. Eso es lo que sigue ocurriendo hoy en día, y es eso lo que sabemos.'

'Pero las personas no son de una pieza', dije yo. 'Dependen de las circunstancias, de lo que les toque, y además van cambiando, se estropean o mejoran o se confirman. Mi padre suele decir que, de no haber habido una guerra como la que tuvimos, la mayoría de los individuos que cometieron vilezas durante su transcurso, o a su conclusión y más tarde, habrían tenido seguramente una vida decorosa, o al menos sin grandes manchas; y nunca habrían averiguado de lo que eran capaces, para su suerte y la de sus víctimas. Mi padre fue una de éstas, usted lo sabe.'

'Sí, las personas no son de una pieza, Jacobo, y tu padre está en lo cierto. Y nadie es para siempre así o de esta manera, quién no ha visto asomar de pronto en alguien querido un alarmante e inesperado rasgo (y entonces se le hunde a uno el mundo); siempre hay que estar alerta y nunca dar por definitivo nada; o no todo, mejor dicho, porque algunas cosas sí son sin vuelta. Y sin embargo, sin embargo: también es cierto que desde el principio vemos, en otros y en nosotros mismos, mucho más de lo que nos reconocemos. Ya te he dicho que el mayor problema es que no solemos querer ver, no nos atrevemos. Casi nadie se atreve a mirar de veras, y menos aún a confesarse o contarse lo que ve de veras, porque a menudo no es grato lo que se contempla o vislumbra con esa mirada que no se engaña, con la más profunda que no se conforma nunca con atravesar todas las capas, sino que después de la última todavía insiste. Es así generalmente, tanto en lo que se refiere a los otros como a uno mismo, y la mayoría necesita engañarse y ser un poco optimista para seguir viviendo con algo de confianza y calma, yo no sólo lo comprendo sino que a lo largo de mis numerosos días he echado eso muchísimo en falta, el sosiego y la confianza: es desagradable y áspero, vivir sabiendo y no esperando. Pero mira: lo que se planteó o se propuso ese grupo fue justamente averiguar de qué serían capaces los individuos con independencia de sus circunstancias y conocer hoy sus rostros mañana, por así decir: saber ya desde ahora cómo serían en el mañana esos rostros; y averiguar, por citar tus palabras o las de tu padre, si una vida decorosa lo habría sido de todas formas o lo era sólo de prestado, es decir, porque no se había presentado ninguna oportunidad de ensuciarla, ninguna amenaza seria de imborrable mancha.' ('No le he preguntado aún por la mancha', me acordé de pronto, 'la de anoche que limpié en la escalera, en lo alto'; pero en seguida pensé que tampoco era aquel el momento, ni la veía ya tan clara en mi mente.) 'Eso puede saberse, porque los hombres llevan sus probabilidades en el interior de sus venas, y sólo es cuestión de tiempo, de tentaciones y circunstancias que por fin las conduzcan a su cumplimiento. Puede saberse. Con equivocaciones, claro, pero con muchos aciertos. En todo caso se trabaja sobre una base, aunque el principal punto de apoyo consista siempre en una apuesta.' ('Tiene razón en eso', pensé: 'yo creo saber quiénes vendrían a fusilarme si un día estallara otra Guerra Civil en España, cruzo los dedos y toco madera y toco hierro; o a pegarme un tiro en la sien sin preámbulos, como a mi tío Alfonso. Demasiados amigos han desbaratado la confianza que puse en ellos, y el que es desleal con uno nunca le perdona a uno el haberle fallado; y cuanto mayor la traición, mayor es en mi país la ofensa del traicionado y siente el traidor mayor agravio. En cuanto a los enemigos, es quizá lo único en lo que allí jamás se ha sido pobre, y a casi ninguno nos faltan'.) 'Lo que resultó inesperadamente difícil fue encontrar a quienes supieran ver, interpretar, aplicar esa mirada con desapasionamiento y serenidad suficientes, sin dar palos de ciego ni tampoco de tuerto.' (Wheeler iba recurriendo a expresiones y palabras en castellano con cada vez más frecuencia, sin duda le gustaba hacer visitas relámpago a esa lengua, no tenía ya tanta oportunidad de hablarla.) 'Ya entonces era un don raro, y pronto se vio que las personas así escaseaban mucho más de lo que pudo preverse en el primer instante, cuando se improvisó el grupo o se creó con prisa y a salto de mata, su misión inicial y urgente (derivó o se amplió más tarde) era descubrir en plena guerra no ya a espías y confidentes de ellos y también a posibles nuestros (quiero decir a mujeres y hombres que nos pudieran valer para eso), sino además a las presas fáciles o propiciatorias de aquéllos, los charlatanes que no resistían las tentaciones y cuya predisposición al diálogo era imprudente siempre; y eso tanto en nuestro territorio como en cualquier otra retaguardia y en los lugares neutrales, en todas partes había espías y confidentes y pardillos y bocazas, hasta en Kingston, te lo aseguro, me refiero a Kingston, Jamaica, no a estos de por aquí cerca, sobre el Hull y sobre el Támesis. Y en La Habana también, por supuesto.' ('Así que en el Caribe fueron Cuba y Jamaica', me detuve a pensar un instante sin poder evitar registrar el dato con conciencia plena. 'Qué le mandarían hacer a Peter en esos sitios'.) 'En aquel tiempo demasiados británicos habían desarrollado un espíritu inquisitorial o una mentalidad paranoide o ambas cosas, y en su suspicacia estaban dispuestos a denunciar a todo bicho viviente y a avistar a nazis hasta en el espejo justo antes de reconocerse a sí mismos, así que no servían. Luego estaba la gran y distraída masa, la que suele ver poco y no observa nada y distingue todavía menos, la que parece llevar permanentemente orejeras prietas en los oídos y sobre los ojos venda, o antifaz de ranuras mal descosidas y estrechas, en el mejor de los casos. Luego estaban los alocados y frívolos y entusiastas, que con tal de sentirse partícipes de algo útil e importante (no con mala voluntad algunos, pobres), no tenían el menor empacho en soltar el primer disparate que se les pasara por la cabeza, para ellos dictaminar era como arrojar unos dados, todas sus consideraciones sin validez y sin fundamento. Por último estaban los muchos que, al igual que hoy sucede, tenían verdadera aversión, más aún, pánico a la arbitrariedad y a la posible injusticia de sus pareceres: los que preferían no pronunciarse nunca, agarrotados por la responsabilidad y por su invencible temor al yerro, esos que se preguntaban angustiados ante cada rostro: "¿Y si este hombre al que yo encuentro de fiar y honrado resulta ser un agente enemigo y por mi torpeza mueren compatriotas míos, muero yo mismo?" "¿Y si esta mujer que yo veo tan sospechosa y turbia es del todo inofensiva y la conduzco a su perdición con mi precipitado juicio?" No eran capaces ni de orientarnos. Así que parece tonto, pero en seguida se comprobó que no había mucho donde elegir, con un mínimo de confianza. Hubo que peinar el reino a toda velocidad para reclutar a unos cuantos, no más de veinte o veinticinco aquí, en Inglaterra, más unos pocos dispersos allí donde nos encontráramos, y cuando veníamos nos incorporábamos. La mayoría provino de los propios Servicios Secretos, del Ejército, algunos del antiguo OIC, nunca lo has oído', Wheeler cazó al vuelo mi expresión de ignorancia, 'el Operational Intelligence Centre de la Marina, eran pocos pero muy buenos, quizá los mejores; y por descontado de nuestras Universidades: siempre echando mano de los estudiosos, de los sedentes, para los desempeños difíciles y delicados. Es inimaginable lo que nos deben desde la Guerra, cuando empezaron ya en serio a utilizarnos, y a Blunt tendrían que haberle respetado su inmunidad y su pacto hasta el día de su muerte y hasta el del Juicio' ('Morimos en tal lugar', pensé; o cité para mis adentros), 'aunque sólo hubiera sido en agradecimiento y como deferencia al gremio. Claro que todos hubimos de habituarnos, y mejorar, pulirnos, adecuar nuestra mirada y afinar nuestra escucha, sólo la ejercitación agudiza cualquier sentido, y también cualquier don, eso es lo mismo. Nunca tuvimos nombre, nunca nos llamamos nada, ni durante la Guerra ni tampoco luego. Sólo de lo que no lo tiene se puede negar con verosimilitud la existencia, u ocultarla; por eso no encontrarás nada en los libros, ni en los más documentados, a lo sumo indicios, conjeturas, intuiciones, algún caso aislado, cabos sueltos. Más valía así: acabamos por hacer informes hasta de la fiabilidad de los jefes, de Guy

Liddell, de Sir David Petrie, aun del mismísimo Sir Stewart Menzies y creo que alguien le confeccionó uno a Churchill, no del todo limpio, a partir de los noticiarios. En cierto sentido nos pusimos por encima de ellos, fue un gran proceso de atrevimiento. Claro está que no se enteraron de nuestro exceso, fue semiclandestino. Por eso me parece un error grave de Tupra esa tendencia suya a hablar en privado (espero que sea sólo entre nosotros, pero eso ya es un riesgo) de "intérpretes de personas" o de "traductores de vidas" o de "anticipadores de historias" y cosas por el estilo; con cierta petulancia además, dado que él está al frente y va incluido. Los apelativos, los motes, los apodos, los alias, los eufemismos hacen fortuna y se quedan sin que se dé uno cuenta, acaba uno refiriéndose a las cosas o a las personas siempre de la misma forma, y eso se convierte con facilidad en un nombre. Y luego ya no hay quien lo quite, ni quien lo olvide.' ('Y sin embargo nos desprendemos tantos aun del propio nombre'.)

Wheeler se calló entonces y miró el reloj, sí se fijó ahora en las manecillas; después volvió la vista hacia la casa, el piano de la señora Berry nos hacía aún el acompañamiento.

'¿Quiere que vaya a ver cómo está lo del almuerzo, Peter?', me ofrecí. '¿Vamos quizá con retraso? Es culpa mía.'

'No, la pieza ya está terminando, le falta sólo un *minuetto* muy breve. Ella nos avisará a menos cinco, ahora son menos doce. La conozco yo, esa pieza.'

Estuve tentado de preguntarle cuál era, pero prefería que me contestara a otra cosa, las oportunidades se disuelven luego:

'¿Debo entender, Peter, que lo que usted llama el grupo sigue en activo, y que es Mr Tupra quien lo lleva ahora?'

'Hablaremos más de eso en seguida, quiero que me hagas un favor al respecto. También será para ti buena cosa, yo creo, y ya me he permitido llamarlo, a Tupra, esta mañana, cuando tú aún dormías, para confirmarle tu descontada sagacidad en la prueba, me refiero a lo de él y Beryl. Pero sí, supongo que así puede decirse, aunque todo está tan cambiado que casi nada me es reconocible. Hoy se hace difícil asegurar que nada sea lo mismo que en aquel tiempo, o que lo sea nadie, para el caso. Esas funciones o actividades sin nombre han evolucionado mucho, en la medida de mi conocimiento, ha ido habiendo otras necesidades. Me figuro que se habrán degradado, igual que todo: es sólo una suposición realista, no lo digo con ánimo de criticar ni de culpar a nadie. Pero es que no sé. Mírame a mí: ¿soy yo el mismo de entonces? ¿Puedo yo ser, por ejemplo, el que estuvo casado con una chica muy joven que se quedó para siempre en eso y que no me ha acompañado un solo día en mi largo envejecimiento? ¿No resulta esa posibilidad, esa idea, esa verdad asumida, no resulta incongruente en exceso, por ejemplo con el que después he sido? ¿O con los actos que cometí más tarde, cuando ella ya no era testigo? ¿Por ejemplo con mi actual aspecto? Una chica muy joven, date cuenta, ¿y cómo puedo yo ser el mismo?'

Wheeler volvió a llevarse una mano a la frente, pero esta vez no fue por un súbito agotamiento ni por un susto, su gesto fue reflexivo, como si lo hubieran dejado intrigado sus propias interrogaciones. Y entonces yo intenté que me contestara a otra pregunta, aunque quizá era absurdo hacérsela en aquel instante, a falta de tan pocos minutos para el almuerzo con la señora Berry. Si bien probablemente no le habría importado nada responderme en presencia de ella, que conocería ya la historia, de haber optado por responderme.

'¿Cómo murió su mujer, Peter? Nunca lo he sabido. Nunca se lo he preguntado. Nunca me lo ha contado.'

Wheeler se destapó la frente y me miró encendido, no de sorpresa ni enfado, sino con el ojo alerta.

'Por qué me lo preguntas ahora', dijo.

'Bueno', contesté sonriendo, 'tal vez para que no me reproche un día, como hizo anoche cuando al cabo de los siglos me enteré de su paso por nuestra Guerra, no haber mostrado curiosidad por ello ni habérselo preguntado nunca. Así que ahora lo hago.'

Wheeler reprimió una sonrisa suya, borró esa tentación en el acto. Se llevó la mano a la barbilla y musitó como solía hacerlo Toby Rylands:

'Hmm', ese era el sonido. 'Hmm', ese era el sonido de Oxford. Luego habló: '¿No será que andas preocupado por Luisa, y te has puesto en lo peor de repente, y te has visto reflejado en mí? ¿Es eso? ¿No estarás temiendo ir a quedarte viudo, antes que divorciado? Ten cuidado con las aprensiones. La lejanía convoca a muchos fantasmas. La soledad también. Y todavía a más la ignorancia'.

Aquello me desconcertó un poco, podía ser una argucia de Wheeler para esquivar la cuestión, un veloz giro. Pero yo no iba a soltarlo. Con todo, me quedé pensando un momento. Él había acertado en parte sin proponérselo, y no vi inconveniente en que lo supiera, lo alegraban sus perspicacias:

'Sí, estoy un poco preocupado. Y también por los niños, en consecuencia. Desde que estoy aquí no sé demasiado de ellos, y de Luisa todavía menos. Hay una especie de opacidad, aunque vayamos hablando con relativa frecuencia. No sé a quién ve, a quién no ve, quién entra, quién sale, es un proceso de desconocimiento, de ella y de su mundo sustituido, o quizá es aún cambiante. La verdad es que ya no sé bien lo que sucede en mi casa, ya no tengo imágenes. Es como si las antiguas de siempre hubieran perdido luz, y cada día más se me oscurecieran. Pero no se lo he preguntado por eso, Peter, sino porque usted la ha mencionado. A Valerie.' Y me atreví a pronunciar aquel nombre, tan privado que nunca lo había oído hasta aquella mañana. Tuve una sensación de abuso en los labios. 'De qué murió, dígame.'

Entonces Wheeler no jugó mas. Le vi tensar las mandíbulas, noté cómo apretaba las muelas, encajaba unas en otras, como quien hace acopio de aplomo para que la voz no se le quiebre cuando vuelva a decir algo.

'Eso...', dijo. 'Déjame que te lo cuente otro día, si te parece. Si no tienes inconveniente.' Parecía estar pidiendo un favor, le costó cada palabra.

No iba a insistir. Se me ocurrió silbar lo que acababa de escuchar al piano, un pasaje pegadizo, por ver de disipar la niebla que de golpe lo había envuelto. Pero aún tenía que contestarle, callar aquí no era respuesta.

'Como usted quiera', dije. 'Cuéntemelo cuando usted quiera, o si no quiere no me lo cuente'. Y a continuación inicié ya mi silbido. Yo sé que silbar es contagioso, y también resultó serlo entonces: Wheeler unió el suyo en seguida al mío, sin querer seguramente; pero no en balde se conocía de memoria la pieza, lo más probable era que también él la tocase. Se interrumpió sin embargo un segundo, en seco, para añadir algo:

'En realidad no debería uno contar nunca nada.'

Eso fue lo que dijo Wheeler ya de pie, nada más levantarse, y yo lo imité en el acto. Me cogió del codo, se sujetó a mí para recuperar firmeza. La señora Berry nos hacía señas desde la ventana. La música había parado, y ya sólo se oyeron nuestros silbidos, flojos y desacompasados, mientras dábamos la espalda al río y caminábamos hacia la casa.

Seguía lloviendo y aún no me cansaba de verlo desde mi ventana a la Square o plaza, era una lluvia aposentada, cómoda, tan sostenida y fuerte que parecía iluminar ella sola la noche con sus hileras continuas como varas flexibles metálicas o como lanzas interminables, era como si excluyera para siempre el raso y descartara todo otro tiempo futuro en el cielo y no permitiera ni concebir su ausencia, al igual que la paz cuando había paz y la guerra cuando era guerra lo único que existía. Mi bailarín de enfrente aún había ejecutado con su pareja unas estúpidas *country square dances* de anodinas figuras y medidos pasos tras su ametrallamiento de pies gaélicos, y los dos se habían calado sombreros vaqueros para aquel fin de fiesta decepcionante, los muy locos o los muy contentos. Ahora acababan de apagar las luces, la mujer mulata se quedaría a dormir, con aquella lluvia, pero antes de poder pensar un rato con simpatía en ella tenía que comprobarlo, así que durante unos minutos miré hacia abajo y más allá de los árboles y de la estatua, vigilé la plaza por si acaso ella salía y se iba, en contra de lo probable. Y fue entonces cuando vi venir hacia mi portal a las dos figuras, a la mujer y al perro, ella con su paraguas cubriéndola y el animal dando bandazos —tis tis tis— desprotegido. Al acercarse a la fachada salieron de mi campo visual casi del todo, mi perspectiva era demasiado a plomo cuando se detuvieron ante la puerta, sólo se me aparecía un fragmento de la cúpula del paraguas abierto. Sonó el timbre, era el de abajo. Todavía miré fuera inútilmente un segundo con la ventana alzada, asomándome, inclinándome (me mojé nuca y espalda), antes de dirigirme a contestar a la entrada: todo excepto el trozo de tela curvo seguía fuera de mi visión en picado. Descolgué el telefonillo. '¿Sí?', dije en inglés, fue una traducción literal de mi lengua en la que estaba pensando, y fue en ella en la que me hablaron: 'Jaime, soy yo', dijo la voz femenina. 'Por favor, ¿puedes abrirme? Ya sé que es algo tarde, pero tendría que hablar contigo. Será breve, un momentito.'

Sólo hacen eso al llamar, por teléfono o a la puerta, sólo dicen 'Soy yo' y omiten avanzar su nombre quienes jamás se acuerdan de que 'yo' no es nunca nadie, y también quienes están seguros de ocupar mucho o bastante los pensamientos de la persona que buscan. O bien quienes no tienen duda de que van a ser reconocidos sin necesidad de más —quién si no—, desde la primera palabra y el primer instante. Y tenía razón la mujer del perro si creía esto último, aunque fuera inconscientemente y sin haberse parado a pensarlo. Porque en efecto yo reconocí su voz, y desde arriba le abrí la puerta sin preguntarme, para que entrara de noche en mi casa, y subiera a hablarme.

Julio de 2002

(Fin del Primer Volumen de *Tu rostro mañana*)

Este libro
se terminó de imprimir
en los Talleres Gráficos
de Rotapapel, S. L.
Móstoles, Madrid (España)
en el mes de octubre de 2002